文學探索

尤雅姿 著

臺灣學生書局 印行

自　序

　　如果，宇宙的起源可以追溯到用物質和能量的形式來表現信息的那個階段；那麼，文學的起源就該追溯到人類發明文字形式來傳遞信息的那個破天荒奇點。當然，必先啟智，才能萌生心事，心事湧動，才會有想要言說的意圖，繼而內在的意識流、情感流觸動了大腦的語言運動中樞，於是，想言說的人開口說了話，想聆聽的人洗耳恭聽了，雙方透過「說」與「聽」，心領神會，你知我知，達成信息流的傳輸與接收；閒談清談趣談劇談佟談空談怪談，談笑風生，不亦快哉！不過，說話雖能當面或親耳交流信息，但畢竟受限於時間與空間條件的限制，人不在現場，不在線上，不在當代，也就開不了口，發不出聲，聽不到信息了。再者，左耳進，右耳出，信息能記憶多久而不被遺忘？大腦能儲存多少信息而不會疲乏？於是而有書寫。書寫，是因為，我們必然會遺忘了這個世界的某些我們所想要銘記的經驗，所以書寫以資保存，或，我們在身後必然會被這個世界給遺忘了，所以將知識信息與生命經驗信託給文字，務實於書卷。曹丕說：「年壽有時而盡，榮樂止乎其身，未若文章之無窮也。」劉勰說：「歲月飄忽，性靈不居，騰聲飛實，制作而已！」語言文字誕生之後，這個世界就被人類認識了，而我們也可以憑藉語言文字來訴說這個世界，甚至被這個世界儲存；以文書的形式。文明的曙光是文字，而文學，則是破曉後的那一顆晨星。

　　當情感與信息植入載有文字的物質形式之後，文學就誕生了，文字攜帶著某些吉光片羽的生命記憶穿越時空，八方旅行，尋覓知音。然而，文學的旅程並非一成不變，隨著時空條件的不同，不論是生存環境，或是時代思潮，社會制度，科技文明……樣樣都在運轉變動中，倘若不能與時俱進，日新其業，那麼，文學創作與文學理論的能量必將趨疲。劉勰在《文心雕龍·通變》說：「名理有常，體必資於故實；通變無方，數必酌於新聲；故能騁無窮之路，飲不竭之源。然綆短者銜渴，足疲者輟塗；非文理之數盡，乃通變之術疏耳。」劉勰認為文學的原理是恆常不變的，但文學的現象與寫作的形式則是變化多方，想要在文學大道上騁無窮之路，就需要持續補充能量，以免足疲者輟塗。從熱力學的觀點來解說「通變」；即「文學」屬開放式的耗散結構系統，系統的狀態隨物質流、能量流、信息流而改變；為了維持文學活動之活絡與延續，文學系統將不斷地消耗物質和能量，因而也必須不斷地從外界環境中攝取所需的物質和能量，如此往復交換，才能維持其生命系統之活力。所謂窮則變，變則通，通則久。從文學在天際綻放星光的那一刻起，已經數千年了，關於文學系統的知識勢必有所變化，其中有傳承，有轉向，有消長，有融合，也有分化，有些變得陳舊僵硬，已不敷使用；有些問世已久的科學新知卻未被參用……所以，文學教育必須擴充腹地，才能符應廣泛的需求，古典與現代，東方與西方，科技與人文，個人與社會，情感與理性，物質與精神等層面，都應彼我觀照，相互參驗，有容乃大。

　　語文教育與數理教育是人類教育的雙軸，語文教育使人能讀能寫，養成「讀寫能力」；數理教育使人能夠推理運算，養成「運算能力」。有了「讀寫能力」和「運算能力」的兩大基礎後，才能接

續培養其審美能力、判斷能力，以及科學能力，進而多方養成一個有識有情和有趣的青年。希望青年們能在本書吸收到文學知識，將文學作為人文博雅教育的基底，以此與數理教育相輔相成，並在藝術教育的薰風中，展開清新活潑，豐華芬芳的美好人生。最後要感謝臺灣學生書局、編輯部及陳蕙文女士的專業協助與慷慨支持，使本書得以順利出版；小兒紹雍為本書設計封面、繪製內頁插圖，賢學棣施承佑為本書題字，也使文學探索賞心悅目了起來，謝謝。

尤雅姿　序於臺中小書房

2016.8.15

IV 文學探索

文學探索

目　次

三、文學藝術技巧的原理與實際表現

四、文學的傳播與應用問題

附　錄

心生而言立，言立而文明，自然之道也。

《文心雕龍‧原道》

一　文學活動的發生條件與背景因素

神奇的天君
——大腦的結構與語文理解的關係

　　十億是一個相當大的數目，一個人若是能擁有十億元，那確實是一個富翁！然而，比起擁有一千億元的人來說，十億不過是小巫對大巫了。想要理解人類這顆頭腦有多麼神奇，或許可以從這一千億近似天文數字的數目來加以想像。

　　章魚的腦在所有無脊椎動物中算是最大的，約由十億七千萬個神經細胞所組成，章魚擁有高度發展的眼睛，以及從許多觸手傳來的精細複雜觸覺，因此是有關學習和記憶實驗的上選對象。根據實驗室的觀察發現，章魚能辨別色彩的差異，並賦予每種色彩不同的意義。在實驗過程中，若章魚抓取某一色球，譬如黃色，便餵食蝦子作為獎勵，若抓取其他色球，譬如藍色或紅色，便沒有蝦子獎勵，那麼章魚便會一直抓取那個可以有蝦子吃的黃色球。先前，體育版的花絮新聞曾報導章魚哥將預測世足賽冠軍隊是哪一個國家，水族館人員以不同的色球代表進入決賽的幾個國家，然後，有請章魚哥來「摸彩」。這則趣聞的科學背景就於章魚的大腦記憶與觸手反應之間的認知關係，當然，水族館人員應該已經幫章魚哥暗中補習過幾次「有獎徵答」的課程，所以「眼睛雪亮」的章魚哥就學會用觸手去摸取有蝦子可吃的色球了。就章魚而言，作出這樣的記憶

和學習需要用上十億個神經細胞，這個數目聽起來雖然很龐大，但和人類數千億甚至上萬億的神經元相比較，便顯得微少，更何況人腦中的神經細胞類型粗估約有數千甚或上萬種；而人類所要處理的各種訊息自然是遠遠大過於「今天有沒有蝦子吃？」的生活課題。

　　人的頭腦是人類之所以成為人類的一大秘密武器。人腦可分為腦幹、小腦和大腦三部分，其中大腦佔腦的十分之九。腦藉著延伸到脊髓的神經來收發訊息；脊髓有三個主要的功能：一、將信號向上傳至最高的中心（大腦），二、將信號傳到相反方向，即由腦向下傳至軀幹，三、反射作用，反射是一種未經學習的反應，由刺激引起的傳入消息不需經過腦部的辨認，立即由脊髓針對這個刺激予以反應，譬如敲膝蓋的反射作用即是。腦還有十二對腦神經發自腦幹，它們向外分枝到頭部和頸部，其功能包括視覺、嗅覺、聽覺、味覺、眼睛的運動，臉部肌肉的運動，舌頭的運動和頸部運動等。小腦則是腦在進化發展過程中最古老的結構，主要功能是無意識地協調肌肉的活動，幫助我們在做各種動作時可以保持平衡和順暢，譬如在執筆寫字時，或是按鍵盤打字時，小腦都使我們的寫字動作敏捷順暢有效率。

　　腦大約含有一千五百億個神經元，組織成數以百計的神經池；它擁有複雜的三次元立體結構，其運作的功能仍有許多奧祕難解之處，只能冠之以「神奇」和「不可思議」。人們的夢境、激情、計劃和記憶全都是腦部活動所產生的結果[1]，一個成年人的腦幾乎包

1　Martini、Bartholomew 著，林自勇、鄧志娟、陳瑩玲等譯：《解剖生理學》（*Essentials of Anatomy & Physiology*）（臺北：金威圖書有限公司，2003），頁 237-238。

含了體內 98% 神經的組織，但腦的重量卻只有 1.4 公斤[2]。大腦
（cerebrum）區分為兩個大腦半球（cerebrum hemispheres），中間
藉由一道由神經纖維所組成的「橋」連結起來。大腦的左右半球具
有不同的功能，每側的半球都被若干道腦溝分成五個主要區域或腦
葉，雖然有些功能要靠幾個腦葉一起執行，但每個腦葉都有各自的
心智功能如下：

額葉（frontal lobe）：負責判斷、推理，運動及控制人體內、
　　外刺激反應。

頂葉（parietal lobe）：體感覺（觸覺、壓覺、本體感覺）。

顳葉（temporal lobe）：聽覺功能。

枕葉（occipital lobe）：視覺功能。

邊緣葉（limbic lobe）：情緒與記憶之形成。

文學是高級而複雜的意識活動，牽涉到感覺、感情、情緒、認
知、記憶、思考等過程，而這些功能皆起始於大腦，因為大腦是我
們思想和智力功能源起的位置。在文學活動中，離不開情緒與情
感，而大腦對於「情緒」的控管機制非常複雜，近年借助斷層掃描
發現「情緒」與「皮質」、「帶狀腦迴」和「杏仁核」三個腦區較
有關係。當我們察覺外部世界出現「所愛」、「所懼」、「所
欲」、「所怒」、「所悲」、「所恨」的情況時，大腦皮質先獲悉
此狀況，杏仁核則判斷所看見的物體在情緒上的重要性：那是獵
物？是天敵？是心肝寶貝？是危險利器？是離別時的汽笛鳴聲？還
是完全無關緊要的東西，如果杏仁核變得興奮，那麼說明眼前的人

---

[2]　人類的腦在大氣中重量約 1400 公克，但是當懸浮於腦脊液的時候，其重
　　量大約只有 50 公克。同前注。

事物很重要,杏仁核就直接將訊息傳遞到腦幹的自主神經系統,心跳開始加速,手掌開始出汗,肌肉開始收縮,這就是情緒反應,包括欣悅、憤怒、焦慮、憂鬱、恐懼;若是杏仁核判斷眼前出現的人事物是無關緊要的對象,身體就沒有上述反應。杏仁核會促成另一種學習－情緒上的激動,使我們注意到該次經驗中最重要的細節,當相似事件再度發生時,杏仁核會啟動過去經驗所學習到的反應去應對;成語「一朝被蛇咬,三年怕草繩。」的緣故在此。每個人的杏仁核都有他自己留存記憶的情緒檔案,所以情緒的反應因人而異,舉例來說,你曾經和家裡的小貓玩,將紙箱輕輕地罩住牠,牠先是處變不驚地在紙箱裡蹲著,繼而用貓爪四處扒抓,探索逃生出路,然後慢慢地倒退出來,先露出一截尾巴＝身子＝貓耳朵＝貓頭＝貓臉,最後是一雙無辜驚慌的大眼睛,然後「喵——」一聲責怪你不該無禮地對待牠。你的杏仁核對這個溫馨有趣的經驗會自動存取歡樂的反應並予以學習,下次你再看到相似的小紙箱時,大腦皮質會先有所感知,杏仁核會判斷並提取這個細節的情感反應記憶,再將神經信號送到腦幹,使你有會心一笑的欣悅反應;若是杏仁核受傷,或是沒有類似的經驗存留,則無法產生這樣的記憶與情緒。[3]

　　從文學創作活動來看,杏仁核存取重要情感經驗中的細節,不但是召喚前塵舊夢的反應機制,也是激發作家書寫以抒情的動因,蘇軾(1037-1101)在〈江城子〉記下他昨日的夢境,是「十年生死兩茫茫,不思量,自難忘。」的亡妻,夜來幽夢忽還鄉的蘇軾看見了她一如舊時在家的模樣:「小軒窗,正梳妝。」那應該是他們

---

[3]　參:王署君:〈我們的感覺系統是如何運作的?〉,收錄於宋秉文等著:《神經生物學淺談》(臺北:臺灣書店,1998),頁71。

家常生活中令他銘心賞心醉心的細節，也許她嫣然一笑，以報丈夫溫柔的眼神，閒閒看著愛妻臨窗梳妝，是過去生活經驗中重要的細節，啟動了夢境，也在夢境啓動了幸福的追憶，只是，夢境中的兩人「相顧無言惟有淚千行」，夢醒，思及那個埋葬著愛妻的「千里孤墳無處話淒涼」的短松崗，也是一個心碎的細節，所以，「料得年年腸斷處，明月夜，短松崗。」明月如霜，好風如水之夜色，似乎是勾起離愁別恨的關鍵細節。六十年前流行於臺灣的閩南語歌〈望你早歸〉也是如此，這首發表於 1947 年由納卡諾（黃仲鑫，1918-1993）作詞、楊三郎（1919-1989）譜曲的老歌，歌詞描寫一位女子痴痴地等候她遲遲未歸的愛人，背景是臺灣日治時期，日本政府向臺灣徵召大量的男丁前往南洋參與二次世界大戰，傷心的思婦月夜下盼望著一去全無音訊的愛人，歌詞說：「若是黃昏月娘欲出來的時，加添我心內悲哀，你要和我離開彼一日，也是月欲出來的時。」黃昏月出時，是她與他生離的銘心記憶，杏仁核自動存取了這個細節，此後，每逢黃昏月出之際，往事湧上心頭，不免悲從中來。南唐李煜（937-978）〈望江南〉[4]：「多少恨，昨夜夢魂中。還似舊時遊上苑，車如流水馬如龍，花月正春風。」也可以試著從「花月正春風」的細節再現去理解創作活動的感情走向。

人是會說話、愛說話，喜歡交談的動物，文學活動的關鍵在於如何利用文字把想要說的話語表述出來，以及如何經由文字閱讀理解其中的意義，而這也是由大腦來控制；主要是由大腦的語言中樞負責。對絕大多數人來說，在執行情感系統和語言之類的分析性功

---

[4] 引自：張夢機、張子良編著：《唐宋詞選注》（臺北：華正書局，1980），頁44。

能時，基本上都是由左半邊的大腦負責（將近百分之九十七的人是右利），例如執掌語言表達的「布洛卡區」（*Broca's area*）[5]以及理解語言的「威爾尼克區」*Wernicke's area*[6]都是位於左半腦；兩區之間由神經纖維束連接起來。這個「語言中心」控制系統把聲音或符號、組織聯繫起來，以表達大腦所接收或儲存的訊息。閱讀的過程圖示：

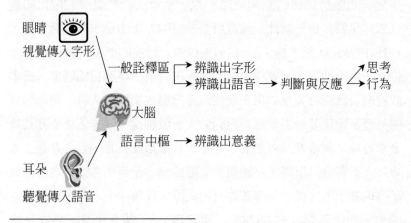

5　此區位於大腦皮質第 44、45 區，職司語言處理、話語的產生。1861 年法國神經學家兼外科醫生布洛卡（Paul Broca, 1824-1880）對一些患有失語症的病人進行治療及研究，其中一名只能發「tan」音的患者死亡，布洛卡醫師對其遺體解剖時發現該患者的腦部此區域受損，於是推測這一區是負責語言運動的產生。故以其發現者的名字謂之。布洛卡區損傷無法說出合乎文法的流暢語句，會以短而間斷的句子表達其思想，但病人對語言的理解能力正常。

6　此區為聽覺聯絡判斷區，位於大腦皮質第 22 區，顳葉上回、緣上回及角回；在這個區域內有聽覺性語言中樞和視覺性語言中樞，負責理解單詞的意義，並實現視覺與聽覺的跨通道聯合，能將書面語轉成口語，或將口語轉換成書面語。威爾尼克氏區損傷者，能清楚聽見話語的聲音，但無法理解其意義。1874 年由德國醫師威爾尼克（Carl Wernicke, 1848-1905）發現。

　　人類神經系統的超群結構，是人類認知、思維、創造的必要條件，但並非充分條件。不論是在印度或是在德國發現的「狼孩」，這兩個活生生的實例都表明，人腦的高級思維能力主要是後天獲得而來的。「狼孩」的神經系統與普通人並無明顯差異，即並不缺乏由遺傳信息提供的先天基礎，只是他們在幼兒期生活在狼群內，失去在人類社會中進行學習的機會，因而無法學會說話。可見，在社會中學習、受訓，是人類個體智能發展的充分條件，其神經系統的複雜結構和高度可塑性是必要條件，具備此充要條件，人類的智慧乃超越了普通動物界。話說回來，文學這種高級思維活動，不論是想像、記憶、認知、感受，都必須具備一顆靈光的頭腦，寫作、閱讀皆然；而且，後天的學習和鍛鍊更加重要！根據達爾文的研究，狗的智慧相當於一個一歲大的兒童，但狗兒和一歲大兒童的關鍵差異在於—牠不能說出話來！狗兒也有情感反應，當牠見到主人回來了，會興奮地「汪汪」搖著尾巴跟進跟出繞著主人打轉，但狗兒卻無法說出這樣一句簡單的話語：「你回來了啊！」或是在你餵狗兒吃飯時牠會開口說：「我最喜歡吃這種口味啊！」總之，人和章魚哥，特別是訓練有素的動物，如白文鳥，狗，海豹，猴子都具有理解信號的能力，從所提示的信號聯想到不在此時此刻出現的事物，而其理解的基礎是建立於先前信息／意義曾縮結合一的情況！但是，人類這顆奇妙複雜的大腦其所能理解的當然不只是什麼顏色的球有蝦子吃這樣的判斷而已，其所要表達的也不只是見到你返家心生歡喜的情感而已；或是像白文鳥一樣地撿出紙牌來算命！作為一個「人」，他能忍住歡喜而不說，拒絕蝦子的誘惑而不吃，或是說出一篇類似「不嗟來食」這樣的道理；或是自行研發出各種算命的方式，面相，骨相，手相，八字，生肖，血型，星座等等等，這真

是非常不可思議的情感，意志，推理和表述能力！

　　近兩百年來，由於生理解剖學、腦神經外科、心智理論（Theory of Mind）的研究成果，以及高科技醫療攝像機器對人體生理組織的觀察，使我們對人類頭腦的神奇結構與功能，獲得了突破性的發現，我們逐漸明白「心靈」的奧祕不在「心」，而在「腦」，古代的哲學家當然也會追究心智的運作模式，但兩千年前缺乏具體的腦部科學知識，所以是從哲學範疇及術語來論述，例如荀子以「天君」、「天官」、「性」、「情」、「心」、「智」、「慮」、「偽」來論述思維、感覺、情感、記憶、學習到行動的過程[7]，現在我們則可以從左半腦、右半腦、腦葉、皮質層、腦迴，或是從布羅德曼分區（Brodmann area）的五十二區來檢視[8]，譬如前述杏仁核對情感反應與記憶存取的職能，或布洛卡區職司語言信息的處理與話語的產生，威爾尼克區負責語言以及文字的理解，兩區之間由弓狀神經束作為連接的神經通道等等……文學活動就是高級心智活動，從事文學活動，比起章魚哥的「撿球」行為，可以說

7　《荀子》〈天論篇〉第十七「好惡喜怒哀樂藏焉，夫是之謂天情；耳目鼻口形，能各有接而不相能也，夫是之謂天官；心中虛，以治五官，夫是之謂天君。」《荀子》〈正名篇〉第二十二：「生之所以然者謂之性。」「性之好惡喜怒哀樂謂之情。」「情然而心為之擇謂之慮。」「心慮而能為之動謂之偽，慮積焉能習焉而後成謂之偽。」「知之在人者為之知，知有所合為之智。」（臺北：臺灣中華書局，四部備要本，據嘉善謝氏本）分見卷十一，頁10；卷十六，頁1-2。

8　布羅德曼分區為德國神經科醫師兼解剖學家布羅德曼（Korbinian Brodmann, 1868-1918）於 1909 年提出的解剖研究報告。布羅德曼將左右半球均區分為 52 區。負責語言的產生與理解的主要是 22、44、55 區。不過，這幾區尚須大腦各區的協同配合，才能產生正常的語文活動。

是深奧複雜上千倍，但是，兩者仍然屬於「手腦併用」，必須累積學習經驗，儲存記憶，認知外部世界，抉擇、判斷……只是，人類發明了無敵的語言與文字，使文學活動穿越古今，聯繫彼我，交流心靈。

　　總而言之，腦是我們身體內的神經中樞，它控制著大部分身體的活動，並且收集和儲存訊息，是促成思想和學習的必要部分，可以說是主機板，或是智庫。在進化過程中，我們的腦獲得了對這個世界進行抽象思考的能力，依據這個能力，我們可以利用語言或文字來描寫、論述、編輯、假想這個世界，聚合及流通各種信息[9]。在我們身體的所有器官中，腦部消耗的燃料首推第一！當我們處於休息狀態時，葡萄糖在腦部氧化的速率是其他組織的十倍，所以我們在讀書寫作時容易肚子餓，此外，咖啡因和尼古丁等刺激中樞神經系統的飲料，也可能提高記憶的鞏固。所以，適時地補充「燃料」，也是讀書寫作時的保養之道。

---

[9]　美國科學家庫茲偉爾（Ray Kurzweil, 1948-）將宇宙的進化分為六個紀元，「大腦」的進化屬於第三紀元，各個紀元之間是通過「間接引導」的模式來延續信息的進化（下一紀元進化利用上一紀元的進化結果）。他說：「人類大腦的大部分活動是關於模式識別的，第三紀元起始於早期動物的模式識別能力，該能力可以解釋為人腦的大部分活動。最終，人類這一物種通過進化獲得了對我們所處世界進行思維抽象並且能對這些模式進行理性的推演的能力。人類具有了依據自身思想重新描繪世界的能力，並且能夠將這些思想付諸實踐。」詳參美・庫茲偉爾著，李慶誠、董振華、田源譯：《奇點臨近》（北京：機械工業出版社，2014），頁 6-7。

我是誰？

──「自我意識」觸發了心聲，啓迪了文學

　　人類的智慧產生了自我意識，自我意識一方面既是個人的，另一方面又與社會密切相關[1]；此外，就個人而言，自我意識既是作為主體的一種主觀主動的體察；同時也是作為客體的一種被觀照，被省視的客觀存在物；又，自我意識也連結著感官物質的經驗接受與精神靈質的情意反應產出。自我意識也可以理解為笛卡爾（René Descartes, 1596-1650）的「我思」，廣義的「我思」包括了我的知覺、我的記憶、我的判斷、我的感覺、我的渴望、我的意願等等；甚至還包括無數類似的、在其無數流動的特殊型態中的全

---

[1]　*Pragmatism: The classic writings "The Social Self"*: Recognizing that the self cannot appear in consciousness as an "I," that it is always an object, i.e., a "me," I wish to suggest an answer to the question, What is involved in the self being an object? The first answer may be that a "me" is inconceivable without an "I" is a presupposition, but never a presentation it has passed into the objective case presuming, if you like, an "I" that observes – but an "I" that can disclose himself only by ceasing to be the subject for whom the object "me" exists. *The Journal of Philosophy, Psychology, and Scientific Methods*, X (1913). For the specific source see p.377, below.

部自我體驗[2]。當一個人向自我發問：「我是誰？」就已呈現「我」，既是一個發問的主體，也是一個被探問的客體；而且，人總是在社群之中反照己身的存在地位與價值意義，所以，「我」，就來來回回於個體與群體之間的定位、路徑等相對座標之運算。若欠缺一個作為主體性的「我」，則所有的自我意識將無從啟動，遑論開展自覺自悟契機；相對的，若欠缺一個作為客體性的「自我」，則失去反省的對象，縱使「我」冰雪聰明，也迷津喪途，無從落實對自身作為的觀察。

於 1912 年崛起於德國的格式塔心理學（Gestalt Psychology）認為生命有機體（當然主要在討論人）的心理活動是一個由「自我」（Ego）—「行為環境」（behavioural environment）—「現實環境」（geographical environment）等三項進行動力交互作用的場——「心物場」（psycho-physical field），「心物場」含有自我和環境的兩極化，這兩極的每一部分各有它自己的組織（organization）。[3]當一個生命體受到現實環境的阻擋而使他無法獲取所欲得到的對象時，其自我和環境將因而形成一股張力，這股心物場張力產生了心理焦慮，直到生命個體在行為環境中理解自我的欲望、意志和需求是可以迴避現實環境中的阻礙而獲得解決時，焦慮才可望解除。就文學活動的產生歷程來說，焦慮所產生的心物場張力，是一種因憂患而生的胸中塊壘，面對人生的憂患，思考解

---

[2]　參：德·埃德蒙特·胡塞爾著，李光榮編譯，《純粹現象學和現象學哲學的觀念》第一卷（重慶：重慶出版集團圖書發行有限公司，2006），頁26。

[3]　詳參：德·庫爾特·考夫卡著，黎煒譯：《格式塔心理學原理》（杭州：浙江教育出版社，1999）。

決憂患之道，就是一種紓解心物場張力的「言說」活動，所以孔子說：「作《易》者，其有憂患乎！」

這些分析揭露了我們在沈思過程中的種種心態，因為「自我」介乎「想像」與「現實」，有我想要擁有的，有我想要卻要不到的，也有我不想要卻不得不要的，「自我」處於或覺今是而昨非，或為自己曾犯下的失誤而悔不當初，或為自己當年不畏艱難險阻終有所成的行動而心安理得等的不同狀態，這些心理體會在在證實，「我」既是一個自我觀察者，同時，也是一個被觀察的自我。孟子說：「反身而誠，樂莫大焉！」表述「我」與「自我」之間無所歧異，沒有矛盾的和諧悅樂；然而，「反身而誠」既是如此地令聖人以「樂莫大焉！」詠嘆，則人生多數的生命活動，必然是「心與口敵，性與情競，夜覺曉非，今悔昨失。」（《顏氏家訓》〈序致〉）而此間的成敗離合，順逆同異，激發了種種的矛盾、追悔、困頓、迷惘等心情，這些心情可以成為言說的欲力，也是言說的材料。《莊子·知北游》[4]：「山林與！皋壤與！使我欣欣然而樂與！樂未畢也，哀又繼之。哀樂之來，吾不能禦，其去弗能止。悲夫，世人直為物逆旅耳！夫知遇而不知所不遇，能能而不能所不能。無知無能者，固人之所不免也。」追求逍遙遊的大哲，猶且在欣欣然的快樂之後感受到哀傷，感受到哀樂之來不能禦，其去不能止，而為人生之不免於不能所不能之苦而浩歎；那麼，「情之所鍾正在我輩耳。」的人們，在回首往日時光時，勢必有更多的感懷，而這也正是以「我」的立場寫作的動機。

4　陳鼓應註譯：《莊子今註今譯》（臺北：臺灣商務印書館，1987），頁642。

　　任何文學作品，不論是抒情文，敘事文，或是詩歌，或是論文，或是報導類的作品，都必然會有一個說話的「我」，只是，詩歌的抒情成分大；敘事的事物的資料成分大，然而，每個作品都會有自己的立場，自己的見解，自己的價值自己的情感意識在。試以宋·蘇軾作於貶謫黃州第三年的《寒食帖》為說，當時遭文字獄連累之罪的蘇軾，遠離故鄉，不得歸返故里，在淒風苦雨的清明寒食節，他困居於水淹漫漶的小屋之中，破灶進水，葦草浸濕，即使不是寒食節，他也無從升火炊煮任何熱食，這樣的日子使得他心情蒼老，沈重地感嘆「君門深九重」，「墳墓在萬里」，他滿腔赤忱，卻忠而見黜，豈不是「年年欲惜春，春去不容惜。」這世間確實有欲哭無淚的悲哀，有無力可挽回的命運；這兩首五言詩如下：

　　　自我來黃州，已過三寒食。年年欲惜春，春去不容惜。
　　　今年又苦雨，兩月秋蕭瑟。臥聞海棠花，泥污燕支雪。
　　　暗中偷負去，夜半真有力，何殊病少年，病起頭已白。

　　　春江欲入戶，雨勢來不已。小屋如漁舟，蒙蒙水雲裡。
　　　空庖煮寒菜，破灶燒濕葦。那知是寒食，但見烏銜紙。
　　　君門深九重，墳墓在萬里。也擬哭途窮，死灰吹不起。

　　距離封建時期已遠，傳統士人如蘇軾這樣的貶謫命運雖已不再出現，然而，民主社會的變革雖解決了君權王權凌駕一切的恐懼和迫害，但民主政治和工業文明興起之後，也帶來了新式的苦惱與磨難；資本主義與都市的生活型態帶來了繁榮和便利，卻造成人的物

化和異化。[5]隨著自我價值的荒廢，拜物與拜神，成了價值與意義的填補，以及填補不得之後伴隨的再度失落。由於文學就是社會心理學的文字反映，因此異化也會形諸文學。曲春景、耿占春認為現代小說呈現的漂移，就是這種異化的反映，小說家描述的世界是滑動的，挪移的，人與人是孤立的：[6]

> 這是一個他人的世界。人的欲望的實現和欲望對象常常就是他人。每一個人的欲望都存在於他人之中。然而他人又不是任何一個確定的人。確切地說，他人在得不到的時候是欲望的終端所指。然而在得到了的情況下他人又變成了一個滑動的能指。

5　工業社會的殘酷競爭會帶來「自我變異」，即異化、物化。此說出自於德·馬克斯（Karl Marx, 1818-1883）對資本市場中工廠勞動工人的辯證分析。在《歷史與階級意識》）（1844 年經濟學─哲學手稿）中提出。「自我變異」（Selbstentfremdung）討論工人的勞動不是自願的勞動，而是被迫的強制勞動，勞動對於他來說是外在東西，而不屬於他的本質的東西。所以，「他在自己的勞動中不是肯定自己，而是否定自己，不是感到幸福，而是感到不幸，不是自由地發揮自己的體力和智力，而是使自己的肉體受折磨、精神遭摧殘。」這是一方面。另一方面，「自我異化」也表現為因勞動分工所導致的人的畸形發展，即為了訓練某一種單一的活動技能，其他一切肉體的和精神的能力都成了犧牲品，個體被侷限性和片面性所奴役。法國哲學家沙特（Jean-Paul Sartre, 1905-1980）後來將「自我異化」視為一種墮落，一種「對他存有」（being-for-others）的片面存在意識。「異化」是「自我變異」的簡稱，它包含了無力感（powerlessness）、虛無感（meanlinglessness）、失序感（normlessness）、孤立感（isolation）、自我陌生感（self-estrangement）。

6　曲春景、耿占春：《敘事與價值》（上海：學林出版社，2005），頁44。

各種心境與處境在不同的時局環境中，有以之而哭者，有以之而笑者，然都提供了創作欲望、創作機會與寫作題材，是「自我意識」在現實環境下的反映。晚近日行千里的電腦科技與虛擬實境，使人類的體驗會越來越多地在虛擬環境中進行；在虛擬現實中，我們可以在身體和情感上成為兩個或三個完全不同的人……而這另一個的「自我意識」，又會再度刺激「我是誰」的省思，形成新的文學寫作動機。

我有話要說給你聽
——信息流與話語性

　　1948 年美國數學家申農（C.E. Shannon, 1916-2001）創立了信息理論，申農時任貝爾電信通訊研究所（Bell Labs），所以，他的通信理論原本是在研究通訊系統中普遍存在著的信息傳遞規律，以及如何提高個信息傳輸系統的有效性和可靠性。[1]五零年代之後，信息論得到廣泛的運用，不再侷限於通訊系統，信息論的觸鬚延伸到各種科學領域，如語言學、政治學、管理學、心理學、人類學、神經生理學、計算機科學等等，與各個學科建立了聯結的新脈絡，拓展了學術研究的視野，形成了廣義的信息論。信息論的信息流通過程如下：

　　　　信息→輸入→貯存→處理→輸出→信息

文學活動也是一種信息流的傳播過程，我們從自然界、社會環境和自身的精神世界中察覺到許許多多的信息，風吹草動，生老病死，悲歡離異，這些各式各樣的信息輸入之後，為我們的記憶體所貯存，經過處理或變換的過程之後，再予以信息的輸出。

1　　張鐵明：《教學信息論》（南京：江蘇教育出版社，1990），頁 19-21。

信息論刺激了新興的文學觀點——「話語」，什麼是「話語」？「話語」就是有目的的信息流動系統。一切的信息溝通都必須要有信息的輸入者，信息，信息的接收者，信息的溝通環境，信息的溝通目的等五項要素，因此，文學作為一種有目的的信息流運動，也必須包括上述五個要素：說話者，文本，受話者，語境，溝通。這五項要素中的「說話者」，「文本」，「受話者」可以還原為傳統文學觀念中的「作家」、「作品」、「讀者」，至於「語境」和「溝通」則是這個信息交流的通話環境狀態以及本次通話的目的是否完全實現。分述如下：

(1)說話者：

這是體現在文本中的敘述者或抒情者之作家因素，是話語活動的兩個主體之一。任何一項話語活動至少都要有兩個人參加，即說者和聽者，這是使收發信息的循環得以完整的最低限度人數。此處之所以用「說話者」來指稱傳統的「作家」，是顧及到信息的意義實現，有某部分在說者，有某部分在聽者，還有某部分在文本本身。傳統文學觀念所說的「作家」，他被賦予的話語權力較大，作家是文本的中心和焦點，是意義的湧出者[2]；然而，在實際的文學活動中，讀者其實無法直截觸及作者的自我，因而改以「說話者」

---

[2] 美·馬格廖拉著，周寧譯：《現象學與文學》以英加登（Roman Ingarden, 1893-1970）的看法來說明作者和作品是異質的兩個對象：「作者的特有經驗制約著文學作品的產生，或許作品的整個結構和個性特徵都在功能上有賴於作者的心理素質、天分及他的思想世界的類型和感情類型；因此，作品多少打上作者全部人格的痕跡和作者「表現」他的人格方式的痕跡。但是，這些事實絲毫無妨於這一重要但又常為人所不解的觀點：即作者與其作品構成兩個異質對象。」（遼寧：春風文藝出版社，1988），頁179。

來指稱言說的主體。以下是筆名「味橄」的錢歌川之散文，文中可以明顯地感受到「說話者」「我」的存在；〈雞〉：[3]

> 過去二三十年，我都是過的都市生活，尤其是住在上海的弄堂房子裏，仰頭看不到幾尺天，腳下更是踏不到一寸土。宅前唯一的一個小天井，也都是敷著水門汀的，長不出一根草來。每日呼吸的都是煤烟，沒有一點清氣。雖說是芳草年年綠，百花照樣開，春來春去，我們都沒有看見。並不是為著什麼封侯事業，也竟背棄了這麼多年的大好春光，想起來真覺得有點冤枉，然而你要到鄉下的家裏去住的話，是沒有人會給你飯吃的。生活還是第一，求名求利，都要以生活為大前題，先要解決了吃飯問題，然後纔能談到進取，談到享受。我們住在都市之內，商場之中，不知者總以為不是求名，就是求利，或是在幹著一種求那名利雙收的勾當，其實並不是那麼一回事。說來也憐得很，我們不過只是一個都市的寄生者，靠寄居在都市中，混一碗飯吃而已。脫離了都市，雖說有鳥語花香，清風明月，可以枕泉漱石，可以坐月醉花，可以聽採菱的歌聲，可以看農夫的播種，但我們這些搖筆桿的文人，對於田園只是一個旁觀者，而不是一個生產者，歸田要做過多年京官，有了相當積蓄然後可。現在我名既未成，利亦未就，怎能離得了都市？為著餬口，為著養家，結果就是這樣年復一年地寄食於都市之中，辜負了多少春秋佳日，而不知老之將至。

3　味橄：《游絲集》（臺北：廣文書局，1982），頁 25-27。

在童年的時候，也曾在鄉下住過，門外就是水田，青山白雲，朝霞暮靄，可說完全是與大自然為伍，那種生活最令人憧憬，最使我回憶，幾十年來總想努力做點事業，好把生活問題解決，早日再回到那種田園中去。然而至今一事無成，而大戰却爆發了。（案：他因戰亂避居鄉村，鄰居建議他可以養雞謀生。）我從前遊北平的時候，畫師齊白石曾贈我一幅小雞圖，活躍如生，我尤愛他用淡墨浸出一重小雞的絨毛，特別溫柔可撫。十年來朝夕相對，使我特別愛好小雞了。現在這些小雞都具體地在我眼前草地上跳動，發出嚶嚶的聲音，多麼惹人憐愛。我每日看著牠們生長，看到牠們每當老鷹飛過屋頂時，也知道躲入草叢中，或跑到屋子裏來，我臉上常要浮出一種滿意的微笑。物雖小而保護生命的本能都是有的，造物的力量真是不可思議呀。

文本中的「我」是說話者，他在文章中述說自己因為戰亂而避居鄉下，但鄉居生活使他意外地養起了一窩小雞，並興起憐愛賞識之心。

(2)接受者：

　　這是閱讀文本的接受者角色和讀者因素，文學或藝術作品的存在是一種需要閱聽者接受才能完成的活動，所以對所有文本來說，只有在理解過程中才能實現由「文字堆積物」這種無生氣的意義痕跡朝向「滿紙辛酸淚」這種有生氣的意義轉換。接受者，或稱閱聽的受眾是話語活動的另一主體，是所有作家在寫作時，都會意識到的某個正在聽他傾訴的閱讀者，即使當下是作家本人，也應視作其化為閱讀者的分身。受眾的時空距離可以遠，可以近，可以在場，

可以缺席，可以是對話者，也可以只是一個默不作聲的聽者。

　　從話語性來看，一個信息只有在向某人說出之後，才算完成信息的釋放，這是發表行為的基本意義！就像電話和信件的傳遞模式一般，電話的構造有話筒與聽筒的兩端；信件有寄件者和收件者；因此，作為話語活動的文學創作，其一開始就存在了一個訴求對象。任何文本都是信息發送者實踐其發話意圖的行為產物，因此，這個文本必有預設的信息接受者，交通指標寫給使用道路的行人或駕駛者看；廣告文案寫給預設的消費者看；政治或宗教上的文宣寫給所欲布政或傳教的群眾看；話本或擬話本小說寫給聽書聽眾或讀者看，即使是看似「喃喃自語」的抒情詩歌，也存有傾訴衷情的對象，不論形諸文本時，是否有一個「看官」、「各位」、「敬啟者」、「讀者諸君」、「你」，任何形態的文本必有受話者的預設。下列這首由王勃寫出的唐詩，它的受話者就是詩人要致意的人——杜少府，他是王勃的朋友，從字面上即可明白杜少府要到四川去就任職務，在離別之際，王勃做了這首詩表達離別與寬慰之意。〈送杜少府之任蜀州〉：[4]

　　　城闕輔三秦；風煙望五津。與君離別意；同是宦遊人。海內
　　　存知己；天涯若比鄰。無為在歧路，兒女共沾巾。

下列的詩，則是寫給十年未曾謀面，今朝偶然邂逅的老朋友，他的受話人是詩題的「故人」，韋應物〈淮上喜會梁川故人〉：[5]

4　高步瀛編注：《唐宋詩舉要》（臺北：世界書局，1974），頁 407-408。
5　高步瀛編注：《唐宋詩舉要》（臺北：世界書局，1974），頁 496-497。

江漢曾為客，相逢每醉還。浮雲一別後，流水十年間。歡笑
情如舊，蕭疏鬢已斑。何因北歸去？淮上有秋山。

當然，你和我，在閱讀這些詩作時，也是另一種讀者，是文本
之外的信息接收者。作為接受者的讀者必須具備有基本或更深入的
解讀能力，這種要求一方面使得閱讀不再像傳統的方式那樣單向的
承接作者或作品的訊息，另一方面也使得讀者可以對作者或作品有
兩種以上的可能理解，甚或予以改變或扭曲。所以，說話者未必都
有話直說，或是都實話實說；然而受話者也未必只有一副被動聽話
的耳朵，他可以分辨文本中的信息價值；所以，交際活動中的接受
者也有其能動性。因此，每一文本都被其讀者重新創作，讀者將新
的闡釋格局加之於作品之上，雖然一般來說，讀者不必對闡釋負有
太多的責任，他也可以只是看看就好。

(3)文本：

這是供閱讀以便達到溝通的特定語言構成物，有時也稱話語系
統，這是話語活動的媒介物。作家的性情必須經由作品的存在才得
以顯示其自身，這是讀者的意向性對象所在，同時也是作者的意向
性對象所在；雙方在此進行情感意識的交流。「作品」和「文本」
都是相同的表述客體存在，之所以有兩個不同術語的指稱，乃是因
為看待文字成品的兩種不同方式所致。作品是（work），文本是
（text）；作品是指某種封閉的、完成的、穩固的表述客體，而文
本則是指某種開放的，尚待完成的表述客體。

文字或語音符號是精神蹤跡，是信息使者，是能指，不是意
義，不是所指，但是，就交際行為而言，「能指」是傳遞「所指」
的必要工具，有之不必然，無之必不然的溝通憑藉，至於「所指」

的存在，其本身就是一種存在，不論是有形的人事物，或是無形的意義、情感，缺乏「能指」，它們依然存在，只是，是一種自為而為，自然而然的存在，可以是顯相的存在，如花、鳥、蟲鳴、風霜雨雪雷電等事物；也可以是隱蔽的存在，如生命的奧秘，自然天體的運作道理[6]。不過，當要向人揭示這些「所指」時，則必須仰賴「能指」的能謂和在時空中傳佈的功能。可以說，語言文字等符號並不是意義的所在，而是指向它所指向的意義。因此，意義位於整個語言事件的終端，而語言文字符號則是發送意義的塔台基地。

由文本衍生而出的尚有超文本、多文本等術語，超文本指的是作品裡有開放的衍生性，多文本則指包含文字文本、圖畫文本、影像文本，如繪本、有題畫詩的圖畫等。

(4)溝通：

語言的本質在於表達，所以，表達是動機，而溝通才是目的。溝通是說話人與受話人之間通過文本閱讀而達到的相互了解或融洽狀態，這是文學作為話語活動的目的。說話和受話雙方基於溝通上的合作原則（cooperative principle）彼此在這個默契下進行信息的交流，只要語言塑造得體，所有文學作品之間都存在著一種深層的

---

[6]　波蘭美學家羅曼‧英加登（Roman Ingarden, 1893-1970）在《對文學的藝術作品的認識》書中談到，一般的知識對象具有自主性及確定性，但文學的藝術作品並不是一個獨立自主存在的客體，它必須依賴認識者的認識過程方得以存在。他說：「判斷的真實性概念和與知識相聯繫的觀念及其「客觀性」，要以知識對象的某種概念為前提。它被理解為某種(1)完全獨立於認識過程以及在認識中所達到的判斷而存在的東西；(2)擁有其自己的確定性，它之所以擁有這些確定性完全不依賴它是否以及如何被認識。」波蘭‧羅曼‧英加登著，陳燕谷等譯：《對文學的藝術作品的認識》（臺北：商鼎文化出版社，1991），頁343。

共同性，不論說得再怎麼含蓄隱蔽，或是捏造得如何誇大荒唐，只要雙方願意溝通，都能跨過媒介物的限制或花樣，掌握其中的意義。只不過，讀者的記憶與文本所承載的記憶不可能完全重合，也不可能完全一致，對所有文學現象的解讀勢必包含了主觀性，更何況每個人都被表象和假象堆疊的世界給部分封鎖了，所以即使是最基本的溝通層次，人也有可能無法與他人建立真正清明透澈的溝通和對話。

(5)語境：

這是說話人和受話人的話語行為所發生於其中的特定語言關聯域。簡言之，包含上下文的關係，以及時代條件、環境條件、文化條件，兼含具體環境和更廣大的社會環境。在不同的語境裏，信息會依語境轉移，展示出不同的意義屬性；而同樣的詞彙，當它出現在不同場合時，可能就會有不同的用法，甚至，該詞彙後面所附加的標點符號，或是不同的語尾助詞，也會產生意義上的差異。讀者在閱讀文本時，應根據語境辨析意義的分歧及含混，實現該語詞最恰當的意義。

試以「補胎」為例，當它出現在輪胎店與中藥店時，意指各有不同；前者指修補輪胎；後者指補養胎兒；而其所用的文字則完全相同，當符號的接受者在判定該「補胎」的恰當意指時，必須考慮「語境」的因素，究竟是「輪胎店」還是「中藥店」，方能瞭解確實的意義；其他如「加油」，放在運動場與放在加油站，也各有它的指涉。符號的接受者由於具備掌握兩種以上的語彙意義，因此也可以故意錯置該語境所應擇取的意義，以達成「曲解」的目的，從而造成荒謬乖違的唐突趣味。

手與寫作的關係
──從人類靈活的手臂說起

　　文學是人類的生命經驗與情志的結晶，就人類自身的生理條件而言，要完成這一上通天文，下達地理，中貫人情世事的智慧結晶，至少必須具備三個重要的器官；一是一顆神奇的大腦，二是兩顆立體視覺感知的眼睛，三是一雙掌握靈活的巧手！科學家認為這三個重要的器官是人類所以具有高度智慧的必要條件。沒有大腦，我們無法思考；沒有兩顆明目，我們無法觀看；沒有這雙擒縱自如的巧手，我們如何能大展身手？文學的寫作活動亦然，不論是任何人要寫任何內容或任何形式的文字作品，都必須經由這雙自由靈敏的智慧型手臂來操作，說它是智慧型手臂，因為它是由頭腦所指揮，所以聰明得很。法國醫學科學家克洛德‧貝爾納（Claude Bernard, 1813-1878）說[1]：「把頭腦和手分開是不可能的：一雙靈巧的手缺乏頭腦指揮，只是一種盲目的工具；喪失執行的手，頭腦

---

[1]　法‧克洛德‧貝爾納著，夏康農、管光東譯：《實驗醫學研究導論》（北京：商務印書館，1996），頁 3。「一門科學越是複雜，就越是重要。」，頁 2。「總之一句話，致力於真理探求的科學家應當保持他的精神自由與寧靜，還應當如培根所說，不讓眼睛為熱情之淚所浸潤。」，頁 41。

也就沒有威力。」

　　人類的前臂和手是自然界中最有效率且動作優雅的操縱結構之一，每隻手都有一個由 27 塊骨頭組成的骨架，這 27 塊骨頭由許多複雜的關節連接著，使手部具有驚人的柔韌性。骨頭上包覆著肌肉與其肌腱、血管和神經，並由皮膚組織將整隻手給包覆起來。手掌和指尖的皮膚組織含有大量的感受器，這些感受器包埋在毛髮的根部，只要稍微有個風吹草動，手部的感受器都能察覺出來，所以它觸覺敏感，反應迅速，動作精確，具備了執筆圖寫心事的必要條件[2]。在萬餘年來的演化中，人手肩負著人類靈心慧眼所察知的現象，創造出奇偉豐碩的文明與文化，也刻寫出千古以來無數的事物和經驗。

　　英國‧赫胥黎（Thomas Henry Huxley, 1825-1895）是第一位從生理解剖學的方法來探索人類的心智與行為何以特出於其他動物的自然科學家，在《人在自然界的位置》[3]一書中，赫胥黎本著達爾文（Charles Robert Darwin, 1809-1882）演化論（Theory of

---

2　從生理解剖學來看人類的手部構造，可以明白文學藝術與文明的發生都來自於這雙和大腦心智相協作的靈巧雙手；參史提夫‧帕可撰文，吉里安諾‧佛爾納里繪圖：《人體探索圖集》（臺北：臺灣英文雜誌社，1995），頁 38、頁 35。

3　「在手掌基部的外側有一個粗壯的手指，只有兩節，而不是三節，比較短，末端只稍稍超過緊挨著的那個手指的第一節中部。它的可動性很大，能張向外側，幾乎同其他手指呈直角。這個手指叫拇指……由於拇指的比例和可動性，它被叫做『可對向的』，換句話說，它的末端能非常容易地同任何一個手指的末端接觸。我們內心的很多想法能夠實現，主要是依靠這種對向性。」又「手指和拇指的主要屈肌，不但是長肌，而且彼此始終完全可以區分而不相混雜。」，頁 78、81。（北京：科學出版社，1973）

Evolution）的觀念與解剖學的資料，對人類和猿類的生理結構異同進行比較，且取得了重要的研究成果[4]。在人與猿的前肢結構比較上，赫胥黎發現：人和猿的共同祖先已發生前肢突變，即拇指特化，也就是拇指的分張角度變大；絕大多數哺乳動物的前後肢之指或趾都是並列排列，分張角度小，樹居者主要靠爪攀爬，但猿猴由於拇指特化，於是可以把握枝幹來晃蕩移動。雖然人與猿都有分張角度大的拇指特化現象，但是人的前肢在演化的過程中，還具有更關鍵的三個特徵，一是前肢變短，二是拇指縮減為兩個指節，三是發展出強壯的對掌拇肌，使拇指可以輕易地與其他四根指頭接觸。這三個特徵的作用說明如下：首先，當人類的遠祖從樹上下到地面並開始直立行走後，在長期的演化過程中，骨盆變小了，頸椎和腰椎的曲度變化也使人類可以維持直立平衡的活動方式，於是，原本需四肢爬行的移動方式徹底改變，人類的後肢變成了下肢，負責行走，而原先也須負責爬樹的前肢則獲得解放，這樣的分工導致了手指功能與構造上的演化；最明顯的是前肢變短了[5]。其次是三個指節縮短為兩節且具有強壯的拇指肌肉[6]。合理的演化過程推論是：三個指節的拇指適合爬樹，卻不利於抓握工具，而且使用時也比較

4　任定國「科學元典叢書」弁言：「當人們咒罵《物種起源》是「魔鬼的經典」、「禽獸的哲學」的時候，赫胥黎甘做「達爾文的鬥犬」，挺身捍衛進化論，撰寫了《進化論與倫理學》和《人在自然界的位置》，闡述達爾文的學說。經過嚴復的譯述，赫胥黎的著作成為維新領袖、辛亥精英、五四鬥士改造中國的思想武器。」美・維納著，郝季仁譯：《控制論：或關於在動物和機器中控制和通信的科學》（北京：北京大學出版社，2007），頁2。

5　一隻成年的猩猩，臂長96公分，腿長90公分。同注1，頁65。

6　在拉丁文裡，拇指 thumb，意謂「強壯」之意。

沒力；但若是退化萎縮[7]，或是縮減為一節，就會因為缺乏拇指，或因長度不夠，而不便與其他四根手指頭協作；結果是，拇指演化為兩節最為合用。赫胥黎還發現，「猩猩的拇指，缺少任何特有的長屈肌。」而且猩猩在走動時「手的內邊緣是支持體重的重要部分。手指，尤其是食指和中指，都以它們的最前一節的背面，屈向地面，伸直而活動自由的拇指尖端，不過作為補充的支點罷了。」[8]、而「美洲猴的拇指和其他指不能對向。」[9]可見，猩猩雖有伸直且活動自由的拇指，但它們只是猩猩行走時支撐在地面上的補充支點而已，與人類大拇指的作用相差甚大。在演化過程中，由於人類的前肢進化得強壯有力，抓握自如，屈伸靈活，有利於工具的製造與操作，而且，分張角度大的拇指，還便利於測量、分類[10]，這對人類邏輯思維的發展與文明器物的製造都有重大的刺激作用。

從手臂與手的肌肉群來看，書寫的動作至少需要調度尺側曲腕肌、橈側伸腕肌；這兩塊肌肉負責將手腕彎曲及伸長，當我們執筆，懸腕，擱筆時，就要調動到它們。其次也需要手腕的韌帶來輔助，因為從手臂通向手部的血管、神經、二十多條肌腱必須予以穩妥的約束，才能確保這些筋脈的通暢與手腕的靈活。不可或缺的還有像細長繩索般的屈指肌腱和伸指肌腱；屈指肌腱每手各有十條，

7　同注1，「蛛猴的拇指萎縮，僅留殘跡，而被皮膚所包蓋。」，頁84。

8　同注1，頁31。

9　同注1，頁84。

10　例如，可以利用拇指與食指之間的距離來做測量單位，或利用虎口來為雜亂堆置的物品作初步的分類，這就是數量、分類、分析、歸納的觀念與實踐。朱建亮在《文獻信息學引論》說：「認識事物的關鍵在於把難於聯繫的聯繫起來，找到事物的廣泛聯繫；把難於分開的分開，找到事物的獨特之處，始認識深化。」（北京：書目文獻出版社，1992），頁36。

從前臂內部伸出，通過與手掌同面的手腕部，然後操控手掌與手指，負責使關節彎曲，將手指屈向掌內；伸指肌腱也是每手各有十條，分佈在手的背面，負責將指骨拉開，使手指得以伸直。不論是執筆寫字或是在鍵盤上點選輸入文字，都得借重屈指肌腱和伸指肌腱的配合，才能順利執行這些寫字的動作。由於人類的手部擁有錯綜複雜的纖維組織，尤其是手指的部位，這些纖維肌肉組和肌腱固定在其各自的骨頭旁邊，因此，不論我們如何屈伸變換手指的動作，這些肌肉與肌腱的位置也不會移易；所以，十指可以作動完之後立即各就各位地待命，準備繼續執行大腦下達的「指」令。

在手部肌腱中，最獨特的是位於手掌面上拇指根部之對掌拇肌，對掌拇肌能使拇指伸向食指與其靠攏，完成「捏住」的動作，這個動作使我們能精巧地抓住任何細微物體，且可維持長久而不會掉落。在這地球上，除了人類之外，尚沒有任何一種動物能夠做出這種動作，即使基因與人類有高達百分之九十八以上相同的猩猩、大猩猩也無法辦到。因此，不論拿的是哪一種書寫用筆：泥塊，樹枝，蘆荻，羽毛管，小刀，炭筆，毛筆，鉛筆，鋼筆……都必須仰賴拇指上的對掌拇肌，才能使拇指和食指、中指共同捏住書寫工具而寫字。也不要忽略指尖的皮下脂肪層以及廣泛鋪在小指外側及手掌內面的脂肪墊，有了這些柔軟的襯墊，我們就可以將筆握牢，即使長時間寫字，也能保持舒適。另外，每一根手指指尖上都有一圈圈的「指紋」[11]，這些紋路能使握在手中的筆或其他物體不易滑落，因為皮膚上的數百條汗腺會分泌具有發黏作用的汗液給它們，

11　「指尖的皮膚上有凹凸不平的渦狀紋路──指紋。在世界上 50 多億人口中，沒有任何人的指紋與你完全相同。」同注 2，頁 38。

這些像是柯南、刑警或算命仙會注意到的「細節」，其實也是持筆寫字會使用到的功能之一，使我們能心無旁騖地握筆寫作。

舉足輕重的脊椎與膝蓋
——直立是探索世界的關鍵

　　人是地球上唯一能直立行走的動物，直立了之後，觀看世界的角度不同，眼界也不同了，1949 年諾貝爾文學獎得主美國小說家福克納（William Faulkner, 1897-1962）說：「我發覺寫作是一項有力的差事，這件工作使人能以後腿站起來，並投射一道長影。」，文學就是這一道投射出的長影。

　　人類的文化發展和生理結構的進化相輔相成，尤以兩足直立行走以及腦部對資訊的處理系統等兩大能力最是關鍵。以人類最顯著的特徵——語言來說，它必須在腦部、發聲器官、直立行走等條件均確立後，語言活動才可望產生。直立促使人類得以走出樹林和莽原，不再個別漫遊地採果覓食維生。為了捕獵動物以作為高效能食物的來源，原本個體四處晃盪的行為也有了轉變，變成兩個或兩個人以上的群體共同行動，由於個體必須和其他人協力合作，才能獵獲動物；為了溝通彼此的意願，聯繫行動的協力方式，人類遂有語言交際的需要產生，社群組織也由此發軔，更有甚者，為了能有效獵取動物，預先設想，運籌謀畫的抽象思維也應運而起。此外，由於食物的資源供應已有餘裕，因此，除了可以彼此分享之外，覓食時間也相對減少，這樣就釋放出了閒暇時光，配合著人類業以解放

的前肢和靈光的頭腦，雙手可以製作工具，切割獸肉，剝取獸皮，
與環境之間的適應關係相形密切，為了取暖、覓食，也刺激合作的
活動產生，合作必須溝通協調，交際行為的需要推動語言的發明，
有了語言，個體與社會也有其相契相離的情況滋生，順逆離合，喜
怒悲歡，也應運而起，人，遂有了心事，文學也於茲萌芽，以此附
會言說心事的需求。[1]系統論學者葉家明指出：人類的出現係遵循
生物進化的規律，是變異和自然選擇的產物。在這不可思議的演化
過程中，推想應是以神經系統的變異為主體因素，之後加上肢體、
發音器官、食性等等的配合，使人類祖先的行為可塑性、學習能
力、交流信息的能力、勞動的能力和社會化生活方式在原有的「動
物層次」的基礎上發生了一次重大的躍進，達到了「人類層次」的
水平。[2]

　　人的脊椎與其他哺乳動物不同，它有原發性弧度（primacy
curve），和繼發性弧度（secondary curve）。原發性弧度包含後凸
的胸椎和薦椎；繼發性弧度包含前凸的頸椎和腰椎。只有真正的兩
足動物才需要這種前凸、後凸兩兩成對的脊椎弧度。在樹林間擺盪
和用指節行走的靈長類動物，雖然有些微的頸椎弧度，但不具有腰
椎弧度，因而無法徒腳持續行走。頸椎弧度使動物得以抬頭，有利
於掃視前方景物，包括面對面注視；腰椎弧度使得重量得以落實在
雙腳上，開始行走。人類的脊椎，可以說是大自然精妙的工程力學
機構，它支撐基礎最小、重心最高、腦的重量比例最大，脊柱完美

---

[1]　詳參 Gregory A. Kimble, Norman Jarmezy, Edward Zigler, *The Principles of
　　Psycology, p.54, 1984, John Wiley & Sons. Cultural Evolution.

[2]　詳參葉家明：《向生命系統學習──社會仿生論與生命科學》（臺北：淑
　　馨出版社，1997），頁 149。

解決了固定性與可塑性之間的矛盾需求。脊柱有 24 節脊椎骨，脊椎骨之間以椎間盤、小面關節和韌帶互相連結。這個軟、硬組織交織排列的結構，呈現了被動與主動元素之間的差異：脊椎骨是被動、固定的元素，而椎間盤、小面關節和相鄰脊椎的韌帶網絡，則是主動、可活動的元素，至於脊柱的內在平衡，則在於整合這些被動與主動元素。在功能上，脊椎顯然可以應付穩定性與可塑性的雙重需求。前半部的椎體負責處理重量負載及壓力，後半部的椎體負責處理身體活動所產生的張力，而在兩根柱子軟硬組織之間的動態關係裡，也存在著「穩定」與「舒適」的平衡。[3]有了俯仰自如的脊椎，人就可以頂天立地了。東漢‧許慎在《說文解字》解釋「人」字的造形是「象臂脛之形」，「人」字的本義是「天性之性最貴者也。」[4]反映先民對人類直立而行的自覺與自傲。

　　人類的近親猴子是用四隻腳走路的，它的脊柱與股骨彼此約成一直角，這樣的結構使牠無法像人類一般用兩隻腿行走；然而人類卻在五百萬年到一千萬年的進化過程中，逐漸使脊柱下部、髖骨和髖關節向上傾斜，雙腿遂直接位在身軀的正下方，因而可以穩定地承載整個身體的重量，兩個膝蓋骨及其與內耳、足弓的平衡機制也共同成功地促成人類獨特的直立式行走方式。上新世的乾旱導致熱帶森林的消退，出現了林木稀少的草原，在這種環境中，兩腿直立行走的物種更適於生存。如此，一個能夠自覺思維、能夠運用符號進行交流、能夠建立複雜社會組織的物種出現了。

3　詳參：美‧雷思利‧卡米諾夫著，謝維玲譯：《瑜伽解剖書》（臺北：大家出版社，2010），頁 19-20。

4　東漢‧許慎著，清‧段玉裁注：《說文解字注》（臺北：藝文印書館，1979），頁 369。

　　自從前肢獲得解放後，人類不必再如走獸「背脊向天」地「著手」於地面，他的身體因為直立而能看得更高更遠，視野開闊了，心眼也隨之拓寬；站立後，人類與他人直接做面對面接觸的機會也更多，眼神與表情的傳達將比匍伏地上時更密切，更重要的是，他能騰出雙手，用這雙巧手進行其他動物所望塵莫及的文明建設；藝術、商業、工業、農業等莫不仰賴這兩隻自由巧手對工具的操作，而學會使用工具進行勞動，正是人類與動物的根本區別所在。回到文學活動來說，從製作紙張、筆、墨、硯等書寫工具，到握筆寫字（或握鼠敲鍵盤），沒有一項不需要仰賴這雙手的支持。

　　以距今五十萬年的直立人北京人為例，他們雖處洪荒時代，但，直立之後，已懂得利用雙手來製作石器作為武器，或原始的生產工具；如石斧、石匕、石杵、石臼等。1952 年，大陸考古隊在山西省的舊石器時代遺址中發現石球，直徑約十公分，厚約五公分，原始人將繩索穿繫在球的兩端，揮舞甩動，可以遠距離猛擊動物，以達狩獵的目的。不論追得到或追不到獵物，生活開始蓬勃熱鬧起來了。總而言之，當人類直立之後，視野從此開闊，前肢也得以解放，於是開始練習製作工具，耕獵採集、捏土鑿石、編織圖染、刻劃記號……生活的新頁連續展開，抒情記事的歌謠也隨之發生。

文學從說話這件事發跡
──人是使用語文的智慧型動物

　　人類雖然和其他的動物一樣具有發出聲音以表達情感的本能，但在地球上，人類是唯一會說話，且擁有千百種不同語言的物種[1]。不過，沒有人天生下來就會開口說話，聽懂話語；這個天賦必須施予教育的手段才能學得，將語言形諸文字的書寫表述，以及經由文字閱讀的聽述；都是需要長期的學習才能獲得其能力。當我們反身思考這個現象時，就能夠體悟：文學，就是從說話這件事開始；何以如此，因為，人類是使用語文的智慧型動物。

　　人類原本和其他動物一樣，為了生存，必須注意周遭環境的信息，同時，也會因各種動機以其生理官能向周遭接近牠的生物釋放各類信息，即使是小小的昆蟲，牠們為了生活或生存，也必須經常和其它蟲子保持聯繫，進行各種「通訊」行為。[2]至於昆蟲以外的

---

[1]　世界上使用人口最多的語言是漢語，其次有印地語、西班牙語、英語、阿拉伯語、葡萄牙語、孟加拉語、泰語、俄語、日語、德語、法語、荷蘭語、韓語、藏語、蒙古語……等千餘種；這些語言又分屬十餘種的語言系統，如漢語和藏語屬於漢藏語系，印尼語、馬來西亞語、菲律賓語等屬於南島語系。

[2]　美國昆蟲學家愛德華（Edward O. Wilson, 1929-）說：「社會性昆蟲進行

各種動物們，或借由吠聲、低嚎、嘶吼、吱吱叫，或透過展翅舞蹈，或捶胸頓足，或張牙舞爪，或豎起寒毛，或散發氣味等等行為，來宣示牠的領域權，或遞送交配邀請，或傳達該動物當下的憤怒、恐懼、快樂等情緒……意圖不一而足。人類原也以這種不學而能的動作或叫聲來傳達信息或表達各種情緒——驚訝的，痛苦的，憤怒的，歡喜的，失望的，懷疑的，警告的——即使演化至今，我們依然會不由自主地發出這些與情緒有關的聲音：「哦」，「啊」，「嗯」，「噓」，「咦」，「哇」，「哼」，「呸」，「唉呀」，「嘖嘖」，「嗚嗚」，「哈哈」。德國學者恩斯特‧卡西勒（Ernst Cassirer, 1874-1945）在《人論》第八章〈語言〉說到：3

> 人類的言語可以歸溯到自然賦予一切有生命物的一種基本的本能：由於恐懼、憤怒、痛苦或歡樂而發出的狂叫，並不是人類獨具的特性，而是在動物界中到處可見的。

卡西勒的這個說法得自於英國科學家達爾文（Charles Robert Darwin, 1809-1882）在《人與動物的情感表達》一書中的論點，認

通訊的方式彼此間差異很大，有觸碰、唧唧叫聲、撞擊、鈎抓、觸角接觸、味覺傳遞以及化學物質的釋放和痕跡遺留等方式，這些方式能夠激發起它們做出各種反應，有簡單的察覺，也有報警和招引等。」參：美‧愛德華‧威爾遜著，王一民等譯：《昆蟲的社會》（重慶：重慶出版社，2007），頁262。

3　德‧恩斯特‧卡西勒著，甘陽譯：《人論》（臺北：桂冠圖書股份有限公司，1994），頁169-170。

為人類的語言跟動物的叫聲都在「表達情感」[4]，然而，這種本能式叫聲的溝通方式發生了劃時代的改變，在三萬至七萬年前的智人身上，智人會開口說話了！關鍵原因至今科學界仍不甚明白，[5]但可以確定的是，「語言」的發生絕對與人類的生理結構、認知結構以及社會結構密不可分。人類的「語言」與動物的「語言」有很大的差異，美國信息論學者維納（Nobert Wienner, 1894-1964）在《人有人的用處──控制論和社會》指出，人類的語言精巧複雜，具有任意性，可以儲存，可以傳達複雜的事理；而動物的語言不具有任意性[6]，獅子的吼聲是一成不變的，狗吠貓叫雞鳴的聲音也都

[4]　德‧恩斯特‧卡西勒著，甘陽譯：《人論》（臺北：桂冠圖書股份有限公司，1994）轉述達爾文關於人類與動物在情感表達上的共通處的重要論點，他說：「在《人與動物的情感表達》（*The Expression of the Emotions in Man and Animals*）一書中達爾文指出，富於表情的（expressive）聲音或動作是由某些生物學需要所支配，並依照一定的生物學規律來使用的。」頁 170。

[5]　以色列‧哈拉瑞著，林俊宏譯：《人類大歷史　從野獸到扮演上帝》：「大約距今七萬年到三萬年前，智人出現了新的思維和溝通方式，這也正是所謂的認知革命。會發生認知革命的原因為何？我們無從得知。最普遍相信的理論認為，因為某一些偶然的基因突變，改變了智人的大腦內部連結方式，讓他們以前所未有的方式來思考、用完全新式的語言來溝通。」（臺北：遠見天下文化出版公司，2014），頁 30-31。

[6]　「任意性」（arbitrariness）是指符號與其所指的客體的關係是任意搭建而成的。人類的語言有千百種之多，每一種語言符號都是依該語言文化圈約定俗成而獲得的結果，因此，語言文化圈不同，所指謂某事物的符號也就不同，例如：中文的「我愛你」，在不同的語言系統中就會出現變異性，在英文是 I love you，德文是 Ich liebe dich，日文是私はあなたを愛して，西班牙文是 Te amo，法文是 Je t'aime，土耳其文是 Seni seviyorum，原住民鄒族沒有「我愛你」的語詞，但有類似的說法，即 ya mi de puro，「你

一樣，動物的語言是暫時性的信息傳遞，並不儲存起來，他說[7]：

> 人類通訊和其他動物通訊的不同之處就在於：（甲）所用的信碼是精巧而複雜的；（乙）這種信碼具有高度的任意性。許多動物都能使用信號來溝通彼此之間的情緒，並在這些情緒信號的溝通中表示敵人或同類異性的出現，而且這類消息是細膩到極為豐富多樣的地步的。這些消息大都是暫時性的，並不存儲起來。把這些信號譯成人語，則其中大部分是語助詞和感嘆詞；雖然有些信號可以粗略地用某些字眼來表示，它們似應賦予名詞或形容詞的形式，但是，動物在使用它們時是不會相應地作出任何語法形式的區分的。總之，人們可以認為，動物的語言首先在於傳達情緒，其次在於傳達事物的出現，至於事物之間的比較複雜的關係，那就完全不能傳達了。

　　在智人能使用語言以前，他是用噓聲或叫喊聲斥退靠近他食物的人，當他會說話時，趕走要來「分一杯羹」的不速之客，除了噓聲之外，他可以說：「走開！」「這是我的。」「自己去找吃的。」；至於靠近他的那個人從前是用嗚嗚嗚的哀鳴乞食，當他也會說話時，他說：「分我吃。」「拜託。」「我好餓。」如果，這時他還是沒有得吃，不論他是說：「分我吃，我下次也會分你

是我的獵場」。可知符號與它的意義不具有穩定而必然的關係，此即為語言的「任意性」。
7　美．維納著，陳步譯：《人有人的用處──控制論和社會》（北京：商務印書館，2009），頁 57-58。

吃。」或是「不分我吃，你就給老子走著瞧！」，或是「剛才我看
見溪邊有一隻水鹿，明天我們合力去捕獵好嗎？但你得先給我吃點
東西，不然我沒力氣幫你……」像這樣的話語就是道道地地的「人
話」了，因為他們彼此在交談的是不在當下出現的事物；「明天」
還沒到，「剛才」已過去，「溪邊」、「水鹿」都是他說的，並沒
有在現場。這也就是維納所說的「語法形式」，有過去式，有未來
式，以及有條件式的假言命題。德國學者伽達默爾（Hans-Georg
Gadamer, 1900-2002）在〈人和語言〉論文中鏗鏘有力地宣布——
「人是一種具有語言的生物」，他說[8]：

> 人能夠說話，也就是說他能夠通過他的話語表達出當下並未
> 出現的東西，從而使其他人能夠預先了解。人能夠把自己意
> 指的所有東西表達出來從而使他人知道，甚至比這更重要的
> 是，正由於人能夠使用這種方式相互之間傳遞訊息，因此，
> 只有人之間才能夠存在共同的意見，這就是一般概念，尤其
> 是那些使人類能夠沒有謀殺和互相殘殺的——以社會生活的
> 形式，以政治憲法的組織形式或以勞動分工的經濟生活形式
> 等——共同生活成為可能的一般概念。所有這一切皆由於一
> 個簡單的論斷，即人是一種具有語言的生物。

加達默爾的這段論述是從人類語言的「易境性」（displacement）
切入，所謂「意境性」，指的是人類能以語言或文字表達「不在此

8　德‧伽達默爾著，洪漢鼎譯：《真理與方法》（臺北：時報文化出版企業
　　公司，1995），頁 163-164。

時」、「不在此地」、「不存在於現實」的事物或道理,所以,我們彼此之間可以相互交流「不在此時」、「不在此地」的過去或未來,交流「不存在於現實」的幻境或夢想;正是因為這個抽象的語言文字特性,人類遂可以通過語言建構出各種抽象概念的學術或藝術;舉凡哲學、宗教、政治、歷史、文學等,莫不如此,如果沒有語言,上述一切抽象的概念、意象、宣示,全都封鎖於破曉之前的黑暗世界;所以加達默爾才會說「人是一種具有語言的生物。」而文學,更是語言之中的語言。

　　自從智人發明了語言之後,人類不再孤零零地獨自漫遊了,他可以利用語言來問候他人,結識更多的人,互相照顧,採集更多的食物好彼此分享。有了語言,人們可以互相聊天,交換信息,學習技能,或是在吃飽之後,圍成圈來唱唱歌,說說故事,講講笑話,計劃明天要往哪裡去打獵,也許可以獵到大角羊,如果狩獵女神——假設有這麼一個神——肯眷顧我們的話。有了語言之後,人們不論是談情說愛,通風報信,看病問診,或是開罵吵架,恐嚇對方,毀謗中傷,求神問卜,政治／宗教／商業等團體的標語放送……都非常方便好用,不必再比手畫腳,咿咿哇哇叫,就可以自由地言說信息。語言使交流便利,促成群居的聚落,使用同一種語言的人群經由話語活動得以建構相似的意識形態,從而構成了文化圈,在每個不同的文化圈之內,語言都具有任何符號系統無可替代的文化涵蓋力[9]。可知,人類由於發明了語言,才產生了社會,文明、文

9　這是德・洪堡特(Wilhelm von Humboldt, 1767-1835)提出的重要主張,他認為不同的語言系統,構成了不同的文化系統,語言來自於內在心智系統,也來自於外部的國家集體概況,各種語言系統的聲音形式雖然是所有人類生命體的一個元素,與我們內在的心智力量息息相關,當然,各種語

化、歷史，也才應運而生。美國科學家庫茲韋爾（Ray Kurzweil,
1948-）說：「人類對情感的理解能力，以及作出適當反應的能
力，是人類智慧的重要表現。」[10]，當情感或受到外界的刺激，或
來自內心的湧動，作為人類的我們，不但能理解自我情感的反應狀
況，同時也能作出適當的情緒表達，任職美國谷歌（google）總工
程師的庫茲維爾指出這就是「EQ」，是人類智慧的重要特徵。文
學創造活動更是如此，當情感受到某種感觸而被激發之後，就會產
生一股說話的衝動，這股說話的衝動，就是寫作的動機。因此，文
學就是發跡於人類會說話這件大事！

　　但是，地球上真的只有人類會說話嗎？其他更高等的動物呢？
譬如長臂猿，黑猩猩？鸚鵡？海豚？鯨？牠們是否也能跟人一樣地
「說話」？只是說著我們不懂的語言呢？動物行為大師勞倫茲博士
（Konrad Lorenz, 1903-1973）在《所羅門王的指環》書中斬截明白
地表示，動物有溝通的行為，但並沒有如人類一般的語言，因為動
物的通訊行為只是一種「刺激—反應」的機械性作用，牠們不能

言系統同樣也精確地與一個國家的集體概況相關，但是此關聯的天性與本
質卻隱藏在黑暗的面紗中而不可窺知。詳參德・洪堡特著，英 Peter Heath
譯：《論人類語言結構的差異及其對人類精神發展的影響》（*On the
Diversity of Human Language Construction and its Influence on the Mental
Development of the Human Species*）（北京：世界圖書出版公司，2008）
洪堡說：「As an element of the whole human organism, closely related to the
inner mental power, it is ,of course, equally precisely connected with the
collective outlook of the nation; but the nature and basis of the tie are veiled in
a darkness that scarcely permits of any clarification.」，頁 46。

[10]　美・庫茲韋爾著，李慶誠、董振華、田源譯：《奇點臨近》（北京：機械
工業出版社，2014），頁 14。

「延遲模仿」（deferred imitation）[11]，其所交流的信息也缺乏「易境性」；換言之，動物不能進行抽象思考，所以不算擁有真正的「語言」。勞倫茲說：[12]

> 在動物的世界裡，並沒有所謂真正的語言。不過有些比較高等的脊椎動物，尤其是習於群居的那一類，都有一些與生俱來的動作和聲音，可以用來表達感情的，同時，無論是誰，一旦看到或聽到他的同類在發出某種信號之後，都會自然而然地生出適當的反應。有幾種非常合群的鳥，像穴鳥、像雁鵝，都有一套固定而複雜的信號，即使是過去沒有類似的經驗的鳥，也能一目瞭然，洞悉無遺。牠們因為互相感應而生的社會行為是這樣的調和一致，旁觀的人常常會誤以為這些鳥是在用自己的「語言」說話；嚴格地說，這種生來便會的動作和聲音，與我們人的社會所用的必須學而後知的語言文字相比，自然是大相逕庭。而且由於牠們這種認識信號、互相感應的能力，就和身體裏其他的種種特徵一樣，竟全是遺傳來的，所以，只要是同類，都會有相同的秉賦。所以，我們可以很明白地看出來，牠們的種種表情和信號，不過都是機械化的直射反應，與我們所使用的語言文字完全不同。

人類為什麼可以創造語言，以及實踐如此複雜的語言活動？其

---

[11] 指榜樣不在眼前而猶能記憶，並且予以模仿並習得之，榜樣在眼前而能模仿謂之直接模仿。

[12] 參奧·勞倫茲：《所羅門王的指環》（臺北：東方出版社，1990），頁95-96。

中最根本的原因在於心智力量與生理機能的奇異突破，但何以能如此超越於其他的動物，關鍵點何在？仍是一個無限神奇與神秘的謎。我們只能在奇異點發生之後進行觀察與理解，從中認識到說話的生理活動過程。從生理機能而言，人類以相當複雜的口腔器官產生語音，先由肺部推出空氣，往上通過氣管到達喉嚨，喉嚨中有兩片聲帶；聲帶保持張開與關閉此兩種基本狀態：當聲帶伸展分開的時候，出於肺部的空氣從聲帶間通過，當空氣通過了喉嚨，就會上升並穿過嘴或鼻子出來，舌頭及嘴的其他部位按一定方式控制口腔形狀，就可以發出絕大多數的子音來[13]。雖說人類的語言多達數千種，但一切語言的發聲也不外乎唇、舌、齒、鼻、喉、懸雍垂等這些配備。就人類的牙齒排列來說，它們是垂直的，不同於猿猴的向外傾斜，而且人類的牙齒頂端基本是平齊的構造，這種特點對撕咬東西來說無甚幫助，但若要發出齒音，則是一種不可或缺的利器。從英國科學家赫胥黎（Thomas Henry Huxley, 1825-1895）的解剖學研究結果可知：由於人類的齒列一字排開，上下左右之間都沒有間斷的空隙，使我們說話時不會「漏口風」[14]。此外，人類的嘴唇比起其他的靈長類，具有更為複雜的肌肉交叉組織，柔軟而有彈性，所以運動起來靈活，有利於發出〔ㄅ〕、〔ㄆ〕、〔ㄇ〕、〔ㄈ〕

13　美・Martini、Bartholomew 著，林自勇、鄧志娟、陳瑩玲等譯：《解剖生理學》（臺北：金威圖書有限公司，2003），頁 476-479。

14　英・赫胥黎（1825-1895）在其所著《人類在自然界的位置》書中指出：人的牙齒形成一個有規則而且整齊一致的行列，沒有間斷的空隙，也沒有一個牙齒明顯地高出於其他牙齒之上。（存世之中），任何一種哺乳動物都是沒有的，（大猩猩在上下頜都有間斷或空隙，叫做齒隙。）（北京：科學出版社，1973），頁 74。

之類的唇音；人類的嘴巴開口也相對較小，所以便於迅速開口、閉
口地展開語言的吐露，至於嘴巴內的舌頭肌肉伸縮翻捲都很靈活，
可以用來發出各種各樣的語音，如舌尖塞音〔ㄅ〕、〔ㄊ〕、
〔ㄋ〕、〔ㄌ〕，舌尖塞擦音〔ㄗ〕、〔ㄘ〕、〔ㄙ〕、〔ㄐ〕、
〔ㄑ〕、〔ㄒ〕，捲舌音〔ㄓ〕、〔ㄔ〕、〔ㄕ〕、〔ㄖ〕等。在
某些語言中，則會使用到懸雍垂來發音，如德語、法語中的
〔r〕。不過，光具備有職司發音的生理機能，並不保證這個人就
會說人話，因為「語言是與人類交際同時產生的現象」[15]，我們之
所以說話，是因為我們要跟別人溝通信息，倘若沒有人要跟我們交
換信息，我們就沒有說話的動機和機會，所以，也就不必言說了，
反正，也沒有人要聽或會聽。過去曾在印度和德國發現過的「狼
孩」，由於從小被狼群撫養長大，在缺乏語言學習與語言交流的環
境下，十歲左右的他只會像狼一樣嚎叫，而不會說話，即使後來被
人發現之後施予語言教育，也一樣學不成。所以，要說人話，並不
是僅靠生理的發生器官就足夠，還必須要有說話的社會環境，因
為，語言，本就是在社會交際需求下所產生的活動。美國語言學家
薩丕爾（Edward Sapir, 1884-1934）在《語言論——言語研究導
論》[16]直率地說：

> 說話並不是一個簡單的活動，它需要社會文化條件、心靈智

---

[15] 美‧Ｎ‧維納著、陳步譯：《人有人的用處》「語言是與人類交際同時產
生的現象，它受到一切社會力量各自不同的交際模式的影響。」（北京：
商務印書館，2009），頁70。

[16] 美‧愛德華‧薩丕爾著，陸卓元譯，陸志為修訂：《語言論——言語研究
導論》（北京：商務印書館，1985），頁8。

慧，說話的行為雖然需要有相應的生理機構與功能配合才能完成，但是一個人具有了呼吸或發聲等器官也不代表他就會說話，正像我們雖然具有手指，但並不意味我們就會彈奏鋼琴。

　　人類天生具有內在的語言本能，後天具有要說與要聽的社會環境，由是促成語言交際活動，當兒童來到這個世界，他立即地被安置於一個社會環境，隨著他的成長，他發現了自己，也發現了自己以外的人，於是，他的語言活動勢必展開，因為他要說出自己的意思給別人聽；也要聽別人對他說出的話，或做出回應。正常人都具有聽、說語言的基本能力，這種天賦的能力的發展進程初期在三個月到三歲半，其後因主、客觀條件而呈現質、量、風格上的差異。語言天賦也與感知驅動系統、概念系統、計算遞歸機制息息相關，尤其是遞歸性（recursiveness），它使我們能以一組有限的元素運算出無限的表達範圍。譬如以五百四十個部首就能創造出一萬個單字，而一萬個單字和單字之間可以創造出數十萬個詞彙，數十萬個詞彙和數十萬個詞彙就能論述宇宙有的沒的了；德國語言學家洪堡特說：「語言是以有限的手段作無限的運用」[17]，簡明地表達了這個原理。就以「打」這個字來說，除了打鬥、打架、打擊、打獵、打靶、打球、打仗、打破、打壞、打開等與「舉手下擊」的本義有關的詞彙外，「打」還孳乳了數十個詞彙：打扮、打量、打魚、打

---

[17]　參德‧洪堡特著，英‧Peter Heath 譯：《論人類語言結構的差異及其對人類精神發展的影響》（*On the Diversity of Human Language Construction and its Influence on the Mental Development of the Human Species*）（北京：世界圖書出版公司，2008）。

底、打柴、打飯、打油、打水、打卡、打酒、打蛋、打賞、打牌、打聽、打算、打屁、打臉、打擾、打秋風、打鞦韆、打電話、打簡訊、打車票、打分數、打電腦、打電動、打瞌睡、打噴嚏、打毛線、打麻將、打基礎、打謎語、打嘴砲、打什麼要緊、打哪裡過、打個商量、打情罵俏、打草驚蛇、打什麼（歪）主意……以此類推，我們就可以知道「遞歸性」如何化有限為無限，如何「一生二，二生三，三生萬物。」，生生不息地創造出無數的語言文字了。有了這些生理與心智條件，立足於社會的大人或小孩，都就可以打開話匣子，暢所欲言地「放話」，不論是表達情緒、情感、思想，或是想與其他的人交流生活上的種種話題。

書寫工具的發明
——筆墨紙硯的古早文雅

　　筆、墨、紙、硯；是中國傳統的書寫工具，被中國人推崇為「文房四寶」。古早時代，不論是寫字，寫詩，寫文章，寫小說，寫戲曲，寫信，批公文，開藥方，列菜單，記帳，作畫，簽名，畫符咒……沒有筆墨紙硯，就算是「一肚子墨水」的鴻儒碩彥，他也是「一個字都寫不出來」！這就是筆墨紙硯被譽之為「文房四寶」的緣故了。如今我們已身處「無紙化」的時代，就算沒有紙筆，也照常可以從事文學創作，文學閱讀，而寫好的「無紙」文學作品也可以存在電腦的硬碟或是空中樓閣的「雲端」！雖然如此，當我們提到「文學」，還是會很自然地聯想起「書寫」和「書本」，不論是「書寫」和「書本」，都與「紙」，「筆」，「書」，「墨」常相左右！「紙」，「筆」，「書」，「墨」是就廣義範圍而論，「紙」泛指書寫載體，凡可以提供書寫的物質都可以納進來認識。就人類的文明演進歷史來看，泥土，石板，龜甲，獸骨，樹葉，羊皮，竹片，絹帛，紙張，電腦螢幕……都是書寫的載體材料。至於「筆」，從手指，木棒，蘆葦桿，小刀，羽翎管，毛筆，鉛筆，鋼筆，觸控筆……只要能刻能劃，都算是具備了「筆」的功用。「紙」、「筆」的發明攸關文學的寫作活動與傳播功能，其重要性

自是眾所皆知。

　　筆是書寫的工具，主要的功能就是必須在賦予其書寫作動後能夠「留下痕跡」。保留的若是平面的字跡，那麼這隻筆就必須兼備吸收、儲存且均勻適量地釋放出墨水的功能；保留的若是立體有刻痕深度的字跡，那麼就得具備適度的硬度，尖銳，才能利便地在泥板或獸骨上刻劃。因此，墨水筆和小刀可以說是東西方普遍通行的「古早文具」。中國文字在甲金文時期，已使用毛筆書寫，在河南仰韶和西安半坡等新石器時代遺址所發現的彩陶，其上的花紋和符號，都是用毛筆所畫。當時的毛筆雖未必與後來的毛筆一樣，但也是以某種動物的毛紮在某種材質的握管上，濡以墨汁或其他色素的液體來繪寫。刻寫於竹簡上的「寫」字工具則是銅錫合金材質的青銅刀筆，在硬度與韌性上都適宜書寫，若是寫錯字，也可以削去，所以，中國古代稱政府文書官員為「刀筆吏」。刀筆為硬筆，使用於竹簡，毛筆則為軟筆，以獸毛撮集於筆管而成，世傳「蒙恬造筆」，蒙恬為秦始皇時代的大將軍，但在戰國或更早的時期，毛筆即已問世，明・謝肇淛：《五雜組》卷十二「物部」舉了先秦時期的文獻證明毛筆「其來有自」，他說[1]：

　　　　太公筆銘云：毫毛茂茂，陷水可脫，陷文不活，則周初已有
　　　　筆矣。衛詩稱彤管有煒，援神契孔子作孝經，簪縹筆又絕筆
　　　　於獲麟，莊子畫者吮筆和墨，則謂筆始蒙恬，非也。

---

[1]　錢存訓：《書於竹帛──中國古代書史》（臺北：漢美圖書有限公司，
　　　1996），頁 961。

那麼，何以世傳「蒙恬造筆」之說？西晉崔豹《古今注》卷下有所解釋[2]：

> 牛亨問曰：「自古有書契以來，便應有筆，世稱蒙恬造筆，何也？」答曰：「蒙恬始造，即秦筆耳。」以枯木為管，鹿毛為柱，羊毛為被，所謂蒼毫；非故兔毫竹管也。又問：「彤管，何也？」答曰：「彤者，赤漆耳。史官載事，故以銅管，用赤心記事也。」

從上述的對問內容來看，毛筆並非蒙恬所發明，但他是毛筆的改良者，當時的「秦筆」由他設計製造，筆管是枯木，筆毛是鹿毛在內，外覆羊毛，與舊有的竹管兔毫毛筆不同。蒙恬是威振匈奴的大將，《史記》卷 87〈蒙恬列傳〉[3]載他「築長城，因地形，用險制塞。」其後始皇欲游天下，也令蒙恬修築州際道路，長達一千八百里。從蒙恬的軍事職務來看，他必須繪製地形圖、規劃長城、亭障、道路，以及各種工程資源的紀錄，所以，一枝取材便利，好握好寫的毛筆，對他來說，無疑是一件攻無不克的書寫利器。另有一種專門書寫官方文件的筆，謂之為「彤管」，彤是紅色的漆，這種毛筆在筆桿上漆上紅色的漆，意味著「赤心」，就是要嚴謹認真書寫的意思。不過，筆桿上漆著紅漆，應當還有高級美觀與耐用的好

2　西晉・崔豹：《古今注》，收錄於上海古籍出版社編：《漢魏六朝筆記小說大觀》（上海：上海古籍出版社，1999），頁 248。

3　漢・司馬遷著，南朝宋裴駰集解，唐・司馬貞索隱，唐・張守節正義：《史記三家注》（臺北：漢京文化事業有限公司，1981），頁 1039-1041。

處。

　　公元前二萬年到六千五百年期間，人類開始在石頭和骨頭上塗
刻符號，也在黏土、竹片、木頭、銅器上刻字，樹葉和樹皮上也留
有寫字的下落。公元前三千五百年，古埃及人把紙莎草的髓切成條
狀，將它們互相垂直編織後予以搥平，製成紙莎草紙，英文的紙
「paper」就是源自莎草「papyrus」[4]。《南史・夷貊傳》記林邑國
（越南）「書樹葉為紙」，這種樹葉應當是闊葉木的樹葉，方有足
夠的面積可資書寫，印度的經文也是書寫在闊葉木的樹葉上，漢譯
為「貝多」，唐・段成式：《酉陽雜俎》卷18〈木篇〉有言[5]：

> 貝多，出摩伽陀國，長六七丈，經冬不凋。此樹有三種：一
> 者多羅娑力叉貝多，二者多梨婆力叉貝多，三者部婆力叉多
> 羅多梨，並書其葉，部闍一色取其皮書之。貝多是梵語，漢
> 翻為葉，貝多婆力叉者，漢言葉樹也。西域經書，用此三種
> 皮葉，若能保護，亦得五六百年。

唐朝詩人柳宗元在〈晨詣超師怨讀禪經〉曾說：「閒持貝葉書，步

---

[4]　西方的紙、書、筆，從它們的造字來源就可推知：紙為莎草所制、書為山
　　毛櫸樹皮所制、筆由羽毛所制。葉蜚生、徐通鏘著：《語言學綱要》提
　　到：「英語的 book 原來是一種樹木的名稱，即山毛櫸，它的皮在古代曾
　　經用作書寫的材料，現在就用來表示寫成的書了。英語的 pen，俄語的
　　Перо，法語的 plume，德語的 Feder 原指羽毛，因為人們用它來作為書寫
　　工具，因而後來就用來指鋼筆。」（臺北：書林出版有限公司，1993），
　　頁 286。

[5]　唐・段成式：《酉陽雜俎》（臺北：漢京文化事業公司，1982），頁
　　177。

出東齋讀。」，詩文中的「貝葉」指的就是寫在貝多樹葉上的經文。樹葉之外，公元前一千三百年，古埃及人使用未經鞣製的羊皮製成羊皮紙。羊皮紙的製作程序是先用石灰洗淨獸皮，再將皮繃緊在棚架上晾乾，然後用刀在獸皮上刮出光滑的表面，以供書寫之用。羊皮紙雖然比紙莎草紙耐用，但是難以大量生產製造，不敷使用。

中國歷代所使用的書寫材料，約有龜甲、獸骨、竹簡、木牘、縑帛，紙；直至今日的螢幕。竹簡和木牘是中國通行數千年的書寫材料，對簡牘制度的建置有十分重要和深遠的影響，不僅在中國文字的直行書寫和自右至左的排列順序淵源於此，即使紙張和印刷術發明以後，中國書籍的單位、術語，例如「冊」，「典」，「簡」，「卷」，「篇」，「箋」，以及版面上的「行格」形式，例如敬稱時的「抬頭」，或是史傳記事時換年則換行書寫的「跳出」格式，也是根源於簡牘制度而來。竹子堅硬輕巧有彈性，堅韌不易斷裂，可供切割刀削，所以，中國在紙發明以前，先民的書寫材料主要是竹子。竹簡文字並非寫於竹身的外表皮，而是寫於刮去外表青皮後之內面；或寫在反面的「竹裏」。其工序是先斷竹為一定長度的圓筒，再剖成一定寬度的竹簡，此時的竹片，仍未適於書寫，用作書寫，需經「殺青」才能防潮防腐。「殺青」須先剝除外層青皮，再用火烘乾，新鮮竹片在烘烤時會有水珠冒出，謂之為「汗」。殺青過後再加刮治的竹簡才適宜書寫。漢朝劉向《別錄》說：「殺青者，直治竹作簡書之耳。新竹有汗，善朽蠹；凡作簡者，皆於火上炙乾之。」宋朝文天祥〈正氣歌〉名句：「留取丹心照汗青」，「汗青」原是書寫所用的竹簡，文天祥指的是史冊，他不直接說史冊，而以「汗青」隱喻，不但委婉含蓄，且與「丹心」

成朱碧輝映，形象更加鮮明不渝！書寫時若是寫錯字，除了可用刀刮削後再使用外，也可以立即用水或口水把墨字給塗抹掉，然後再書寫上正確的字。古代簡牘的長度有一定的規律，因其用途和重要性而異，越重要的文獻其所使用的竹簡越長，一般百姓使用的長度是一尺，所以稱之為「尺牘」，王羲之的尺牘，就是他用一尺的簡牘所書寫的信箋。現今我們仍然可以見到的簡牘是廟裡求神問事所用的「籤」支，由於是使用於「上達天聽」的神明，所以其竹簡的長度也相對增長。

　　竹簡雖取材便宜，削制便利，但卻繁重而不利攜帶，竹簡之外，漢代已用縑帛書寫，漢墓馬王堆有出土文物可關，但價格昂貴，所以而有製紙的需求。約在公元前二百年，中國發明了造紙術，紙的發明和普及，促進信息知識的流通傳播，對文明的發達具有關鍵性的貢獻。世傳漢代蔡倫造紙，《後漢書》卷 68〈蔡倫傳〉記載了造紙的背景[6]：

> 自古書籍多編以竹簡，其用縑帛者謂之紙。縑貴而簡重，並不便於人，（蔡）倫乃造意用樹膚、麻頭及敝布、魚網以為紙。元興元年（公元 105 年）奏上之，帝善其能。自是莫不從用焉，故天下咸稱「蔡侯紙」。

不過，蔡倫的貢獻應該是紙漿材料的資源開發與循環利用，蔡倫使用的紙漿原料有兩類：一是樹膚（樹皮）和麻頭，為植物纖維，一

6　南朝宋・范曄著：《後漢書》「百衲本二十四史」（臺北：臺灣商務印書館，1988），頁 1145-1146。

是破布和魚網，屬資源回收的廢物利用。在蔡倫之前的紙漿來源是破布敗絮和廢棄碎壞的魚網，來源有限，無法大量供應造紙所需，蔡倫另行採用樹皮，即榖樹皮，樹皮的取得可以由造林來培植，大量供應造紙所需的木漿；麻頭是生麻的根部，屬於製麻時的耗材，無損於紡織需求，且物盡其用，合乎經濟原則。現在所發現的早期殘紙，都是麻類纖維所製；至於採用樹皮為原料，僅能上溯到蔡倫時代，證明蔡倫是使用榖皮制作紙漿的發明人[7]。明·謝肇淛：《五雜組》卷十二「物部」[8]說：

> 今人謂紙始造於蔡倫，非也。西漢《趙飛燕傳》：「篋中有赫蹏書。」應邵云：「薄小紙也。」孟康曰：「染紙令赤而書，若今黃紙也。」則當時已有紙矣。但倫始煮榖皮、麻頭及敝布、魚網，擣以成紙，故紙始多耳。

造紙術發明之後，各地都有就地取材的紙漿原料可用，明·謝肇淛：《五雜組》卷十二「物部」[9]羅列的「名牌紙」有：「越中有竹紙，江南有楮皮紙，溫州有蠲紙，廣都有竹絲紙，循州有藤紙，常州有雲母紙。又有香皮紙、苔紙、桑皮紙、荈皮紙。」若要印成書籍，則需選對好的紙質，他說：「印書紙有太史、老連之目，薄而不蛀，然皆竹料也。若印好板書，須用綿料白紙無灰者。閩、浙

7　詳參錢存訓：《書於竹帛》（臺北：漢美圖書有限公司，1996），頁95。

8　明·謝肇淛：《五雜組》（臺北：新興書局，1971），頁986-987。

9　明·謝肇淛：《五雜組》，頁989-990。

皆有之，而楚、蜀、滇中，綿紙瑩薄，尤宜於收藏也。」[10]

　　用毛筆書寫成文時，必須搭配使用某種塗色的染料，或將此染料研磨溶於水中，使成為液體，如此，毛筆的毫毛才可以沾濡顏料，以便留下明顯的字跡以供閱讀。因此，研磨之用的調色盤，或供研墨並溶於水的硯台也是書寫實的必備工具。墨分兩色，朱墨與黑墨，1976 年在河南省安陽小屯村發現公元前十二世紀的商代王后兼女將軍婦好墓，出土文物有一玉製的研缽與調色盤[11]，兩件器物皆殘留有朱砂成分的顏料，婦好是商王武丁的王后，也是武功彪炳的女將軍，所以其所書寫的文件當屬國家軍事或外交上文書，再者，朱砂屬於高級礦物，非一般日常物資，所以，傳統上，朱砂墨均使用於重要的文書。《大戴禮記》〈武王踐阼〉載，武王即位三日，問古代賢王的施政原則，呂尚答稱：「在丹書。」[12]。丹書，就是利用朱砂墨所寫成的政府檔案。黑墨，則易於取得，木柴燃燒之後的煤灰，碳粉，均可作為黑墨之用。但中國人何時開始制墨，詳情已不可考，不過，上古時代有紋身風俗或黥面墨刑，這些都需使用到墨，故可判斷墨的緣起甚早。明‧謝肇淛在《五雜組》卷十二「物部」[13]說：

　　　　三代之墨，其法似不可知，然《周書》有涅墨之刑，晉襄有

10　明‧謝肇淛：《五雜組》，頁 991。

11　光復書局、文物出版社：《中國考古文物之美——殷墟地下瑰寶 2 河南安陽婦好墓》（臺北：光復書局，1994）。

12　武王踐阼三日……後召師尚父而問焉，曰：「昔黃帝顓頊之道存乎？意亦忽不可得見與？」師尚父曰：「在丹書，王欲聞之，則齊矣！」

13　明‧謝肇淛：《五雜組》，頁 978-979。

墨綟之制；又古人灼龜，先以墨畫龜，則謂古人皆以漆書
者，亦不然也。又云：「古有黑石，可磨汁而書。」然黑石
僅出延安。晉陸雲與兄書，謂三臺上有藏者，則亦稀奇之
物，安得人人而用之？況墨之為字，從黑從土，其為煤土所
製無宜，但世遠不可考耳。

謝肇淛認為，雖然有礦物「黑石」可以寫字，但這並非隨手可得的
物資，古人記事取墨，要的就是「黑」，所以，應該是碳粉一類的
顏料。先民舉火生柴，一定會有煤煙，碳粉，將這些煙土聚集起來
加工研製，就可以成為書寫時的黑墨。至於在焚燒桐油、石油或漆
木等木材或油質後取得的油煙，則是另一種較優良的煙煤。青松木
可能是製煙墨最常用的材料，所以松煙墨，目前仍是製墨的優質材
料，至於我們現在影印所使用的碳粉匣，應該也與遠古時期先民所
使用的黑色顏料相仿。

　　文房四寶——筆墨紙硯；不但是人類書寫的必要工具，斯文儒
雅的文具典藏，也是人類智慧與文明的體現，雖然歷經工業文明與
科技產業的更新，我們已經進化到不需使用實質的文房四寶，就可
以書寫文字，記錄信息，散播信息，但，一切雖在進化中流變，不
過，精神與功用則是一以貫之，現在的文房四寶：鍵盤、螢幕、滑
鼠、列印機；也是少不了的書寫利器；我們不需要筆，但必須在鍵
盤或滑鼠上敲敲點點才能「寫」出字來，雖然不需要紙張，但仍需
要有個屏幕把文字呈顯出來，如果需要紙本，那麼也要有列印機、
碳粉匣、紙張，才能把文字列印在紙張上輸出。這些其實就是另一
種形態的筆墨紙硯。至於那從古早古早傳流下來的筆墨紙硯，應該
已經升格為書寫藝術，是一種優雅文化的擁有與眷戀；即使如此，

平時在書包或提袋裏放一枝筆，一小本手札，不論是簽名畫押、筆錄記事，仍然是有備有益的書寫良伴。

符號與文字的發明
——倉頡造字之前與之後

　　傳說倉頡造字，天雨粟，鬼為之哭，神為之號[1]。因為，自此之後，一切都可被文字給捕捉到，再無所遁逃，即使是遍透一切的時間，無所不在的空間，抽象的道理，想像的彼岸，飄忽的鬼神……人類都可以藉由文字對它們進行描述，甚至，也可以利用文字描述它們的不可描述，老子說：「道可道，非常道；名可名，非常名。」即是經典之言。所以，倉頡造字，確實是驚天動地，鬼哭神嚎的一個文明發展奇異點，有了文字，人類的生命經驗與技能、智慧就可以獲得保存及延續，使過往的歷史得以在世傳承，先人締結的文明與文化得以接力展開，八方傳播，創造出可大可久可遠可觀的成就。

　　文字是文學的媒材，沒有文字，就沒有文學，探索文學，自然得探索文字的發明。人類先有語言，再有文字，在文字發明之前，

1　漢・劉安：《淮南子・本經訓》：「昔者倉頡作書，而天雨粟，鬼夜哭。」天雨粟，意謂天下起了像粟米般顆粒的冰雹，鬼夜哭，應是指夜晚有如鬼哭一般的異常聲響傳出。此二句浪漫而聳動地表述倉頡造字是一劃時代創舉。鬼之所以哭，是因為文字已能指稱它，描述它，甚至驅逐它，使它再不得任意作祟，故哭。

人類已有萬年以上的塗鴉紀錄，手眼協調的練習經驗也達到了順手就可畫出交錯線條的階段[2]，於是，漸漸出現了以形式表意的圖案或符號。最後才發明出以符號形式來記錄語言的文字。最初的文字或符號應該就是由交錯的線條所構成，所以，在甲骨或青銅器上的「文」雖各有數種大同小異的書寫款式，不過其基本結構都是交錯的兩條線，或是再加上三條斜線成「彣」。東漢許慎《說文解字》將「文」解釋為「錯畫也，象交文。」[3]意謂「圖案」或「文字」是用線條交錯而成的。世界上有許多種文字，就功能來論，皆屬於將信息落實於符號形式的「文字」；就類型來論，則有表意文字、表音文字、意音文字等形態。表意文字為文字萌芽階段的原始產物，屬於一種以圖像表示意義的象形符號，例如新石器時代在內蒙古陰山岩畫所刻繪的眾多類似太陽圖案、動物圖案、草木形狀等的文字畫、圖畫字；《周易》的八卦符號系統也屬於表意符號。從語言學原理來說，任何語言皆有「內容」與「形式」；「內容」是「所指」，是語言所表達的意義；「形式」是「能指」，是用以指

2　中國考古發現了八千年前先民所刻畫的簡單字形符號。周到在《中國畫像石全集 8・石刻線畫》序言中說：「當時的象形文字大多可以看作是『簡筆畫』。距今約八千年的裴李崗文化遺址中發現的龜甲刻有『目』字形符號，一直到距今五六千年的大汶口文化中，仍有這樣的簡單刻畫，如大汶口陶尊所見。浙江河姆渡文化遺址中出土的鳥紋骨匕兩端的刻紋和點綫紋，中心刻兩組對稱的雙鳥，鳥啄、大眼、有冠、蹼足，姿態生動，特點鮮明，是迄今為止所見最早且具有寫意趣味的繪畫作品之一。就在河姆渡發現的另一件猪紋陶方鉢上，其對稱的兩側外壁各綫刻一猪，猪身上還刻有花紋，以美化猪的形象」。周到主編：《中國畫像石全集 8・石刻線畫》（鄭州：河南美術出版社，2008），頁 2。

3　東漢・許慎著；清・段玉裁注：《說文解字注》（臺北：藝文印書館，1979），頁 429。

稱意義概念的符號（文字與聲音）。不論是何種型態的符號，完整
而有意義的符號必須包含：「能指」、「所指」，以及「意指」這
三個要素。「能指」基本上是一個中介，物質是它的必要條件，例
如聲音、圖像、物體、動作，而「意指」則是一個認知活動的心理
過程，是將「能指」與「所指」結合為一體的理解行為，該行為的
產物則是「符號」。《周易・繫辭》[4]說：「古者包犧氏之王天下
也，仰則觀象於天，俯則觀法於地，觀鳥獸之文與地之宜，近取諸
身，遠取諸物，於是始作八卦，以通神明之德，以類萬物之情。」
包犧氏以一條實線的陽爻象徵「陽」；以一條虛線的陰爻象徵
「陰」，將虛線與實線組合堆疊為三層，可以演變成二的三次方，
即八卦，將每一卦再堆疊為兩重，可以演變成八的平方，即六十四
卦，包犧氏再根據這六十四卦的排列方式來表述天文地理人事現
象，並判斷吉凶禍福，決定行事策略；所以，中國八卦是一套重要
的表意系統符號，由陽爻與陰爻交互組成了乾卦、坤卦、坎卦、離
卦……六十四卦，每卦各有能指的卦象與所指的意義，所以，每一
個卦象都是一個符號。劉勰《文心雕龍・原道》對這套符號系統推
崇備至，他說：「人文之元，肇自太極，幽贊神明，易象惟先。庖
犧畫其始，仲尼翼其終。而乾坤兩位，獨制文言；言之文也，天地
之心哉！」[5]

　　公元 1955 年，中國考古隊在陝西省西安市半坡村發現距今六
千多年前（根據碳 14 測定，年代為公元前 4800～4300 年）出土的
多種器物上，刻有筆畫均勻流暢且規律整齊的符號，同類符號在關

4　《周易》（臺北：藝文印書館）「十三經注疏」，頁 166。
5　南朝・劉勰著；民國・范文瀾註：《文心雕龍註》（臺北：明倫出版社，
　　1971），頁 2。

中其他遺址也多有發現。從形狀上檢視，它們與殷商甲骨文十分相像；而且兩者都出現在中原地區，因此，西安半坡人所創造的二、三十種符號，可能是中國最早的表意文字符號，這些文字符號比倉頡造字的年代早了一千多年，是從結繩記事階段邁向文字階段過程中所產生的象形文字雛形，可以說是文字的前生。表意的文字符號，屬於人類早期用來象徵意義的圖形符號，在形式上多屬線條結構；值得注意的現象是：兒童早期塗鴉或繪畫階段時，也喜歡以線條來示意，這些線條包括單線、複線、縱線、橫線、斜線、曲線、交叉線、平行線、垂直線、單輪線、複輪線、鋸齒線、渦卷線等，這些線條又再與點、三角形、矩形、圓形、梯形、圓形等元素進一步結合，或分裂後再結合，形成各種各樣的表情或表意圖案；後世的各種文字系統，在形式構成上也離不開這些基本元素的組合。這個現象反映人類早期在運用手部肌肉、眼睛視覺、思慮活動方面時的某種普同情況[6]。

　　不過，表意符號固然可以表意，但並不能完全用來記言，也無法發音，嚴格來論，雖可歸屬於符號系統，但不能算是文字。文字的定義若是界定為記錄語言的書面符號系統，那麼，任何一種文字，除了必須具有文字本身的形體，也就是字形外，還必須有字音與字義；有字音才能讀出音來，這是文字記言的本質；有字義，才

6　詳參美・羅達・凱洛格（Rhoda Kellogg）著；夏勳譯：《兒童畫的發展過程》（臺北：世界文物出版社，1988），羅達・凱洛格舉 1904 年北非某一部落的酋長所設計的一套文字為例，這些符號代表他們種族所使用語言的字母，其中有 140 個以上的符號曾使用於兒童畫中；頁 245。由此可以推測，先民在創造文字時的情況，近似兒童早期以手繪出點與線條結合的圖形，欲以表現內心的想法。

契合符號象徵意義的本質。世界上通行的文字系統有表音與意音兩
大系統；英語屬於表音文字系統，漢字則屬於意音文字系統。表音
系統文字是利用圖形符號作為為語音符號的文字系統。意音文字系
統的圖形符號則包括了字音與字義。漢字屬於意音文字系統，可表
音，可表意，更可以象形。關於漢字的發明與演進過程，古史傳說
大都是包犧氏作八卦，神農氏結繩以記事，倉頡則初造文字以處理
政務，東漢文字學家許慎在〈說文解字敘〉有言[7]：

> 古者庖犧氏之王天下也，仰則觀象於天，俯則觀法於地，視
> 鳥獸之文與地之宜，近取諸身，遠取諸物，於是始作易八卦
> 以垂憲。及神農氏結繩為治而統其事。庶業其繁，飾偽萌
> 生，黃帝之史倉頡見鳥獸蹄迒之跡，知分理之可相別異也。
> 初造書契，百工以乂，萬品以察，蓋取諸夬，夬揚於王庭，
> 言文者，宣教明化於王者朝廷，君子所以施祿及下，居德則
> 忌也[8]。倉頡之初作書，蓋依類象形，故謂之文；其後形聲
> 相益，即謂之字。文者，物象之本，字者，言孳乳而寖多
> 也。著於竹、帛，謂之書。

倉頡是黃帝的「史官」，也就是書記人員，黃帝時期是行動政府，

---

[7]　東漢・許慎著；清・段玉裁注：《說文解字注》（臺北：藝文印書館，
　　 1979），頁761。

[8]　清・段玉裁注：「施祿及下，謂能文者則祿加之；居德則忌，謂律己則貴
　　 德不貴文也。」意謂在政治事業與公共宣教上，應該注意文詞修飾，詞藻
　　 精工，但在修身上，則要注意德行為貴，不須講究巧言令辭。同前注，頁
　　 761。

主事者協同行政人員四處巡視及處理各地政事,史官倉頡必須將政
務資料記錄下來以備施政之用,所以,「書寫以備忘」對他來說是
迫切需要的職場技能。從這個背景來思索,倉頡從鳥獸的蹄爪印跡
之圖案得到啟發,進而創造了文字,有了文字之後,於是百事可
理,政務可行。許慎指出,倉頡所造的書寫符號有「文」與「字」
兩類,依類象形的是「文」,形聲相益的是「字」,將文字寫在竹
簡或縑帛上的是「書」。不過,比倉頡早了一千多年的半坡人已經
開始用線條畫出了有意義的符號,一千年是非常悠久的歲月,足夠
使原始的文字符號產生重大複雜的孳乳與演化,所以,「倉頡造
字」應該是一個化約文明進展史程的階段;正如同包羲氏的八卦與
神農氏的結繩,也是一種文明階段的指稱。

　　「語言」是指足以示意的聲響,「符號」是指足以示意的符碼
或圖案;「文字」是指能代表語言聲響且具有示意性的符號。人類
信息交流的進程約是從「語言」到「符號」,再到「文字」。美國
語言學家薩丕爾(Edward Sapir, 1884-1939)指出,符號類似一個
膠囊,膠囊內填裝的是概念,概念淬取自無數的生活經驗,把這些
由經驗而來的概念放進符號內之後,人類的思維與想要表達的意義
就可以攜帶,可以流通,並能繼續串聯,他說:「一個概念的符
號;或者說,是一個可以順手把思維包裝起來的膠囊,包括著成千
累萬不同的經驗,並且還準備再接納成千累萬的。如果說語言的單
個有意義的成分是概念的符號,那麼實際上連串的言語就可以認為
是把這些概念安排起來,在他們中間建立起相互關係的紀錄。」9

9　美‧愛德華‧薩丕爾(Edward Sapir)著;陸卓元譯;陸志為修訂:《語
　　言論——言語研究導論》(北京:商務印書館,1985),頁12。

語言發明之後，人類脫離了動物界，昂首闊步走上一條獨立發展的大道，但是，語言只限於個人的直接經驗和口耳相傳的間接經驗，信息量畢竟有所限制，多數只能處理生活所必要的事情。這一段摸索文字的歲月必然相當漫長，也許上萬年，不過，我們從兒童塗鴉的現象仍然可以想見，萬餘年前的先民，必然也像孩童般會隨手撿起一根樹枝，或一支蘆葦、一塊石頭，練習手眼協調，慢慢運用手部的肌肉，將雙眼所見到的事物，或是內心想要表達的信息，刻劃在石頭上、泥板上、樹皮上，創造出各種由點與線條構成的原始文字畫。也許，累積了近萬年的塗鴉與繪畫歲月，人類遂慢慢發明了可以表意，也可以記言的書寫符號——文字。

有了文字，中外古今的人類所經目過耳與經心在意的各種經驗都可以成為閱讀的文本，人類的文明與文化遂有長足的進步。葉家明在《向生命系統學習——社會仿生論與生命科學》一書中說[10]：

> 文字的創造和使用，使人類社會進化史上一次關鍵性的階躍，一個偉大的里程碑。文字這種外在符號的特點是：儲存信息的精度高，信息量大，範圍廣，儲存期長，便於傳播。文字的使用促成了腦力勞動與體力勞動的分工，推動了社會文明（物質文明和精神文明）的快速發展，教育、科學、技術、文學、藝術、社會管理等等都大步地前進，幾千年的進化程度就遠遠超過了文字出現前、即腦力勞動與體力勞動分工前之二百萬年的進化，並且進化速度指數式地加快，從農

10　葉家明：《向生命系統學習——社會仿生論與生命科學》（臺北：淑馨出版社，1997），頁 154-155。

　　業社會進化到工業社會，再進化到了當今世界的所謂信息社會。

　　文字發明之後，產生了這幾個我們再熟悉不過的關鍵字：「文字」、「書寫」、「書籍」、「文本」、「閱讀」、「文學」。「文字」是指那些記錄語言的符號體，「書寫」是指利用工具存錄文字，「文本」或「書籍」是指記錄有文字的書面資料，「閱讀」是指觀看及解釋文字的活動，「文學」，則是以文字書寫成書面資料並供人閱讀及解釋的一系列活動。這樣說來，沒有文字，也就沒有書寫，沒有書籍，沒有文本，也沒有閱讀與欣賞了。文字誕生之後，這世界就不一樣了，昨日的信息今日可以閱讀，今日書寫的檔案，明日、後日仍可以讀取，甚至，一千年，兩千年之後……裝填在時空膠囊內的信息，仍然可以繼續在這世界上言說。

當世界與你相遇
──感物是寫作的契機

　　每天，我們都與這個五光十色的世界相遇，在相遇時，我們最初是利用感官與心智系統去偵測並鑒別信息；例如，耳朵偵測到戶外有「淅瀝淅瀝」的聲音，我們運用思維，調度記憶檔案，識別這「淅瀝淅瀝」的聲音是「雨水的聲音」，或是樓上住戶「澆花的聲音」？繼而再進一步監測「淅瀝淅瀝」的聲音是否遍及遠處，綿綿不絕，甚或鋪天蓋地，夾有陣陣的雷鳴？如果是，那麼這「淅瀝淅瀝」的聲音應該就是雨聲了。除了利用聽覺系統來偵知信息外，人類最常使用的就是視覺系統，這世界上的顯見信息，如花開花落，歡顏怒顏，青眼白眼，人來人往，車水馬龍，日升月落，風雲變色，眼見他起高樓，眼見他樓塌了，莫不是通過我們的這一雙眼睛來觀看。從生理學來看，視網膜上有一億三千萬個細胞，能收集光線和映像，為我們呈現眼睛所看到的外界景像，耳朵可以接收音波，以空氣傳導的方式振動耳鼓、聽骨，並在耳蝸內轉換成神經信號，以液體傳導的方式將信號發送給大腦，這些信號就在顳葉裡被解譯為聲音。除了耳目視聽之外，我們的觸覺、嗅覺、味覺，也都是吸收外界信息的管道；詩詞中的「秋風起兮白雲飛，草木黃落兮雁南歸，歡樂極兮哀情多，少壯幾時兮奈老何？」（漢武帝劉徹：

〈秋風辭〉）[1]或是「春眠不覺曉，處處聞啼鳥，夜來風雨聲，花落知多少？」（唐‧孟浩然：〈春曉〉）[2]「料峭春風吹酒醒，微冷，山頭斜照卻相迎。」（宋‧蘇軾：〈定風波〉）「乍暖還輕冷，風雨晚來方定。」（宋‧張先：〈青門引〉）[3]都不約而同地寫出了詩人與世界相遇時的感物經驗。

　　何謂感物經驗？一言以蔽之，就是我們的身心和世界的一種有所感動的相遇。要如何才能與世界產生一種有所感動的相遇？需要哪些條件？簡單來說，我們之所以能與世界相遇，必要的條件不外兩端，一端是接收器，一端是接收物；在接受器與接收物的傳輸管道中，還設有過濾器作為調節之用。接收器是作為主體的感覺官能，接收物是作為客體的認識對象，過濾器是意識立場或情感狀態，負責攔截信息及解讀信息的意義。以印度哲學來看，感覺的主體有：眼根、耳根、鼻根、舌根、身根，以及統攝五根全體的意根，意根負責解讀來自各個管道的信息[4]。感覺的客體則是大千世界的森羅萬象，包羅了色境、聲境、香境、味境、觸境、法境，也

1　南朝梁‧昭明太子蕭統編，唐‧李善注：《文選》（臺北：藝文印書館，1983），頁 647。

2　高步瀛編注：《唐宋詩舉要》（臺北：世界書局，1974），頁 758。

3　張夢機、張子良編著：《唐宋詞選注》（臺北：華正書局，1980），頁 116、56。

4　印‧恰特吉‧達塔原著，武先林、李登貴、黃彬等譯：《印度哲學概論》云：「通常的感知又有兩種，即外感知和內感知。前者是視、聽、觸、嗅、味等外部感官引起的，後者是由心與心理狀態和過程的接觸引起的。這樣我們有六種通常的感知，即視覺、聽覺、嗅覺、味覺、觸覺和內感知或意知。」（臺北：黎明文化事業公司，1983），頁 197。又參日‧木村泰賢著，歐陽瀚存譯：《原始佛教思想論》（臺北：臺灣商務印書館，1993），頁 114-122。

就是形象、氣味、聲音、滋味、觸感等等的對象物。當不同的感官與相應的對象物相觸而產生了明確真實的認識，我們就感知到了這個世界。換句話說，感知就是「對象刺激我們的感官而引起的認識」[5]，這些認識包括了眼識、耳識、鼻識、舌識，身識和意識。圖示如下：

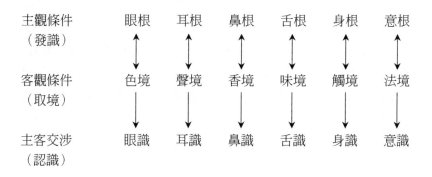

主觀條件 （發識）	眼根	耳根	鼻根	舌根	身根	意根
客觀條件 （取境）	色境	聲境	香境	味境	觸境	法境
主客交涉 （認識）	眼識	耳識	鼻識	舌識	身識	意識

　　五根為肉體之一部分，是生命自身之能力，所以它們是依賴生命之存在而存在的活動。「根」（indriya）與「境」與「識」（Catana）合為「一切」（Sabbû），人類種種複雜的心理活動由此開始。當「根」專注於「境」時而有感覺的發生，也就是「觸」，「觸」（Phessa）發動後，所引起的快樂或不快樂的感受，叫做「受」（Vedana），即感受，感情，它有苦、樂、不苦不樂三種型態，轉變不休，時而由苦轉樂，時而由樂轉苦，感情狀態的變化反覆無常；「受」之後又構成認知行為作用，由當下或記憶產生了意念，認知到某種對象；而後產生各種「聯想」，叫做

5　印・恰特吉・達塔原著，武先林、李登貴、黃彬等譯：《印度哲學概論》（臺北：黎明文化事業公司，1983），頁196。

「想」（Sañña）；於此而有所抉擇取捨，產生各種「意志」，叫做「思」（Catana）[6]。一言蔽之，「受」、「想」、「思」就是意識活動的全部，而文學或藝術創作之中的靈感思維則是人們對自在之物的一種頓悟性的思維活動，是主體對客體事物的某種特異閃光，是通過富有創造活力的人的視覺、聽覺、觸覺、味覺和嗅覺等外部感覺器官的傳導，在大腦皮層的投射區域產生興奮中心爆發出來的意識。[7]其過程大致是：透過我的眼，我的耳，我的鼻，我的口，我的身體，我的意識，我感知到了這個世界和我相遇時的種種經驗，我看到了，我聽見了，我聞到了，我嘗到了，我觸到了，我覺知到了這些相遇時的種種信息。以眼跟來說，我看到了花園裡桂花的花蕊輕巧地飄落、天際月亮的陰晴圓缺不定、校園裡這一處，那一處，孤立自在的黑冠麻鷺，或是車站月台上南來北往的列車、大街小巷僕僕風塵的機車騎士……以耳根來說，我聽見了樹林間白

6　日・木村泰賢著，歐陽瀚存譯：《原始佛教思想論》解說如下：「試舉例說明——假如眼根對於赤色，是時赤色刺激眼根，此為第一次之經過。由是備具於吾人內部司掌視覺之心，而生活動，此所謂眼識，為屬於第二次之經過。蓋以眼根與色為緣，而識生者，雖似與眼根相對，識方新生，然實乃其原來備具於心之作用，而為出動耳。不然佛之心理論，遂帶有唯物論之傾向，而與其生命觀不相應矣，如是，此職司覺醒視覺之心，即眼識，再為能動的活動，迫使根專注於境時，方於此發生所謂赤色之觸，即感覺，是為第三次之經過，似此對於感覺所認識之赤色，而起快感與不快感之念，即為受（Vedana，感情）以之構成知覺表現之形為想，（Sanna）若欲於此有所取捨，則為思，（Cetana，意志）如是種種複雜內部之心理活動開始。」（臺北：臺灣商務印書館，1993），頁 116-117。

7　現量者有三種相。諸根不壞，作意現前時，無障礙等，但在文學起興或作意設辭時，則易受到惑障、思構、錯亂等的取境問題，故需沉澱篩選之。

頭翁的婉轉鳴啼、吹過宿舍窗台邊的簌簌風聲、球場上籃球觸撞籃
框的響聲，籠子裡小狗嚶嚶的哀泣、宣傳車放送的高分貝廣告
聲⋯⋯以鼻根來說，我聞到了粽葉飄香、玫瑰芬芳、懷抱中愛人的
氣息⋯⋯以身根來說，我感覺到烈焰燒灼到手指的痛楚，步行時腳
踏實地的觸感，也領略過春風吹拂臉頰的輕柔膚觸，也曾揉捏著貓
咪軟韌有致的腳蹄，撫摸牠毛茸茸的豐富胸毛⋯⋯以舌根來說，我
的口中嘗過酸甜苦辣鹹以及冷熱自知的種種滋味⋯⋯在這些經目過
耳的具體經驗中，作為意根的意識，為我捕捉了我所注意到信息，
並提供該信息的意義詮釋，我因而觸發了種種的情感經驗，或為之
歡喜，或為之憂傷，或為之憤怒，我的心也可能感到安閒，覺得豁
達，但也會有騷動不安，彷徨無措等等[8]。這就是我與世界的相遇
概況。在文學創作活動中，主體與客體之間必須交涉互動，必須物
我交感，才能「有感而發」，才能產生各種情感經驗或知覺意識，
進而觸發寫作的契機，而寫作的題材也離不開耳目感官所領略到的
經驗。南朝・劉勰：《文心雕龍・明詩》說：「人稟七情，應物斯
感，感物吟志，莫非自然。」[9]，優美而雋永地表達了這個「感

---

[8]　印度哲學認為「意是內感官，它感知諸如欲求、嫌惡、意志的努力或願
　　望、樂、苦和認知等靈魂的性質，它不像外感官那樣由物質元素組成，它
　　不侷限於任何特殊種類的事物或性質的知識中，而作為一種中心的協調器
　　官在所有的認識中發生作用。」參：印・恰特吉・達塔原著，武先林、李
　　登貴、黃彬等譯：《印度哲學概論》，頁197。

[9]　中國古典文學理論的「感物說」，可舉《文心雕龍・物色》為典範。以下
　　是該篇的第一段：「春秋代序，陰陽慘舒，物色之動，心亦搖焉。蓋陽氣
　　萌而玄駒步，陰律凝而丹鳥羞，微蟲猶或入感，四時之動物深矣。若夫珪
　　璋挺其惠心，英華秀其清氣，物色相召，人誰獲安？是以獻歲發春，悅豫
　　之情暢；滔滔孟夏，鬱陶之心凝。天高氣清，陰沉之志遠；霰雪無垠，矜

物」的文學創作歷程。

　　暫以唐朝詩人王維的〈山居秋暝〉為說，詩曰：[10]「空山新雨後，天氣晚來秋。明月松間照，清泉石上流，竹喧歸浣女，蓮動下漁舟。隨意春芳歇，王孫自可留。」詩人描寫的是他山居生活的體驗：在某個秋天的黃昏，下過雨的山林間，塵埃滌盡，放眼望去，景色顯得煥然一新，已是天涼好個秋的季節，覺得晚風吹拂，觸覺涼爽，但已有些微寒意，村姑們洗好了衣服要回家，說話聲，笑語聲，腳步聲，從竹林間輕輕揚起，蓮塘裡的蓮葉搖動起伏，隱約看見漁舟在蓮葉間悠悠划過。這樣生機盎然，又與世無爭的山間生活，觸動了詩人的心眼，使他提筆作詩。一千年之後，透過這首五言律詩的描述，我們仿佛也有一種視覺清朗瑩潔，聽覺瑯瑯悅耳，以及涼爽宜人，去留自在的舒坦心境。這是王維與世界的相遇，也使我們透過文字身歷其境。即使詩人吟詠的是一種寂寞悠遠，妙不可言的空靈境界，也不可須臾或離這一身的感觸，唐・柳宗元〈晨詣超師院讀禪經〉寫道：「汲井漱寒齒，清心拂塵服。閒持貝葉書，步出東齋讀。」[11]這四句詩描寫清晨冷冽的井水令牙齒寒透，但精神也隨之抖擻清醒，衣服和心境都已拂去了塵埃，清明潔淨，手中握持著佛經書葉，從容閒逸地自書齋中邁步而出，他的心中似乎已有所悟，想去訪候禪師論道，經過一段路程後，禪院已到，舉

　　蕭之慮深。歲有其物，物有其容；情以物遷，辭以情發。一葉且或迎意，蟲聲有足引心。況清風與明月同夜，白日與春林共朝哉！」詳：南朝・劉勰著，民國・范文瀾註：《文心雕龍註》（臺北：明倫出版社，1971），頁693。

10　高步瀛編注：《唐宋詩舉要》（臺北：世界書局，1974），頁423。

11　同上，頁111。

目所見「道人庭宇靜，苔色連深竹。日出霧露餘，青松如膏沐。澹然離言說，悟悅心自足。」如果我們還原詩人當時的寫作背景，其切身的感觸經驗依次是：井水入口的冰冷觸覺，貝葉盈握在手的木質觸覺，身著乾淨衣服的輕鬆觸感，腳踏實地，步履閒逸的動感觸覺，眼中所見的清靜庭院，遍地的苔蘚與深密竹林，綿延成一片青翠，晶瑩的朝露，卷舒的煙靄、潤澤的青松，這些豐富生動的自然景觀召喚了內心的冷靜自在踏實。

　　當我們與世界相遇的時候，一樣的春花秋月，可能有人欣喜，有人低迴，這就要看主體的心理設定，也就是「意根」的立場，所以，心態在很大程度上影響我們的感官或感受，也左右我們對所要看的及所要寫的東西的選擇。明朝謝肇淛在《五雜組》說：「景物悲歡，何常之有？惟人處之何如耳。《詩》曰：「風雨如晦，雞鳴不已。」原是極淒涼物事，一經點破，便作佳境。彼鬱鬱牢愁，出門有礙者，即春花秋月，未嘗一伸眉頭也。」[12]他舉《詩經·鄭風·風雨》[13]為例，說此詩所寫的原是風雨交加，天昏地暗的清晨，而公雞的啼聲依然故我，好像不知道今天是不會「天亮」了。這原本是極為淒涼的情景，但若轉換心態，也可以點化成為「風雨生信心」，「雞鳴不已於風雨」的奮發情境；至於鬱鬱寡歡，愁腸百結的傷心人，即使韶光美景在目，也難以展眉面對，如：南唐後主李煜的詞「春花秋月何時了，往事知多少？小樓昨夜又東風，故國不堪回首月明中。雕欄玉砌應猶在，只是朱顏改。問君能有幾多

12　明·謝肇淛：《五雜組》（臺北：新興書局，1961），頁1064。

13　原詩第一章是「風雨淒淒，雞鳴喈喈，既見君子，云胡不夷？」夷是喜樂，喜悅之意。清·陳奐疏：《詩毛氏傳疏》（臺北：臺灣學生書局，1981），頁229-230。

愁，恰似一江春水向東流。」（〈虞美人〉）故知主體的預設立場，類似過濾器，使客體在接受和傳播的過程中，經過「信息過濾」，得到最終的詮釋和價值判斷。

感物與寫物是普世皆然的藝術創作原理，古今中外，凡是偉大的作家必然有細膩敏銳的心思與感官，其文學作品的創作觸發也是經由感物而來，所描繪的內容也不離這個大千世界。西方世界崇尚自然主義，作家熱衷，也擅長摹山範水，經常用大段大段的篇幅描寫原野風光。如美國小說家傑克・倫敦（Jack London, 1876-1916）在《野性的呼喚》[14]一書中就有很出色的表現，《野性的呼喚》描寫的是聖伯納犬與牧羊犬混血的大狗巴克（Buck）對自由生命與自然荒野的渴望及追求，巴克在危險的極地以及嚴酷的暴力統治下，忍辱負重，不屈不撓，一步一腳印地拖著沈重的雪橇與貨物，與隊友們穿越重重險阻，完成任重道遠的堅毅使命。最後終於擺脫人為的桎梏，奔向極地曠野，成為星空下昂首對著極光呦呦呼嚎的自由之軀。書中的環境是北極一帶的山澗溪谷，傑克倫敦本人曾在當地任職，因此，有豐富的見聞與閱歷，透過他的書寫，我們似乎也領略了巴克與一群雪橇犬在極地的歷險事蹟，並深深感動。下述一段是書中描述的極地春光，有聽覺經驗的摹寫，如：潺潺的水流，松鼠的呢喃，蟋蟀的鳴唱，啄木鳥的篤篤聲，爬蟲蠕動的沙沙響聲……有視覺的天光雲影，綠柳白楊的嫩芽，灌木和蔓草的鮮綠色新象……有觸覺的寒凍與爆裂……傑克倫敦不厭其煩地一一敘述，以不打草驚蛇的身段營造出一股山雨欲來風滿樓的詭譎氣氛，

---

14 美・傑克・倫敦著、鍾文譯：《野性的呼喚》（臺北：遠景出版社，1976），頁 71-72。

預示著雪橇犬隊翻覆於冰川的災難即將發生，小說寫道：

> 那正是美麗的春天，但狗和人都不曾感覺到。太陽每天升得較早而落得較遲。早上三點鐘天就亮了，而一直到晚上九點鐘還殘留著黃昏的光線。整個長長的一天全是太陽的光輝。那陰森冬天的沉寂已經給那偉大的春天覺醒了的生命的潺潺聲響所取代了。這種潺潺聲響從四面八方升騰起來，滿載著生存的歡樂。它是從一切重新活動而生存的東西發出來的，是從那在長長的寒凍的冬月裏，好像死掉了似地，不曾活動過的一切東西發出來的。松樹的漿液冒了出來。綠柳和白楊都怒茁著嫩芽。灌木和蔓草披上了鮮綠的衣裳。蟋蟀夜夜鳴唱，各種爬行的，蠕行的生物在日裏都沙沙作響地投進陽光懷裡。鷓鴣和啄木鳥在森林裏咕嚕咕嚕地叫著，篤篤地敲著。松鼠在呢喃，羣鳥在高歌，而在天空中，野雁像天鵝般啼叫，從南國飛渡到這裏，排成狡點的楔形，把青雲劃裂了。
>
> 每一個山坡都傳來錚淙水聲演奏著看不見的泉流的音樂。所有的東西都在消溶著，彎轉著，發出畢剝的聲響。玉康河也在努力抖碎那些壓抑著它的冰塊。河水從底下消蝕著冰塊；太陽在上面照耀。氣孔做成了，裂紋向四面擴張著，而那些薄薄的冰塊，便一片一片地從河面沉下去了。在所有這種覺醒了的生命的爆裂、撕扯、悸動之中，在輝耀的陽光之下，在輕柔地嘆息著的微風裏面，那兩個男人，一個女人，和幾匹哈司基狗，好像徒步旅行似地走向死亡。

　　文學是利用文字來表達見聞與情感的一種藝術活動，好的文學作品必定有深刻的見聞閱歷與飽滿真摯的情感作為內應，才能使其作品擁有深厚的底蘊。在文學活動的傳遞過程中，唯有底蘊深厚的作品才有充足的能量觸動閱讀者的心眼，使他雖透過間接而抽象的文字傳輸，猶能接收作家想要表達的見聞與情感經驗，且為之想像，為之感動，仿佛體驗了作家筆下的世界，領略了他的情感和思維。文學創作過程中的感物與情感經驗造假不得，否則它們就不曾真正地感動過作者，既不曾感動過作者本人，那作者本人又要如何感動他筆下的文字？一堆虛情假意的文字，縱然說得像真的一樣，也必定感動不了擁有一雙火眼金睛的讀者。所以，感物經驗是寫作的契機，也是書寫的內容。我們立足於四次元的大宇長宙之中，不論是直接面對世界，或是透過文字間接面對世界，都會與這個大千世界相遇，要完成有感而發的相遇經驗，就必須維持眼耳鼻舌身意等六根的管道暢通，使世界的消息能活絡有效地輸入，也必須設定好適當的過濾器，濾去高頻或低頻噪音，儲存豐富的生活與知識信息，以備作出適當的意義詮釋。如此，與這個世界的相遇就會是一種清新鮮活的情感經驗活動，晉·王羲之在〈蘭亭序〉說：「仰觀宇宙之大，俯察品類之盛，所以遊目騁懷，足以極視聽之娛，信可樂也。」正是他與這世界相遇的永恆感動。

情致異區，文變殊術，莫不因情立體，即體成勢也。

《文心雕龍・定勢》

二　文學體裁的各種類型與寫作特色

百鍊鋼化爲繞指柔
──詩歌的眞面目與眞性情

　　你喜歡詩嗎？喜歡唱歌，聽歌嗎？不論是兩千五百年前的「關關雎鳩，在河之洲，窈窕淑女，君子好逑。」或是一千八百年前的「對酒當歌，人生幾何？譬如朝露，去日苦多！」（曹操・短歌行）或者是一千年前的「花自飄零水自流，一種相思，兩處閒愁，此情無計可消除，才下眉頭，卻上心頭。」（李清照・一剪梅）或是五十年前的「忘不了，忘不了，忘不了你的錯，忘不了你的好。忘不了那雨中的散步，也忘不了那風中的擁抱。」（陶勤・不了情）當它們在耳際迴響，或是在心頭縈繞，不論是哪一種情懷，哪一個詩人，哪一類文辭，是否覺得它們總是悠悠地，款款地，觸動著心弦？是的，「動人心弦」就是詩歌的眞面目與眞性情。概括而論，濃厚纏綿的情感，精雕細琢過的文采，這兩個元素的相互完成，形神遇合，正是詩歌的當行本色，晉朝文學家陸機（261-303）在〈文賦〉說「詩緣情而綺靡」一語中的地道破了詩歌文體的特質。

　　「緣情」，是詩的內容特徵，雖然任何文學作品都必須要有眞情注入，但詩歌要求的情感更主觀，更深刻，更私密。至於「綺靡」，則是詩的形式特徵，雖然古往今來有許多不同的詩歌款式，但都需要講求美麗的辭藻，玲琅悅耳的韻律，詩中有畫的意象，才

能算得上是「詩歌家族」的一員。以下就情感性、凝煉性、跳躍性、韻律性、行列性來盱衡詩的真面目。

一、情感性

　　詩是情感的告白,是在孤獨的時刻,自己對想像中的對象傾訴的話語。其情感強烈且具有主觀的隨心所欲性。雖然一切文學作品,都是作家情感的經驗的具體化,但詩歌,除了表現作者的生活經驗外,更在於表現生命情感。因此情感是詩歌創作的核心動力與價值指標,作品若是只有字眼而無心眼,只有精心卻無真情,縱然其表現形式再精巧奪目,也仍是虛情假意的次級作品。以下是文夏填詞的〈黃昏的故鄉〉,歌詞溫柔敦厚,樸素深情地傾吐那個隻身漂泊於異鄉的遊子,他對家鄉山河和母親的思念:

　　　　叫著我　叫著我　黃昏的故鄉不時地叫我
　　　　叫我這個苦命的身軀　流浪的人無厝的渡鳥
　　　　孤單若來到異鄉　不時也會念家鄉　今日又是來聽見著喔
　　　　親像在叫我
　　　　叫著我　叫著我　黃昏的故鄉不時地叫我
　　　　懷念彼時故鄉的形影　月光不時照落的山河
　　　　彼邊山　彼條溪水　永遠抱著咱的夢
　　　　今夜又是來夢著伊　喔　親像在等我
　　　　叫著我　叫著我　黃昏的故鄉不時地叫我
　　　　含著悲哀也有帶目屎　盼我轉去的聲叫無停
　　　　白雲啊　你若欲去　請你帶著阮心情　送去乎伊
　　　　我的阿母喔　不通來忘記

　　詩歌文體的情感傳達原則一般並不直白地披露情思，而是利用暗示（suggestion）的表現手法來抒發情感經驗。以創作的情境來說，是孤獨的自我，也是完整的自我；似乎一無所有，卻又無中生有；詩，就這樣結出來了，陳黎的〈憑空〉[1]：

> 一隻蜘蛛，我想到
> 佔據幾枝樹枝
> 吐詩——
> 透明的章句經緯一座帝國
> 一塊完整的天空
> 雨過風吹

陳黎以三十餘字勾勒詩人吐詩如憑空結網的蜘蛛吐絲，架在縱橫數行而已的一首小詩，是嘔出肚腸的心思，雖然懸空抽象，卻是透明清澈，一無遮蔽，就像那枝杈間的蜘蛛網，自成一方版圖，既能與無垠的蒼穹心心相印，也可以迎受四面八方的風雨撫觸。

二、韻律性

　　詩歌是所有文學體裁之中最講求韻律性的文體，其韻律性體現在節奏和押韻上。節奏主要指詩句中長短、強弱不同的音韻有規律地變化，以及對停頓處的匠心安排。假若各詩句停頓次數均勻，就容易形成清晰的節奏；此外，語音有高低、升降、曲直、長短的變化，這樣就會形成不同的音調。古今中外一切的歌詞都有其各自的

---

[1]　陳黎：《島嶼邊緣》（臺北：九歌出版社，2003），頁 81。

韻律性。以周華健：〈妳喜歡的會有幾個〉為例：

> 我的眼睛叫做迷惑　　我的心情叫做失落　　我的願望叫做解脫
> 我的眼淚叫做訴說　　按耐不住叫做脆弱　　吶喊很久叫做沈默
> 承受不了叫做寂寞　　我的現在不知所措　　妳喜歡的會有幾個
> 妳喜歡的會有幾個　　是一個兩個　　還是很多很多
> 妳喜歡的會有幾個　　是兩個三個　　還是更多更多
> 妳喜歡的會有幾個　　是一個兩個　　還是很多很多
> 妳喜歡的會有幾個　　妳喜歡的很多很多　　有沒有我？

這首情歌的主要構成句式是八言句，如「我的眼睛叫做迷惑」，
「我的眼淚叫做訴說」，像這樣的八言句，整首歌詞共出現十四
次，有意營造出一種反復自言自語般的愛情苦惱，此外還搭配了三
組由五言句和六言句所連綴的句段，如「是兩個三個　還是更多更
多」，這樣就能在整齊一致之中突圍，增添些許變化，使過多的八
言句獲得調節，以「三長兩短」的模式來製造律動感。此外，全部
句子全押「ㄛ」韻，這樣一來，整首歌詞的二十一個句子就像樂器
反覆叩擊一般，產生了極為明顯的節奏感。像這樣的格式與韻律要
求，只見於詩歌文類。不要小看詩歌的「韻律」，「韻律」可以產
生直接的情感共鳴，還可以刺激聽覺的注意力，使我們的內心欣然
相隨。荷·叔本華（Arthur Schopenhauer, 1788-1860）在《意志與
表象的世界》提到詩歌文體的特質，他說[2]：

2　荷·叔本華：《意志與表象的世界》（臺北：志文出版社，1978），頁
　　208-209。

對詩歌來說，韻律和押韻都是特殊的幫助。除非說我們的知
覺能力已從它們密切相關的時間中獲得某種性質，而由於這
種性質，我們內心好像和每個循環出現的聲音相應，否則，
對韻律和押韻所具有的難以置信的效果，便無法作其他解
釋。這樣看起來，韻律和押韻一方面是保持我們注意力的工
具，因為我們欣然隨著所讀的詩章走，另一方面又在我們心
中產生盲目的相應，對於所讀的東西，不經任何判斷便發出
共鳴，這給予詩章一種驚人的說服力，與一切理性無關的說
服力量。

也就是說，韻律不只是聲韻調的外部音量排列而已，而是內藏著如
生命一般跳動的脈博，詩歌在外部所顯現的高低起伏，其實是由內
在的情感能量所驅動，正向我們充滿情感的話語一般自然而然。

三、凝煉性

詩的凝煉性體現於作品中運用高度概括化的形象、極致精煉的
文辭，集約地表現詩人所欲言傳的情感經驗。詩歌言傳的情感經驗
以深刻和纖密為貴，它也以抒發生命經驗中最觸動心弦的情感事件
見長，因此，在創作詩歌時宜注意題材的嚴選，鎖住大千萬象的某
個形貌及內蘊，並用精約的言語去表達情韻綿綿的內容。因此，詩
人必須對語詞必須進行反覆錘煉，力求達成言約旨豐，或纏綿有餘
的審美效果。譬如東晉·陶潛的〈歸園田居〉[3]：

3　東晉·陶潛著，民國逯欽立校注：《陶淵明集》（臺北：里仁書局，
　　1980），頁40。

> 少無適俗韻，性本愛丘山。誤落塵網中，一去三十年。
> 羈鳥戀舊林，池魚思故淵。開荒南野際，守拙歸園田。
> 方宅十餘畝，草屋八九間。榆柳蔭後簷，桃李羅堂前。
> 曖曖遠人村，依依墟里煙，狗吠深巷中，雞鳴桑樹顛。
> 戶庭無塵雜，虛室有餘閑，久在樊籠裡，復得返自然。

　　陶潛在詩中運用「丘山」／「塵網」、「羈鳥」／「舊林」、「池魚」／「故淵」、「餘閑」／「塵雜」等相對物象來抒發自己對自由與拘役的人生抉擇，昨日與當下的生命轉向，「塵網」、「羈鳥」、「池魚」、「樊籠」的物象具體而微地勾勒出為五斗米折腰的生活；而「丘山」、「南野」、「園田」、「方宅」、「草屋」則精簡地點出無掛無礙的自然園居之趣。短短數十字，跨越了三十年的今是昨非之覺醒，其所以能包攬於一首小詩之故，正在於嚴選物象所達成的凝煉效果。

　　不妨來比較清・郁永河在《裨海紀遊》的兩個作品，他曾以詩詞和散文的體裁記述原住民以「牽手」定情的風俗，詩歌的密度明顯高於記敘散文，以下是散文的形式[4]：

> 婚姻無媒妁，女已長，父母使居別室中，少年求偶者皆來，吹鼻簫，彈口琴，得女子和之，即入與亂，亂畢自去。久之，女擇所愛者，乃與挽手。挽手者，以明私許之意也。明日，女告其父母，召挽手少年至，鑿上齶門牙傍二齒授女，

4　清・郁永河：《裨海紀遊》（南投：臺灣省文獻委員會，1950），頁21。

女亦鑿二齒付男，期某日就婦室婚，終身依婦以處。

同樣的題材在〈竹枝詞〉僅使用半數不到的篇幅即可完成表達[5]：

女兒纔到破瓜時，阿母忙為構屋居；
吹得鼻簫能合調，任教自擇可人兒。
只須嬌女得歡心，那見堂開孔雀屏？
既得歡心纔挽手，更加鑿齒締姻盟。

郁永河記敘性成熟後的原住民少女在經過一段自由開放的擇偶過程後，會與她所屬意的對象手牽手，並告訴父母她的心上人就是他，父母於是把女兒的牽手對象叫來，要男子把門牙旁的兩顆牙齒敲下來交給他的女人，女子接著也要敲下兩顆牙齒來交給她的男人，這是婚姻的立盟儀式，然後約好某個日子，男子就搬過來女方家住。這個風俗在〈竹枝詞〉的表現中，只有八句共五十六字，但散文體卻用了十九句一百二十三字。從郁永河以題材相同而文體不同的表現形式來看，詩歌體具有顯著的凝鍊性特徵。

四、跳躍性

詩在結構上具有明顯的跳躍性特徵。詩歌雖必須遵循想像、情感的邏輯，但常常跨越時間的等時性和單向性，作過去、現在和未來的穿梭；詩也不受此空間和彼空間的阻隔限制，可以從嘉南平原

5　清・郁永河：《裨海紀遊》（南投：臺灣省文獻委員會，1950），頁27。

的稻田跳接到鹿港沿海的蚵棚；從斑白的兩鬢跳接到短松崗的一輪
冷月；從昔我往矣的春日時光到今日雨雪霏霏的畫面……這種跳躍
性的組成模式，初看似有許多彼此不搭的斷點——時間的斷點，空
間的斷片，但細心玩索，斷點與斷點之間實具有邏輯關係，其邏輯
關係可能是因果，或是從事物的相似性，或是相反性所作的聯想，
類似電影剪接技術中的跳接（jumping cut）。跳接鏡頭的組接是將
兩個鏡頭之間做一種急促的斷接，使連續的時空產生染有主觀情意
想像的氛圍。

只要服從審美的原則，詩歌的跳躍性結構具有不可限量的變
化，不過，這種組接仍必須精心挑揀，使它在跨越之間仍有跡可
循，才不至於讓閱讀者看得「莫名其妙」，不知所云。斷點與斷點
之間的「蛛絲馬跡」包括：因果關係，或是情感流、意識流的聯
想，或是事物在同異之間的相互比對皆可，這樣才可以在詩歌的河
面上，沿著裸露的石塊，一步一步地跳躍到彼岸。從創作心理過程
來看，詩的自由跨度跳躍，可能來自於情感流的活潑竄動，有些情
思／詞彙被捕捉，有些被擠開或略過，因而形成銜接上的缺口。詩
人也可能特意將按步就班的情思／詞句剪碎，刪節，以形成一個一
個的空缺，這些空缺，是情感流的停頓處，並且也會形成聲音連結
上走走停停的節奏效果，形成高低起伏的頓挫感。

以李白的詩歌為說，這位天縱英才的詩人，其情感與藝術創作
的動能如長風萬里，如黃河之水，大開大闔，宛轉自如，他的詩歌
經常順著這股動能而行止，故意念在相續相斷之中跳接，而這也構
成他不可羈絆的「詩仙」風格，如下列這首〈古風〉[6]的前八句：

6　　高步瀛編注：《唐宋詩舉要》（臺北：世界書局，1974），頁 27。

　　天津三月時，千門桃與李。朝為斷腸花，暮逐東流水。

　　前水復後水，古今相續流，新人非舊人，年年橋上遊。

　　這八句詩的跳躍性自由而穩定，只在當下的瞬間感悟，即從容跨接時空和盛衰，由繁華而生零落；由欣喜而悲慨，因此跳躍性強烈；然而情感的主脈有跡可循，所以有穩定的引導作用，並不難反思李白的詩情。他先從三月春日的似錦繁花，跳接到時間上的朝開暮謝，並且轉移到空間上的落花水流；而由前後流動不息的河水，詩人再牽出時間意識；時間意識引發生命意識，生命意識令他注視橋上熙來攘往的賞春遊人，新人與舊人；古時與今時；前水與後水；花開與花落……一場由千門萬戶，如煙似霧的桃花、李花所構成的盎然春意，轉而有愴然涕下的大悲與大悟。

五、行列性

　　優美的散文如詩，質樸的詩如散文。那麼，何者是詩，何者是散文？分辨詩與散文的尺度何在？除了上述的幾個特徵之外，行列性，也就是每句以跳出的方式另行書寫的格式。從作品表層的結構是否具有「行列性」來判別是應歸屬於詩，或應歸屬於文；詩有詩的表情特徵，與散文不同，所以，當作品以行列式示現時，就在提示讀者他應該要用「詩」的方式來認識這件作品。以下是香港詩人梁秉鈞（也斯）（1949-2013）的〈老殖民地建築〉[7]：

---

[7]　梁秉鈞：《形象香港》，引自陳素怡主編：《僭越的夜行》（梁秉鈞新詩作品評論資料彙編）（香港：文化工房，2012），頁 461-462。

這麼多的灰塵揚起在陽光和
陰影之間到處搭起棚架圍上
木板圍攏古老的殖民地建築
彷彿要把一磚一木拆去也許
到頭來基本的形態仍然保留
也許翻出泥土中深藏的酸苦
神氣的圓頂和寬敞的走廊仍
對著堵塞的牆壁也許劈開拆毀
梯級也許通向更多尋常的屋宇

我走過廊道有時開放得燦爛
有時收藏起來的盆花走下去
影印論文看一眼荷花池歪曲
的倒影尖塔的圓窗漂成浮萍
經過早晚淘洗不再是無知的
清白可能已經混濁天真的金魚
四處碰撞探索垂死根枝仍然
僵纏橙紅色的鱗片時暗時亮
微張的鰓葉在窗格那兒呼吸

把廢墟的意象重新組合可否
開成新的建築頭像是荒謬的
權力總那麼可笑相遇在走廊
偶然看一眼荷花池在變化中
思考不避波動也不隨風輕折

> 我知你不信旗幟或滿天煙花
> 我給你文字破碎不自稱寫實
> 不是高樓圍繞的中心只是一池
> 粼粼的水聚散著游動的符號

我們若試著取消這種行列性的結構，則「詩」就退回去「散文」了[8]。
試編輯如下：

> 這麼多的灰塵揚起，在陽光和陰影之間，到處搭起棚架，圍
> 上木板，圍攏古老的殖民地建築，彷彿要把一磚一木拆去。
> 也許到頭來基本的形態仍然保留，也許翻出泥土中深藏的酸
> 苦。神氣的圓頂和寬敞的走廊仍對著堵塞的牆壁，也許劈
> 開，拆毀梯級，也許通向更多尋常的屋宇。
> 我走過廊道，有時開放得燦爛，有時收藏起來的盆花走下
> 去。影印論文，看一眼荷花池歪曲的倒影，尖塔的圓窗，漂
> 成浮萍。經過早晚淘洗，不再是無知的清白，可能已經混
> 濁。天真的金魚四處碰撞，探索，垂死，根枝仍然僵纏。橙
> 紅色的鱗片，時暗時亮，微張的鰓葉在窗格那兒呼吸。

---

[8] 關於以散文句式來寫詩的創作實踐，瘂弦認為這是一個險招，寫得好，可
以創造談笑用兵的力道，寫得不好，將會摔落在散文化的泥淖。瘂弦：
〈梁秉鈞：《蔬菜的政治》的聯想〉說：「梁秉鈞（也斯）是香港現代詩
壇最具個人風格的詩人，追隨他詩風的人不少。不過梁詩易學難工，他善
於以散文語言入詩，深得箇中奧妙，學他的人如果段數不夠，就會跌進散
文化的泥沼。」引自陳素怡主編：《僭越的夜行》（梁秉鈞新詩作品評論
資料彙編）（香港：文化工房，2012），頁502。

把廢墟的意象重新組合，可否開成新的建築，頭像是荒謬
的，權力總那麼可笑，相遇在走廊。偶然看一眼荷花池，在
變化中思考，不避波動，也不隨風輕折。我知你不信旗幟或
滿天煙花，我給你文字，破碎，不自稱寫實，不是高樓圍繞
的中心，只是一池粼粼的水，聚散著游動的符號。

　　梁秉鈞要講的就是九七回歸之後的香港，在離開大英帝國殖民
九十九年後，所謂的脫胎換骨其實是不東不西，又新又舊，不是中
心，只是邊陲的殖民地，吉光片羽的影像殘留。詩人運用「跳行」
（enjambement）的程序，即韻律單位（詩行）與句法單位（句子）
的不吻合，產生乖違破壞的感覺。這個源自於英文詩歌的寫作技
巧，其方式是每一詩行其起首仍然有其句意上的開端用心，但特意
將首尾做句式等分但句意截斷的分割處置，分割處置後，每一行的
句意在尚未把話說完之際就被詩人截流，使閱讀者因為句義未完而
被迫向下一行尋找上一行的斷尾來連接，於是看似斷而未斷，看似
連而為連，藕斷絲連，上氣不接下氣般的詩行也就誕生了。也斯利
用「跳行」技巧以書寫香港百年來支離破碎的歷史命運，何去何從
的飄搖心態，用「剪不斷，理還亂。」的句法來製造破碎浮動，破
碎浮動的文字，破碎浮動的格局，破碎浮動的政治版圖。

　　詩歌原本來自於所有的人民，所以最初是以民歌的面貌問世，
及至識字的文士挾其更為精緻的修辭，更為深刻的人生感悟，更為
廣闊的歷史關懷，於是，文士所創作的詩歌就有了典雅高遠的面
貌；然而，這之間雖有雅俗精粗之別，但是詩歌的道地本質還是真
摯自然的情感與可以詠歌的韻律形式，所以，民歌在修辭上未必能
精雕細琢，可能就是幾句反覆的句子，但歌謠內部的真情真意卻依

然能打動人心，歷時不衰，甚或歷久彌新。如洪一峰的〈港都夜雨〉、文夏的〈黃昏的故鄉〉都是代表之作。有了動人的真情，不論詩歌就可以像遠航的候鳥一般，翩然降臨在千百年之後，無數吟詠者的心中，和他們的心靈產生共鳴，輕輕地，輕輕地呼喚著他……

韭菜花和小皮球
──由聯想與協韻構成的謠諺趣味

　　舊日熱鬧的小學校園中，有些小朋友喜歡拍皮球嬉戲，遊戲有遊戲的規則，他們比賽誰能連續拍球而不會中斷，這時候，不論是拍皮球的小朋友，或是在旁圍觀助勢加油的小朋友，常聽到他們有板有眼地唱著：「小皮球，香蕉油，滿地開花二十一，二五六，二五七，二八二九三十一！」小皮球和香蕉油沒什麼邏輯關係，但是「球」和「油」因為都押「ーヌ」韻而聯結上了，小皮球必然會拍到地上，因而聯想到地面上的花朵，遍地花朵就有數目上的繁衍，由此展開數數的念謠。基本上，童謠就是由聯想和協韻構成的語言遊戲，它的文學趣味所在有二：一是東拉西扯的聯想，頑皮活潑，正像童稚的玩心；一是有跡可循的反覆協韻，不但悅耳動聽，同時也因為滿足了兒童對規律的掌握，使他在心理期待獲得實現後倍覺欣喜。因此，在世界各地，家長都樂於把當地流傳的本土童謠教給兒童，而兒童也能從中獲得最單純的文學遊戲趣味──聯想與協韻，近似於詩歌的本質。

　　下列這首流傳百年的臺灣童謠──〈韭菜花〉，不知道你有沒有聽過？它是用閩南語唸的，先從韭菜花起興，再從韭菜花想到桃花，因為都有花，而桃花是紅色的花蕊，所以再聯想到姓「洪」的

大舅媽，大舅媽嫻熟人情世故，所以穿針引線會作媒，作媒成功之後就要娶新娘，然後從鑼鼓喧天的娶親場面一路旁徵博引下去，叔叔嬸嬸的人倫稱謂、瓠瓜菜瓜的蔬果介紹、龜和鱉；老虎和猴子之間的相鬥……一直牽扯到蕃薯粉甜點的制作方法後嘎然收尾，簡直是五顏六色、七葷八素、此起彼落的畫面映現，因而產生了一種連環套接，活潑躍動的遊戲氣氛。

〈韭菜花〉

韭菜花，十二欉，桃花枝，染花紅，洪大妗，做媒人，做叨位，做大房。大房人刣豬，二房人刣羊，拍鑼拍鼓娶新娘，新娘要插花，瓠仔換菜瓜，菜瓜好曝稷，四嬸換四叔，四叔會擔水，昇槍拍水鬼，水鬼面黑黑，昇槍拍二姑，二姑走去冪，龜咬鱉，鱉蠕頭，虎咬猴，猴沒尾，鱔螂咬柿粿，柿粿裘作周，鱔螂咬雨鰡，雨鰡蠕落土，番薯粉好芡糊。

　　除了靈活的聯想引申出一連串的名物外，「協韻」與「頂真」是這首童謠所以構成的兩大修辭要素。先從頭韻與韻腳來看，「欉」、「紅」、「洪」、「人」、「房」；都押「尢」韻；而「羊」與「娘」；「水」與「鬼」；「黑」與「姑」；「冪」與「鱉」；「頭」與「猴」；「尾」與「粿」；「周」與「鰡」；「土」與「糊」；它們在閩南語發音上都押同一個韻腳，所以在意義上雖然關係不密切，但協韻的一致性卻使它們很登對。此外就是「頂真」格的過門作用了，「頂真」的修辭法是上一句的句尾正是下一句的句首，它們分屬兩個不同的句子，所有既有隔開，又有連接的作用，就像是旋轉門，又像是在過小橋，具有過門的功能。譬

如從「做大房」接到「大房人劓豬」，此後「菜瓜」接「菜瓜」，「水鬼」接「水鬼」，「二姑」接「二姑」，「鱉」接「鱉」，「猴」接「猴」，「柿粿」接「柿粿」，「雨鰡」接「雨鰡」；於是如串珠一般地琳琅繽紛。〈韭菜花〉的聯想方向雖具有粗略的故事性，但相當隨機，事件與事件之間的跳脫幅度也很大，屬於無釐頭式的組接技巧，所以引出滑稽的趣味來。

臺灣的夏天常下雷陣雨，下雨之前，烏雲密佈，所以「天黑黑」就是「欲落雨」，耳熟能詳的童謠〈天黑黑〉就是從天黑黑起興，暴雨下過，可能會淹水，所以要拿鋤頭來清理溝渠，以免水路阻塞；從水路想到水裡有鯽魚，有青蛙，接下來就是青蛙、鯽魚、龜鱉蝦蟹等等的擬人化聯想，雖然跨界混搭，但卻又有押韻上的相關與形象上的類比，不過，基本上是音韻的趣味大過意義的趣味。

〈天黑黑〉

天黑黑，欲落雨。舉鋤頭，清水路。

清著一尾鯽仔魚，鯽仔魚欲娶某，龜擔燈，鱉打鼓，

田蛭舉旗叫艱苦，毛蟹擔燈雙目吐，

水雞扛轎大腹肚，一碗圓仔湯給你補。

由於童謠屬於民間文學，民間文學的特性是「開放性」的文本，隨著流傳而有增刪異動，所以，〈天黑黑〉雖然都是以「天黑黑，要落雨」起興，也以田裡溝渠出現的游魚現身，但有的是以「阿公欲煮鹹，阿媽欲煮淡」來延伸，有的則從水田的小動物特徵來形容一場婚禮的儀式，將鯽魚娶老婆的歡樂景致展現於前，令人清心愉快。〈庵蛄蠐〉也是臺灣早期童謠，「庵蛄蠐」是「蟬」的

閩南語稱謂，夏天時分，臺灣到處都可以聽到一陣又一陣的蟬噪聲音，高聲喊叫在臺語謂之為「哮」，也就是「咆哮」的「哮」。〈庵蛄蠐〉這首童謠就從蟬噪開始起興，一開始是「庵蛄蠐，哮咧咧」，「哮」與閩南語的哭嚎的「號」同音，所以從蟬在「叫哮」聯想到蟬在「哭號」，蟬又因何要哭號？於是又從「哭嫁」的民俗作出聯想，然後以押韻與退想一路不斷「改嫁」下去，先嫁給水鱉，水鱉水裡泅，不好；再嫁給石榴，石榴會結子，也不好；再嫁給老鼠，老鼠會打洞，也不好；再嫁給釣魚翁（翠鳥），釣魚翁常要去釣魚，也不好；再嫁給蟾蜍，蟾蜍吃蚊子，也不好再改嫁給酒桶，酒桶得裝酒，也不好……最後嫁給了賣雜貨的，那賣雜貨的也不好，因為賣雜貨的得推車外出做買賣，而來買雜貨的都是查某人，所以，賣雜貨的天天出門去看查某……唉，怎麼嫁都不好，難怪「庵蛄蠐，哮咧咧」。這種異想天開的「造謠生事」方式，想到就搭，體現出退想與頂針的文字遊戲趣味，同時也感嘆女人嫁誰就怨誰，什麼樣的丈夫都有得嫌。

〈庵蛄蠐〉

庵蛄蠐，哮咧咧，哮欲嫁，嫁兜位，嫁市仔尾　市仔尾無綠豆　嫁水鱉，水鱉水底泅，嫁石榴　石榴欲結子，　嫁老鼠，老鼠欲鑽空，嫁釣魚翁　釣魚翁欲釣魚，嫁蟾蜍，蟾蜍欲咬蚊，嫁酒桶，酒桶欲貯酒，嫁掃帚，掃帚欲掃地，嫁賣雜貨，賣雜貨搖鈴鼓，出門去看查某。

　　〈韭菜花〉與〈庵蛄蟩〉[1]是幼年時媽媽教孩童唸的，日月如梭，當我們已經長大，回頭想想這些童謠，常常會為它們的幼稚和胡亂拼湊而啞然失笑，驚覺這些詞句除了順口好念有趣之外，不過是誤打誤撞的文字遊戲。其實東拼西湊正是童謠的文學性和遊戲性所在，與一般以信息傳遞為目的的語文作品不同，它的連結性並非著重在上下文的邏輯貫串，而在於上下句以近似的聲或韻進行反覆，連續性的聲韻反覆使聽的人注意起來，並在大腦展開運算分析，以理解其結構規律；當運算完成之後，也就是聽的人已掌握了「童謠」的規律後，他便會產生心理期待，預測下一句可能會再次出現和上一句相同的聲韻，若期待落實，則會產生滿足的審美心理反應；若期待落空，則產生訝異，並再作預測，再次預期，及至所預測的規律再度實現而生驚喜之情……這就是在這段聆聽過程中，接受者的審美心理反應；一種如同猜謎與追逐的遊戲趣味。童謠文字的韻律風格和押韻的手法誇張了它的文字組織，既可以引起特別的關注去進行解釋，因為韻律會引出押韻字詞間的關係，又可以暫時緩解疑問，因為詩歌有它自己的規則，這個規則創造快感，所以沒有必要去追問它們的意義合不合理；但並不是說它們缺乏意義，而是缺乏嚴謹的意義。真正的文字遊戲是在語言規則的範圍內靈活運用語言的特殊技巧，胡言亂語不能算是文字遊戲，因為它們完全破壞了語言所必需的文法結構；另外，心智愚魯的人也無法玩語言遊戲，因為語言遊戲需要智慧和創造力，唯有靈活運遣語文的人才

---

[1]　〈韭菜花〉與〈庵蛄蟩〉都有不盡相同的版本流傳，這是民間文學在口耳相傳的必然特性，不過，雖有小異，但基本的脈絡仍大致相同。譬如〈庵蛄蟩〉就從蟬噪起興，以同音雙關的方式將「蟬噪」設想成蟬在哭號，於是以各種傷心悲怨的事來敷演。

知道如何巧妙地造就語言遊戲。令人歡喜的是，小朋友熱衷於遊戲本身的單純趣味，這種純粹遊戲的本質，正是藝術與審美的非功利性。

　　由於童謠兼具說話練習遊戲、抒情、逗趣、學前常識教導等功能，所以舊時的童謠也算是學前教育的啓蒙教材，一首童謠常羅列出作物、家畜、人倫、節慶、動物等等的日常事務。如浙江地區的《越諺》有《數目順逆謳歌》，將數目字 12345678910 順向、逆向地與日常事務都在一起，既有趣味，又可寓教於樂，使孩子不但從中認識了數目字，也體會生活的光景好壞，一半靠努力，一半靠命運：[2]

> 一事無成實可憐，兩眼睜睜看老天，三餐茶飯全無有，四季衣衫不周全，五更想起又流淚，六親無靠苦如連，開門七件全無有，八字生來顛倒顛，九事寒窗無出息，要到十字橋頭尋短見；路里碰見一個算命仙，算我十九歲功名就，八月科場面前存，七篇文字如錦繡，六個同窗倒顛中，五倫殿上朝天子，四拜王廷萬歲恩，君王連飲三杯酒，兩朵金花蓋頂勻，一色杏花紅十里，狀元歸去馬如飛。

2　鍾叔河：《周作人豐子愷兒童雜事詩圖箋釋》《越諺》卷上孺歌之諺載有《一顆星》，歌云：「一顆星，隔欄燈，兩顆星，加油明，油瓶漏，好炒豆，炒得三顆烏焦豆，撥隔壁媽媽搭癩頭。癩頭臭，加烏豆。烏豆香，加辣姜。辣姜辣，加水獺，水獺尾巴長，加姨娘，姨娘耳朵聾，加裁縫，裁縫手腳慢，加隻雁，雁會飛，加隻雞，雞會啼，加唬蟻。唬蟻會爬牆，踏殺兩隻大綿羊。」分見：頁 169、頁 234（北京：中華書局，1999）。

這是由周作人所採錄的浙江童謠，先是從一二三四五六七八九十順向說起「每況愈下」的坎坷遭遇，然後再從十九八七六五四三二一，以逆向的次序說明逢凶化吉，逆轉勝的命運，不但有聯想與協韻的遊戲趣味，還有柳暗花明又一村的驚喜，確實是民間文藝的妙手之作。中國各地都有趣味橫生的童謠，雖然沒有人知道是誰創作的，開始於何時，但有不少童謠其實已流傳數百年，稱得上是「人類文化遺產」，譬如廣東地區的〈月光光〉，自從宋朝就已有載錄，可見在此之前早已傳唱於民間：[3]

> 月光光，照池塘；年卅晚，摘檳榔；檳榔香，摘子薑；子薑辣，買葡突；葡突苦，買豬肚；豬肚肥，買牛皮；牛皮薄，買菱角；菱角尖，買馬鞭；馬鞭長，起屋梁；屋梁高，買張刀；刀切菜，買蘿蔔；蘿蔔圓，買隻船；船漏底，沉死兩個番鬼仔：一個蒲頭，一個沉底，一個匿埋門扇底，惡惡食孖油炸燴。

童謠確實是語言遊戲，有些民間童謠將相近的或相同的字音故意穿插合併在一起，以製造出連環又容易混淆的緊張趣味，帶來娛樂的功能。以下是浙江杭縣和六合縣的繞口令：[4]

> 1.駝子挑了一擔螺螄，鬍子騎了一匹騾子，駝子的螺螄撞啦鬍子的騾子，鬍子的騾子踏啦駝子的螺螄，駝子要鬍子賠駝

3　朱自清：《中國歌謠》引《孺子歌圖》，收錄於楊蔭深：《中國俗文學概論》（臺北：世界書局，1997），頁182。

4　同上，頁144。

子的螺螄，鬍子又要駝子賠鬍子的騾子。

2.六合縣有個六十六歲的陸老頭，蓋了六十六間樓，買了六十六簍油，栽了六十六株垂楊柳，養了六十六頭牛，扣在六十六株垂楊柳。遇了一陣狂風起，吹倒了六十六間樓，翻了六十六簍油。斷了六十六株垂楊柳，打死了六十六頭牛，急煞六合縣的六十六歲陸老頭。

從鹿港、澎湖、廣東、浙江，各處的童謠雖幼稚樸拙，但卻是詩歌文學的原型，有韻，有趣，有奇想，有故事，也有小朋友好奇的各種事物，各種以童謠來歌詠的有趣世界：西北雨，直直落，白領鶯，來趕路，跋山嶺，過溪河，找無巢，駁一倒，日頭暗，土地公，做好心，來帶路……這是多麼活潑可愛，富有童心的文學世界。

眞實簡單有滋味的文學料理
——散文的本色

　　散文與韻文相對，凡是不須講求整齊均衡的句式結構，不必推敲平仄或押韻，不需費心操作修辭手段的文章，就可以謂之為散文。散文又可分廣義散文與狹義散文，廣義的散文是雜文學，所謂「雜」，就是包羅了各種各樣的項目，而不是只限定於某種單純的性質；所以，廣義的散文包含了所有以散行文體所書寫而成的作品，既然如此，可以想知「散文族」真是族繁不及備載，那些環繞在我們日常生活周遭的書面文字，除了少部分的詩歌韻文之外，幾乎全都是散文的天下，這個現象你可以在實際的生活環境，或是所有的圖書館，以及書店、網路資訊所流通或陳列的文字結構物中得到應證。當代作家老舍（1899-1966）在一篇名為〈散文重要〉的散文中平易地指出了這個事實，他說：[1]「我們寫信，寫日記、筆記、報告、評論，以及小說、話劇，都用散文。我們的刊物（除了詩歌專刊）與報紙上的文字絕大多數是散文。我們的書籍，用散文寫的不知比用韻文寫的要多若干倍。……散文實在重要。在我們的生活裏，一天也離不開散文。」

---

[1]　《筆談散文》（天津：百花文藝出版社，1980），頁 1。

　　其實，不需要端出《茶館》主人──老舍，我們也知道天天都要用到散文，散文確實就在我們身邊，正因為如此，我們幾乎就當它是一般的語文工具，而不太注意到散文除了應用性之外，當然也有它的文學性。

　　從宏觀面來看，散文包括了奏議詔命，這種作為政治性用途的公文；史傳志紀，這種記載人事實地物等的敘事文；小說戲劇，這類真真假假的故事性文學；契約規章條例，這種具有強制約束力的法律性文件；各種商業廣告或宗教及民主選舉文宣，這類以說服或感動為手段，而以誘導行動之發生為目的的宣傳文案；當然，還有數千年來無數人類以其智慧在各個學科領域所研發論述的各種專門知識著作；天文學、土壤學、植物病蟲害、醫療史、航海史、海外華人移民史、經濟學、社會學、兵役沿革等等……這些專業著作不約而同地也都是以散文的形式來書寫。散文之所以如此通行的原因，主要是散文的形式自由靈活，句式長短不拘，作者可以拿起筆來率爾操觚，順心自如地暢所欲言，而不需顧慮到形式格律的約束，所以，散文是最自然，最直接，也最便利的書面文體。如果你喜歡寫作，或是喜歡閱讀，散文都是入門首選。

　　散文好寫，但是要把散文寫好，卻並不容易。從作家面來說，必須有一定的學識修養與人情世故的經歷，才有值得一提的材料可寫；其次還要有一定的文筆，才可以通順無礙地將所要表達的事情說清楚，否則就是辭不達意，即使不須講究文學審美質素的科學著作或學術論文、各類的應用文，如公告、使用說明書、契約、道歉啟示、新聞報導、履歷、申請書……也都應該把話說清楚，講明白。若是還行有餘力，能夠進一步斟酌文采，增添意趣，那麼就是作者有才調，讀者有眼福，能在接受知識或信息之餘，猶可賞心悅

目，怡情養性。古往今來，這類秀外慧中的作品也為數可觀；如二十五史、《文章正宗》、《文苑英華》、《古文觀止》、《古文辭類纂》……等莫不是金石之作。限於篇幅與知識趣味，在此單舉以動物行為科學研究享譽全球的奧地利動物學家康拉德‧勞倫茲（Konrad Zacharias Lorenz, 1903-1989）為例，勞倫茲博士的科普名著《所羅門王的指環》就是一本兼顧科學知識和文學趣味的好散文，在翔實真確的生物行為觀察與解釋下，也注入了有趣的生活經驗與自然入微的生命情感，而且類比生動，筆觸幽默。下文節錄的穴鳥之求偶現象紀錄即是一例[2]：

> 最值得注意也最滑稽的一種景象，就是雄鳥和雌鳥眉目傳情的方式了：公的穴鳥如果看中了某只雌鳥，總是深情款款地注視她的眼睛，而她呢？就會東張西望地故意不看她的追求者，實際上，自然牠的一舉一動都沒逃出她的監視。有時她會很快的瞄牠一眼，雖然只有幾分之一秒的時間，已夠叫她瞧明白牠的用意何在了，而牠也在這一眼之下「知道」她知道了。如果她真的對牠沒有興趣，以後就再也不瞧牠了，然後這位年輕的雄鳥就會知趣的走開，和其他的雄性動物一樣很快地放棄了希望。萬一這隻雌鳥竟被追求者的魅力所迷，她就會蹲在牠的面前，用一種特別的姿態很快地抖動翅膀和尾羽，這表示她已心許了，這一套動作雖是象徵求歡的固定禮儀，卻並不導致實際的好合，純粹是一種招呼的方式而

2　奧‧康樂‧勞倫茲著，游復熙、季光容合譯：《所羅門王的指環》（臺北：東方出版社，1994）。

已,凡是結過婚的雌鳥都是用這種方式招呼她的丈夫,即使
不在求偶期也是一樣。從這一類鳥的家譜來看,這種儀式已
經完全失去原先在性上的意義了,現在成了妻子歡迎丈夫,
對丈夫表示心悅的一種特殊表情,與魚類「象徵性的自謙動
作」意義完全相同。未來的新娘一經定過情,就會變得冷靜
沉著,而且會對別的隊員反臉無情。就雌鳥而言,訂婚可以
提高她在隊裡的地位,一般說來,因為雌鳥總比雄鳥長得單
薄些,所以在她獨身的時候,她的地位比雄鳥低得多。

訂過婚的一對很自然地就成了最忠實的同盟,互相支持,互
相信賴,這是很要緊的,因為他們得和年老位高的夫婦爭地
盤。他們這種軍事性的愛情真是妙極了。自此之後,這兩隻
鳥會經常擺出自炫的態度,形影不離地度過餘生。

　　穴鳥的真愛一生,猶如人間版的「窈窕淑女,君子好逑。」於
1973 年獲得諾貝爾醫學獎的勞倫茲擁有雙料博士學位(醫學博
士、動物科學博士),他憑藉著豐富的科學素養,細膩周到的觀察
記錄,從親切有趣的視角落筆,把一對小小鳥兒的求偶過程描寫得
浪漫旖旎,宛如人間佳偶締結婚約的過程,令人會心莞爾之餘,也
認識了穴鳥鳥類採終身單一配偶制的生物行為。不過,話又說回
來,通常只有大手筆的科學家才能如此游刃有餘,既傳播了知識,
又能兼顧文學雅趣,使讀者受益匪淺;倘若無法兩者得兼,廣義的
散文在寫作上仍需以其原本要傳述的內容為主,不需過度修飾,以
免干擾知識或信息的直捷傳遞。勞倫茲說:「我是一個科學家,並
不是個詩人,因此,我一點也不想在這本小書裏使用藝術家『自由
心證』的手法,使真象看來更美好一些;其實這樣做只會弄巧成

拙；因此，這本書所能存留的一點吸引力就全在它『嚴格記實』的特點上，我希望因為守住本行的關係，我能使好心的讀者體會到一點有關其他生物的真象，認識牠們的生活是如何的美麗。」[3]他認為一個有才氣的作家，縱然有文藝手法的特權來描寫動物或動物的行為，但是若是大概「用詩的特權來掩護自己對事實的無知」，反而使人輕蔑，其「藝術」也違反真正的藝術了。所以，廣義的散文必須以其真實的內容為貴，知識與信息取向的著述更是如此。

在文學範疇中，現代散文一般是指狹義的散文，它是一種與詩歌、小說、戲劇文學等並列的文學體裁，具有散文自己的行當本色。散文的寫法非常多，但概略來說，散文既然叫做散文，那麼散文就是要「散」，寫作時閒閒淡淡，心情寬寬疏疏，不過度悲喜憂恨，真情感當然是必不可少，但是若一直處在橫眉怒目，或是痛心疾首的心境，其實並不容易寫出有情有意有趣的散文。在修辭上，散文較詩歌來得清淡隨興，遣詞造句都自自然然就好，不需要嘔心瀝血地過度講求雕飾，信筆讓文字舒適自由地將情意釋出即可。不過，隨興並非隨便，疏淡也不是疏忽，不必嘔心瀝血也不是都不必用心，不然寫出來的就是廢文一篇。這就是散文容易寫，卻不容易寫好的原因。蕭雲騰在〈形散神不散〉點破了「散」的要領，他說：[4]

> 「散文貴散」。說得確切些，就是「形散神不散」。神不「散」，中心明確，緊湊集中，不贅述。形「散」是什麼意

---

[3] 奧・康樂・勞倫茲著，游復熙、季光容合譯：《所羅門王的指環》（臺北：東方出版社，1994），頁14-15。

[4] 《筆談散文》（天津：百花文藝出版社，1980），頁33。

思？我以為是指散文的運筆如風、不拘成法，尤貴清淡自然、平易近人而言。「像煞有介事」的散文不是好散文。會寫散文的人總是在平素的生活和日常的見聞中有所觸動，於是隨手拈來，生發開去，把深刻的道理寓於信筆所至的敘述上，筆尖飽蘸感情，時而勾勒描繪，時而倒敘聯想，時而感情激發，時而侃侃議論。

將散文的精神概括為「形散神不散」，確實說得傳神扼要，不但傳衍了中國藝術精神中的「形神論」，也揭示散文的寫作原理——內容要有神，即必須言之有物，但形式要自然，雲淡風輕，似若無其事；蕭雲騰認為那種「像煞有介事」的作品，實際上矯情造作，蓄意修辭，刻意載道，這類裝模作樣的作品並非好散文。散文雖然簡單易寫，但是仍有其最基本的要求，那就是「辭，達而已矣！」至於文學性的散文，志不在於知識或信息的傳遞，而在於生活情感的留存，所以必須憑藉作者體察人生百態的慧眼，領受人情事理的慧心，文筆要簡潔清通，從容不迫，疏淡雋永，有真情意，有好滋味，才是道地的文體本色。以下略從題材內容、語言形式簡述散文的文體特性。

一、題材廣泛多樣，以抒寫真實經驗為主。

散文的題材廣泛，幾乎什麼都可以寫，寫大小人物、敘大小事情、記各種風俗景致、詠春花秋月山高水長蟲魚鳥獸等宇宙萬物、訪故居舊里廢墟或路過的他鄉異域、憶逝水年華前塵舊夢，也可以柴米油鹽醬醋茶或幾道可口的點心佳餚，信手拈來，無所不可，無所不載，其自由性確實是其他文體所望塵不及。以豐子愷（1898-

1975）的散文為例，舉凡他自己的姓氏（豐氏）趣譚、逃難雜感、種水仙、養蠶、理髮、拉胡琴、樂譜上的小詩、釣魚、吃秋蟹、妻子小產……只要有感而發，他都緣情而書，篇篇皆是案頭小品。[5]
不過，散文雖題材無限，但卻要在「真實的經驗」之內，不可虛構，虛構是小說和戲劇的文體本質，散文則須以真實為文體規範；真人真事真心真情真體會為散文的貴重價值。近代書畫家齊白石（1864-1957）將他的畫室名為「甑屋」，他說這是為了紀念他的祖母，她曾憂心畫作不能當飯吃，日子該怎麼過？他說[6]：

> 余未成年時，喜寫字。祖母嘗太息曰：「汝好學，惜來時走錯了人家。俗話云：三日風，四日雨，那見文章鍋裡煮？明朝無米，吾兒奈何！」後十五年，余嘗得寫真潤金買柴米。祖母又曰：「那知今日鍋裡煮吾兒之畫也。」忽忽余年六十一矣！猶賣畫于京華，畫屋懸畫於四壁，因名其屋曰「甑」，其畫作為「熟飯」，以活餘年。痛不聞祖母之聲，呼吾兒同餐也。時癸亥買鐙後二日，作于三道柵欄。白石山翁。

　　白石老人在六十一歲時憶舊，說他將賣畫所得的錢，買柴買米回家，祖母見狀喜出望外，一邊煮飯，一邊開心地念著，今天鍋裡煮著的可是孫兒的畫呢！悠悠三十年過去了，他仍然在京師賣畫為生，也可以賣畫糊口，但卻聽不到祖母呼喚他來一起吃飯的慈愛聲

5　詳參豐子愷著：《緣緣堂隨筆》（北京：中國青年出版社，1995）。
6　《齊白石》專輯（雅昌藝術）。

音了。假使齊白石根本沒有祖母，或是他的祖母不曾對他習字作畫而憂喜，那麼這段小文之中的至情至性必因作者造假而一無足觀。臺灣散文作家陳列（1946-）獲玉山國家公園遴選為玉山自然寫作專案作家，寫作前，他在嚮導的陪伴下來回多次地仔細觀賞並記錄玉山的自然風光，在《永遠的山》〈前言〉中，陳列說[7]：

> 我記得一次又一次的山野行程中許多特別令人欣喜的剎那：冰雪覆蓋的谷地裡，用孤獨而警戒的眼神回首對著我打量的一頭淡褐色長鬃山羊；那隻逃避不及，情急之下以為躲在路邊灌叢後就不會被看到的憨憨的小山豬；一隻藍腹鷴在密林下慌亂飛奔時那撮閃爍掩映的美麗長尾巴；一隻栗背林鴝站住冷杉頂樹張嘴打呵欠時看似慵懶無聊又悠閒自足的模樣；破曉時分，三九五二公尺的玉山頂上，在我四周飛速襲捲幻化的風和雲；日落後，當雲霧仍不肯完全下沉時，間隔若干秒就從雲層後爆亮一次的閃電，好像天邊正有一場遙不可聞的猛烈炮火；在深谷對岸遠處的針闊葉混合林中一路陪伴我獨自跋涉的某隻貓頭鷹鼓鼓深沉的呼喚……

　　陳列的散文優美，情感恬淡寧靜而又飽滿活潑，字裡行間，洋溢著玉山國家公園特有的高海拔山林氣象，以及原始森林中一派與世無爭的勃勃生機；然而，引人入勝的絕非只是作家細膩婉轉的清麗文筆而已，更在於那些與長鬃山羊、小山豬、藍腹鷴、貓頭鷹，以及三九五二山頂上的風雲雷電相遇的真實體驗；倘若陳列根本沒

7　陳列：《永遠的山》（臺北：玉山社，1998），前言，頁 13-14。

去過玉山，或登上近海拔四千公尺高的玉山北峰，那麼他的「玉山寫作」便是子虛烏有的杜撰文章，必須重新歸類評價。所以，真實的生活體驗與人生閱歷，是散文寫作的題材特性；造假屬於虛構派的小說戲劇，不是散文的文體本質。

二、遣詞簡潔自然，感情宜平易雋永。

在寫作技巧上，散文與小說及戲劇有別，不以情節衝突和人物刻劃取勝，也不同於詩歌在隱喻、聲律、修辭上的精雕細琢；所以，散文應以情感的真實雋永和語言的簡潔自然見長。主修哲學，追求自由政治的殷海光（1919-1969），他的妻子夏君璐在《殷海光全集》序中有一段與丈夫結下情緣的短文，她的文字簡潔自然，一見鍾情的少女情懷純真動人，所以也是好的散文，節錄如下：[8]

> 我是一九四五年美國原子彈投在日本後與我的丈夫第一次見面。他剛從印度退役回國，來重慶找工作，暫住在我娘家。那時我十七歲讀高一，看到他就迷上他，認為他是世界上最有學問、最了不起的人，一心要跟他一輩子，即使做他的佣人也心甘情願。雖然偷看到他寫給我哥哥的信，說他要獨身一輩子，但是不知為什麼信心卻麼強，堅信我一定會得到他。我的父親雖然欣賞海光的才學，尤其是反對共產主義的思想，但非常反對我與他相好，想盡方法阻止。加上正逢國共兩黨打仗，兵慌馬亂，整個中國一片混亂，海光與我一直分離兩地，所幸通信從未間斷。一九四八年底我們逃到湘潭

8　《殷海光紀念集》（臺北：桂冠圖書股份有限公司，1990）。

時，海光突然寄來一本很厚的哲學書⋯⋯。

　　殷海光的信和書都必須經過夏君璐父親——夏聲的檢查，其實夏君璐說他父親極欣賞殷海光的識見和學問，所以雖是檢查之名義，但卻也是一睹為快的事實，但是，怎麼這本書如此之重？她父親納悶地反覆翻閱，這才發現原來書的扉頁裏藏了細細的金條，這是要給他們逃出淪陷區的盤纏。由於人物和事件本身就有飽滿深刻的內容和意義，因此，平順如實地寫來，就能感動讀者，技巧上的琢磨修飾未必需要；也就是說，散文的語言以自然簡潔為宜，刻意講究可能會顯得矯揉作態而與其內容不協調。散文名家吳魯芹（1918-1983）的散文清閒幽默，心境輕鬆自然，持筆明快不造作，寫出來的文章真實生動，逸趣橫生，他在《瞎三話四集》有一篇〈武大舊人舊事〉，回憶當年在武漢大學唸書時外文系有位怪才老師的妙事：[9]

　　　　外文系有一位以韻文翻譯莎士比亞「李爾王」出名的孫大雨，是寫新詩的才子，他上課時有時會心血來潮，在黑板上抄出一節聞一多的詩，連呼「狗屁！」再抄一節徐志摩的詩，也還是連呼「狗屁！狗屁！」接下來就抄一節他自己的詩，擊節讚賞。這和他上的課並無關係，然而有了這段前奏

9　吳魯芹：《瞎三話四集》（臺北：九歌出版社，1981），頁 177-178。試參閱聞一多的詩作〈紅豆〉：「我把這些詩寄給你了／這些字你若不全認識／那也不要緊／你可以用手指輕輕摩著他們／像醫生按著病人的脈／你許可以試出／他們緊張地跳著／同你心跳底節奏一般」《聞一多選集》（文學史料研究會印行，未註明出版時地），頁 69。

序曲之後，似乎他上正課的情緒才能納入正軌。同他有往來
的學生說，孫大雨有兩件講究的東西：一張椅和一張床，他
相信一個人大半生都消磨在這兩張家具上面，講究一點也不
為過。除去同代的詩人作品容易觸怒他之外，就該輪到管渡
輪的人了，他坐武昌到漢口的渡輪，十次有九次要和渡輪或
者碼頭上的工作人員，言語上發生一點小衝突。沒有人問他
何以要如此，就像也沒有人敢問他聞某、徐某的詩何以是狗
屁一樣。同詩人才子去講理，對彼此都是掃興的事。

　　這一個名叫孫大雨的外文系才子，個性古怪又率真，才情洋溢又目
中無人，對於生活有自己絕對的堅持，因此，是一個很有意思的人
物，而吳魯芹也是帶著讚嘆的，欣賞的眼光來寫他，任誕而狂狷的
人物本身已經夠率性了，所以，吳魯芹並不需刻意講究文采，只須
信筆如實表出，就能讓讀者為之擊節稱嘆了。

　　短篇幅的散文，也被稱之為小品文，這類文章的寫作要領論者
甚繁。四零年代筆名為「味橄」或苦瓜散人的作家錢歌川（1903-
1990），他是著名的翻譯家，也是散文名家，他在《游絲集》的
〈談小品文〉提出了散文的寫作之道，他說：[10]

　　　　從無限小到無限大，也許是大中有小，小中有大。把現實社
　　　　會的小事情，以幽默的口吻說出來，固然是小品文，就是那
　　　　些談宇宙神祕的爐邊科學，又何嘗不是小品文呢？在那種不
　　　　拘形式的家常閒話似的小品文中，宇宙萬有，無一不可取為

10　錢歌川：《游絲集》（臺北：新文豐出版公司，1982），頁108-109。

題材，可以詼諧幽默，可以嬉笑漫罵，可以抒情，可以敘
事，可以有辛辣，可以有感傷，可以諷刺人情的淡薄，可以
刻畫世態的炎涼。總之，什麼都可以，只不宜板著面孔說
話，給人開教訓，或是像說教似的給人講道德，說仁義。有
人說，小品文是文學發達的極致，我想是不錯的。

小品文是一種表現自己的文學，儘管取材的範圍沒有涯盡，
但總是以自己為中心的。最上乘的小品文，是從純文學的立
場，作生活的記錄，以閒話的方式，寫自己的心情，其特徵
第一是要有人性，其次要有社會性，再次要能與大自然調
和。靜觀萬物，攝取機微，由一粒沙子中間來看世界。所以
題材不怕小，不怕瑣細，仍能表現作者偉大的心靈，反映社
會複雜的現象。有時像顯微鏡，同時又像探照燈。普通不被
人注意的東西，都在小品文中顯露出來了。

小品文的作者要有「採菊東籬下，悠然見南山」的情懷，須
自悠閒中才有所獲得。

錢歌川對散文的主張就是，大事小事無一不可寫，自然萬象，
社會百態，人間冷熱，生活酸甜感受皆能入文，不要矯情，不要教
訓，不要緊張，真情實在，幽默自然，就是理想中的散文格調。這
譬如作菜，食材好，手藝地道，味覺靈敏，不需過多擺盤與調味，
自然就能端出一盤食之有味的文學佳餚。

傑克與豌豆的過節
——童話故事的文學特性和結構模組

　　很久很久以前，在一個遙遠的地方，那裡有一個小村莊，村子裡住著一個名叫傑克的男孩，他和媽媽相依為命。傑克家很窮，沒有什麼錢，唯一的財產源就是一頭乳牛，靠著牠的牛奶賺點錢，母子倆省吃儉用地過日子。但是，母牛越來越瘦，再也擠不出牛奶了，生活變得更困苦，媽媽很煩惱。一天，媽媽無奈地對傑克說：「傑克，我們……得把母牛給賣了，你把牛牽到鎮上去，看有沒有人出價要買。」傑克牽著瘦弱的母牛出門，一步一步地往鎮上走去，半路上，他遇到了一個神秘的老人，老人問傑克：「孩子，這頭牛是要出售嗎？」傑克說：「嗯，你要買嗎？」老人告訴傑克，他想買，但身上沒有錢，不過，卻有一小袋的神奇豌豆，可否就用這袋神奇的豌豆跟他買牛？他壓低聲音慎重地告訴傑克：「你瞧，這不是普通的豌豆，它具有神奇的魔力，你回去種種看就知道了。」傑克答應了老人的交易條件，把母牛遞給了他。當他興奮地拿著那袋豌豆回家時，媽媽大失所望，她責罵傑克：「豌豆？！你這孩子，你竟然笨到相信那個人的話……現在母牛沒有了，錢也沒有，我們以後是要怎麼過日子？」她悲憤地把那一袋豌豆用力扔出窗外。傑克知道自己闖下大禍，懊悔不已地躲進了房間。我們都知

道，故事的轉折處就在豌豆落在土裡的那一瞬間！那豌豆果然不同
凡響，它一落地就迅速猛烈地蔓生攀鬚，強壯的豆莖節節高升，直
竄上了雲霄。第二天一早，傑克無精打采地醒來，他望向窗外，陰
陰暗暗，沒有陽光，怎麼了？地面盡是一片幽深的綠蔭？他步出戶
外，仰頭查看，驚訝地發現神奇的豌豆一夜之間已長到雲端去了。
天啊，老人沒騙我，豌豆真的是有魔力啊。傑克曾聽說雲端上有個
宮殿，宮殿裡有稀世珍寶，但那裡住著一個兇惡的巨人，他會吃掉
闖進宮殿裡的生人。傑克想著這個傳聞，便好奇地跳上了豌豆葉，
他沿著豌豆莖一節一節地奮力攀爬上去……果然不出所料，雲端出
現了一座華麗的宮殿，不過看守的巨人正在睡午覺，鼾聲大如雷
鳴。趁著巨人大夢未醒，傑克躡手躡腳地溜進了宮殿，他把一座會
唱歌的豎琴、一隻會下金蛋的鵝，偷偷抱走，再沿著豌豆莖逃走。
巨人在睡夢中聞到生人的味道，醒來後發現寶物已失竊，他憤怒地
拿著狼牙棒追趕傑克，傑克在半空中大聲呼叫媽媽，快，快去拿斧
頭出來！傑克搶先跳到地面，接過母親手中的斧頭，大力砍斷了豌
豆莖，巨大的豌豆株搖搖晃晃，最後凌空傾倒，來不及逃命的巨人
就這樣從半空中給摔死了。倒下的豌豆株把他們家的屋頂給壓垮
了，但傑克和媽媽並不擔憂，因為，有了豎琴和金鵝這兩件寶物，
他們家就會財源滾滾，從此就可以過著衣食無憂的生活了。

　　〈傑克與豌豆〉[1]原是流傳於英國民間的口頭文學，大約在十

---

[1]　這個流傳於英國民間的童話故事因為口傳文學之故而有多種不同的說法，
　　但大同小異，都圍繞著傑克、寡母、乳牛、神奇的豌豆、巨人、寶物等元素
　　而展開，故事被採集寫定於十八世紀，通行的版本有兩個，一個是〈傑克
　　與豆莖〉（"Jack and the Bean Stalk"），一個是〈殺巨人的傑克〉（"Jack
　　the Giant Killer"）。周作人（1885-1967）譯作「殺巨人的甲克」。

八世紀經文人採集寫定後而得以流傳廣遠，並被翻譯成各國語文，印成童話故事書，由於故事感人，又有神奇與冒險的趣味，所以在世界各國相當流行，相信你在兒童時候應該有聽聞過。兒童天生喜歡聽故事，聽故事可以使兒童在想像中遨遊天下，探索世界，領略人生，辨別是非，觸動感情，滿足好奇心。所以，在我們的文學經驗中，最早來輕敲心扉的文學就是童話故事，所以它們往往是童年時的溫馨回憶。睡美人，白雪公主，長靴貓，小紅帽，灰姑娘，糖果屋，國王的新衣，傑克與豌豆……這些童話故事平凡卻又夢幻，哀而不傷，樂而不淫。故事中的主角，雖有困難，或被壞人加害，但主角都能憑著勇氣、善良、智慧、勤勞來克服難關，並且常有仙女或是善心的小動物來幫忙，所以，童話故事中的主角最終都能突破困境，擁有幸福美滿的生活。這些故事所以被稱之為童話故事，是因為它們原是以兒童為講述對象，通常是在就寢時間，媽媽在床邊為孩子們所講的故事，所以也被稱之為床邊故事。童話故事的篇幅多半簡短，內容也純樸，不過，純樸並不表示簡單或無聊，因為說故事的媽媽為了娛樂孩童聽故事的期待心理，所以編造的情節往往神奇夢幻；又為了能教育年幼的孩童，所以故事的主旨崇高正派，人生的願景也一片光明，所以童話故事的氣氛明朗快活，孩童聽完之後，也能舒心安心地等待長大成人。

　　早期的童話故事只是口傳文學，並未有人將它們書寫下來，因為兩三百年前的農民並不識字，雖然會講故事，但卻不會把故事寫下來。最早採集並記錄這些純樸動聽故事的人應該是十七世紀時的法國人夏爾‧貝洛（Charles Perrault, 1628-1697）夏爾‧貝洛是法蘭西學院的院士，雖然家世顯貴，出入宮廷，但他卻喜歡質樸有趣的民間文學，他搜集了小紅帽、灰姑娘、睡美人、藍鬍子、長靴

貓、仙女……等八篇童話;並以他的文學才華作適當的潤色,將人物的形象描繪得更為生動,情節設計得更為曲折,然後以《鵝媽媽故事》(*Stories or Tales From Times Past, With Morals: Tales of Mother Goose*)為書名出版問世;貝洛之所以如此為書命名,是因為民間傳說鵝媽媽會對小鵝們嘎嘎呱呱地說故事。1808 年,在貝洛死後一百餘年,德國的格林兄弟(Brüder Grimm: Grimm, Jacob Ludwig Carl, 1785-1863; Grimm, Wilhelm Carl, 1786-1859)在貝洛的基礎上,展開了更為全面的童話故事採集,格林兄弟專攻語言學,他們向鄉村的農民採錄傳說的民間故事,總共編寫並出版了兩百篇有餘的童話故事,包括白雪公主、青蛙王子、糖果屋、灰姑娘、小裁縫、大野狼和七隻小羊、漁夫和他的妻子等……原本是鄉村口耳相傳的童話故事,在文學家們的採集、書寫與出版之後,這些童話故事就可以廣為流傳了,翻譯成各國文字之後[2],遂在世界文學裡穩居一席之地,對它們的分析和研究也相繼展開。

　　童話來自於民間,所以也屬民間文學,民間文學具有民間文學的專屬特性;黃濤在《中國民間文學概論》歸納出了四個特性,分別是「講述態度的可信性與主要情節的虛構性」、「故事情節的傳奇性」、「情節與人物形象的類型化」與「故事在流傳中的成長性」[3]。第一個特性表現在實際說故事時「說者」與「聽者」的高度「合作原則」[4],第二與第三個特性是就故事內容的「超乎現

---

[2]　德‧格林兄弟著,舒雨、唐倫億譯:《格林童話全集》(臺北:小知堂文化事業有限公司,2001)。

[3]　參:黃濤編著:《中國民間文學概論》(北京:中國人民大學出版社,2009),頁 162-166。

[4]　美‧卡勒(Jonathan Culller, 1944-)曾創了一個文學術語「超保護的合作

實」與「格式化」而論，第四個特性是指童話是民間世代口耳相承流傳下來的「無名氏」之作，沒有「版權」，也沒有「定稿」，是屬於所有人民的文學，任何講述或傳抄的人都可以給予修訂或潤色，所以故事在遼闊悠久的傳播過程中，會因時因地因人而匯入新的元素，日漸成長。分項說明如下：

一、講述態度的「可信性」與主要情節的「虛構性」

說故事的與聽故事的雙方一旦約定好要說故事時，就必須遵守溝通協定上的合作原則──不拆穿，不質疑，不否認；這是聽講故事的溝通情境設定，倘若偏離了這個情境，那麼故事既說不下去，也聽不下去了，雙方都享受不到遐想的娛樂效果。所以，在講童話故事時，說的人要說得好像「真有其事」，而聽故事的人也要「信以為真」……雖然，說和聽的雙方心理都明白「它」其實只是一則故事，但彼此要心照不宣，遵守「合作原則」，不要蓄意干擾，否則就破壞童話的浪漫氣氛，令人不悅了。

二、故事情節的「傳奇性」

在「合乎人情」「合乎事理」的大原則下，童話故事的情節利用「巧合」、「誇張」、「超自然」等手法來描述超乎現實的環

原則」在他的小書《文學理論》提到：「一個從故事分析中形成的程式（包括從個人軼事到整本小說的分析中），或者叫傾向有一個讓人望而生畏的名稱，叫『超保護的合作原則』（hyper-protected cooperative principle）交流基於一條根本的程式，即參加者的相互配合。而且，基於這一點，一個人對另一個人所說的話才會是相關的。」詳參美・卡勒：《文學理論》（香港：牛津大學出版社，1997），頁67。

境、事件或人物；例如會飛的魔毯，會走路的樹精，會說話的兔子，會下金蛋的母雞或母鵝，上岸走路的人魚公主，睡美人沈睡一百年而不會死，南瓜變馬車，老鼠導航當駕駛……這些奇幻的情節雖然「太巧合了」、「太誇張了」、「怎麼可能？」，但傳奇浪漫的情節往往引人入勝，化外世界別有洞天，令人翩躚流連。而且，若再進一步玩味，在這些奇幻怪誕的故事表層下，也意味著某些生存處境和欲望想像。

三、情節的「模組化」與人物形象的「類型化」

童話故事在情節編造上有相沿成習的範式，所以呈現「模組化」、「類型化」的特性，常見的組合模式如主角從身陷困境→遭受考驗→勇於奮鬥→接受仙人資助→成功。將主角設定為「灰姑娘」就成為灰姑娘被後母虐待，必須負責打掃家務，不能赴王子選妃的舞會，而後仙女資助她而有華麗行頭，最後終於打動王子的心並結婚。將主角設定為「傑克」，就成為傑克家境貧困，後接受仙人給予魔豆，他勇敢攀爬高聳天際的豌豆莖，打敗巨人，成功改善了家境。童話故事在人物的塑造上也呈現定型化，通常集中於某些特定的品行或能力，如勤勞、懶惰、貪心、善良、勇敢、仁慈、吝嗇等，而人物身分也不離國王、公主、皇后、巫婆、乞丐、魔法師、樵夫、漁夫、獵人、外婆、王子、仙女等類型。這些特性使童話故事具有好說與好聽的編造便利。

四、故事在流傳中的「開放性」與「成長性」

童話故事是一種開放式的文本，可以隨著流傳中的人、地、時因素而發生變造、替換、重組，並在演變中趨於豐富、完整、複雜

⁵。譬如「虎姑婆」的故事，在日本的虎姑婆騙姊姊說她吃的是「蘿蔔乾」，在中國的是吃「雞爪」，在臺灣的是吃「花生」。或如「三個願望」的故事原型建立在「主角擁有分別實現三次願望的機會及其實現方式與結果」，於是，在流傳的過程中，就會演化成「阿拉丁與神燈」版本、「富人與窮人」的版本，或是格林童話中「漁夫和他的妻子」的版本。這就是口傳文學的開放式文本特色，它可以在流傳的過程中持續演化，持續成長，形成一種因時因地制宜的活性，與其他已定稿定案，不得增減改易的文學著作明顯不同。

　　掌握了童話故事的特性之後，我們不妨再來討論傑克與豌豆的內情，也許你會想到──跟傑克的媽媽當時的想法一樣──就是，唉，傑克被詐騙了！那個神秘老人其實是個騙子，他見傑克是一個少不更事的農村少年，於是就拿出一袋普通的豌豆來誆騙他，吹噓它的神奇魔力。傑克被這老千唬得一愣一愣，當下信以為真，於是把媽媽托付變賣的母牛拱手送人。當傑克高舉著一袋「魔豆」給媽媽時，媽媽知道傑克被人給詐騙了，這下「牛財兩失」，生活沒有著落。她悲憤不已地將豌豆扔出窗外，傑克見狀也才醒悟自己輕信陌生人的不智，於是懊悔不已地回房間睡悶覺。傑克與豌豆的實際過節應該就到此為止。這樣的推測當然也可以，而事實很可能確實是如此；但是……如此一來，「傑克與豌豆」就不是童話故事了，因為它失去了「傳奇性」，豌豆若不神奇，那就不令人神往了，既

5　周作人：〈兒童文學小論・童話研究〉：「國民傳說，原始之時類甚簡單，大抵限於一事，後漸集數事為一，雖中心同意，而首尾離合，故極其繁變。」鍾叔河：《周作人豐子愷兒童雜事詩圖箋釋》（北京：中華書局，1999），頁227。

不令人神往，童話的趣味性何在？所以，童話與豌豆都具有神奇的
魔力，它們彌補修飾了這個單親家庭的不幸遭遇：一覺睡醒之後，
傑克搶到了寶物，殺死了巨人，寶物帶來了財富，改善了家庭經
濟，從此與母親過著不愁吃穿的好日子。

　　童話故事雖幼稚，但聽故事和講故事的行為並不幼稚，看似幼
稚的故事其實都內建了一定的結構邏輯，這個邏輯就像語法一般，
它是話語能被理解的關鍵。美國學者卡勒（Jonathan Culler, 1944-）
說：6

> 聽故事和講故事是一種人類的基本欲望。兒童從很小就學習
> 我們可以稱之為基本的敘述能力的本領：他們要聽故事，如
> 果故事還沒有結束你就企圖騙他們停下來，他們是不會上當
> 的。因此敘述的理論的第一個問題或許應該是，我們對於故
> 事的基本形式具備哪些固有的概念，這些概念使我們能夠區
> 分出哪些故事結束得「恰當」，哪些結束得不恰當，事情還
> 懸而未決。那麼也許就可以這樣理解敘述的理論，它是一種
> 要講清楚、說明白的努力，也就是敘述能力，就像語言學是
> 一種要把語言能力解清楚的努力一樣：講一種語言的人在認
> 識這種語言中，他的潛意識裡已經知道了些什麼。

　　以下我們來介紹童話故事的結構元素，這個結構模組是俄國籍
的文學老師普羅普（Vladimir Propp, 1895-1970）對童話故事的分

6　美・卡勒著、李平譯：《文學理論》（香港：牛津大學出版社，1997），
　　頁89-90。

析結果，書名是《民間故型態學》（*Morphology of the Folk Tale*）。普羅普分析了百餘篇的俄羅斯民間故事，發現所有的童話故事都具有格式化的結構特徵，而組成這些格式化的結構是 31 個最基本的敘事單位，他把它稱之為「功能」（Functions）。「功能」這個用語看起來雖然有些彆扭，但概念其實很簡單，就是指構成故事的基本成分，也就是構成故事的基本零件。以下是這 31 個「功能」的簡單定義和舉例解說。[7]

0.　最初情境：介紹人物的姓名、身世、家庭背景。譬如從前有個男孩叫傑克⋯⋯

1.　離家：家庭的某個成員離家外出。譬如小紅帽離開家，要去探視生病的外婆。

2.　禁令：對主角發佈某種禁令。譬如在狼和七隻小羊的故事中，羊媽媽警告小羊不可開門讓陌生人進來家裡。

3.　違禁：違反禁令。譬如睡美人違反禁忌，伸手碰觸了紡錘。

4.　偵察：對手進行試探。譬如在漁夫和他的妻子故事中，妻子探聽到比目魚是一位被詛咒的王子，可以要脅它來遂願。

5.　獲得情報：在詢問─回答中，對手得到情報。譬如糖果屋故事裡的巫婆已經知道小兄妹落單且已飢腸轆轆了。

6.　圈套：對手企圖欺騙、計誘或強迫他的受害者，以佔有他或取得屬於他的東西。對手亦做喬裝打扮。譬如大野狼打扮成外婆的模樣欺騙小紅帽。在中國童話中的「老虎外婆」也是扮成外婆欺騙小姊妹。

7　羅鋼：《敘事學導論》對普羅普的 31 種功能有較詳細的說明。（昆明：雲南人民出版社，1999），頁 24-53。

7. 依從：受害者被勸誘或蠱惑，因而接受對手的要求，滿足對手的目的。譬如白雪公主被喬裝成賣蘋果老婦的壞皇后給騙了，因而吃下了毒蘋果。

8. 罪行或匱乏：對手傷害或侵犯家庭的某一成員；或是家庭的某一成員匱乏某物或希望獲得某物。這是故事的核心糾葛和衝突開始[8]。譬如虎姑婆把弟弟給吃了，或是大野狼把六隻小羊給吃了。

9. 仲介：災難或匱乏被確認，主角接受請命，或被允許動身出發。他可以是自願，也可以是被委派。在故事中，會由某個人物告訴他災難的緣由。譬如睡美人故事中的王子被仙女告知，這座城堡上的荊棘可以用他手上的寶劍予以砍除。

10. 開始；回應：主角同意，或下定決心行動。譬如白雪公主故事中的白馬王子願意接受七個小矮人的請託，設法援救棺木中的白雪公主。

11. 出發：主角啓程出發，踏上歷險之路。譬如小裁縫的故事中，小裁縫因為一巴掌打死了七隻蒼蠅，遂決定出外去一闖天下。在金鵝的故事中，樵夫最小的兒子小傻瓜自告奮勇去砍柴。其他英雄出征的故事都由此開拔。

12. 施予者的第一項功能：主角經歷考驗、質詢、攻擊等，已構成接受協助的條件。譬如金斧頭故事中，仙女詢問獵人他所掉落的斧頭是否是黃金制作的？

8　1-7 的階段，是故事的準備期。罪行的表現形式多樣，如：誘拐某人、毀壞作物、搶奪寶物、傷害身體、驅逐出門、逼婚、糾纏、殺害、宣戰等。有的故事省略 8「罪行」，而直接從「匱乏」開始。指家庭某成員缺乏某物而展開追求。

13. 主角的反應：主角對未來施予者的行為作出反應。可以是消極的，也可以是積極的反應。譬如石中劍故事中的亞瑟王子，他願意接受梅林法師的劍術教導。

14. 提供或接受一件具有魔力的器物：主角獲得神奇的力量或器物。譬如傑克與豌豆的故事中，傑克獲得了一袋神奇的豌豆；在灰姑娘的故事中，仙杜瑞拉獲得了一輛南瓜馬車，一件美麗的禮服和一雙金縷鞋。

15. 兩個地方（王國）之間的空間轉移：主角轉移到所欲尋求者的處所。主角可以用飛行、水陸旅行，追蹤而尋得特殊的通道。譬如在傑克與豌豆的故事中，傑克經由豌豆莖爬上了天際，抵達巨人的宮室。

16. 鬥爭：主角與對手直接交鋒。譬如在糖果屋的故事中，小兄妹和壞巫婆對決。

17. 標誌；印記：主角被留下某種特殊的印記。譬如在灰姑娘的故事中，遺留下一隻金縷鞋，由此可以指認其主人。

18. 勝利：對手被擊敗。譬如在小裁縫的故事中，小裁縫擊退了巨人、野豬、獨角獸。

19. 補足欠缺：災禍被克服，魔咒解除了，囚禁者獲得釋放，死難者復活，困境改善。譬如在美女與野獸的故事中，野獸因為獲得了真愛的眼淚，因而解除魔咒，還原成王子。

20. 歸來：主角凱旋歸來[9]。譬如在石中劍的故事中，亞瑟王子回國登基成亞瑟王。

9　自 21 以下為另一波故事的開始。有一些故事由兩個以上的功能系列所構成。

21. 追逐；追趕：主角被捕捉，被追趕。譬如在傑克與豌豆的故事中，巨人沿著豌豆莖一路追趕傑克。

22. 營救：主角從追逐者手中被解救，成功逃脫。譬如在糖果屋的故事中，壞巫婆要吃小兄妹，兩人成功逃脫。

23. 未被認出的到達：主角抵達卻未被認出。譬如在人魚公主的故事中，小美人魚變成了人，但王子卻沒有認出她就是救他免於葬身海底的人魚。

24. 無理要求：假冒的主角提出無理的要求，想竊取、占有主角應得的獎賞。譬如在金鵝的故事中，客棧的女兒想偷拔金鵝的金羽毛。

25. 困難任務：交付給主角困難的任務。譬如在三個紡紗女的故事中，皇后要求女孩必須紡完庫房的所有亞麻線。

26. 解決：各種考驗行程的任務都得以解決。譬如在糖果屋的故事中，妹妹將巫婆騙進烤爐裡燒死，將她解決掉。

27. 承認：主角的身分被辨識、被承認。譬如在灰姑娘的故事中，仙杜瑞拉因為穿下了金縷鞋而被辨識出身分。

28. 揭露：冒牌貨或對手被揭穿真面目。譬如在小紅帽的故事中，獵人識破了大野狼的身分。

29. 美化：主角獲得新的英俊外表，建新屋，新身分。譬如在金鵝的故事中，小傻瓜因為娶到了公主而擁有新身分，也改善貧窮的家境。

30. 懲罰：對手被殺、被貶、被赦。（強化）被饒恕、寬恕。（弱化）譬如白雪公主故事中的壞皇后穿著鐵鞋被燙死。七隻小羊和大野狼的故事中，羊媽媽把大野狼的肚子給剖開了。

31. 結婚：主角結婚或登基，或接受金錢、其他形式的報酬。譬如

在睡美人、灰姑娘、白雪公主、驢皮公主、三個紡紗女等幾個故事中，女孩都和王子結了婚。

從普羅普的分析，我們可以掌握民間故事共有的情節和共有的零組件，譬如「結婚」，幾乎是王子與公主共通的美好結局，而「懲罰」也是所有童話故事的壞蛋下場，大野狼、騙子、巫婆、壞後母，總會得到報應。而勇敢的王子，或是勤勞的好姑娘，雖然會面臨各種「困難的任務」，但憑著勇氣、智慧、仁慈，都可以把這些困難給解決。以《格林童話》〈三個紡紗女〉[10]為例，一個懶惰的姑娘不紡紗，被母親責打，哭鬧的聲音使路過的皇后去質問母親，母親羞於開口說女兒懶惰，而說她太愛紡紗，但她家窮，哪有那麼多的線給她紡？王后聽完後說：「我最愛聽人紡紗，只要聽見紡車的嗡嗡聲就高興，這樣吧，把你女兒交給我，我帶她進王宮。我有的是亞麻，讓她紡個痛快！」這個建議正是母親求之不得的，便爽快地答應了。王后帶走了姑娘，回到宮裡。王后帶她到樓上的三間裝滿亞麻線的庫房，對她說「妳就把這些亞麻全部紡完吧！等你紡完，我就讓你嫁給最大的王子。我知道妳家裡很窮，但我不在乎，妳的勤勞足能抵得上嫁妝。」女兒面臨這個困難任務之後大哭，後來出現了三個紡紗女的幫助，使她順利紡完了紗，也嫁給了王子。在〈三個紡紗女〉的情節中，具有「離家」、「匱乏」、「困難任務」、「獲得協助」、「解決」、「結婚」。

普羅普的「功能」具有分析性，但在執行實際敘事作品分析時，卻容易發生解體的情況，因此，可以將相關的幾個「功能」整

10　德·格林兄弟著，舒雨、唐倫億譯：《格林童話全集》（臺北：小知堂文化事業有限公司，2001），頁 103-105。

合為一組系列，以利實際的作品分析。譬如會整為三組系列：離家、考驗、歸來。大凡童話中的尋寶故事，或是英雄、俠客、武林、復仇等類型的故事，都有下列模式：

出發	0. 最初情境：簡介人物、家庭、身世。
	1. 離家緣由：發生災難或匱乏，主角接受請命，或被允許動身出發。可以是自願、或被委派。
	2. 出發：主角啓程出發，踏上歷險之路。
奮鬥	3. 施予者出現：給予主角協助，主角的反應為接受或不信任。
	4. 提供或接受一關鍵物品：主角獲得神奇的力量或器物。
	5. 空間轉移：主角轉移到所欲尋求者的處所。
	6. 追逐或鬥爭：主角被對手追逐或與對手正面交鋒。
	7. 勝利：擊敗對手。
	8. 獲得寶物或回饋：主角取得寶物，獲得到報酬。
歸來	9. 補足欠缺：災禍被消除，囚禁者獲得釋放，困境改善。
	10. 歸來：主角凱旋歸來。

在進行教學或研究時，普羅普的「功能」有助於分析事件性質，察知故事的安排走向，有執簡御繁的便利，例如可以將《傑克與豌豆》的故事佈局作如下的分析：

匱乏	0. 最初情境：傑克與母親，家境貧困。
	1. 離家緣由：母牛擠不出奶，為了生活，只得賣牛來換錢。
	2. 出發：傑克奉母命離家至市集賣牛。
追求	3. 施予者出現：途中出現老人要求以豌豆來換牛。
	4. 提供或接受一關鍵物品：傑克獲得神奇的豌豆。

	5. 空間轉移：傑克爬上豌豆藤蔓，來到雲端的空中城堡。
	6. 追逐或鬥爭：傑克盜取寶物，驚醒睡夢中的巨人，並被巨人追趕。
	7. 勝利：傑克滑下藤蔓，持斧頭砍斷豆莖，巨人跌落墜死。
	8. 獲得寶物或回饋：順利取得金幣、下金蛋的母鵝、金豎琴。
美化	9. 補足欠缺：家中經濟改善。
	10. 歸來：傑克與母親過著幸福日子。

　　中國當然也有民間故事，但一般來說，童話少，笑話多；神話少，鬼話多；專為兒童說的童話故事實不多見。媽媽好像並不陪伴孩子就寢，也不在床邊講故事給孩子聽；大概士人家庭的孩童都由乳母照料，兒童教育則由塾師負責，若是一般村民，農事繁忙，有閒講故事給孩子聽的好像是阿公，所以有「阿公講古」；「講古」就是「講故事」。周作人（1885-1967）應該是最早研究中國童話的學者，他和畫家豐子愷（1898-1975）兩人都十分喜歡兒童，也雅愛兒童文學，兩人合作了圖文並茂的《兒童雜事詩詩圖》，其中繪有一幅孩童們圍繞著阿公在樹下津津有味聽「大頭天話」（指奇幻有趣的童話故事）的可愛畫面[11]，這幅水墨漫畫旁有周作人題為〈故事〉的一首小詩，內容是：「曼倩詼諧有嗣響，諾皋神異喜垂聽，大頭天話更番說，最愛捕魚十弟兄。」周作人並在詩旁自注鄉人為何把童話稱為「大頭天話」，他說：「為兒童說故事，每奇詭荒唐，稱曰：『大頭天話』，即今所謂『童話』也。十兄弟均奇

---

[11] 鍾叔河：《周作人豐子愷兒童雜事詩圖箋釋》（北京：中華書局，1999）「大頭天話」，頁221。

人，有長腳闊嘴大眼等名，長腳入海捕魚，闊嘴一嘗而盡，大眼泣下，遂成洪水，乃悉被沖去。」[12]他在《魯迅的故家‧童話》回憶兒時能夠聽到的故事只有「蛇郎」、「老虎外婆」寥寥幾個：「西洋的小孩有現成的童話書，甚麼《殺巨人的甲克》《灰丫頭》以及《三個願望》等……，我們沒有這些，只是口耳相承的聽到過《蛇郎》和《老虎外婆》等幾個故事。」[13]鍾叔河（1931-）向民眾採錄了「十兄弟」的故事，以下是其情節概要[14]：

> 有村婦求子，忽來老翁，令吞菜籽十顆。一胎得十子：一大
> 頭，二硬頸，三長腳，四遠聽，五油煎，六厚皮，七入地，
> 八大腳，九闊嘴，十大眼。大頭進城，頭觸屋，坍，斃人，
> 論律當斬。遠聽得知，使硬頸往代，刀不能傷。官命溺死，
> 則長腳往代。改下油鍋，油煎入鍋，毫無痛苦。改用鋸刑，
> 厚皮受鋸亦不傷。最後定為活埋，入地往代，旋即回家矣。
> 闔家歡聚，家貧無餚，長腳下海，捕得大魚；又乏柴火，大
> 腳將刺入腳板之木頭拔出當薪。魚羹熟後，闊嘴爭嘗，一啜
> 而盡。大眼慟哭，眼淚竟成洪水。長腳負母上山，旋將兄弟
> 一一救出，從此十弟兄孝順友愛，歡喜度日。

　　這個接龍式的故事環環相扣，巧妙搭嵌，十個兄弟都是類型人物，外型誇張有趣，小孩聽了應該都會笑出聲來，具有娛樂兒童的

12　同上，頁 220。

13　鍾叔河：《周作人豐子愷兒童雜事詩圖箋釋》（北京：中華書局，1999），
　　頁 226-227。

14　《十弟兄》故事據紹興陳伯田君所述。同上，頁 223。

趣味成分。若要從事情節分析，看出門道，也可利用普羅普的「功能說」來做個深度分析：譬如村婦沒有生育孩子，是「匱乏」，也就是一種欠缺；老翁令她吞下菜籽十顆，則是村婦獲得了仙人相助，賜予她「神奇的菜籽」。生下十個孩子之後則是「補足欠缺」，但接下來又發生了大頭進城的「離家」，大頭因為頭太大，不慎撞塌了屋子，壓死了人，所以構成「災難」，這個災難引起十次不同的死刑待遇，所以是一連串的「困難任務」與「困難解決」之構成，「困難解決」之後，中國的民間故事不興「結婚」，而興「家和萬事興」，所以十兄弟的結局是「從此十弟兄孝順友愛，歡喜度日」。

〈老虎外婆〉[15]的故事則與小紅帽遇到大野狼的部分情節相似，壞人都是毛茸茸，尖牙利爪，生性殘暴的野獸，他們冒充外婆的模樣來家裡吃掉小朋友。在虎姑婆的故事中，雖然小妹不幸被吃掉，但是姊姊勇敢機智，不但脫逃成功，而且把老虎或猴子給解決掉。周作人的〈老虎外婆〉詩云：「老虎無端作外婆，大囡可奈阿三何？天叫熱雨從天降，曳下猴兒著地拖。」他的解說如下[16]：

> 老虎外婆為最普遍的童話，云老虎幻為外婆，潛入人家，小女為其所啖，大女偽言如廁，登樹逃匿，虎不能上，乃往召猴來，猴以索套著頸間，逕上樹去。女惶急，遺尿著猴頭上，猴大呼「熱」，虎誤聽為「曳」，即曳索疾走，及後停

15　臺灣民間故事將之稱為「虎姑婆」，其內容與日本的「山姥」故事情節相似。

16　鍾叔河：《周作人豐子愷兒童雜事詩圖箋釋》（北京：中華書局，1999）「大頭天話」，頁224。

　　步審視，則猴已被勒而死矣。俗語呼猴子曰阿三。

　　〈老虎外婆〉的故事應該會讓小朋友感到畏懼，但是，恐懼也能引發興奮的反應，所以童話版的故事大多設計有「傷害」的事件，借以提振讀者的注意力，而傷害之後的「損失」，「奮鬥」，「追趕」也很能取悅孩子的閱讀心理，使他緊張、焦慮，而後如釋重負。現在的童話應該是漫畫書、卡通或遊戲，它們的情節結構模式或許也可以套用普羅普的功能說來一窺究竟，譬如大雄遇到胖虎欺負之後，就會向哆啦 A 夢求救，而哆啦 A 夢也都會拿出神奇寶物來為大雄解決困難；雖然每一集的漫畫總是讓胖虎、小夫、大雄乖乖做個負責任，知進退，安守本分的小學童；不過，哆啦 A 夢的結局也依然是「結婚」，大雄最後還是接受哆啦 A 夢的規勸，努力上進，終於能娶到愛洗澡又愛做蛋糕的靜香。

什麼是小說？
──對某些人生遭遇的虛構與記述

　　不論是寫傳奇中的英雄，或是歷史傳記裡的各種人物事跡，或是古往今來，在時間大河中偶然浮沈的小人物你我他，雖然故事的題材都對應到了某些真實世界中的人情事物以及時代或社會背景，但主導小說得以成型的，卻是一種對這些真實的，或虛幻的，不論是奇遇，或是平淡無奇的生命遭遇──一種再創作的虛構與敘述的文學技術。有些看似一種自傳式的小說，縱使不是對他人做虛構與記述，也要秉持這個虛構的原則來認識，包括創作或閱讀，因為小說家是利用「我」，第一人稱來敘述故事，所以它看起來像是一種自傳，由於是「我自述自己的遭遇」，所以它比一般以旁觀者敘事的小說更接近詩，像詩一般的主觀與抒情，同時它也使小說中的人物更加誠摯，更易感動讀者。

　　從文體常規來看，相對於詩歌、散文、新聞寫作，小說應該具有首尾圓合，起伏轉折的情節、形神生動的人物造型、具體可感的環境。略述如下：

一、首尾圓合，起伏轉折的事件系列

　　小說的基本結構是情節，由開始到發展以至於結束的一系列事

件群。不論如何,故事都必須有一個開頭,例如「從前從前有一個書生⋯⋯」,然後是中間的發展「書生因為進京趕考而暫住在一座破舊的寺廟裡,晚上,他聽見了悠揚婉轉的笛音從窗外傳了進來,他心想,這麼晚了,會是誰呢?於是披衣而起⋯⋯」不論如何編排事件的發展,故事都必須要有個結局,「清晨,透過陽光的照明,書生發現他的枕畔躺著一支紫竹笛子,笛子上懸了一塊玉珮,上面刻著:聞琴解珮⋯⋯」

這種完整而有變化的情節編排,是小說文體的當行趣味所在。不論有多少種類的寫作題材或敘事謀略,小說必須有一個引發情景的開始,一種變化,包括正向或反向發展的變化,以及一個結局,這個結局要能夠統攝先前的事件,使它們得到歸宿。報導文學或敘事詩也有情節,但較為零散片段,描寫也比較疏略;戲劇雖然也有情節衝突,但受限於演出的時間、觀眾心理與舞台搭設的物質條件限制,不適於表現過於複雜漫長的情節。在各種文體之中,只有小說的篇幅可以任憑作家大人的安排,從極短篇到長篇鉅製,小大不拘,所以它也最適宜構造完整複雜的情節。小說的情節不但能在很大的時間與空間範圍內展開,還可以細膩複雜地進行,讀者可以通過仔細閱讀得到較多的審美愉快。

長篇小說,可以提供極長的時間、極廣的空間,幾乎無可限量地由小說家自行處置,如果把同樣的情節容量放進演出時間有限、欣賞過程不可逆的戲劇、電影中,就會使人由於遺忘和疏忽而顧此失彼,不詳所以;但是,小說卻能容許長遠廣闊的時空範圍,例如施叔青的《香港三部曲》[1],從十九世紀寫到二十世紀,從東莞、

1　《她名叫蝴蝶》(臺北:洪範書店,2003)、《遍山洋紫荊》(臺北:洪

馬來西亞、香港寫到英國皆可，其他像《三國演義》、《西遊記》、《水滸傳》、《桂花巷》、《半生緣》、《海神家族》在在都是在大時空環境下所發生的故事。至於在短篇小說上，也一樣可以敘述首尾完整而複雜的故事，如袁瓊瓊的〈大茶花〉[2]敘述一對夫妻－小靜和清在，清在於一場車禍中造成全身癱瘓的，小靜為了幫丈夫復建而去學習指壓，但是一年過去了，丈夫依然癱臥在牀，毫無起色，為了養家，小靜就出外工作，她在工作場合中遇到了同年的男同事向她追求，她在煎熬之中放棄了對方的示愛，回到清在的身邊。小說清清淡淡地敘述這個癱瘓丈夫的無能為力和苦中作樂，而妻子在憐惜與忍耐之中，也有其煎熬和悲傷，小說仔細鋪陳了這對夫妻的居家環境和兩人的特殊互動：

> 住進來的時候，清在已經癱了，他躺在擔架床上，裝進車中，送進這屋子裡就沒有出去過。他對這附近環境一點概念也沒有，但是靠著聽覺，他幾乎比她還熟悉。他知道附近人家的人口，知道常常在這一帶走動的人，他給他們取綽號，叫那個常常慢跑的人「大腳」；一個聲音非常尖的女人，總是站在門外跟鄰舍交換閒話，清在叫她「情報販子」。小靜有時應他要求，出去看看那些人，回來形容他們的長相和動作給他聽。清在閉著眼傾聽，他微笑著，那肥胖的、全然平癱的臉，像讓人打了一拳似的。
>
> 小靜在美容院做指壓師，多數是十點鐘下班，到了家十點

範書店，1997）、《寂寞雲園》（臺北：洪範書店，1997）。
[2]　袁瓊瓊著：《又涼又暖的季節》（臺北：林白出版社有限公司，1984），頁119。

半。過去她偶爾也遲歸過，沒有像今天這樣晚。

她在玄關脫鞋。已經是凌晨兩點，清在的房間熄了燈，那是她打電話回來叫歐巴桑走的時候先關上的。這房子雖然破爛簡陋，卻有個茅草荒荒的庭院，牆外就是路燈，光線正好映照到清在的窗內，彷彿一個有熱度的月亮。

整個屋子都十分靜，半夜兩點。小靜在玄關內坐了一會兒，身上熱熱的，是因為走了長段的路回來，身上發著汗，也是因為心頭發燥。她坐著，感覺汗珠在頸間聚著，往下流，流到胸口時，涼了。

低矮的日式房子，一點風也沒有。

院子裡，不知名昆蟲在月光下幽幽叫著。

二、形神生動的人物造型

　　戲劇主要經由動作和對白來表現人物的性格，詩歌凝練的特徵只在擷取人間的雪泥鴻爪，而報導文學必須受真人真事的限制。相形之下，小說可以超越人物、時間、空間、事實等的條件限制，在表現上更加細緻綿密。如施叔青在《香港三部曲》之《遍山洋紫荊》[3]中，描寫豔冠群芳的妓女黃得雲在香港鼠疫橫行、英倫情人又嫌惡她的黃種娼婦身分而離棄她時，為了尋個一般的男人生活時，她決定淡泊於柴米油鹽的主婦生活，小說細膩地刻畫曲亞炳和黃得雲惺惺相惜，彼此顧念的心思和動作：

3　施叔青：《香港三部曲》（臺北：洪範書店，1997），頁34。

最近屈亞炳每天下午班旁收工，他單身宿舍也不回，直接來到跑馬地成合仿的唐樓，人沒進門，先聞到廚房飄來的炒菜香。黃得雲背著孩子在灶上炒芥藍，旁邊瓦鍋文火燉著他最愛吃的苦瓜排骨。熱油從炒菜鍋濺起，螫痛孩子細嫩的皮膚，哇哇哭了起來，屈亞炳也不招呼灶上的女人，逕自解下孩子，動作俐落，抱著止住哭聲的孩子出了廚房。天井竹竿晾著他換下的衫褲，曬乾了，在黃昏的風中擺盪。竹椅下擱了一隻納了一半的鞋底，針腳疏密不一，一看即知初學不久的手藝，她為他納的鞋。屈亞炳空出一隻手從米缸抓起一把米，餵井邊的蘆花雞，他看柴房的柴火快燒完了，放下孩子，摸出一把斧頭，捲起褲腳，把長辮盤在腦袋上，就著天光劈柴，記起水缸的水可能淺了，等下別忘了注滿。

三、具體可感的時空環境

人物和事件必須在特定的時間—空間中發生，時間—空間即是環境因素，環境除了提供實際的活動場域外，也具有象徵性的隱喻作用，反映著人物和客體環境之間的關係。因此，環境在故事之中具有三重作用：一：提供人物活動的客觀時空環境。二：象徵意蘊的影射。三：人物性格變化與命運形成的塑造。人物的真實性、典型性，情節的可能性、合理性，都只有放到特定的環境才能展現，因此小說中環境的描繪至關重要，如波瀾壯闊的大山大河，是英雄奮鬥歷險的環境；小橋流水人家，讓庶民在其中耕田種菜，養生送死；寫鬼魅亂舞，群魔作祟，就必須構築神秘的奇幻空間，好安頓鬼怪在其中飄忽出沒；至於霓虹閃爍，衣香鬢影的都市夜店，適合

現代男女在其中上演寂寞與墮落的腥羶情節,其他如市場、法庭、集中營、刑場、醫院、寺廟、酒肆、花園、山林,都具有其客觀環境的現實性或被處理為具有象徵意味或反諷意味的環境。作家東年在小說中敘述一個賣身獻祭工廠煙囪的苦命青年在爬進煙囪前所看到的昔日家園,陰沈的野地,荒冷的墳場,令人昏眩的熾熱陽光,強風在吹刮,公雞在啼叫,這個苦命的青年所看到的景象令他自己,也令讀者為他感到害怕,好像有某種埋伏的密謀正在發動:[4]

> 樹蔭底的陽光在風裏游移,陣陣的強風力勁地騷動樹林,卻無聲無息地在天空裏消散,無邊的冷漠令我恐懼。望著澈藍,想起孩時所見天邊的馬路;小點的車影的移動每每於消失的片刻引起傷感的旅愁。風令我難過了,陽光昏眩地在額頭蒸起水氣,我必須不時地抹下臉上的汗珠,手心也是溼淋淋。一隻啞聲的公雞在後面亂啼,我纔想到我已經遠離村舍,哀愁地轉回頭找那聲音,在樹園後面的老蓮霧樹下,同時,看到紀念坊的頂部和古色的祠堂,不知道為什麼,總之,一定也曾想過,這時候我無法感覺一直假設的秩序,相反地只有野地的陰沉和墳場的荒冷。這新起的感覺十二萬分地可怕,迷失和走投無路的寂寞和孤苦立時在四周浮起。

大陸作家王朔在《我是你爸爸》[5]描寫老舊陳腐的教育環境猶如是一個破爛的校舍、步履蹣跚的學生、生鏽的籃球框架,反襯著塵埃

4　東年:《東年集》(臺北:前衛出版社,1995),頁34-35。

5　王朔:《我是你爸爸》(臺北:麥田出版公司,1993),頁49。

蓋天下的大紅國旗，隱約暗示著有共產黨訓育干涉校園教育，馬林生的兒子馬銳「忤逆」了政治教育課的老師，他被「召喚」去學校「評評理」、「督促管教」一番。

> 他進學校大門時正是下午上課前三五成群午睡初起沒精打采的學生背著沈重的書包絡繹不絕地從各胡同口湧出來向學校方向走。操場上空空蕩蕩，進校的學生都躲在樓的陰影下聊天、打鬧。這是所破破爛爛的學校，所有建築和操場上的體育設施都顯出年久失修和使用過度的頹舊。籃球架上的球筐鏽跡斑斑，球網只剩下幾縷；教學樓的玻璃自下而上都有缺損，窗框也都油漆剝落露出木頭的本色；只有操場旗桿上的國旗簇新完整，在瀰漫著塵土的烈日下鮮艷無比。

詩歌、散文、新聞，這一類的文體，當然也會有環境描寫，但只要帶到人物的所在或氣氛、心境的披露即可，與小說對環境的講究大異其趣。我們可以試想一下上述這個高中的教室、操場、旗桿、籃球架……就隱然可以想見這個學校的環境，翔實的環境描寫，讓我們似乎如臨其境，似乎看到一群背著書包的學生們在操場邊行走，似乎聽到學生們嬉笑的聲音、教官訓話的聲音、爸爸點頭陪罪的聲音。

　　這就是小說的文類特色，用一支筆來杜撰故事，而讀者其實也看得不亦樂乎；雖然，只是由抽象文字所建構的人生百態。

有頭有尾有中間
——故事的三段式序列

　　不論是短篇故事，或是長篇小說，只要是「故事」，必然有其編造的方式，編造的方式就是指這個故事的敘事結構。明清之際的小說評點大家金聖嘆說他平生最恨子弟看書只看「故事」而不看「文字」[1]，金聖嘆所謂的「文字」，講的就是「說故事的方法」。可見，看書不只要看「故事」，還要看這個說故事的敘事者是如何「說故事」的。一個好的故事如果被一個不會說故事的人來說，想必會使故事走味，甚至乏味；這就像說笑話的道理一般，好笑話，有人說得妙，令人絕倒；有人說得不好笑，變成笑話。

　　最簡單的故事編造法就是讓它「有頭有尾」，即必須有個「開端」，也必須有個「結果」，這是編故事的基本方法，同時也符合人類的思維邏輯，有「因」必有「果」；此外，就受眾的心理活動而言，我之所以花時間來聽你說故事，期待著的就是能聽到令人安心的故事結局。人生有悲歡離合，故事當然就有悲歡離合，由悲而

---

[1]　明‧金聖嘆批：《第五才子水滸傳》卷3聖嘆外書〈讀第五才子書法〉：「吾最恨人家子弟，凡遇讀書，都不理會文字，只記得若干事跡，便算讀過一部書了，雖國策、史記，都作事跡搬過去，何況水滸傳？」（上海：上海古籍出版社，1993），頁21。

歡，是喜劇；由歡而悲是悲劇；由分而合，是喜劇；由合而分，則
是悲劇。所以，若要編故事，則可將故事粗分成前後兩部分，由好
變壞是悲劇；由壞變好是喜劇；在好／壞之間需要設置一個分水嶺
來做「命運」的轉折。故事原是人生浮光掠影的摹寫，所以這個轉
折通常就是我們常說的「人生的轉捩點」，轉折導致了原先的平衡
狀態因故失衡，以引起事變之後的發展。若以悲劇而言，轉捩點可
以安排為一場意外的發生，如地震、車禍、海難、失業、失智、失
憶等等……由這些意外事故所帶來的生命衝擊，悲劇的題材能夠提
煉出沈鬱頓挫的人生歷程。以加拿大作家楊・馬泰爾（Yann
Martel）所寫的《少年 PI 的奇幻漂流》[2]故事為例，少年一家人原
本過著安和樂利的生活，但時局不利，其家所經營的動物園被迫關
閉，因而必須與動物們遷徙到遠國，卻又海上遭遇颶風之難，遂在
大海隻身漂流 227 天，最後才獲救上岸。所以，海難是故事的劇
變，也是 PI 的命運轉捩點。作家通常借由人生處境的逆轉變化來
描述人在這個衝擊點上的心路歷程與行為反應，這樣的安排既可以
使故事有情節起伏的觀賞趣味，同時也能夠豐富故事的內蘊。倘若
一切考驗皆能逢凶化吉，困難迎刃而解，或是自立自強，從中領悟
存亡得失禍福的道理，這樣則可以說是一場以喜劇作收的故事，雖
然曾遭受過大風大浪，但也算是接受了困難的歷練。

　　若將二分法再予以變化，就會生出三分法，編造的技巧是在開
始和結束之間加入「中段」，使人物轉性變向，或再加入其他有影
響力之人物，而使故事具有改變運行方向的動能。例如棒球隊新來

2　加・楊・馬泰爾（Yann Martel）著，趙丕慧譯：《少年 PI 的奇幻漂流》
　　（臺北：皇冠文化出版有限公司，2001）。

了一個嚴厲的教練，開始夙興夜寐地磨練隊員，球員開始質疑他的訓練方式，並用不合作的態度杯葛他，雙方產生了信任危機；或是競選團隊新聘了一個不按牌理出牌的廣告鬼才，挑戰競選總幹事的競選方針，重挫總幹事的領導威望……都會使故事有新的轉變。除了人物之外，時間、空間、事件等因素都可以成為轉折的變數。先以時間而言：如每逢月圓，主角就會變形為狼人，造成社區的恐慌；或是公主長到十六歲就會啟動詛咒，被紡錘刺傷而昏迷；或是子夜一到，灰姑娘的華麗馬車變成南瓜，使王子展開戶口普查；這些也會促使故事進一步變化。再來看空間因素所引起的轉變：如主角被遣往硫磺島、伊拉克、烏克蘭等地參加戰役，因而發生一連串危機；或是主角到東京出差，在深夜食堂遇見同樣愛吃鮭魚泡飯的女士，因而展開了異國戀曲等等。事件則無所不能，只要可以驅策人物命運變動的，即便只是接聽到一通電話，或是電梯故障，或在綜合大樓走錯了教室，坐車睡過站，生病吃錯藥，南下搭錯北上的列車，在圖書館借了一本藏有神秘郵票的書……這些大小事件都有可能被敘事者處理成為逆轉人生的「關鍵點」。以上的時間、空間、人物、事件等因素並非全然單一出現，經常會結伴發生，就像實際的生活一般，我們總是在四維的時空連續體活動。以下略從開端─中段─結局的三分法來認識故事的序列。

一、開端

「開端」是指觸發情節或行動得以開展變化過程的事件。在它之前不必有所承接，但在它之後必須能衍生出一些可能性的行動。使讀者在閱讀過程中，從中思忖究竟會發生什麼事。以名偵探柯南的故事為例，柯南經手的案件甚多，但它們的源頭都來自下列這個

開端事件，有了這個開端，才得以展開高中生柯南變成小學生來幫
助毛利偵探辦案的後續事件：[3]

> 帝丹高中二年級的工藤新一偵破了無數棘手案件，是被喻為
> 「日本警察的救世主」的高中生名偵探。某天，新一和女朋
> 友毛利蘭約會時，意外碰上全身黑衣黑帽的可疑男子，因好
> 奇心的驅使而跟蹤他們。因此新一目睹了神秘組織恐嚇人的
> 情景，對方為了殺人滅口，就把一種新開發的毒藥灌進他的
> 嘴裡⋯⋯沒想到新一的身體因而變小了。困擾的新一為了避
> 人耳目，化名為「江戶川柯南」借住在毛利偵探事務所，追
> 查神秘組織的下落⋯⋯為了不被懷疑，柯南甚至還去上小
> 學，私底下則辛苦地幫助毛利小五郎破案。

　　上舉的柯南的開端例子由於搬演成漫畫，故為年輕人所熟悉，
但開端自然不限於柯南的變身遭遇；古往今來，任何故事都必須要
有個開端，也就是要有個頭緒，有了好的頭緒，故事才能順水推舟
地發展下去。回到中國古典小說中的四大奇書，以《金瓶梅》為
例，這部牽連眾多人物的小說，巨細靡遺地囊括了世間一切的「酒
色財氣」、「男歡女愛」等人情世故的異化與覆滅，而編結這個繁
複的故事網絡，還是得有個開始，怎麼開始的呢？第一回〈西門慶
熱結十兄弟　武二郎冷遇親哥嫂〉：

3　日・青山剛昌漫畫，太田勝、窪甜一裕翻譯：*ALATA*（臺北：青文出版
社，2012）。

　　話說大宋徽宗皇帝政和年間，山東省東平府清河縣中，有一
箇風流子弟，生得狀貌魁梧，性情瀟灑，饒有幾貫家資，年
紀二十六七。這人複姓西門，單諱一箇慶字。他父親西門
達，原走川廣販藥材，就在這清河縣前開著一箇大大的生藥
鋪。現住著門面五間到底七進的房子。家中呼奴使婢，騾馬
成群，雖算不得十分富貴，卻也是清河縣中一箇殷實的人
家。只為這西門達員外夫婦去世的早，單生這箇兒子卻又百
般愛惜，聽其所為，所以這人不甚讀書，終日閑遊浪蕩。一
自父母亡後，專一在外眠花宿柳，惹草招風，學得些好拳
棒，又會賭博，雙陸象棋，抹牌道字，無不通曉。結識的朋
友，也都是些幫閒抹嘴，不守本分的人。

　　笑笑生從主角西門慶的家世背景說起，一個做藥材生意人家的獨生
子，從小備受父母疼惜，卻失了管教，任其所為的中藥店小開。死
了父母之後的西門慶，身上頗有點錢，又不太有錢，有點聰明，又
不太高明，長得魁梧高大，風流瀟灑，到處都吃得開，但就到處
吃，到處嫖，到處賭，吃喝嫖賭久了，也就認識了幾個性喜吃喝嫖
賭的浮浪朋友，看似囂張爽快的一幫男人，就這樣自掘墳墓，本來
是個「金瓶」般的人生，追求的也是「金瓶」般爽到骹的聲色犬馬
之娛，然而，肆無忌憚的下場，那些原本到手在握的「金瓶」，終
究沒了。

二、中段

　　「中段」是指置於「開端」和「結局」之間的事件群。「中
段」必須前有所承，且必須後有所繼；即「中段」是由它先前的事

件所導致而成，且它也導致了後來的事件之發生。「中段」本身具
有順／逆兼具的雙向特性，就順向而言，它從「開端」朝向「結
局」前進而去；就逆向而言，它又從「結局」回溯到「開端」。
「中段」的推進過程具有一種弔詭性，當它在接近「結局」之際的
同時，又會牽延著「結局」的到來，這構成了一種與常態時間進程
偏離的敘事狀態，不論其被拖延的時間是長還是短。以下是《水滸
傳》第十一回〈梁山泊林沖落草　汴京城楊志賣刀〉[4]提到楊志要
賣家傳寶刀以換盤纏，沒想到遇到牛二來糾纏，最後氣不過了，將
牛二給當街殺死。就這一系列事件作為範圍，牛二糾纏不休那一段
就是這故事的「中間」轉折處：

> 在客店裡又住幾日，盤纏都使盡了。楊志尋思道：「卻是怎
> 地好？只有祖上留下這口寶刀，從來跟著洒家；如今事急無
> 措，只得拿去街上貨賣，得千百貫錢鈔好做盤纏，投往他處
> 安身。」當日將了寶刀插了草標兒，上市去賣。走到馬行街
> 內，立了兩個時辰，並無一個人問。將立到晌午時分，轉來
> 到天漢州橋熱鬧處去賣。楊志立未久，只見兩邊的人都跑入
> 河下巷內去躲。楊志看時，只見都亂攛，口裡說道：「快躲
> 了！大蟲來也！」楊志道：「好作怪！這等一片錦城池，卻
> 那得大蟲來？」當下立住腳看時，只見遠遠地黑凜凜一條大
> 漢，吃得半醉，一步一顛撞將來。楊志看那人時，卻是京師
> 有名的破落戶潑皮，叫做沒毛大蟲牛二，專在街上撒潑行兇

4　清·金聖嘆評點：《第五才子書水滸傳》卷 16（上海：上海古籍出版
　　社，1993），頁 628-637。

撞鬧，連為幾頭官司，開封府也治他不下。以此，滿城人見那廝來都躲了。

卻說牛二搶到楊志面前，就手裡把那口寶刀扯將出來，問道：「漢子，你這刀要賣幾錢？」楊志道：「祖上留下寶刀，要賣三千貫。」牛二喝道：「甚麼鳥刀！要賣許多錢！我三十文買一把，也切得肉，切得豆腐！你的鳥刀有甚好處，叫做寶刀？」楊志道：「洒家的須不是店上賣的白鐵刀。這是寶刀。」牛二道：「怎地喚做寶刀？」楊志道：「第一件，砍銅剁鐵，刀口不捲；第二件，吹毛得過；第三件，殺人刀上沒血。」牛二道：「你敢剁銅錢麼？」楊志道：「你便將來，剁與你看。」牛二便去州橋下香椒鋪裏討了二十文當三錢，一垛兒將來放在州橋欄干上，叫楊志道：「漢子，你若剁得開時，我還你三千貫！」那時看的人雖然不敢近前，向遠遠地圍住了望。楊志道：「這個直得甚麼！」把衣袖捲起，拿刀在手，看得較準，只一刀，把銅錢剁做兩半。眾人都喝采。牛二道：「喝甚麼鳥采！你且說第二件是甚麼？」楊志道：「吹毛得過；若把幾根頭髮，望刀口上只一吹，齊齊都斷。」牛二道：「我不信！」自把頭上拔下一把頭髮，遞與楊志，「你且吹我看。」楊志左手接過頭髮，照著刀口上，盡氣力一吹，那頭髮都做兩段，紛紛飄下地來。眾人喝采。看的人越多了。

牛二又問：「第三件是甚麼？」楊志道：「殺人刀上沒血。」牛二道：「怎地殺人刀上沒血？」楊志道：「把人一刀砍了，並無血痕。只是個快。」牛二道：「我不信！你把刀來剁一個人我看。」楊志道：「禁城之中，如何敢殺人。

你不信時，取一隻狗來殺與你看。」牛二道：「你說殺人，不曾說殺狗！」楊志道：「你不買便罷！只管纏人做甚麼？」牛二道：「你將來我看！」楊志道：「你只顧沒了當！洒家又不是你撩撥的！」牛二道：「你敢殺我！」楊志道：「和你往日無冤，昔日無仇，一物不成，兩物見在，沒來繇（由）殺你做甚麼。」牛二緊揪住楊志說道：「我偏要買你這口刀！」楊志道：「你要買，將錢來！」牛二道：「我沒錢！」楊志道：「你沒錢，揪住洒家怎地？」牛二道：「我要你這口刀！」楊志道：「我不與你！」牛二道：「你好男子，剁我一刀！」楊志大怒，把牛二推了一交。牛二爬將起來，鑽入楊志懷裡。楊志叫道：「街坊鄰舍都是證見！楊志無盤纏，自賣這口刀，這個潑皮強奪洒家的刀，又把俺打！」街坊人都怕這牛二，誰敢向前來勸。牛二喝道：「你說我打你，便打殺，直甚麼！」口裡說，一面揮起右手，一拳打來。楊志霍地躲過，拿著刀搶入來；一時性起，望牛二額根上搠個著，撲地倒了。楊志趕入去，把牛二胸脯上又連搠了兩刀，血流滿地，死在地上。

　　青面獸楊志因為盤纏用盡沒錢使，所以忍痛將家傳一口上好寶刀拿到市集上求售，不料遇到潑皮牛二來找碴，展開了這場糾紛的開端，其後牛二不斷挑釁，使事件的衝突步步驚心，兩人互不相讓使雙方的對峙白熱化，攀升至「攤牌」的情節高點，處於高點的事件應具有降落而下的勢能，才有奔流到海不復返的動向，所以，當牛二就寶刀的第三特性纏著楊志非要他證明「殺人不見血」時，即使楊志退而求其次地說「取一隻狗來殺與你看。」他也不肯，這

時，讀者與圍觀的群眾都知道：青面獸楊志一定會把牛二給幹掉，結尾便順勢挺進。牛二被楊志捅死之後，事件遂有了收尾的結局。沒毛大蟲牛二在大街上對楊志的糾纏不清，使青面獸楊志犯下了血案，被發配充軍，所以是楊志被逼上梁山落草為寇的「轉折」，因此，就楊志的故事而言，這算是故事的中段。

三、結局

「結局」是指在情節或行動中的最後事件。「結局」必須前有所承繼，但不必有其他事件伴隨在後，且「結局」須能引導情節到一種塵埃落定的穩當狀態。「結局」因為映照著所有事件，使所有事件的意義均集結於它，所以需要給予「結局」一個終極性的位置，高明的「結局」應具有一種磁力，讓它把之前的事件都吸攏過來做個總結。從看故事或聽故事的心理來說，閱聽者等待著的就是「結局」的出現；等待的本質與敘事的本質是彼此相關的，閱聽一個敘事文本的最終目的就在於等待結局。

以美國小說家傑克・倫敦（Jack London, 1876-1916）描寫極地雪橇犬故事的《野性的呼喚》[5]為例，故事的背景是北極的探險人員發現了黃金，由於船運和通運公司的人的大肆吹擂，使得成千成萬的人不斷地向北方湧去，這些人都需要筋骨結實、可以做苦工、毛厚耐寒的大狗幫他們拖運木柴或物料。所以，體型壯碩的巴克就被不肖的狗盜集團擄去馴服。這是故事的開端。巴克頑強不屈，慘遭馴獸師手持棍棒猛烈的毆打，但牠忍辱負重地活了下來。由於體

5　美・傑克・倫敦著，鍾文譯：《野性的呼喚》（臺北：遠景出版社，1976）。

能強壯，悟性高，巴克被送往極地與其他的哈斯奇犬一起服勞役，
在雪橇犬的隊伍中，牠再度面臨同儕的挑戰，遭逢各種堅苦卓絕的
考驗，但牠卻見識了極地的極光，並與狼群齊在午夜向著月亮嚎
叫。這是故事的中段，也是巴克生命的轉折。故事的結局是巴克從
奴役臣服聽命於人，到超越橫亙於內心以及世界的各種有形或無形
的障礙，完成身心最大自由的逍遙境界，帶領狼群奔向無垠的森
林。以下是其啟蒙片段[6]：

> 有一種恍惚的境地劃出了生命的絕頂界線，是生命不能超越
> 的。……這種恍惚，這種生存的遺忘……現在它竟在巴克身
> 上出現了。於是他（巴克）領著狗羣，發出古老的狼叫，追
> 逐著那塊食品：活生生的，在他前面撥開月色迅速地飛逃著
> 的。他在探測著他本性的深處，並且探測著那比他更深邃的
> 本性的各部分，回轉到那「時間」的肇始裏。他完全被生命
> 的波濤，存在的潮浪，每一處單獨的肌肉，關節，和筋頭的
> 完全的快樂所支配了。在那種快樂裏面，有著一切與死亡毫
> 無關係的東西，是灼熱而活躍的在運動裏面表現自己的；因
> 此使得巴克在星光底下狂喜地飛奔著。

　　不論是哪一種故事，哪一種講法，故事都要有頭有尾有中間，
這既是世界萬事萬物的規律，也是人類認知結構的基本模式，我們
在聽故事時，都很怕錯過了開頭，沒有開頭，總會讓故事沒頭沒腦

6　美・傑克・倫敦著，鍾文譯：《野性的呼喚》（臺北：遠景出版社，
　　1976），頁40。

似的。故事展開之後，我們都期待著事件的發展與變化，所以在寫故事時，必須使事件得以有發展的可能性，並富有推動事件複雜化的上升動能，這樣才能符合讀者的閱讀期待，津津有味地看下去。故事也必須有個結局，我們花時間看故事，等的也就是知道它的結局是什麼。結局之後呢？結局之後可以繼續展開下一段情節的開始，如果它只是故事之中的某一章回或過程；結局也可以就此收煞，如果它是故事的尾聲，那麼就得照應全局，總結一切，讓它修成正果；不論是悲是喜，是離是合，一切總得有個交代，才好落幕。

衝突與科白的設計
──戲劇文學的寫作要領

　　戲劇文學指的是為戲劇之搬演而編寫的劇本，它是一種側重於以人物的台詞為敘述手段，集約地反映人生中各種糾葛衝突現象的文學體裁。戲劇雖然也同小說一樣，都屬於敘述一個虛構的故事[1]，但小說的人物與環境是用「文字幻象」來表現，戲劇則不可以這樣「虛應了事」，作為生活的載體的戲劇，絕對需要賦予故事以一具體且特定的時空結構，也可以說是場景，這是戲劇的基本存在形式。除了時空結構的物質形式是劇作要先設定的外，從劇作在劇場的實際表現上來看，「情節」對於小說來說是生存的命脈，但對於戲劇來說，情節算是參考的「腳本」，用以鋪展舞台情境的關目。有些腳本，如默劇、舞劇；不會調用到語言材料，由演員視演出條件發揮即可。臺灣早期的歌仔戲是戲班主任把劇情內容交代給

---

[1]　清‧李漁：《李漁全集》第三卷〈閒情偶記〉卷一詞曲部「審虛實」：「傳奇所用之事，或古或今，有虛有實，隨人拈取。古者，書籍所載，古人現成之事也；今者，耳目傳聞，當時僅見之事也；實者，就事敷陳，不假造作，有根有據之謂也；虛者，空中樓閣，隨意構成，無影無形之謂也。人謂古事多實，近事多虛。予曰：不然。傳奇無實，大半皆寓言耳。」（杭州：浙江古籍出版社，1991），頁 19。

團員，實際的台詞與唱詞交由登台的演員即席發揮[2]，所以，歌仔戲的演出不依賴劇本，至於布袋戲，也是師徒口耳傳授，少有劇本。

　　劇本的寫作形式大異於小說：首先，劇作家不需「出聲」解說事情的前因後果、人物的關係、心思情緒，幕後的他只需重點交代場景、人物出場順序、人物的動作和動作的狀態即可，因為故事的搬演已經不是文字，而是各種型態的演員，包含真人、聲優、木偶、動漫人物；人物的衝突和悲喜情緒都交由演出人員來表現；所以，在寫作上要分科／白來處理；科是動作，白是對白；科由演員來實踐，所以劇本只要簡明點出即可；至於對白部分，則是故事所以推進的驅力和戲劇趣味之所在，劇作家必須精心設計，著力描摹。從語言風格上來論，小說可以說得文謅謅，但戲劇貼身於現實，必須要通俗化、口語化、個性化、生活化。另外，戲劇演出有分場、分鏡的需求，所以劇本寫作也要分場、分幕來配合，傳統戲文有分楔子、折、出（齣）、收煞，即在配合實際的演出形態而作規劃。以下借元・鄭德輝：《迷青瑣倩女離魂》第四折一睹戲文之

---

[2]　臺灣早期的歌仔戲並沒有劇本，這是因為當時的演員通常不識字，所以即使有劇本也派不上用場。一般的情況是演出之前先由「講戲」先生（多由團主或資深演員擔任）講解劇情本事及分場段落，演員了然於胸之後，即可「各憑本事」登台即興演出，這種表演方式一般稱為「活的」，因為沒有劇本也沒有固定台詞、唱腔，所以自由即興與隨機的成分高，演員雖然可以率性發揮，但其戲劇結構也較鬆散雜亂。至於一般有劇本有固定的唱腔、台詞的演出方式則稱「套死的」，其結構雖較為嚴謹，但也限制了演員自行發揮的空間。目前臺灣絕大多數歌仔戲團仍不採用劇本，這也是歌仔戲的特色之一。

型態[3]，括號內的文字即演員的指定，如：「正末」、「夫人」；另是表演動作的指示，如（梅香扶著正旦昏睡科）、（梅香做叫科）；是指示演員要做出昏睡的動作，或是做出喊叫的動作。「云」是指演員要說出劇本上列出的台詞。

> （正末云：）小鬼頭，你是何處妖精，從實說來！若不實說，一劍揮之兩段。
>
> （魂旦驚科：）可怎了也！
>
> （夫人云：）王秀才，且留人，他道不是妖精，著他到房中看，那個是伏侍他的梅香？（梅香扶著正旦昏睡科）（魂旦見科，唱：）
>
> 【掛金索】驀入門庭，則教我立不穩，行不正。望見首飾粧匳，志不寧，心不定。見幾箇年少丫鬟，口不住，手不停；擁著箇半死佳人，喚不醒，呼不應。
>
> 【尾聲】猛地回身來回合併，牀兒畔一盞孤燈。兀良，早則照不見半人輕瘦影。（魂旦附正旦體科，下）
>
> （梅香做叫科，云：）小姐！小姐！王姐夫來了也！（正旦醒科，云：）王郎在哪裏？（正末云：）小姐在哪裏？（梅香云：）恰纔那個小姐，附在俺小姐身上，就甦醒了也。（旦、末相見科）（正末云：）小生得官後，著張千曾寄書來。
>
> （正末云：）小姐分明在京，隨我三年，今日如何合為一體？（正旦唱：）

3　楊家駱主編：《元人雜劇注》（臺北：世界書局，1980），頁 381-383。

【水仙子】想當日暫停征棹影離尊，生恐怕千里關山勞夢頻。沒揣的靈犀一點潛相引，便一似生箇身外身，一般般兩箇佳人：一箇跟他取應，這一箇淹煎病損。母親，則這是倩女離魂。

　　上述的戲文呈現了男主角（正末）、女主角（正旦），以及配角夫人與丫鬟梅香的台詞與動作，此外尚有唱詞，如〈掛金索〉、〈水仙子〉等曲調，台詞用說的，要淺白；唱詞則可文雅。

　　中國傳統戲劇的場景的設計也頗值得留意，首先，這個戲劇在舞台空間上的佈置是寫意的，象徵式的。以「一桌二椅」的道具（砌末）為例，劇務可變換桌椅的擺放方式來表示不同的場景，當然，觀眾必須知曉它們的含義，才能領略其演出情境。例如：桌子在前，椅子在後，這是「大座」；桌子上擺著關防與令箭等道具，這是軍營主帥的座位。椅子在前，桌子在後，這是「小座」；表示書房、或是草廬的小前廳。一張桌子、二張椅子，椅子靠著桌角排列「八」字，表示客廳、酒肆、茶館、書房。演員在對話或行動中多少會指出他所在的環境，所以實際觀賞時並不難辨認。另外是「大場」和「小場」之分。該場戲沒有唱曲，純為科白，或唱曲不多，包括只唱一二支曲子的楔子，稱之為「小場」。該場戲需唱成套曲辭或成套曲辭的一部分，稱為「大場」。「小場」一般為介紹情況，推動劇情，為「大場」作鋪墊；而「大場」則深入展開矛盾衝突，揭露劇中人物的糾葛。「小場」是點，「大場」是線；大小場結合，構成了傳統戲曲「點線」組成的基本方式。戲曲作家必須能夠掌握大小場的配置比例，使其動靜有方，劇情流暢。除了「大場」、「小場」的概念外，傳統戲曲也有「固定場」、「流動場」

的不同表現，這是為了將就道具有限的客觀條件下所作的權宜之
計。譬如我們常說的「打個圓場」，其實是一種表演方式。以元
代·關漢卿·〈感天動地竇娥冤雜劇〉第一折為例，蔡婆婆出城去
向賽盧醫討債，她先去他家要債，要債不成之後再被賽盧醫騙到郊
外欲以勒頸加害。這場戲在舞台上的表現，蔡婆婆只需打個「圓
場」，就從城裡來到南門城外的賽驢醫家，再打個「圓場」，又從
街市來到荒野。這兩次「做行科」，就表示生活空間發生了兩次變
化，而演員並不需要下場。傳統戲劇的場景象徵與寫意方式含蓄有
趣，餘味不盡。

一、強烈的衝突

戲劇是直接面向觀眾的藝術，如果沒有尖銳劇烈的矛盾衝突，
必然會出現「冷場」，不易喚起觀眾的審美注意力。因此，集中表
現現實生活的矛盾衝突，正是戲劇文學的基本特徵，西洋戲劇格言
有謂「戲劇就是衝突」[4]。《單刀會》、《玉鏡台》、《蝴蝶
夢》、《救風塵》、《烏龍院》、《四郎探母》、《狸貓換太
子》、《烏盆記》、《黃粱夢》、《漢宮秋》……這些劇目無一不
在寫衝突。再者，戲劇的情節發展要明快且有數個起伏，盡力讓它
們在有限的時間內迅速進行，理想的情節結構是一開始就有衝突發
生，藉以收服觀眾的注意力，然後通過一些必要層次的發展，盡快
將事件推向高潮。如果衝突不集中、不劇烈，劇情的發展必然會緩
慢軟弱，乏善可陳。在劇情的安排上，可以參酌清朝劇作家李漁所

---

[4]　法·Ferdinand Brunetière, Henry Arthur Jones (:"No struggle, no drama!"), *The Law of the Drama*, Published, 1914.

提示的「先立主腦」[5]，也就是先確定主要的情節，主軸立定之後，再來構思如何興生波瀾，但要避免節外生枝，才是戲劇文學的正規作法。情節上的細節鋪墊是必要的經營，有了鋪墊的埋伏，才能在事件發生起伏變動時產生感人的力量，鋪墊若是太多，可能冗贅無力；太少，又會欠缺推進的位能，作家需要權衡其中的輕重配置。另外，在情節緊張切要之處，有時應注意煞住速度，避免急躁莽撞地催促故事的腳步，不妨巧妙地調劑張弛的速率，如此才不會違逆觀眾的欣賞心理，導致審美趣味的喪失。然而在一張一弛之際，作家仍須著力維持斷中有續的戲劇動能，才不致於「暫且不表」之後偏離了主題，應不即不離，有斷有續，故事才能順理成章而又花爛映發。

以元代・關漢卿・〈感天動地竇娥冤雜劇〉[6]第一折為例，劇中的劇烈衝突出現在放高利貸的蔡婆婆、向蔡婆婆借錢的賽盧醫以及救蔡婆婆一命的張驢兒父子等四人身上。其中蔡婆婆和賽盧醫是借貸的對立關係，賽盧醫因為還不起錢而要勒死蔡婆婆，形成一次衝突；就在行兇之際，因張驢兒父子恰巧路過而阻止了賽盧醫的謀害行動，第一次衝突化解。但張氏父子在得知蔡婆婆和媳婦竇娥皆為寡婦後，強迫婆媳兩要當他們的老婆，否則就要再勒死她，形成

5　第三卷〈閒情偶記〉卷一詞曲部「立主腦」：「古人作文一篇，定有一篇之主腦。主腦非他，即作者立言之本意也。傳奇亦然，一本戲中，有無數人名，究竟俱屬陪賓，原其初心，止為一人而設。即此一人之身，自始至終，離合悲歡，中具無限情由，無窮關目，究竟俱屬衍文，原其初心，又止為一事而設。此一人一事，即作傳奇之主腦也。」（杭州：浙江古籍出版社，1991），頁8。

6　楊家駱主編：《元人雜劇注》（臺北：世界書局，1980），頁7-9。

另一個衝突的發展，在蔡婆婆的敷衍下，這個危機雖然暫且化解，但同時又因「引狼入室」而埋伏了致命性的衝突；這個衝突，使竇娥成了謀害婆婆的殺人兇嫌，並讓她背著這個冤枉，含恨地上了刑場。

> （淨7〔指男演員。〕扮賽盧醫上，詩云：）行醫有斟酌，下藥依本草；死的醫不活，活的醫死了。自家姓盧，人道我一手好醫，都叫做賽盧醫〔盧醫原指扁鵲，住在盧。此為反語〕，在這山陽縣南門開著生藥局。在城〔指本城。〕有箇蔡婆婆，我問他借了十兩銀子，本利該還他二十兩；數次來討這銀子，我又無的還他。若不來便罷，若來呵，我自有箇主意。我且在這藥舖中坐下，看有甚麼人來？
>
> （卜兒〔指扮老婦的演員。〕上，云：）老身蔡婆婆。我一向搬在山陽縣居住，儘也靜辦〔指清靜。〕。自十三年前竇天章秀才留下端雲孩兒與我做兒媳婦，改了他小名，喚做竇娥。自成親之後，不上二年，不想我這孩兒害弱症死了。媳婦兒守寡，又早三箇年頭，服孝將除了也。我和媳婦兒說知，我往城外賽盧醫家索錢去也。
>
> （做行科，云：）驀過〔指跨過。〕隅頭，轉過屋角，早來到他家門首。賽盧醫在家麼？
>
> （盧醫云：）婆婆，家裏來。

7　曾永義：《說俗文學》（臺北：聯經出版事業公司，1980），〈中國古典戲劇角色概說〉，頁 238-256：「旦是指婦女角色。淨是指古參軍，獻笑供諂者。末是指男性角色。生是指男性角色。丑是指雜耍逗笑的角色。雜是指雜腳備員，扮百姓，兵卒，路人等。」

（卜兒云：）我這兩箇銀子長遠了，你還了我罷。

（盧醫云：）婆婆，我家裏無銀子，你跟我莊上去取銀子還你。

（卜兒云：）我跟你去。（**做行科**）

（盧醫云：）來到此處，東也無人，西也無人，這裏不下手等甚麼？我隨身帶的有繩子。兀那婆婆，誰喚你哩？

（卜兒云：）在那裏？（**做勒卜兒科**）。

李老〔指扮老頭的角色。〕同副淨張驢兒衝上，賽盧醫慌走下，李老救卜兒科。

（張驢兒云：）爹，是箇婆婆，爭些〔差一點兒。〕勒殺了。

（李老云：）兀那婆婆，你是那裏人氏？姓甚名誰？因甚著這箇人將你勒死？

（卜兒云：）老身姓蔡，在城人氏，只有箇寡媳婦兒，相守過日。因為賽盧醫少我二十兩銀子，今日與他取討。誰想他賺我到無人去處，要勒死我，賴這銀子。若不是遇著老的和哥哥呵，那得老身性命來？

（張驢兒云：）爹，你聽的他說麼？他家還有箇媳婦哩。救了他性命，他少不得要謝我；不若你要這婆子，我要他媳婦兒，何等兩便，你和他說去。

（李老云：）兀那婆婆，你無丈夫，我無渾家，你肯與我做箇老婆，意下如何？（卜兒云：）是何言語！待我回家，多備些錢鈔相謝。

（張驢兒云：）你敢〔莫非。〕是不肯，故意將錢鈔哄我？賽盧醫的繩子還在，我仍舊勒死了你罷。（**做拿繩科**）

（卜兒云：）哥哥，待我慢慢地尋思咱。

（張驢兒云：）你尋思些甚麼？你隨我老子，我便要你媳婦兒。

（卜兒背云〔指在舞台上背著別的角色說心裡的話。〕：）我不依他，他又勒殺我。罷罷罷，你爺兒兩箇隨我到家中去來。

（同下）

關漢卿在這一幕表現出借錢者和欠錢者發生衝突的過程，起伏俐落，變化明快，反映人性在金錢與私慾上的現實嘴臉。

二、科白的設計

科是動作，白是台詞。科，由演員實際演技來表現，劇作家的筆只能點出動作；最是要緊的劇本寫作考驗是如何捏造人物的語言，也就是「白」。在劇本中，劇中人物的言語（台詞）是用來塑造形象、展示矛盾衝突的基本手段。在小說中，作者可以利用敘述人的話語來直接敘述故事的事件，說明人物的思想感情和心理活動，以及介紹、分析、議論人物和事件本身等；但是戲劇劇本不允許作者出現，一般是不能有敘述人的言語出聲，所有的人事物只能藉由人物自身的言語來呈現彼此的關係。所以，戲劇文學中的人物語言必須更加個性化，更加口語化，才能勝任塑造人物、推進故事的使命。作家平素即應留意在不同的社會階層、性別、年齡、省籍、行業、或是宗教團體，人們所形成的各種語言變體。舉例來說，基督教團體和佛教團體的用語有別，牧師不會對教友說：「師兄，南無阿彌佗佛！」和尚也不會對信眾說：「天國近了！」老者和幼者的說話內容也不同，小朋友不會說：「最近我的血壓已經控制住了！」，老年人通常也不會說：「我也想要一個海綿寶寶的書

包！」鄉村農民、地方議員、股市名嘴、市場小販、權貴顯要、檳榔西施、輔導老師、貨卡司機、教官、郵差、酒促……他們在在有其特定的說話方式，此外，不同的個性、不同的心情，說話的口氣都有差異。所以劇作家要隨機適變地編寫人物應有的聲口。

　　人物的台詞首先要富有個性，再者應力求自然真實的口語化，最後是要能引起動作反應。富有個性是說人物語言要符合人物的年齡、經歷、教養等條件和說話時的環境，揭示出人物的社會身分和獨特的內心世界以及說話時的心理狀態。口語化是要通俗易懂，自然如實的聲口；引起動作的反應是對話要促使人物作出相應的動作，台詞的動作性，無論是獨白還是對話，都應該有明確的行動目的，既能揭示人物複雜的內心矛盾，又能引起對方的強烈反響。劇作家在設計對白時必須廢除不符合這三個原則的「廢話」，才能希求好的戲劇效果。以下是某個衝突現場，一人憤怒的揚起手臂，另一人的台詞如下，觀眾並不需要劇作家出面說明，就可以感知人物的情緒以及衝突刻正爆發中的狀況：

1.　別生氣嘛！老闆，大家有話好說……

2.　你這是幹什麼啊！打人哪？

3.　有種你就打下去啊！打啊！

4.　我～是～誰？！還沒打聽啊，是嗎？哼！我；你惹得起嗎？

5.　對不起，對不起，小弟錯了，有眼不視泰山，該死！該死！

6.　救命啊！殺──人──嘍！

7.　好，我現在不跟你計較，你自己也檢討檢討，看你這樣對嗎？

8.　喲──怎麼了，大哥，說翻臉就翻臉，虧我還當你是大哥哪！

9.　施主，得饒人處且饒人，放下屠刀，立地成佛！

10.　嘖，不甘心哪？自己栽跟斗，怨不得誰嘛！

11. 媽──媽──趕快來，哥要打我啦！

12. 喂，君子可是動口不動手哦！

13. 打吧！愛打就打！打我如果可以消你的氣，你就打吧！

14. 把手放下來！不准你這樣子！

15. 你敢動粗，我就報警！

　　戲劇是通俗文學，口語的設計要以俗為本色，但一般文人在劇本的創作上由於受到傳統雅文化的制約，所以在創作戲文時，容易犯有「不從流俗」的毛病。在賓白的處理上常出現兩種不良的現象：一是文謅謅，乏味無個性。二是制式化，陳陳相因。此毛病的劇本將不易塑造出活靈活現的眾生相，在劇情的推進上也會欲振乏力。[8]

　　戲劇的情節組織以緊湊明快為宜，為了營造審美趣味，也以起伏大，變化多為原則，所以，不論是何種戲劇，都要盡力將劇情寫得緊湊有變化，首先，入題要簡潔、靈敏，不宜在無關緊要的情節上盤旋不前，中間則要峰迴路轉，柳暗花明又一村，結尾要出人意表，或是水到渠成，理應如此。所謂結構緊湊並非一味的省略，而是指當詳則詳；當略則略；繁簡配置合宜，使觀眾應了解的劇情部分都有敘寫；而無關緊要的則一筆帶過，如此，才不會大費周章，冗贅拖沓；也不會令看戲者莫名奇妙，一頭霧水。戲劇的鋪展順序可以從故事頭說到故事尾，也可以從故事尾說到故事頭，當然也可以從中間開始，再倒敘至故事頭，然後接回到中間，繼續向尾部進

8　　李漁：〈閒情偶記〉卷一詞曲部「忌填塞」：「填塞之病有三：多引古事，迭用人名，直書成句。其所以致病之由亦有三：借典核以明博雅，假脂粉以見風姿，取現成以免思索。」（杭州：浙江古籍出版社，1991），頁23。

行後結束。然而，總歸是要「有頭有尾」還要有個聯通頭尾的「中間關節」，也就是開頭、發展、結尾等三大部分。清朝劇作家李漁認為詞曲中開場一折，即古文之冒頭，時文之破題，務必要開門見山，才能有根有據地寫下去，他說：「開場數語，謂之〔家門〕。雖云為字不多，然非結構已完、胸有成竹者，不能措手。即使規模已定，猶慮做到其間，勢有阻撓，不得順流而下，未免小有更張，是以此折最難下筆。如機鋒銳利，一往而前，所謂信手拈業，頭頭是道，則從此折做起，不則姑缺首篇，以俟終場補入。」[9]至於中間部分，李漁認為要暫收鑼鼓，宜緊忌寬，宜熱忌冷，要誘使觀眾緊追不捨，一探究竟，他說：「令人揣摩下文，不知此事如何結果。如做把戲者，暗藏一物於盆盎衣袖之中，做定而令人射覆，此正做定之際，眾人射覆之時也。戲法無真假，戲文無工拙，只是使人想不到、猜不著，便是好戲法、好戲文。猜破而後出之，則觀者索然，作者報然，不如藏拙之為妙矣。」[10]到了戲劇尾部的安排，李漁強調其「自然無痕」的順便之勢，也就是要「完全說得過去」，不會為結束而結束，唐伯虎亂點鴛鴦譜地胡說一通，使觀眾在散戲之後依然「振振有詞」地質疑其劇情之合理性。他說：「全本收場，名為〔大收煞〕。此折之難，在無包括之痕，而有團圓之趣。如一部之內，要緊腳色共有五人，其先東西南北各自分開，至此必須會合。此理誰不知之？但其會合之故，須要自然而然，水到渠成，非由車戽。最忌無因而至，突如其來，與勉強生情，拉成一處，令觀者識其有心如此，與恕其無可奈何者，皆非此道中絕

9　清・李漁：《李漁全集》（杭州：浙江古籍出版社，1991），〈閒情偶記〉卷二詞曲部「家門」，頁60。

10　〈閒情偶記〉卷二詞曲部「小收煞」，頁63。同前注。

技。」[11]

　　戲劇在事件接近轉折的時刻開場，可以提高劇情的懸疑性，引起觀眾一探究竟的好奇心，使戲劇一開演就釋放出可觀的力道，如此的情節設計能吸引觀眾的注意力，滿足觀眾「看好戲」的娛樂心態。西方戲劇界盛行的「三 S 原則」，即「驚奇」（surprise）、「懸疑」（suspense）、「滿足」（satisfaction）。[12]劇作家也可以選擇點放式的劇情透露，撥雲散霧地慢慢現出事件的原貌，而不必在戲劇一開始就迅速推昇衝突，爆發動能。劇作家暫時還不突襲觀眾，他以引蛇出洞的方式，讓事件逐漸暴露全貌，或是一步一步地讓人物走向不可逆的命運。這類的鋪陳策略必須配合劇情的強大磁力，才能將各個看似尋常的事件牢牢地彼此吸附，否則，平淡無奇，冗長乏味，多半是場無聊的戲。

　　戲劇的劇情以變化大為正格，佛家說「諸法無我」，「諸法無常」，「諸法皆空」，戲劇因多表現紅塵恩怨，聚散離合，禍福無常，以及眼看他起高樓，眼看他樓塌了等大起大落的故事，故常能契合看戲者的心理，淨化觀眾的心靈。當觀眾在步出劇場之際，發出一聲浩歎，說：「唉！人生無常啊！」這就是「峰迴路轉」、「跌宕起伏」情節所發生的審美效應，戲劇滿足了他先在的「諸法無常」、「白雲蒼狗」、「世事難料」、「一失足成千古恨」等「成見」，使他獲得抒懷遣憂的快樂，況且，事不關己，在審美距離的防護下，就更能無虞地觀賞劇中人的起伏周折。[13]然而，多數

11　〈閒情偶記〉卷二詞曲部「大收煞」，頁 63。同前注。

12　孫惠柱著：《戲劇的結構》（臺北：書林出版有限公司，1995），頁 96-97。

13　孫惠柱著：《戲劇的結構》對此有所說明：「美學上的『心理距離』說是

的人生其實是庸庸碌碌，在日復一日的蹉跎中流逝了青春，在無聊而又繁瑣的事物中不知所以，因此，若是「人生如戲」，那麼，何以戲劇之中的人生能有九彎十八拐的緊湊變化，而不是一連串煩悶虛無的事件反覆，於是，變格的作法揭竿而起，所謂「戲如人生」的體現就是顛覆傳統的緊湊結構，改以鬆散的情節模式來表現。人生的僵化，意義的解離，生命的散落殆盡……這樣的戲劇創作就不再遵循節奏明快，對白精采，轉變劇烈的正規原則，而是特意以有一搭，沒一搭，或是各說各話的對白；鬆脫且單調的情節，緩慢地控制著劇情的發展。荒誕派的劇作精神在此。然而，戲劇以娛樂功能取勝，荒誕劇的變格作法需要大手筆的力量挹注，才能平淡而有味，冷漠而動人，否則，勢將荒腔走板，戲不成戲。

　　劇本的寫作格式戲劇種類可依演出的媒介大略區分為傳統戲曲、廣播據、電視劇、電影等類別，綜合來看，它們的基本特徵都是：有較完整的情節結構、集中地表現各種矛盾衝突、著重人物的台詞和演出動作。不過，傳統戲曲、廣播劇、電視劇、電影三者之間仍有其客觀條件所構成的演出特性，各有竅門。以傳統在舞台上演出的戲劇來說，受限於舞台表演在時間和空間上的限制，劇本在

本世紀初由瑞士心理學家布勞（Edward Bullough, 1880-1934）提出來的，因頗能夠解釋人類自有文化以來無數的審美現象，故而具有廣泛的影響。只是這些解釋往往不甚精確。問題主要出在『距離』這一概念的內涵較為含混。在戲劇美學中，我們將它限定在與『劇場幻覺』相對立，對於戲之假定性的清醒意識這一範圍內，事實上這是關係到戲劇欣賞中美感問題的一個重要關鍵。它將對象從有直接功利關係的現實中隔離開來，使之成為具有一定假定性的審美對象，是以節制觀眾的內摹仿不使成為外摹仿以致釀成慘劇，也節制觀眾的移情不使過分傷感或興奮以致不能靜觀。這是看戲所不可缺少的。」（臺北：書林出版有限公司，1995），頁101。

描寫某個故事時必須高度提煉，一般以不超過兩小時為度。舞台場景相對固定，不能隨時換景，製作費較少，在場面的表現上無法與電影相提並論。為求能夠在戲台上的一方小天地展演精彩生動的劇情內容，作家就必須把故事寫得緊湊而飽滿，以較短的篇幅、較少的人物、較簡省的場景、較單純的事件，將他們的矛盾衝突再現於舞台。至於廣播劇和影視戲劇的特性則在於視聽傳達的方式，廣播劇倚賴「聽說」，即聽聲優們說，此外要搭配各種聲音效果，就聽眾來說，完全看不到影像，是從聲音上去想像故事的進行；而影視文學則視聽兼備，同步示現於耳目之際，具體可感。各個類型雖有客觀演出上的差異，但在編寫劇本上，依然要掌握到戲劇的本色，才不會寫出一場平庸懶散，或是色厲內荏的歹戲。

說什麼像什麼
──戲劇的人物對白該怎麼寫才生動

　　自古至今，不論男女老幼，人們都喜歡聽故事，閱讀小說，或觀賞戲劇，這些屬於敘事類的文學作品雖然五花八門，多不勝數，但它們都具有「寓教於樂」的功能，使閱聽者能夠從中接觸各式各樣的人情世理，窺知發生在他人身上的種種大小事件，同時也因為在聽講或觀覽的過程中，知識得到一定的充實、情感受到某種的撫慰，以及審美期待獲得特定的實現而倍覺舒暢開懷。所以，小說和戲劇一直都是最受歡迎的文學藝術作品。小說和戲劇雖然都屬於敘事類文學，但若要論先來後到的順序，那麼應該是戲劇發源在先，因為人類先有各種表情達意的身體姿勢、面部表情、聲音及語言，而且，語言先於文字，所以，在藝術的演進過程中，戲劇先於小說。不過，現在電影工業則先物色銷路好的小說，將它改編為電影劇本拍攝，所以反而是小說先於戲劇而先行面世了。

　　小說和戲劇都少不了人物的語言，高明的敘事者要能賦予書中人物或劇中角色應有的性格；人物的性格通常可以藉由他的外貌以及言談舉止來表現，所以作家在塑造人物時可以遵循「做什麼像什麼，說什麼像什麼」的基本原則，才能使這些虛擬的人物活出自己的面目，生動地搬演出這一段事件，如此，方能吸引閱聽者或觀眾

進入故事中的虛擬世界，隨著人物的悲喜得失而悲而喜而動容，這樣，看書或看戲的才會陶然忘我，暫時擺脫與現實生活的瓜葛，從而釋放壓力，由是而得到了閱讀或看戲的快慰。戲劇與小說有所不同，雖然兩者都是在講故事，但小說的媒介是文字，而戲劇則需要人物作為媒介，上場來搬演故事，在戲劇之中，觀眾直接看到聽到的就是人物的動作、表情，以及從他口中所講出的台詞；台詞包括自言自語的獨白，也包括更多與他人的對話內容，獨白與對白合稱為賓白。一齣戲劇要演出成功，需要好的故事，好的編劇，以及好的演員的好的演出。除了默劇是靠演員的動作來演出劇情外，其餘所有的戲劇都需要編寫劇中人物的動作和言語。所以，好的劇作家要仔細揣摩劇中人物的言語，人物的語言得貼合他在故事中的身分、性格、心思、情緒，以及他所處的狀況；才能恰如其分地反映現實生活的面貌，進而取信，也取悅於觀眾。以明‧吳承恩的《西遊記》來說，孫悟空的語言必然和豬八戒的語言有所不同，金角、銀角的話語也不應該和沙悟淨的話語同一款式，此外，唐僧在責備徒弟時的話語也和他應對如來佛時的話語有所不同。

中國很早就有戲劇的演出，但最早以戲文方式出現的「文學作品」當屬宋元雜劇，宋元雜劇是中國傳統的戲劇劇本，依戲劇演出順序而有第一、二、三、四折，通常是四折，類似作文結構中的起承轉合，順應著故事的開端、發展、轉折、收煞。內容包括上場的人物、演員性質、台詞、動作，以及配樂；配樂通常是有歌詞的小曲，也就是元曲。以下先來看一齣由丑角作為演出角色的喜劇，這是劇作家康進之編寫的：《李逵負荊》[1]第一折，此折以兩名冒牌

1　楊家駱主編：《元人雜劇注》（臺北：世界書局，1980），頁 148-149。

無賴作為主要演員，這兩人一個叫「宋剛」，一個叫「魯智恩」的
騙子，他們頂著「宋江」與「魯智深」的名號到處仗勢欺人，橫行
霸道。這天，他們來到杏花莊老王的小吃店白吃白喝，吃喝完畢卻
又裝腔作勢說此行是要來保護小店老闆，免得他被地痞給欺負了，
實際上是想對小店老闆索取「保護費」，角色的身分與場景定位完
成之後，人物該怎麼說話，就有脈絡可循了：

（淨扮宋剛，丑扮魯智恩上）（宋剛云：）柴又不貴，米又
不貴。兩個油嘴，正是一對。某乃宋剛，這個兄弟叫做魯智
恩。俺與這梁山泊較近，俺兩個則是假名托姓，我便認做宋
江，兄弟便認做魯智深，來到這杏花莊老王林家，買一鍾酒
吃。（見王林科，云：）老王林，有酒麼？

（王林云：）哥哥，有酒有酒，家裏請坐。

（宋剛云：）打五百長錢酒來。老王林，你認得我兩人麼？

（王林云：）我老漢眼花，不認得哥哥們。

（宋剛云：）俺便是宋江，這個兄弟便是魯智深。俺那山上
頭領，多有來你這裏打攪，若有欺負你的，你上梁山來告
我，我與你做主。

（王林云：）你山上頭領，都是替天行道的好漢，並沒有這
事。只是老漢不認得太僕，休怪休怪。早知太僕來到，只合
遠接；接待不及，勿令見罪。老漢在這裏，多虧了頭領哥
哥，照顧老漢。（做遞酒科，云：）太僕，請滿飲此盃。

（宋剛飲科）

（王林云：）再將酒來。

（魯智恩飲酒科，云：）哥哥，好酒。

（宋剛云：）老王，你家裏還有甚麼人？

（王林云：）老漢家中並無甚麼人，有個女孩兒，喚做滿堂
嬌，年長一十八歲，未曾許聘他人。老漢別無甚麼孝順，著
孩兒出來，與太僕遞鍾酒兒，也表老漢一點心。（宋剛
云：）既是閨女，不要他出來罷。

（魯智恩云：）哥哥怕甚麼？著他出來。

（王林云：）滿堂嬌孩兒，你出來。

截至滿堂嬌出場之前，這折戲劇共有三個人物，宋剛、魯智恩，以及
小吃店的老王，他們的台詞都通俗平易，有模有樣，恰如其身分。

　　接下來認識「對白」的跨界演出，原本以人物對白推進情節的
文體是戲劇，但它也可以成為小說的敘事途徑。大陸先鋒小說的敘
事表現技巧之一是「對白敘事」；「對白敘事」模仿戲劇的搬演模
式，整個敘事由人物對白來展開和推進，作者和敘述者將「發言
權」讓位給故事人物，由人物躍上「檯面」來「說話」，敘事主體
引退幕後，必要時才「現聲」作旁白提示，人物成了敘述的真正主
體，這是敘事者犧牲自己的說話特權來換取故事人物的主權，雖是
小說，但實則近於戲劇；所以這類小作品十分適合改編成電視劇，
或電影，因為戲劇就是需要賓白來「講」故事。下文徵引的是蘇童
的短篇小說：〈七三年冬天的一個夜晚〉[2]，屬於「對白敘事」的
小說作品，不過，由於書面作品「看不到」實際的人物，所以敘事
者即使模仿戲劇的對白來推動故事，但為了介紹讀者所無法目睹的
環境和事件概況，小說家仍然有其不得「推辭」的敘事義務，必須

2　蘇童：《哭泣的耳朵》（臺北：九歌出版社，2004），頁 216-217。

向開卷閱讀的讀者交代有關的情況與相關人物的動作狀態，近似報
場和旁白：

> 食堂快關門了，他們幾乎是衝到了售飯菜的窗口。從半掩的
> 窗外能看見裡面的大桌子，桌子上盛飯的大鋁盆只剩下一點
> 米粒，盛菜的盆裡還剩下一些醬油湯。有個大師傅對佟文光
> 說，這麼晚來吃飯？只有幾個紅薯了！我姐姐當即就踩起腳
> 來，我不吃紅薯，我不吃！佟文光有點慌張，他說，那你要
> 吃什麼？什麼都沒有了嘛。我姐姐說，我要吃炒雞蛋！佟文
> 光說，你這孩子，告訴你什麼都沒有了，你還要吃炒雞蛋！
> 我姐姐說，我就是要吃炒雞蛋！佟文光搖了搖頭，他的腦袋
> 鑽到窗內，開始和裡面那個大師傅交涉，劉師傅，特殊情況
> 特殊處理一下，行不行？小孩餓壞了，你就給她炒兩個雞蛋
> 吃吧。大師傅說，你讓我做小灶？不行，我要下班了，你們
> 要吃就吃紅薯，不吃我就關窗子了。佟文光大叫起來，別關
> 窗子，你這是什麼服務態度？這麼一句話把大師傅惹惱了，
> 他說，我就是這個態度，你腦袋閃開，壓破腦袋可不怪我！
> 大師傅把窗往下拉，佟文光拼命頂著那窗子，什麼態度？他
> 怒吼著，什麼態度？他們這麼一鬧把我姐姐急壞了，我姐姐
> 就在一邊拉我父親的衣服，她說，你們別吵了，我不吃炒雞
> 蛋了，我吃紅薯，吃紅薯！可是佟文光脾氣上來了，他一邊
> 用頭和脖子頂著窗，一邊還騰出手去指大師傅的鼻子，胡
> 鬧！你還有沒有一點革命的人道主義？說，我在這裡下放鍛
> 鍊，我女兒來給我送棉衣，她才九歲，這麼冷的天，她走了
> 五里地才找到這裡——

　　這段小說共有在勞改營中的佟文光，食堂的大師傅，以及九歲的小女孩等三個角色。佟文光擔心女兒挨餓，跟食堂的大師傅商量炒兩個雞蛋給孩子吃；大師傅公事公辦，就是不肯通融；女兒不知勞改營食堂的規矩和輕重，直鬧著要吃炒雞蛋，佟文光從低聲下氣請託，到請託不成，怒言斥責食堂師傅沒有革命人道主義精神，也就是沒人性；大師傅也沒在怕的，硬是不肯遷就；女兒見爸爸和師傅開罵起來發慌了，趕緊識相地改口說吃紅薯，吃紅薯就好了⋯⋯三個人你一言，我一語，吵來吵去，各有各的個性和口氣，寫得熱熱鬧鬧卻顯得辛酸又有生趣；而其所以有此場面與對話趣味，當然是蘇童的寫作本領所致。

　　漫畫也是一種用看的戲劇，人物也必須要有個性設計，譬如日本漫畫家藤子・F・不二雄在《哆啦A夢》創造了一個歌聲驚人卻愛唱歌現世，愛打棒球，但打不好就怪罪隊友，愛出頭當老大又愛欺負弱小──尤其是欺負大雄──的孩子王──胖虎，因此，胖虎的話語就必須要符合上述有關他的角色設定，這樣才能活靈活現，令人一覽莞爾。例如胖虎想召開歌友會，他對大雄的裁示：「歌友會的活動應該要由愛我愛到發狂的歌迷們主動發起，你們都不主動，實在太傷我的心了！！」、「有沒有想到好企劃呢？真拿你們沒辦法，我給個方向好了。」、「譬如說大家準備一些好吃的東西後，再請我到場閒話家常，怎麼樣？」、「我還可以貢獻二三首歌⋯⋯活動名稱就叫『擁抱胖虎之夜』如何？」[3]或是棒球比賽之後，胖虎怪罪隊友的「不力」，他開始放炮：「又輸了！」、「都

3　藤子・F・不二雄：《哆啦A夢》第45集〈胖虎送的簽名海報〉（臺北：青文出版社，2008），頁97-98。第35集〈胖虎颱風接近中〉（臺北：青文出版社，2008），頁159。

是你們不努力！！」、「都到那邊排好隊！」、「統統跑光
了。」、「你們死定了！」、「統統欠修理！！」由於胖虎的角色
造型生動，橘色的上衣，不聰明也不懷好意的言語，使他成為喜感
十足，且家喻戶曉的卡通人物。再來看看秋本治創造的《烏龍派出
所》警員兩津，他的角色語言也很有個性，一個爽快積極又知變通
的基層員警。以下文所舉的放焰火事件為例，[4]由於派出所的警員
假日需值勤，所以不能去欣賞夏日煙火大會，由兩津擔任「花火實
行委員會」委員長，遂帶領兩名警員同事向署長抗議：

　　員甲：「讓我們看煙火！」

　　阿兩：「任何人都不能阻止我們！」

　　員乙：「不能阻止我們！」

　　署長：「煙火大會舉行的日子大多在週六週日，我們都要工
　　作！」

　　阿兩：「這跟不讓我們看煙火沒兩樣！」

　　署長：「警察本來就是全年無休的，我也沒辦法呀……」

　　阿兩：「什麼叫做『我也沒辦法』！這個世界要是一句『沒
　　辦法』就能過關，那什麼問題都沒了！」

　　阿兩：「都是因為署長把我們像家畜一樣操，害我們今年都
　　看不到煙火！」

　　員甲：「沒錯！都是署長害的！」

　　員乙：「煙火到八月就通通結束了！」

4　日・秋本治：《烏龍派出所》第 126 卷（臺北：東立出版社，2012），頁
　　106-110。這段對話使用了 15 格畫面進行其情節之敘述。

阿雨：「你給我負起責任！」

員甲：「你這個小鬍子豬頭渾蛋！」

員乙：「豬頭渾蛋！」

署長：「結束都結束了！你們在這裡吼也沒用阿！」

阿雨：「都已經結束了呀！」

署長：「這種事情我哪裡管得著呀！給我去工作！混帳東西！」

阿雨：「署長發飆了！」

員甲：「中年男子一發起飆好嚇人……」

員乙：「雨兄，不行了。」

員甲：「我們回去吧。」

阿雨：「安啦，不用擔心。不要被中年的惱羞成怒給嚇到！我們可是身經百戰的勇士！」

員甲：「可是……」

阿雨：「叫煙火師父來啦！在警署的中庭放煙火！」

署長：「什麼？」

阿雨：「有300萬圓的話，就能放200發煙火！我有好幾位朋友都是煙火師！」

員甲：「哦哦，好具體！」

員乙：「不愧是實行委員長。」

阿雨：「不然我要在電視上爆料你的八卦喔！總署會直接打電話給你唷！這樣好嗎？」

員甲：「有一套！雨兄實在是太會談判了！」

阿雨：「『在電視上爆料』這招太有效了！這是絕招！以後要多加利用。」

　　你喜歡看電視劇或電影吧？小時候也喜歡看看漫畫？俗話說：
「外行看熱鬧，內行看門道。」不論是作為欣賞的觀眾或讀者，還
是也想寫個小劇本，都要妥善設計人物對白；平時，也須多留意周
遭出現的人物對話，警察取締違規時的措辭，室友抱怨時憤憤不平
的話語，同事譏諷時說的嘲笑話語，醫生詢問病情時的用詞，超市
阿姨招呼顧客試吃用語，鄰居在電梯相遇時的寒暄用語，記者報導
車禍時的慣用語言……將它們分類記錄下來，這樣就能累積「語料
智庫」，避免「話到用時方恨少」的窘境了。有時不同文化間的語
料庫差異也能產生意想不到的趣味，跨越時空的虛構人物，因用詞
與時代不符，即使在說相同的事物，不合時宜的措辭或語法，也能
擦出幽默的火花。

就在今夜子時三刻死掉
——預敘與懸念的佈置

　　故事要怎樣講才能引起懸念？講故事的操作前提建立在敘事作品中的時間具有「二元複合性」特徵，「二元複合性」指敘事作品具有兩個時間型態，一個是文本時間，即閱讀作品文本的實際時間；另一個是故事時間，即在故事中建構而得的時間。文本時間和故事時間在性質上是不同的，長短與順序也不一致；將這兩種時間複合起來對照，就會察覺兩者之間具有一種快／慢；先／後的相對關係，這些相對關係，就是敘事者說故事的技巧之一，什麼先說，什麼後說，什麼說得慢有詳細，什麼三言兩語交代了事，都不是隨便應付就可以把故事講得動聽。

　　故事，作為一種文學之存在，必須通過時間才得以實現，而其所記載的故事也是發生在一段時間之內的行動總和，故知，不論是作者、讀者或是故事中的角色，任何一方都需要時間來完成敘事活動。就作者而言，如何調配故事的時間，是他必須運籌帷幄的關鍵任務。一個故事或一篇小說或一部電影，究竟能不能引人入勝，關鍵處並不全在於故事內容是否「血淚交織」、「悲歡離合」、「驚天動地」、「豐乳肥臀」……決勝點更在於敘事者能否手眼高明地調度組合這些事件，使他們快慢有致，疏密得宜，在講述順序上的

謀畫，能否製造懸疑效果，提供讀者尋思推敲的「悅讀」趣味，使他因情節的步步驚心而聚精會神，想要抽絲剝繭，釐清事情的真相，因而將日常塵務擱置一旁，達到陶然忘我的境界。

按照故事中事件實際接續的時間順序和它們在敘述人的敘述中出現的時間順序的關係，小說的敘事時間形態可分為順敘、預敘和倒敘三個基本時間範疇。順敘，指敘事時間與故事時間重合一致或者基本重合一致的敘述活動；預敘，就是把話說在前頭，指事先講述或提及以後事件的敘述活動；倒敘，指故事發展到現階段之前的事件的事後追述或補述。例如 ABC 這樣一個時間序列可以（通過倒敘）講述為 BAC 或（通過預敘）講述為 CAB。一個敘事文本通常融合了三種敘事順序法，不過輕重比例不同，而其審美效果也各有千秋。

預敘就是先敘述故事將發生但尚未發生的事。預敘通常會事先揭露故事的結果，雖然先讓讀者預知結局，但在閱讀之中，讀者仍會隨著情節的變化，得到一一驗證的快感。中國古代小說中關宿命與命定觀念的篇章，多以預敘呈現，它能引起讀者的好奇，產生追問的興趣，預敘的敘述方式，從顯隱角度觀察，有明示與暗示之別，明示的預敘清楚地交代出在某一具體時間之後發生的某一件事；暗示的預敘只隱約地預示人物未來的命運和結局。簡言之，這是作者敘述故事，採取預敘時考量讓讀者事先知道多少的程度問題，而無論透露多寡，作者將始終扣住小說關鍵的底牌。以《警世通言》卷 13〈三現身包龍圖斷冤〉為例，孫押司在被妻子與姦夫謀殺當晚，即從算命先生處得知他將於該晚斃命，由於預知在前，事實在後；兩者尚未能證實其所言是真是假，因而形成一段欲知而猶未得知的懸疑，這正是此段敘述的趣味所在，說書者刻意控制訊

息被有限度地揭露。所以不論就該事件，或整個故事而言，〈三現身包龍圖斷冤〉都步步逼進，節節升高，成功推動高潮的湧起，《新評警世通言》：

> 那人和金劍先生相揖罷，說了年月日時，鋪下卦子。只見先生道：「這命算不得！」那個買卦的，卻是奉符縣裡第一名子押司，姓孫名文，道問：「如何不與我算這命？」先生道：「上覆尊官，這命難算。」押司道：「怎地難算？」先生道：「尊官有酒休買，護短休問。」押司道：「我不曾吃酒，也不護短。」先生道：「再請年月日時，恐有差誤。」押司再說了八字，先生又把卦子布了道：「尊官，且休算。」押司道：「我不諱，但說不妨。」先生道：「卦象不好。」寫下四句來，道是：「白虎臨身日，臨身必有殃。不過明旦丑，親族盡悲哀。」
>
> 押司看了問道：「此卦主何災福？」先生道：「實不敢瞞，主尊官當死。」又問：「卻是我幾年上當死？」先生道：「今年死。」又問：「卻是今年幾月死？」先生道：「今年今月死。」又問：「卻是今年今月幾日死？」先生道：「今年今月今日死。」再問早晚時辰。先生道：「今年今月今日三更三點子時當死。」押司道：「若是今夜真箇死，萬事全休，若不死，明日和你縣裡理會。」先生道：「今夜不死，尊官明日來這斬無學同聲的劍，斬了小子的頭！」押司聽說，不覺怒從心上起，惡向膽邊生，把那先生捽出卦鋪去。

這個故事裡的鐵口直斷膽敢拍胸脯向孫押司保證：「你今晚死

定了！！！」，孫押司自然是氣炸了，當眾撂下狠話說明天要來跟他理論，算命的金劍先生更不甘示弱，他說：「孫押司你要是能活得過今晚，那麼，明天儘管來斬我的頭顱！！！」說故事的先借算命的金劍先生透露死亡天機，真的會死嗎？怎麼死法呢？沒人可以救他一命嗎？不論是故事裡外的圍觀群眾，或是孫押司本人，這個預言都讓人心生疑竇，又不敢一笑置之，他都說得那樣斬釘截鐵了；顯然不是在開玩笑，但孫押司人活得好好的，怎麼會在今晚子時三刻一命嗚呼呢？這種吊胃口的說故事技巧，就是懸疑的埋伏。

孫押司被害枉死之後，現身給丫頭迎兒看，並且交得她一張紙，這張紙上寫的是個大有玄機的「謎」其中有析字格，有會意字，有時間預示，它們隱隱約約，初看不明所以，是為懸疑，之後由包拯解謎，破案有望，是由「結」而「解」，懸疑轉為水落石出，真相大白：[1]

> 行到速報司前，迎兒裙帶繫的鬆，脫了裙帶，押司娘先行過去。迎兒正在後面繫裙帶，只見速報司裡，有箇舒角幞頭，緋袍角帶的判官，叫迎兒：「我便是你先的押司，你與我申冤則箇，我與你這件物事。」迎兒接得物事在手，看了一看道：「卻不作怪，泥神也會說起話來，如何與我這物事？」正是：「開天闢地罕曾聞，從古至今稀得見」。迎兒接的來，慌忙揣在懷裡，也不敢說與押司娘知道。當日燒了香，各自歸家。把上項事對王興說了，王興討那物事看時，卻是

1　明・馮夢龍纂輯，錢伯城評點：《新評警世通言》（上海：上海古籍出版社，1992），頁189-190。

　　一幅紙。上寫道：「大女子，小女子，前人耕來後人餌。要
　　知三更事，掇開火下水。來年二三月，句已當解此。」

迎兒的丈夫王興雖然識得字，但是看了這字謎，也解說不出個所以
然來，他吩咐迎兒：「不要說與別人知道，看來年二三月間，有什
麼事？」到了第二年的二三月之間，當地的知縣換人了，新到任的
知縣姓包名拯，也就是大名鼎鼎的包龍圖包大人，他看著這張字謎
解開了謎底：

　　包爺將速報司一篇言語解說出來：「大女子，小女子。女之
　　子，乃外孫，是說外郎姓孫，分明是大孫押司，小孫押司。
　　前人耕來後人餌。餌者，食也，是說你白得他的老婆，享用
　　他的家業。要知三更事，掇開火下水。大孫押司死於三更時
　　分，要知死的根由，掇開火下之水。那迎兒見家長在竈下，
　　披髮吐舌，眼中流血，此乃勒死之狀。頭上套著井欄，井者
　　水也，竈者火也，水在火下，你家竈必砌在井上，死者之屍
　　必在井中。來年二三月，正是今日，句已當解此，句已兩
　　字，合來乃是簡包字，是說我包拯今日到此為官，解其語
　　意，與他雪冤。」喝教左右，同王興押著小孫押司，到他家
　　竈下，不拘好歹，要勒死的屍首回話。[2]

這個謀害親夫的命案本身就離奇懸疑，再加上以預敘的手法來振聾

2　明·馮夢龍纂輯，錢伯城評點：《新評警世通言》（上海：上海古籍出版
　　社，1992），頁192。

發聵，自然是有相加相乘的懸疑效果，令讀者充滿了高度的好奇
心，也想參預期中，共同解開命案的疑雲，最後再配合明鏡高懸的
青天大老爺為讀者一一解開謎團，也為孫押司雪冤，這樣故事就會
順勢收尾，讀者心上的大石頭由於放下了，於是也鬆了一口氣。預
敘能製造懸疑的效果，操作原則是敘述者對故事文本中應該提出的
有關訊息暫時保持緘默，予以隱瞞或者是僅對讀者透露一部分，或
者是故意透露出不實的某個部分，這樣的敘述會使讀者因為察覺其
中似有「隱情」；「秘密」；「機關」；而產生更大的閱讀樂趣，
讀者極欲知道事情的真相，但敘述者卻是吞吞吐吐，有所保留；敘
述者這樣蓄意操控訊息量的釋出時機與釋出範圍，恰恰對閱讀者的
訊息期望滿足構成一種挑逗與誘導，煽點他追根究柢的好奇心，餵
養他自恃聰明的認知心；這樣的敘事情況就是「懸念」加溫發酵的
所在；當真相終於在好奇的臨界鞍點上揭露之後，恍然大悟的快
感；或，果然如此的預測奏功，都會帶來閱讀的快樂趣味。

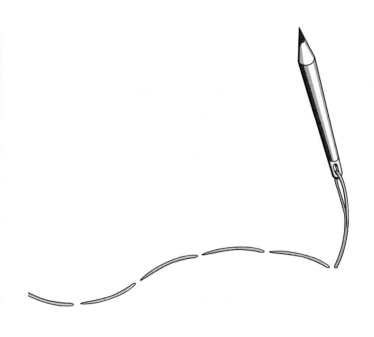

文體多術，共相彌綸，一物攜貳，莫不解體。
《文心雕龍・總術》

三 文學藝術技巧的原理與實際表現

多層級而有生命力的有機體
——字句章篇的結構原理

韻律與節奏之美
——在抑揚頓挫之間串連的聽覺動感

捉對來作對
——雅俗共賞的對偶意趣

猜字與拆字
——漢字造型在文學作品中的應用設計

鼻孔插大蔥，裝象！
——諧音雙關的各種用法

輕重力量的拿捏
——多少力度才夠意思

多説有益
——增量擴充的藝術技巧

你就少説幾句
——減量表意的修辭方法

直接説，還是旁敲側擊？
——能指到達所指的路徑規劃

表裡如一嗎？
——文藝作品中的意義層次

橘樹／蘭花／白鶴／蚊子
——文學意象的雙重性

男人的寶馬情結
——中國文藝作品中的駿馬意象

多層級而有生命力的有機體
──字句章篇的結構原理

　　曾經有人戲說，莎士比亞（William Shakespeare, 1564-1616）的文才有什麼了不起的，他也不過是用了 26 個字母在拼字而已。是這樣嗎？譬如他的名言：「通往真愛的道路總是坎坷。」*The course of true love never did smooth.* 或是「命運掌握在自己的手裡而不在遙遠的星星。」*It is not in the stars to hold our destiny but in ourselves.* 這兩句話都只用了 A, C, D, E, F, H, I, L, N, O, R, S, T, U, V, Y 等 16 個字母而已。喜歡堆砌積木或樂高嗎？一顆一顆或大或小，有數種基本型態的積木單位，經過組合構造，就能創造出各種形狀或物體，甚至可以造出 101 大樓或是一輛超級跑車，一隻巨型的暴龍，一座掛著座椅且能旋轉的摩天輪！玩具也好，建築也好，文學作品也好，甚至是一片樹葉，一個關節，一個生命體，不論是有生命的或是無生命的機體，都有其妙的結構法則存在於其中，是一種由單子到複合物的層級遞進組織過程。不良的結構容易解體，優異的結構既美觀又堅固，而且機能妙好。所以，莎士比亞當然了不起，只「玩弄」26 個字母於手掌中，就能寫出耀眼奪目的 38 齣戲劇和 155 首十四行詩，包羅了許許多多的命運與愛情遭遇以及人生哲理。

　　沒錯，若逆向推求人間一切傑作的構成，當然可以把每一部作品都拆卸為一個個的字母或單字，或詞組，或句段；羅蘭・巴特（Roland Barthes, 1916-1980）就曾大張旗鼓地將法國大文豪巴爾札克（Honore de Balzac, 1799-1850）的短篇小說《薩拉金》（Sarrasine）微分為 561 個單位，然而，真正的文學工夫，包含創作或鑑賞，在於要如何把這 561 個小單位組成為一篇小說，描述一名雕刻家瘋狂地迷戀一位美聲又美貌的歌劇紅伶，最後才發先「她」原來是一位去勢的男優[1]。因此，探究文學結構的重點，不只在於能將整體切割為部分，更要緊的任務在於，能將部分組成為整體。就如同一支有著精密結構的手錶，技師不但要會拆卸為各個零件，也還必須會將它們組成為一個完整的整體，而且各個大小零件組成後，還必須能正常運作，一秒一秒地規律轉動，繼而進階為一分鐘，一小時，半天，一天……定義或購買一隻手錶，當然不是從它微分過後的零件來看待而已。同理，說莎士比亞只用了 26 個字母就寫出了曠世名作，這是句玩笑話，就像讀者只盯著數他作品中出現的字母一般荒謬；不過，這句話自然是一種幽默式的推崇。

　　由此可知，文學和藝術的結構原理不能以機械式的結構來體察，而比較接近生命有機體的結構原則。機械論的觀點是一步一步分解到最後，譬如把所有的文學作品分解到最後，得出的就是字母或單字等孤立的元素，但生命機體則不然，「一個組織中的各個要素本身也是小的組織……生命機體其實是充滿了其他生命機體（如

1　參：羅鋼：《敘事學導論》第七章第一節〈閱讀　符碼　「薩拉金」〉，頁 236-248。附錄：《薩拉金》，陳秉慧譯，頁 260-299。（昆明：雲南人民出版社，1999）

血球）的綜合體。」[2]也就是說，莎翁的作品雖然只使用了 26 個英文字母，但這 26 個字母卻像是 26 種細胞，它可以依照組成模式，從細胞而組織，由組織而器官，由器官而系統，最後構成一個生命體。一般的機體組織基本上是由單字→詞彙→句子→句群→段落→篇章等層級循序漸進而構成的；每一個組織體雖然自成一個單位，但它們不是孤立的，是縱橫聯絡，相互協作的綜合體，而且，「有機體越成為真正的有機體，它的組織水平也越不斷增加，因此它成為熵不斷增加，混亂不斷增加，差別不斷消失這個總潮流的過程，這就稱為穩態。」[3]所謂「差別不斷消失」，意思是指，當一個作品完成之後，各個層級的各個元素已經相互融合，篇章涵蘊著字句，字句承載著篇章，各單位之間的差異已隱入於作品全體之中。

法國博物學家居維埃（Georges Cuvier, 1769-1832）說：「一個生物中的各部分是相互聯繫的，部分的活動牽連著整體的活動，要從整體中分離出一部分來，等於將這一部分送進死的物質堆裡去，也就是完全改變了生命的本質。」[4]居維葉的說法可能有些過度，因為，缺少的那些部分若不是重要的部分，應該是不會因此而喪失其生命，頂多功能受到損害而有所障礙；但我們可以利用他對生命現象的考察結果，據以體認一個優秀的作品，其構成的各個部

2　美·維納：《控制論》（或關於在動物和機器中控制和通信的科學）（北京：北京大學出版社，2007），頁 131。

3　美·維納：《控制論》（或關於在動物和機器中控制和通信的科學）（北京：北京大學出版社，2007），胡作玄：〈導讀〉，頁 16。

4　引自：法·克洛德·貝爾納著，夏康農、管光東譯：《實驗醫學研究導論》居維埃致 Mertrud J.C. 的信件。（北京：商務印書館，1996），頁 64。

分都是彼此相關，相互牽連；而不是一人一把號，各吹各的調。所以，倘若作為文學作品的必要單位——「文字」，就像「細胞」之於生命有機體的功能一般，那麼，由「細胞」而「組織」，由「組織」而「器官」，由「器官」而「系統」，由「系統」而有了「生命體」；依此類推，文學作品恰似由字而詞，由詞而句，由句而成篇章，在整個篇章字句之中，又有命題大意循環於字裡行間，如同擁有了「生命力」一般的靈動。法・克洛德・貝爾納（Claude Bernard, 1813-1878）在《實驗醫學研究導論》從機體結構的原理告訴世人[5]：

> 我們完全可以假想一具複雜的機體好像由一組不同元素機體構成，它們以各種方式互相聯接，互相結合，首先組成各種組織，再由組織組成各種器官，解剖器官本身也只是各類生物內以無窮的變異方式組合成的各種器官的總和。所以當我們分析了一個機體的複雜表現時，我們應當分析這些複雜的現象，並把它們引導到元素機體所有的某些簡單特性中去，然後按此思想再重新綜合為整個機體，先從這些元素機體作單個的組合考察，再注意其互相的關係。

由「不同的元素」所組成的器官或器官總和再到整個生命機體，其實還需要一股「生命力」才算賦活；就像是女媧摶土造人一般，若只有一具形骸，而沒有生氣，那還算不上是一個活生生，有靈氣的

5　法・克洛德・貝爾納著，夏康農、管光東譯：《實驗醫學研究導論》（北京：商務印書館，1996），頁 77。

人，所以，摶土造人之後，女媧要對著這個「泥娃娃」吹上一口
氣，泥人才會活了過來。貝爾納的看法也是一樣，只是，作為科學
家的他，在面對宇宙創生的奧祕時，他知之為知之，不知為不知地
說，他其實並不知道，生命是從何而來的？但生命確實是有一種自
發性的力量在其中，這個生命機體得以形成的奧祕或可謂之為「生
命力」，他說：「我們感到每種生物彷彿都有一種內在的力量，這
種力量支配生物的生命表現。」[6]貝爾納又說，生物體內有機的直
接提純物之中，有些是消極元素，只是體內的某種已確定其特性的
物質；然而，有些則是積極元素，一旦這部分有機元素遭到毀壞，
生命特性就完全消失了。作家的才情，作品的結構，兩者彼此合
作，才會使作品擁有生命力。以前述莎士比亞的名句為例，「*The
course of true love never did smooth.*」這句話若是少了「true」，或
是少了「never」，就失去了原意。而李白的〈靜夜思〉屬於五言
絕句，更是牽一髮而動全身，絕對不可切除或移易任何一個字句或
順序。

　　在寫作過程中，作家都必須遵循由單字到詞彙，由詞彙到句
子，由句群到段落篇章這一系列多層級的結構歷程來落筆，即先選
擇單字，再組成詞彙，然後晉升到句子、句群，不同的句群形成具
有一個較整體意義的單位就是段落，幾個段落，譬如常說的「起承
轉合」，或是有頭有尾有身的三段式結構，都是篇章的組成常態，
頗像是一個多層級的生命機體；而且，字法、句法、章法、篇法，
各個層級雖各有其職能，但卻互相呼應，彼此牽動。略以李白的
〈靜夜思〉來看：「床前明月光，疑是地上霜，舉頭望明月，低頭

6　同前注，《實驗醫學研究導論》，頁63。

思故鄉。」，由「床」而「床前」，由「月」而「明月」而「明月
光」；由「霜」而「地上霜」，而「疑」這「明月光」是否是「地
上霜」？寤寐之際，俯仰之間，今夕是何夕？此身在何方？不覺靜
靜地坐在床前想著家鄉。這首五乘以四等於二十的「五言絕句」說
明了這個字句篇章的有機結構原理，而且，機體內部煥發著詩的生
命力。

　　你是否曾想過，怎麼二十個字兜在一起，就好像會自動排列，
各自找各自的字詞去結合？而且，有的結得成，有的結不成，在相
吸或相斥之間它們似乎有某種動力在運作著。是的，這確實很有意
思，如果我們以「控制論」的理論來看待，也能對這個問題有所解
疑。美‧維納（Nobert Wiener, 1894-1964）在《控制論》（或關於
在動物和機器中控制和通信的科學）指出，任何自治系統都普遍存
在著機械化與自動化的控制模式，[7]倘若我們視文學作品為一個自
治系統，那麼，在這個自治系統內，紛來沓至，成群結隊的文字
們，似乎是有智能一般，會循著文法，或是詞牌、格律等控制模式
而自動自發地組合為詞彙，詩句，篇章。除了自動化之外，控制論
的「非決定性原則」也引人深思，「非決定性原則」是指大宇宙、
小宇宙的不完全的秩序將產生出目的論及自由。所以，依樣畫虎，

---

[7] 維納明確地提出控制論有四個原則，一、普遍性原則：任何自治系統都存
在相類似的控制模式，普遍的機械化及自動化觀點。二、智能性原則：不
僅在人類社會乃至生物群體或無生命物體世界，仍有信息及通信問題。
三、非決定性原則：大宇宙、小宇宙的不完全的秩序產生出目的論及自
由。四、黑箱方法：對於控制系統，不管其組成如何，均可通過黑箱方法
進行研究。詳見：美‧維納：《控制論》（或關於在動物和機器中控制和
通信的科學）（北京：北京大學出版社，2007）胡作玄：〈導讀〉，頁
14。

未必能畫好老虎，也可能會畫虎不成反類犬；而三國大畫家曹不興一時不慎把墨汁濺上了孫權要他畫的屏風上，這個墨汁，卻能在畫家的頭腦上產生了新的構想，就把這一丁點墨汁畫／化成蒼蠅吧。屏風畫好了，孫權大帝走過來欣賞，果然是畫藝高超，但……噴，這隻討厭的蒼蠅竟停在屏風上，大帝小心翼翼地趨前，弓身屈指欲彈，才發現是畫上去的一隻蒼蠅。從表面上看，這是一個畫壇軼事，令人不得不佩服曹不興的高明畫藝；若想進一步透視怎麼會由墨滴變蒼蠅？化腐朽為神奇呢？那麼，「非決定性原則」也可以幫得上忙。這樣來想：屏風的繪製雖由大畫家執筆，但它尚未完成，也並不完全，所以必有振盪的情況產生，當震盪產生後，也就是畫面上多了一點墨汁，這時就需把震盪回饋給畫家，畫家再依墨滴與屏風的實際情況因應調整，以達成其圖繪屏風的目的。所以，「非決定性原則」使作品也有其為達某種目的而有的自由。

　　傳說清朝紀曉嵐曾經錯寫扇面，把本來要題寫的詩，可能腦筋的運算速度快於手筆的寫字速度，所以落了一個字，把唐・王之渙的〈涼州詞〉「黃河遠上白雲間，一片孤城萬仞山，羌笛何須怨楊柳，春風不度玉門關。」寫成了「黃河遠上白雲，一片孤城萬仞山，羌笛何須怨楊柳，春風不度玉門關。」大學士題罷，大概字寫得不錯，頗為滿意地自我欣賞一番，時高宗乾隆皇帝剛好駕到，他一看，「咦？少了一個字！」滿腹經綸的女真族皇帝也頗為得意地看著紀曉嵐，紀曉嵐也看出自己少寫了一個「間」字，這下七乘以四等於二十八的七言絕句就變成尷尬的二十七個字了！急中生智的紀曉嵐回說：「啟稟皇上，這是微臣作的一闋詞；不是王之渙的涼州詞。」「？？」「黃河遠上，白雲一片，孤城萬仞山，羌笛何須怨，楊柳春風，不度玉門關。」這樣一來，大學士就把缺角的七

言絕句拗成了四四五五四五，一共六句二十七字的詞了；從少了一個字，到句式的改變，文體的挪移，紀曉嵐的點石成金具體說明了字句篇章的層級結構特性。由此可見：任何一種文本的組織，都是由字群組成詞，由詞群組成句，再由章節而組成篇，這就是一種多層級的機體組織結構，[8]順序更動了，增加一個字，或是減少一個字，整個文本的結構就會走樣。舉例來說，阿里巴巴要把咒語「芝麻開門」念對，藏滿寶藏的山洞們才會開啓；哈利波特要施展魔法，也必須把咒語的順序、過程和語氣加重的部分全部念對，魔法才得以實現。這正如我們必須把密碼的字串、大小寫，均須正確，才能通關的道理一樣。「回家拿錢」和「拿錢回家」；「心虛」和「虛心」，文字順序一經調換，即使所使用的文字都一樣，兩者的意義就是不同。多層級的機體組織結構就從這些看似不起眼的小地方上顯示出來。

　　依照語法—句法—章法—篇法的層級構成模式，可以明白鍛鍊文學素養的過程確實要循序漸進：「造詞」練習活動在演練這個「語法」過程；繼而由詞彙和詞彙的適當連結組成句子，這就是

---

[8]　二十世紀三十年代，德國語言學界出現新洪堡特主義學派，其中的代表學者魏斯格貝爾（Leo Weisgerber）從洪堡特的「內在形式」概念出發，認為語法分析應兼顧「語義」和「層面」，也就是說，關於字句篇章的結構，除了有其層級結構形式之外，也要考慮它們的內容含義。魏斯格貝爾的劃分法如下：(1)詞場（Wortfelder）；(2)詞群（Wortstande）；(3)詞類的思維範圍（Denkkreise der Wortarten），即闡述與每個詞類相對應的「世界圖景」，列出有關的構形成分，據此確定詞的類別關係；(4)句子構造（Satzbauplane）。參：德・洪堡特著、姚小平譯：《論人類語言結構的差異及其對人類精神發展的影響》，姚小平〈譯序〉（北京：商務印書館，2010），頁 55。

「造句」練習的意義；由句子和句子的適當組合，可以開展為一個
有意義的段落，也就是中國文學理論中所說的「章法」；有了段
落，就可以準備籌措文學作品的規模了。南朝‧劉勰（531-591）
在《文心雕龍》〈章句〉曾分層遞進地解說其間的結構原則，他
說：「夫人之立言，因字而生句，積句而為章，積章而成篇……振
本而末從，知一而萬畢矣。」[9]這些乍看好似「小學級」或「作文
班」的基礎研習，其實是語言與心智結構模式的具體實現，普魯士
語言學家、教育學者，同時也關注詩歌文學理論的洪堡特
（Friedrich Wilhelm Christian Carl Ferdinand von Humboldt, 1767-
1835），他在《論人類語言結構的差異及其對人類精神發展的影
響》一書中提到人類的語言能力具有「分節性」，「分節性」使我
們能知覺到「分節」的單位，「並根據一定的感覺和規則，利用一
些具體的詞的要素構成數量不定的其他的詞，從而在所有的詞中間
建立起一種與概念上的類似物相吻合的類似關係。另一方面，在我
們的心靈中必定存在著一種將上述可能性付諸實現的力量，否則，
我們甚至不可能猜度到這種人為的構造方式，也不可能意識到分節
性的存在，就像盲人分辨不出顏色一樣。」[10]

9　劉勰：《文心雕龍‧章句》「夫設情有宅，置言有位；宅情曰章，位言曰
　　句。故章者，明也；句者，局也。局言者，聯字以分疆；明情者，總義以
　　包體。區畛相異，而衢路交通矣。夫人之立言，因字而生句，積句而為
　　章，積章而成篇。篇之彪炳，章無疵也；章之明靡，句無玷也；句之清
　　英，字不妄也。振本而末從，知一而萬畢矣。」
10　德‧洪堡特著、姚小平譯：《論人類語言結構的差異及其對人類精神發展
　　的影響》（*On the Diversity of Human Language Construction and its
　　Influence on the Mental Development of the Human Species*），姚小平〈譯
　　序〉（北京：商務印書館），2010），頁69。

　　洪堡特文中所指出的「分節性」，事實上即是中國傳統教育所講究的「句讀」，若不能識別文意，當然就不能做出正確的句讀。以下的兩則例子可以說明這個語文原理。先舉魏晉時的哲學著作《列子·天瑞》為例，這段玄妙文字，若無斷句，頗似一篇繞口令似的謎，但它並不是謎，因為它是可以譯解的，而且文中並沒有參雜任何無意義的字或詞，或是不成句子的句子[11]，只要正確地分節、句讀，則作家所欲闡論的「形上」與「形下」；「無」與「有」；「不變」與「萬變」等兩者之間的關係就表露無遺：

> 故有生者，有生生者；有形者，有形形者；有聲者，有聲聲者；有色者，有色色者；有味者，有味味者。生之所生者死矣，而生生者未嘗終；形之所形者實矣，而形形者未嘗有；聲之所聲者聞矣，而聲聲者未嘗發；色之所色者彰矣，而色色者未嘗顯；味之所味者嘗矣，而味味者未嘗呈。皆無為之職也：能陰能陽，能柔能剛，能短能長，能圓能方，能生能死能暑能寒，能浮能沉，能宮能商，能出能沒，能玄能黃，能甘能苦，能羶能香；無知也，無能也，而無不知，而無不能也。

哲學家利用 44 個單字組成了一段 174 個字數長的論述，闡明「形而下者謂之器」的萬有世界，包括生命的有生與有死，形體的有長

11　信息論科學家維納（Nobert Wienner）說：「迷惑譯碼人的普通方法就是在真正消息中混雜進去一種無法譯解的消息，即混進一堆無意義的消息，混進不成句子的單字。」美·N·維納著、陳步譯：《人有人的用處》（北京：商務印書館，2009），頁 108。

有短與有方有圓，聲音的有高與有低，溫度的有冷與有熱，色相的有青紅皂白之別，滋味的有腥羶芬芳之異……這些各式各樣的物質現象，都是由「形而上者謂之道」的「無」所運作化生而來；然而，運作萬有的造物者卻不參與現象界的變化，它無聲無息，無影無像，無生無死，無冷熱寒暑等。要完成這段文字的寫作或譯解，除了要先能領會這個宇宙論的道理外，還必須遵循字法，句法，章法的分節模式，以層層遞進的機體式結構予以造就，例如以作為助詞的「者」字，放在動詞及其詞組後，構成「者」字短語，用以指稱事物。所以，依照這造詞法，就可以造出「有生者」，「有生生者」，「有形者」，「有形形者」，「有聲者」，「有聲聲者」……一系列排比的句串出來，它們看起來雖然聲勢浩大，玄之又玄，但都是在說明「萬物」與「造物者」之間的關係。

　　「章句」涉及的不只是一種文言文的寫作規範，它也可以推而廣之地適用於各種藝術形式，舉凡音樂，圖畫，建築，雕塑，書法，以及電影，都不能偏離這種分層級，多層級的有機結構形式。以電影來說，一個「鏡頭」（shot）就相當於一個句子，由句子群而組成段落的結構方式，是每一部電影都必須遵循的創作法則，在電影批評中，有一來自法文的音譯外來詞——「蒙太奇」，「蒙太奇」就是 Montage，原意是組合，剪輯之意。在建築體的結構中，或音樂、繪畫等的構造，都是由分層級的部分所組成，從基層到頂層，層層分級，基層的好與穩，決定了上一層的好與穩，但是只有基層的好與穩，不能保證整體作品的成功。因為，當有機體的組織越往上一層水平發展時，它的情況將越趨於複雜，其出現的混亂也不斷增加，這時就需要「自發性的生命力」來調控各個層級的互助合作，才能維持機體內部的平衡，創造出穩固活絡而健美的作品。

從這一方面來看，各種文學藝術的結構模式都和文學作品有著多層級的機體結構原理。

韻律與節奏之美
──在抑揚頓挫之間串連的聽覺動感

　　什麼是韻律？什麼是節奏？韻律與節奏是同一回事嗎？兩者是否關聯？在文學作品中，哪些文類具有顯著的韻律？首先，當然是韻文類的文學作品具有顯著的韻律特徵，不然怎麼會稱呼它們為「韻文」呢？韻文包括所有有韻的文學作品，謠諺、謎語、箴言、詩歌、詞曲、賦、頌，銘文、駢文、祭文……等。與「韻文」相對的文類是「散文」，照理說，散文就是不需使用到韻律的技法，但是，中國的散文也講究韻律，這除了是文章學的審美修辭要求所致外，還必須放大文化視野來看待這個現象，原因之一是，漢語先天具有平上去入的抑揚頓挫音律性。原因之二是，漢語先天具有成雙成對的對稱和諧性。原因之三是，中國的科舉制度以文章取士，進身之階在此，自然要琢之磨之，以求精實雅麗，所以，散文的韻律也值得細細品味。

　　文學的韻律，就是利用押韻的方法，使一系列的文句因為某種相同元素的反覆出現而產生一種規律性的美感；不過，相同元素必須與相異元素穿插配合，才能透過兩相比較而識別出各自的特徵。南朝文論家劉勰在《文心雕龍‧聲律》說：「異音相從謂之和，同聲相應謂之韻。」可知韻律的營造既要「同聲相應」，也要「異音

相從」，倘若一首詩歌只有平聲，而無仄聲，那麼平聲的上揚音調必然因為缺乏仄聲字的配合而少了頓挫起伏的聽覺美感，所以，劉勰為聲律作的定義準確的當。略以這首由陳達儒填詞，許石作曲，發表於 1951 年的〈安平追想曲〉為例，不妨試著哼唱，應可體察句尾押韻所展開的一連串回旋美感，那就是韻律。〈安平追想曲〉的歌詞如下[1]：

　　身穿花紅長洋裝　　風吹金髮思情郎
　　想郎船何往　音信全無通　伊是行船遇風浪
　　放阮情難忘　心情無地講　相思寄著海邊風
　　海風無情笑阮憨　啊　不知初戀心茫茫

　　相思情郎想自己　不知爹親二十年
　　思念想欲見　只有金十字　給阮母親做遺記
　　放阮私生兒　聽母初講起　越想不幸越哀悲
　　到底現在生也死　啊　伊是荷蘭的船醫

　　想起母子的運命　心肝想爹也怨爹
　　別人有爹痛　阮是母親晟　今日青春孤單影
　　全望多情兄　望兄的船隻　早日回歸安平城
　　安平純情金小姐　啊　等你入港銅鑼聲

---

[1]　歌詞以臺南女子與荷蘭船醫的異國戀情故事為背景，發聲者是這個混血的金髮私生女；第一段是對她行船未歸的情郎之思念，第二段追想她從未謀面的生父──荷蘭籍的船醫，第三段是母親與她共同的心願，期盼情郎搭著遠航的船隻回歸安平城來團圓。

這首〈安平追想曲〉共有三章，每章十句，句式有兩款，分別為五言句與七言句。在第一章的韻律是由十個押「ong」韻的「裝」、「郎」、「往」、「通」、「浪」、「忘」、「講」、「風」、「憨」、「茫」所協力構成，它們因為具有相同的「ong」韻而產生一種在串聯之間的彼此呼應，此起彼落，一個逝去的「ong」韻字落下之後，另一個「ong」韻字又再浮出，落下的「ong」韻字雖然不能在同一個時間點出現，但卻在內心留下印象，於是，起起伏伏，前後呼應，隨著時間的運動，歌曲的行進，這一群「ong」韻字雖然並不同字，也不同聲母或聲調，但靠著相異字音的配合，由「ong」韻所統攝的各個句子，就迴盪著自然和諧的韻律。第二章押的是「i」韻，有「己」、「年」、「見」、「字」、「記」、「兒」、「起」、「悲」、「死」、「醫」等十個字；第三章押的是「ia」韻，有「命」、「爹」、「疼」、「晟」、「影」、「兄」、「隻」、「城」、「姐」、「聲」等十個字；其韻律的構成道理也一樣。

　　節奏，與韻律不同，但又有關係。節奏的定義是事物在一段時間內反覆出現的頻率；譬如，每分鐘心跳七十次，這是心臟的跳動節奏；每分鐘呼吸十八次，這是呼吸的節奏；相較起來，心臟每隔一秒不到就跳動一次，而呼吸則相隔三秒以上，所以心跳的節奏比呼吸要快。因此，兩個反覆之間相隔的時間越短，運動的次數越多，頻率越快，節奏也越快。試著由鼓樂聲的節奏來理解時間與運動的快慢關係：某個樂段，鼓手必須在一分鐘之內敲擊出一百下的鼓聲；另一個樂段，鼓手只需在一分鐘之內搥擊出六下鼓聲，那麼，平均來衡量，前者的兩個鼓聲之間間隔僅有半秒，而後者則間隔了十秒。音樂術語上的行板、慢板、快板、急板都是在指速度的

快慢。速度是「tempo」，意大利語的時間，源自拉丁語
「tempus」。所以，節奏是指一篇文學作品的某個元素在某段時間
之內的運動速度。假使這個元素設定為韻腳，那麼兩個韻腳之間相
隔多少時間進行反覆，就是節奏的問題了。以〈安平追想曲〉的歌
詞內容為例，它的節奏就在於七七五五七，五五七，五五七，七—
—七的句式長短變化，是屬於溫柔敦厚，哀而不傷的和緩節奏。

　　音樂、詩歌上的節奏都不是寫作或演奏技術上的問題而已，它
牽涉到感情的表現與詮釋。以鄭愁予的「賦別」為例，作者從一字
句到十六字句，將情人分手的心緒營造得細膩感人，一字句停頓，
短句節奏快，時間短，是瞬間的離別殘象；太痛的畫面，不忍久
留，所以用「是風」、「是雨」、「是夜晚」；輕輕帶過，「你笑
了笑，我擺一擺手。」中庸從容的五言句子，不太快，也不太慢，
表現出情未了，緣已盡的無奈和諒解；寬徐平靜；意味著雙方和平
沖淡地分手。最長的句子是「想你在梳理長髮或是整理濕了的外
衣，」這個由十六字所構成的長句，需要用到較長的時間才能念
完，是割捨不下的心思，是情似雨餘黏地絮的依依牽掛，是綿綿難
解的悠悠情長。原詩節錄如下，鄭愁予的〈賦別〉：[2]

　　　　這次我離開你，是風，是雨，是夜晚；
　　　　你笑了笑，我擺一擺手，
　　　　一條寂寞的路便展向兩頭了。

　　　　念此際你已回到濱河的家居，

2　鄭愁予：《鄭愁予詩選集》（臺北：志文出版社，1977），頁 119-120。

> 想你在梳理長髮或是整理濕了的外衣，
>
> 而我風雨的歸程還正長；
>
> 山退得很遠，平蕪拓得更大，
>
> 哎，這世界，怕黑暗已真的成形了……

　　長句除了在抒情上具有如春蠶吐絲般迴環不盡的宛轉效果外，也能被運遣成噴薄泉湧，不吐不快的恣肆淋漓效果；這端視作家所欲傳達的內容，所欲表現的風格，及其匠心獨運的表現技巧而定，也就是，在基本的原則上各憑本事地施展其文字相；以管管詩作〈缸〉為例，第一句長達五十三個字，一氣呵成，痛快淋漓，不可遏抑；而第四句突兀地只留下一個「看」字；長句傾瀉強烈老辣的胸中塊壘，和悠久綿長的歷史線性感；突然縮減的句子，在反差強烈的詩行對照下，釋放出錯愕、停頓的荒謬感，並且蘊蓄一股待發而未發的新變動量，一切凝固在「看」的氣結和「缸」的空洞之中。[3]

　　韻律不是藝術上的雕蟲小技而已，韻律，節奏不但是語音的變化，它也和情感的變化密切相關，因為情感不僅控制面部肌肉，使表情產生相關變化，同時也控制心臟的勃動與肺部的呼吸以及聲帶

---

[3]　管管著：《管管・世紀詩選》（臺北：爾雅出版社，2000），頁 16，黃梁：〈大膽潑辣奇怪〉：「管管善寫口語節奏的詩，大部分的詩也適宜朗讀，尤其他粗獷的山東腔，演出一絕。口語節奏的詩寫得溜口，章法易於疏漏，駕馭得好一氣呵成，漫衍過度常只剩趣味。一首詩一個章法，詩意迴響各異其趣，字與字，行與行，實味對虛空，增減不得，詩的空間隱然脈動，取之不盡來之無窮，方才稱名為『詩』。……〈缸〉的章法成功之處在收束，那口在荒涼的官道生瘡的腿邊站著的史缸（死缸），若沒有那傢伙去打破個缺口，這口缸也活不了，詩寫出言外之音，超越文字。」

肌肉,所以經過聲帶所發出的語言就會顯示出情感的「形狀」,不論是否清楚說者的語言,其聲音中所夾帶的感情,不管是興奮,或是緊張,恐慌,或是苦楚、驕傲、怨恨、嫉妒,都是可以被用心聆聽的人察覺出來。治文者若把這個聲音現象運用到修辭上,勢必可以營造出作者所欲模擬的心情,襯托出應有的情感效果。舉例來說,歌仔戲〈薛平貴征西〉的唱詞:「身騎白馬過三關,改換素衣回中原,放下西涼無人管,思思念念王寶釧。」歌詞滿盈著歸心似箭與衣錦榮歸的心情;或是〈蘇三起解〉其中荒涼感慨,欲做身後事交代的唱詞:「蘇三離了洪桐縣,將身來到大街前,未曾開言我心好慘,過往的君子聽我言;哪一個要去南京轉,與我蘇三把話傳,就說我蘇三把命斷,來世做犬馬我當報還。」這些例子就在耳際徘徊,不論是唱是聽,都能經由唱詞流露意義以及那些聲音所帶來的聽覺與感情想像。[4]

最後一提的是,依照完型心理學派的研究,人類的視覺與聽覺都是由徹底的相互依存性(interdependence)所組成,視覺世界的大小、形狀、顏色、方向、位置等彼此補充融合,藉以完成對空間色相的整體感覺;同樣的原理,聽覺世界的高低、強弱、長短、清濁、停頓與延續,也不是各自為政地單獨存在,而是相互依賴,彼

---

[4] 早川在《語言與人生》曾提到詩人艾略特(T.S. Eliot, 1888-1965)對此的創作體悟,詩人說:「我所謂聽覺的想像力(auditory imagination)就是一種直達思想和感情的意識階層,使每一個字都充滿活力的對於音節和節奏的感覺。它能深入人心新探訪其中最原始、平常最不注意的部分,從人類最基礎的本能裡得來力量。它當然得通過意義,才能發生作用——至少並不是完全沒有平常所謂的意義的。」(臺北:遠流出版事業公司,1990)

此結締，共同完成在一段時間內對聽覺聲相的整體感覺[5]。可知，
文學作品在安排聲韻節律上的表現時，應當「左顧右盼」、「瞻前
顧後」，才可以塑造整體的音效。

5　德‧科夫卡著，黎煒譯：《格式塔心理學原理》：「節奏中，每一個拍
　　子，作為我們行為環境（behavioural　environment）中的一個事件，有賴
　　於在此之前發生的拍子。於是，在抑抑揚格節奏中（in the anapestic
　　rhythm），聲音響亮的叩擊ＶＶ—ＶＶ—ＶＶ—……從先前的柔和叩擊中
　　獲得了它們作為『重音』的特徵，而與此相似的是，柔和叩擊也從先前發
　　生的響亮叩擊中獲得了它們的特徵，或者從先前發生的整個一組叩擊中獲
　　得了它們的特徵。」（杭州：浙江教育出版社，1997），頁 567。

捉對來作對
——雅俗共賞的對偶意趣

　　什麼是對偶？簡單說，就是兩兩成雙的結構，這個「兩」，可以是相同的屬性，也可以是相異的屬性；前者在修辭學上謂之類比或正對；後者謂之為反比或反對。對偶是中國文學的重要技巧，一切的詩詞曲賦文，沒有哪個作品找不到對偶的構造的，不論是四書五經或諸子百家，《全唐文》、《古文觀止》或二十五史，對偶是無所不在的「平衡」之美。南朝劉勰在《文心雕龍》專設〈麗辭〉[1]一篇加以闡述，此處的「麗」是「對偶」的意思，而不是美麗，雖然，對偶本身即是一種對稱平衡的美學結構。有意思的是，劉勰的《文心雕龍》正是以對偶結構的駢體文所寫成的；他之所以能實踐這個卓越的目標，除了個人的才識學養之外，還必須倚賴漢字在先天條件上的造字結構，不論是獨體成文，或合體成字，漢字都是形音義三位一體的個別結構單子，所以有自然形成對偶的基礎與趨

---

[1]　《文心雕龍・麗辭》的第一段說：「造化賦形，支體必雙，神理為用，事不孤立。夫心生文辭，運裁百慮，高下相須，自然成對。唐虞之世，辭未極文，而皋陶贊云：『罪疑惟輕，功疑惟重』。益陳謨云：『滿招損，謙受益。』豈營麗辭，率然對爾。」，頁 588。南朝・劉勰著，民國・范文瀾註：《文心雕龍註》（臺北：明倫出版社，1971）。

勢。

　　對偶是文學作品中的修辭方法，不過，放眼望去，在這個世界
上，一切的現象都具有二元相對的結構模式，我們從自己的身體結
構來觀察，就可以知道從頭到腳，從裡到外，「對偶」的表現無所
不在；你自己細數看看就知道了。其他的大自然現象，物理，化
學，數學，力學；也都具有對偶的結構形態；你自己復習復習就知
道了。甚至，包含倫理學，政治學，宗教學，也都普遍存在這種正
反對立，互相抗衡的關係，結構主義高唱的二元對立（Binary
opposition）原則也植根於此。討論修辭而要牽連這麼多的不同範
疇，目的是要強調這個看似雕蟲小技的「對偶」，其實是現象界普
遍具有的結構原則，根柢穩固。

　　對偶既好看，又好聽；好看是從視覺上來看，具有平衡整齊的
對稱性；好聽是從聽覺上來聽，具有一搭一唱，在抑揚頓挫中連綿
起伏的律動感。它的作法口訣就是：「雲對雨，雪對風，晚照對晴
空；來鴻對去燕，宿鳥對鳴蟲。三尺劍，六鈞弓，嶺北對江東，人
間清暑殿，天上廣寒宮。」果真是和諧對稱，悅耳舒心。除了中看
又中聽之外，對偶也很中用，它們能相互映襯，使意義在相似性或
相異性之間更容易被領會出來；所謂相似性就是把兩個近似的事物
並列，使它們兩個「彼此彼此」地作一類比，青山對翠巒，粗茶對
淡飯，日月長對天地闊，陰晴圓缺對悲歡離合，都是相輔相成地互
相烘托對方的意象。所謂相異性就是把兩個不同的事物並列，使它
們兩個「互別苗頭」地作一對比，高對低，前對後，富貴對貧賤，
快樂對哀愁，福無雙至對禍不單行，「無可奈何花落去」對「似曾
相識雁歸來」（宋・晏殊〈浣溪沙〉）都是在相反的對照中彰顯出
對方的意趣和形象。從成語、民間諺語到詩歌詞曲賦……對偶可以

說是相當普遍的修辭法，如「左鄰右舍」、「東張西望」、「天涯海角」、「珠圓玉潤」、「顛三倒四」、「日出而作，日落而息」……諺語如：「開門著看，關門著悶」、「養兒防老，積穀防荒」、「害人之心不可有，防人之心不可無」、「少壯不努力，老大徒傷悲」、「細漢偷挽瓠，大漢偷牽牛」、「欠錢怨財主，不孝怨父母」……，客家山歌的「山歌不唱不風流，豬肉不煎不出油」。

　　前段談到倫理學也有二元對偶結構，譬如養生與送死，除舊與佈新，趨吉與避凶，禍與福，貧與富，貴與賤等等。人世間的這些重要關節處，在中國傳統社會常用成雙成對的文字來致意，如新年貼春聯，結婚掛喜幛，悼亡用「輓聯」，以下是春聯的例子，這是清朝無名氏所作的發財夢：「放千枝爆竹，把窮鬼炸開，幾年來被這小奴才，擾累俺一雙空手；燒三柱高香，將財神接進，從此後願你老夫子，保佑我十萬纏腰。」春聯是展望「一年之計在於春」的「前言」；至於輓聯，則是緬懷或追悼故人一生事蹟的「後記」，以下是追悼上海灘鉅子杜月笙的輓聯「有俠義心腸，有照人肝膽，為避赤禍南來，沈疴莫起；是商場巨子，是社會聞人，未隨王師北指，飲恨無涯。」（張家璈輓）[2]。中國傳統文化崇敬文字，雅愛詩文，信靠箇中的歷史與智慧，傳統的商號，廟宇，學校，涼亭，幾乎沒有不寫楹聯以示「來歷」或「願景」的。例如江蘇省某城隍廟的對聯：「陽報陰報遲報速報終須有報　天知地知人知鬼知何謂無知」，此一楹聯就像個招牌，威靈赫赫地宣示城隍爺的職能。又如安徽省九華山化成寺的大雄寶殿楹聯：「佛法可觀觀空觀色觀無

2　章君穀：《杜月笙傳》第四冊（臺北：傳記文學出版社，1981）。

數橫沙苦海輪迴何不反觀己過；神明安在在天在地在大千世界靈山寶塔周非自在我心。」中國名山勝景常設有涼亭，以供旅人歇息，這種多柱式的建築結構由於柱子的數目一般是六或八，以搭配屋頂而呈六角亭，或八角亭，所以柱子和柱子就會兩兩對稱，難免使到此一遊的文士詩興大發，提筆做個對聯來詠懷一番，如宋‧陳先寧曾在龍溪涼亭的柱子上題寫：「歇坐須知勿論他人短處，別行勿忘耳聞萍水良言。起步登程盡賞龍溪秀水，回眸遠矚勝覽鳳裏靈山。」

　　張貼在建築物體上的對聯雖然宏大可觀，但畢竟有其物質條件上的保存限制，比不上純粹文字的「無可限量」；以下是傳統經典文獻的一些例子，如「傲不可長，欲不可從，志不可滿，樂不可極。」（《禮記‧曲禮》）、「書不盡言，言不盡意。」、「易有太極，是生兩儀，兩儀生四象，四象生八卦，八卦定吉凶，吉凶生大業。」、「形而上者謂之道，形而下者謂之器，化而裁之謂之變，推而行之謂之通，舉而錯之天下之民謂之事業。」（《周易‧繫辭》）「五色令人目盲，五聲令人耳聾，五味令人口爽，馳騁田獵令人心發狂。」（《老子》第十二章）「鳧脛雖短，續之則憂；鶴膝雖長，斷之則悲。」（《莊子‧駢拇》）「無道人之短，無說己之長，施人慎勿念，受施慎勿忘。」（漢‧崔子玉‧〈座右銘〉）「悟已往之不諫，知來者之可追」、「木欣欣以向榮，泉涓涓而始流。」（東晉‧陶潛〈歸去來辭〉）「長劍一杯酒，男兒方寸心。」（唐‧李白〈贈崔侍御〉），元稹懷念亡妻的名句：「曾經滄海難為水，除卻巫山不是雲。」從先秦的《周易》、《老子》、《論語》、《詩經》、《楚辭》一直到駢文、唐詩、宋詞、元曲，即使是不須講究整齊和諧的散文也不乏對偶句的穿插使用。

由於對仗整齊，便於記誦，所以格言的常見形式也是對稱式的句組。譬如明‧鄭瑄的《昨非庵日纂》流傳甚遠，裡面的雋永名句之所以膾炙人口，除了箇中的經驗法則堪作為人生指南外，也是因為對稱式的結構和諧穩定，便於朗朗上口，如：「君子有三惜，此生不學可惜，此日閒過可惜，此身一敗可惜。」[3]

　　一般孩童啟蒙之後就要學識字，識字到達一定的程度就要學造詞，造詞之後學造句；私塾的老師因此經常結合造詞、造句的語文練習來讓塾生熟稔這些字詞的用法。由於傳統讀書人的基本門檻是「吟詩作對」，也就是說，作詩是基本要求，若是退而求其次，最起碼也應該要會「作對」，所以，塾師就常讓學生捉對來作對，也因此，有許多機智或是笑話，常常是從作對子開始。譬如塾師出題：「嫩松，」，甲生應聲答曰：「老柏！」，塾師點頭稱是，再指著乙生要他接著對，乙生說：「阿爹。」塾師一聽為之愕然，接著高舉戒尺就給打了下去，乙生被打得莫名奇妙，忿忿不平質問道：「老伯不打打阿爹？！」這個笑話的梗在於作對的似是而非，形容詞的嫩對老，恰當；名詞的松對柏也適宜，所以「老柏」一出，老師點頭稱是。但同音之誤，使得乙生以為是「老伯」，於是說出自以為是的答案「阿爹」。其實「阿爹」對「老伯」也沒錯，「阿」和「老」都是詞頭，「伯」和「爹」都是男性尊親屬的稱謂，也沒錯，所以乙生在老師修理之後才會喊冤，脫口說出了怎麼打阿爹的怨言，吃了老師的老豆腐。

　　概括來說，對偶的基本做法有兩種，可以正對，也可以反對，

3　　明‧鄭瑄：《昨非庵日纂》，收錄於《筆記小說大觀》（臺北：新興書局，1977）。

只要對得上，什麼都能對。東西南北可以對，酸甜苦辣可以對，胖瘦高矮可以對，前前後後左左右右，張三李四王五老六也可以對，東施效顰可以對西施捧心，三山半落青天外可以對二水中分白鷺洲……真的是老少咸宜，雅俗共賞。紀曉嵐的滑稽風趣事不少，這位大學士滿腹經綸又滿腦子主意，與他有關，或是穿鑿附會於他的趣聞，經常是「出口成章」的「舌戰」之戲，嘗試用一個不很正經的笑話來說明對偶的表現。傳說紀昀曾與一位玲瓏標緻的才女鬥嘴，兩人以對子接龍作為競賽，「比武現場」的與會賓客們興致勃勃地簇擁著看熱鬧，想一睹才名遠播的兩人究竟誰技高一籌。紀曉嵐謙讓一步，禮請才貌雙全的女士先出題，她蹙眉想了想，摸了摸鬢髮，恰好當天她簪了一朵海棠花，於是她說：「海棠」，紀大學士不慌不忙地接：「山藥」；「嫩海棠」，「老山藥」；「帶葉嫩海棠」，「連毛老山藥」；「一枝帶葉嫩海棠」，紀曉嵐老神在在地對道「半截連毛老山藥」；圍觀的賓客已開始笑出聲來，才女已略知究竟，但不能敗陣下來，只能見招接招，她繼續出題「鬢邊斜插一枝帶葉嫩海棠」，紀大學士從容地接口「腰間橫掛半截連毛老山藥」；她沉住氣出招：「淑媛鬢邊斜插一枝帶葉嫩海棠！」紀曉嵐慢條斯理，悠悠地說「老夫腰間橫掛半截連毛老山藥！」一時賓客哄堂大笑，果然薑是老的辣！這則笑話當然有所影射，要批判的話，也可以說略帶男性自鳴得意的性優越感作祟。不過，純就文字遊戲來看的話，它可是牽動了不少的智慧，想像，構詞，從一個字逐步堆積到十三個字，從單字到詞彙到一個完整有主詞動詞數量詞形容詞名詞的句子，一莊一諧，一擒一縱，而且名詞對名詞，形容詞對形容詞，數量詞對數量詞，動詞對動詞，工整穩當，難怪傳為趣談。

　　出題作對也可以成為小說情節之中的鬥智考驗，這個梗有時是在武俠小說之中被設下的挑戰，比武之外也比文，有調劑及看好戲的猜謎趣味；除了武俠小說之外，有些才子佳人的小說，或是神童之類的幼年故事，或是書生遇到樵隱高人的試探，或是縣官出題找碴，或是老爺重金懸賞能對初下聯的不一而足。以下略舉才子佳人版為例，在「三言」之一——《醒世恆言》的〈蘇小妹三難新郎〉，說秦觀秀才字少游愛慕蘇小妹之才，但又顧慮蘇小妹形貌醜陋，擔心她長得額顱凸出，眼睛凹進，不知是何等鬼臉？需要親眼偷看她的廬山真面目，方才放心。所以打聽到三月初一日，蘇小姐要在岳廟燒香，於是趁機變裝為青年和尚，一大早就到東岳廟前伺候。天色黎明之際，蘇小姐的轎子已到了廟口。秦少游走開一步，讓她的轎子入廟；待蘇小妹從轎子出來上殿後，秦少游就看到小妹的真相了——雖不妖冶美麗，卻清雅脫俗，待她焚香禮畢，秦少游就故意在殿左與她來個「不打不相識」的相遇。喬裝成和尚道人的秦少游向蘇小妹打個招呼，問訊云：「小姐有福有壽，願發慈悲。」蘇小妹不客氣地應聲答云：「道人何德何能，敢求布施！」秦少游問訊云：「願小姐身如藥樹，百病不生。」小妹不吃他嘴甜這套，自顧自一邊走，一邊答應：「隨道人口吐蓮花，半文無捨。」秦少游尾隨著直跟到轎子前，又問訊云：「小娘子一天歡喜，如何撒手寶山？」小妹隨口又答云：「風道人怎地貪痴，那得隨身金穴！」蘇小妹一邊說，一邊上轎。秦少游轉身時，口中喃出一句道：「『風道人』得對『小娘子』，萬千之幸！」……

　　上述這段邂逅的幾句對白，都是隨口應聲而答的機靈話語，從「小姐有福有壽，願發慈悲。」對「道人何德何能，敢求布施！」、「願小姐身如藥樹，百病不生。」對「隨道人口吐蓮花，

半文無捨。」到「小娘子一天歡喜，如何撒手寶山？」對「風道人
怎地貪痴，那得隨身金穴！」三個回合的男女對話，活潑有趣地傳
達出才子佳人的浪漫相遇，為故事增添幾許莞爾的趣味，也適當地
刻劃了兩人敏捷的才調，鬥嘴兼挑逗，有趣又不肉麻，屬於通俗文
學中雅俗共賞的對偶佳話。

　　不論是放在哪一種場合，做哪一種用途，對偶或是對聯，看似
雕蟲小技一般的審美技巧，其實具有物理學上的平衡作用，根據瑞
士・皮亞杰的結構主義原理，平衡作用具有強制性（coercitive）的
作用，它將驅使知覺整體——此處指使用語言的主體傾向於採行可
能的「最優形式」來創造作品，也就是「優良形式」優先律，[4]
「優良形式」的特徵具有簡單性、對稱性，連續性，以及組成成分
之間的鄰近性等等。[5]也就是說，源於我們本身對「平衡」的一種
追求，或是文學場本身自主地需求一種結構上的「平衡」，都會使
語言與文字朝向兩兩對稱的形式發展。由此可知，諺語，成語，對
偶，對聯，楹聯，詩聯，以及鑲嵌在作品中的麗辭之所以形成，除
了「手癢」，「技養」之外，也不能忽視潛在的「心癢」，即對平
衡結構的自然追求。

4　瑞士・皮亞杰著，倪連生、王琳譯：《結構主義》（北京：商務印書館，
　　2009），頁 48。

5　同上。

猜字與拆字

──漢字造型在文學作品中的應用設計

　　漢字是一顆一顆獨立的文字，有的是獨體為文，有的是合體為字；也就是說，漢字有的是由一個文所構成，特稱為文；有的則是由兩個或兩以上的文所構成，特稱為字。舉例來說，人、日、月、山、川、石、木、火、土、水、口、舌、耳、目、羊、魚、鳥、象、馬、鼠……都是單體構成的「文」；至於「字」則由兩個或兩個以上的文所構成，包括形聲字與會意字，形聲字最常見，由部首的形符（兼意符）與表音的聲符所組成；例如虹、蛄、蚯、蚓、蜘、蛛、蜂、蝶、蟬；位於左側的「虫」是部首，表示該字是屬於「蟲」類的物；位於右側的「工」、「古」、「丘」、「引」、「知」、「朱」等是表音的聲符，提示該字的發音。俗語說，有邊讀邊，無邊念中間，戲謔地道出聲符在漢字身處的地位。會意字則是由兩個或兩個以上的文所構成，這兩個文都是表意的意符，會合起來產生該字的字義；會意字又可分為異體會意字與同體會意字；異體會意字是指由兩個不同的文構成的字；如「美」、「灰」、「男」、「信」，「武」；分別由「羊」「大」為美、「手」可觸之「火」為灰、「田」「力」成男、「人言為信」、「止戈為武」；同體會意字是指由兩個或兩個以上的文所構成的字；如

「林」、「森」、「犇」、「驫」、「麤」、「晶」、「鑫」、「品」、「淼」、「磊」、「雙」……所謂「天下大勢，合久必分，分久必合。」既可由不同的文合成字，那麼也可以將合成的字拆開分說，譬如在介紹姓氏時，為了區別同音字之誤會，「口天吳」、「雙口呂」、「立早章」、「弓長張」、「木子李」、「言午許」、「四維羅」、「雙人徐」、「耳東陳」、「雙木林」、「木易楊」、「卯金刀劉」、「水刀木梁」，這樣聽起來既清楚，又增添些憑空寫字的遊戲趣味。有時，在某些特定用語情境，會先行將某字分析為兩三個部件，再與其他的文字另行重組，這樣就又會造出不同於先前的字。這種將文字分分合合的修辭格叫作「拆字」，或稱「析字」，是漢字中鬥智有趣的修辭技巧，操作方法簡單，只要分解出該文字的結構方式就可靈活運用。

　　析字可以純屬文字遊戲，表現於猜謎，捉弄，等較為輕鬆有趣的文學活動上，但它也可以運用在天啟、神諭、陰訟等的機密訊息上，使透露者作一點放式的消息施與，形成文學作品中的懸疑，激發情節的張力。基本款的析字格可以繼續鑲嵌在其他的文本之中，增添文章的趣味，如散文、民間傳說、歷史傳記或小說之中，作為人物性格表現的細節，如《世說新語‧捷悟》中的曹操和楊脩分別在「門中活」合成「闊」、「人一口」合成「合」，以及曹娥碑的字謎詩「絕妙好辭」上過招，流傳千古[1]。或如民間流傳紀曉嵐曾

1　　《世說新語》〈捷悟〉第一則載楊德祖為魏武主簿，時作相國門，始構榱桷，魏武自出看，使人題門作「活」字，便去。楊見，即令壞之。既竟，曰：「『門』中『活』，『闊』字；王正嫌門大也。」第二則載人餉魏武一杯奶酪，魏武嘗過少許以後，就在杯蓋上題了一個「合」字，眾人莫明所以，但楊脩一看就知道，曹操之意是要每人都來嘗一口，「人一口」合

和俄國外交使節有過一段唇槍舌戰的「口角」，俄國使節出以上聯：「我俄人，騎奇馬，張長弓，單戈戰，琴瑟琵琶，八大王，王王在上」作為挑戰，被紀曉嵐回敬一記回馬槍「爾人你，襲龍衣，偽為人，合手即拿，魑魅魍魎，四小鬼，鬼鬼居邊」，不但拆字靈活多方，而且還隱喻對方為小鬼，單手就可以搞定，靠一邊站去。在命案的破解上，有時也會利用到，如唐傳奇李公佐的〈謝小娥傳〉，謝小娥的父親與夫婿在外地經商時遭強盜集團殺害，小娥夢見父親告訴她「殺我者，車中猴，門東草。」幾天後，丈夫又托夢告訴她：「殺我者，禾中走，一日夫。」小娥雖急欲尋仇，但就是無法解開謎底，她常把這兩個謎出示給智者以求明察，但幾年下來都徒勞無功。後來是李公佐利用析字格破解得出了「申蘭」、「申春」兩姓名。李公佐的解謎之道如下：「殺汝父是申蘭，殺汝夫是申春。且車中猴，車字去上下各一畫，是申字；又申屬猴，故曰車中猴。草下有門，門中有東，乃蘭字也。又，禾中走是穿田過，亦是申字也；一日夫者，夫上更一畫，下有日，是春字也。殺汝父是申蘭，殺汝夫是申春，足可明矣。」謝小娥知道後慟哭再拜，將兇手之名「申蘭申春」四字寫在衣服上，最後終於完成報仇大恨。

　　有些民間信仰也會利用析字格來「顯聖」，如鹿港奉天宮祭祀

成「合」字。第三則載魏武嘗過曹娥碑下，楊脩從。碑背上見題作「黃絹幼婦外孫齏臼」八字，魏武謂脩曰：「解不？」答曰：「解。」魏武曰：「卿未可言，待我思之。」行三十里，魏武乃曰：「吾已得。」令脩別記所知。脩曰：「黃絹，色絲也，於字為『絕』；幼婦，少女也，於字為『妙』；外孫，女子也，於字為『好』；齏臼，受辛也，於字為『辭』；所謂『絕妙好辭』也。」魏武亦記之，與脩同，乃歎曰：「我才不及卿，乃覺三十里。」詳南朝宋・劉義慶著，劉孝標注，民國余嘉錫箋疏：《世說新語箋疏》（臺北：華正書局，1984），頁579-580。

的主神是蘇王爺，據廟方稱其神明是在公元 1684 年顯靈於漁夫鄭和尚，某個夏日，漁夫如常下海捕魚，卻在漁網中撈獲一塊「異樣木料」，漁夫將木料撿出扔棄於海中，不料它又再次漂入他的漁網中，經過數次皆如此……眼見太陽西沈，鄭漁夫預料那天是捕不到魚了，無奈地收拾魚網準備回航，卻看到這塊木頭在海面上載浮載沉，金光閃耀，且隨著他流靠海岸。漁夫深以為異，於是將它帶回家中，暫倚靠在牆角；至日落時分，這塊木頭光芒閃耀，靈氣璀璨，鄰人見者爭相走告。是夜，目不識丁的鄭和尚夢見了「神靈」表示，「祂」欲在鹿港開基保國佑民，問其姓，即指示一首詩以曉眾人，詩文如下[2]：「蔡公去祭忠臣廟，曾子回家日落西，此去金科脫了斗，馬到長安留四蹄。」這四句詩的每一句都可以利用析字格拆解，各句依序得到「艸」、「田」、「禾」、「灬」等部件，然後再把這四個部件組合，於是合成「蘇」，故知這塊木頭的「神靈」原來姓蘇，故稱祂為「蘇王爺」。

　　蘇東坡和和尚佛印的趣聞有些都與「文字鬥法」有關，傳說一次佛印有請蘇東坡來吃好料「半魯」，蘇東坡大喜，「半魯」沒吃過，令他食指大動，期待指數攀高……好菜終於上桌了，端來的「半魯」大菜，原來是「魚」！佛印解題，「魯」的上面一半不就是「魚」，^_^。蘇東坡一聽，好唄，算他對，＝＝吃完了魚之後，蘇東坡禮尚往來，臨別之際回請佛印次日也來家中吃「半魯」，佛印心想，沒創意，也來這一套。第二天他依約到蘇東坡家中等著吃魚料理，沒想到等了老半天都沒見到人，就這樣枯等了半日，才懊惱地餓著肚子回去。翌日他責罵蘇東坡失約，東坡說：

2　見鹿港奉天宮檔案資料庫撰：《鹿港奉天宮》，頁3。

「哪有失約，我不是請你吃了『半魯』嗎？」，「那魚呢？」佛印
問他，「魚？我有說要請你吃魚嗎？」「嘿嘿，耍詐啊你？半魯不
就是魚。」「那是上半魯，我請的可是下半魯……」「還有什麼下
半魯？」「日啊！」。類似的趣談還出現在南宋・朱弁《曲洧舊
聞》，菜色變成「三白」，「三白」不是三碗白飯，而是白飯一
碗，鹽少許，白蘿蔔一小碟，三個「白」合成「皛」，意同
「皎」，潔白之意。所以「皛」飯騙過了蘇東坡，不過蘇大學士也
投桃報李地以「毳」飯回敬[3]。

三白

東坡嘗與劉貢父言：「某與舍弟習制科時，日享三白，食之
甚美，不復信世間有八珍也。」貢父問三白，答曰：「一撮
鹽，一碟生蘿蔔，一盌飯，乃三白也。」貢父大笑。久之，
以簡招坡過其家吃皛飯，坡不省憶嘗對貢父三白之說也，謂
人云：「貢父讀書多，必有出處。」比至赴食，見案上所設
惟鹽蘿蔔飯而已，乃始悟貢父以三白相戲，笑投匕筋，食之
幾盡。將上馬，云：「明日可見過，當具毳飯奉待。」貢父
雖恐其為戲，但不知毳飯所設何物，如期而往，談論過時，
貢父飢甚索食。坡云：「少待。」如此者再三，坡答如初，
貢父曰：「飢不可忍矣。」坡徐曰：「鹽也毛，蘿蔔也毛，
飯也毛，非毳而何？」貢父捧腹曰：「固知君必報東門之
役，然慮不及此也。」坡乃命進食，抵暮而去，世俗呼無為

3　宋・朱弁：《曲洧舊聞》，收錄於《宋元筆記小說大觀》（上海：上海古
　籍出版社，2007），頁 603。

模，又語訛模為毛，嘗同音，故坡以此報之，宜乎貢父慮不
到也。

蘇東坡與劉貢父這兩個滿肚子學問的學士，利用同體會意字的造型
原理來互開玩笑，一個說要請對方吃勝過八珍豐饌的人間美味──
「三白飯」，也就是「晶」飯；吃了「晶」飯──原來是一碗白
飯，一小撮白鹽，一碟白蘿蔔──之後的蘇東坡，在上馬離開之
前，也恭敬地回請劉貢父明日來家中享用「毳」飯。不明就裡而又
好奇貪吃的劉貢父，雖然怕被蘇東坡給整了，但還是如期赴約，沒
想到，這所謂的「毳」飯，就是「三毛飯」，「毛」的發音
（mo）同「無」，所以由「三毛」合成的「毳」飯，是飯也無，
鹽也無，白蘿蔔也無。劉貢父餓著肚子聽著聽蘇東坡這一解答之
後，捧腹大笑，他說他知道東坡必定會整他，但沒猜到用的是這個
啥都無的「毳」字。這兩則未必是真有其事，但反映出人人津津樂
道的猜字趣談。

　　猜字與拆字也有民俗版的傻女婿故事，女性散文名家琦君的作
品素以自然親切的文字為妙，她回憶孩提時代她的外公告訴她有關
拆字的有趣故事：[4]

　　　　外祖父還常常講拆字故事給我聽。有一個我一直沒忘記：三
　　　　個女婿去丈人家拜壽，大女婿喝一口酒念道：「顏色相同茶
　　　　與酒，呂字拆開兩個口，一口喝茶，一口喝酒。」二女婿隨

4　琦君：《琦君自選集》〈我的童話年代〉（臺北：黎明文化事業公司，
　　1980），頁38。

口接道：「顏色相同煤與炭，出字拆開兩座山，一山產煤，一山產炭。」三女婿發了半天呆，忽然靈機一動，也唸道：「顏色相同龜與鱉，二字拆開兩個一。」他指著高高坐在上位的丈人與丈母娘說：「一個是龜，一個是鱉。」外祖父講完非常得意，也舉起茶杯來，喝了一大口說，我喝得不知是酒還是茶。我笑得滾到他懷裡，連終日緊鎖雙眉的母親，也不由得莞爾而笑了。外祖父的拆字巧對很多，像「此木為柴山山出，因火成烟夕夕多。」「哥哥門外送雙月（朋），妹妹窗前捉半風（虱）。」「一點兩點三點冰冷酒，百頭千頭萬頭丁香花。」更有趣的是換偏旁遊戲。像「橋」字，他唸道：「有木也是橋，無木也是喬，去掉橋邊木，加馬便成轎。貧而毋諂，富而毋驕。」又如「棋」字，他說：「有木也是棋，無木也是其，去掉其邊木，加欠便成欺。龍游淺水遭蝦戲，虎落平陽被犬欺。」

　　琦君的外公所講的拆字故事，有的是拆部首，再組合部首偏旁的聲符，這樣會有同而不同的驚奇與巧合之妙，譬如「一點兩點三點冰冷酒，百頭千頭萬頭丁香花。」有的還在拆完字之後，接上兩句壓尾韻的醒世格言，確實令人倍感新鮮；不過，為了鬥嘴與鬥智，有些拆字是湊合造型而成，與原字結構不同；譬如「出」看似由兩個「山」構成，但實際是異體會意字，從「凵」從「止」，「凵」是門口，「止」是腳，意謂步出了門口；不過，硬湊成字，也是鬥嘴的精神。由於拆字類似謎語，因此也會被處理成帶有懸疑惑神秘氣氛的天啟、神諭、鬼預警等。如《晉書》載記第十三〈苻堅〉說苻堅背部有赤紅色的圖文，隱約突起，看起來像是幾個文

字：「艸付臣又土王咸陽」[5]，這九個字除了「王咸陽」明指其將入主咸陽城為王之外，「艸付」合成「苻」；「臣又土」合成「堅」；暗指苻堅之姓名。南朝‧宋‧劉義慶《幽明錄》[6]：

> 董卓信巫，軍中常有巫言禱祈求福。一日，從卓求布，倉促與新布手巾；又求取筆，便捉以書手巾上；如作兩口，一口大，一口小；相累於巾上。授卓曰：「慎此也！」後卓為呂布所殺，後人乃知況呂布也。

　　其實這個所謂的「雙口呂」，在漢字結構上並不是「一口大」、「一口小」的設計，「呂」原意是脊椎，象徵脊椎的造型，但寫成楷書之後，筆畫截彎取直，象徵脊椎骨的小圓圈就變成四方形了，看起來就像個「口」，所以才會有這個故事，或是前面琦君外公所講的「呂字拆開兩個口，一口喝茶，一口喝酒。」的順口溜。

　　析字，看似雕蟲小技，但它同時啟動了人類的兩種思維形式：一是抽象思維，它包含推理、歸納、運用概念和計算等形式。一是形象思維，它運用事物的圖形或影像的組合以及彼此之間的關係演繹，通過人類情感的體驗來反映世界。在析字時，一方面要運用形象思維目擊字形的構造方式，另一方面要推理思考，字該如何拆，

5　詳見《晉書》載記第十三〈苻堅〉：「苻堅，字永固，一名文玉，苻雄之子也。……其母苟氏，嘗游漳水，祈子於西門豹祠，其夜夢與神交，因而有孕，十二月而生堅焉。有神光自天燭其庭，背有赤文，隱起成字，曰：『艸付臣又土王咸陽』。」（臺北：臺灣商務印書館1988），頁799。

6　魯迅：《古小說鉤沉》（臺北：盤庚出版社，1978），頁254。

如何重組，以發現隱藏的意義。所以，在公案小說中，敘事者有時
會把破案的關鍵安排為「拆字」，例如〈謝小娥傳〉裡將殺人兇手
申蘭、申春的名字拆成「門東草」「一日夫。」或是《警世通言》
中的〈三現身龍圖斷冤〉，這樁奇冤案出現了一首詩謎，將包龍圖
的姓氏「包」拆成「句」與「巳」，詩句「來年二三月，句巳當解
此。」乍看不明所以，但若利用拆字來解詩，就知道意思是明年二
三月之間，包大人將會解開這樁懸案。這樣的字謎猜測，遂從文字
遊戲上升到故事的洗冤過程，帶有靈異及懸疑之趣。

　　在現代國民教育通行之前，孩童入塾之後須先學習小學，也就
是文字學，所以，任何一位塾生，都須熟知造書結構，東漢許慎在
《說文解字》〈序〉說7：

　　周禮八歲入小學，保氏教國子先以六書：一曰指事；指事
　　者，視而可識，察而見意，上、下是也；二曰象形，象形
　　者，畫成其物，隨體詰屈，日、月是也；三曰形聲，形聲
　　者，以事為名，取譬相成，江、河是也；四曰會意，會意
　　者，比類合誼，以見指撝，武、信是也。

職此緣故，古代的讀書人普遍具有文字學基礎，在文言文，玩玩文
字遊戲，也是讀書人公餘的閒暇消遣之道；蔡邕、曹操、楊修、蘇
東坡與佛印、劉貢父等人的析字軼事出自於此。從造書結構上來
說，漢字有五百四十個部首，由各個部首所構成的形聲字、會意字

7　東漢・許慎著，清・段玉裁注：《說文解字注》（臺北：藝文印書館，
　　1979），頁 762-763。

也有上萬字，擁有如此豐富的資源可作拆卸拼裝變化，難怪析字格雖「形單力薄」，卻仍經常現身於古典文學作品中，現代文學作品則不多見，這除了是時序環境因素所致外，也與識字階層缺乏文字學基礎素養有關。

鼻孔插大蔥，裝象！
——諧音雙關的各種用法

　　什麼情況啊？鼻孔何必插大蔥呢？這不是既不衛生，又搞怪難看，同時也糟蹋了兩支大蔥……如果當真這樣想，也對，說這話的人就是不要對方一下子知道他在挖苦人，他想慢條斯里地嘲弄才能得意地出氣，讓聽的人愣了一愣之後才意會過來，哦，原來是在譏諷他「裝得可真像哪！」這句話用了兩處雙關，一處是嘲笑這詭異造型還挺像大象的，因為鼻孔插大蔥，乍看好像真長出了象牙似的；一處是「象」與「像」諧音雙關。會這樣說話的應該是不爽對方裝模作樣誆騙他，而且自己也幾乎就信以為真了，所以酸溜溜地虧對方，以平衡一下心裡的不悅。當然，雙關的技巧是中性的，不會都用在這種損人的場面，它也能用在錦上添花時的祝福手法，或是商業用途的幽默宣傳語，或是婉轉抒情、加強示意等情況……應用多端，不一而足。

　　作為大眾化的雙關修辭手法，常見於語言交際、文學、繪畫、雕刻、民俗以及商店招牌或各種宣傳標語，是舉目可見的文字遊戲所在，巧妙地散發著人類靈心慧語的文化行為特徵。不論是本地爸爸節的日期甄選（八月八日）、汽車自動煞車系統的宣傳標語「見人就煞」（煞車）、收買報廢輪胎的「拿破輪」、化糞池清理公司

的「屎亂終棄」、寵物防蚤頸圈產品的「蚤不到」（找不到跳蚤）、防治蟑螂的殺蟲劑「蟑會滅」（諧藝人張惠妹之名）、歇後語裡的「和尚打傘」（無法無天）、喜宴上的甜品「紅棗桂圓蓮子湯」（早生貴子），選舉場合上致送的「大菜頭」（好彩頭），提款卡密碼裡的「5168」（我一路發），或是汽車牌照號碼乏人問津的「2266」（零零落落），此外寺廟前石獅胸前懸掛的繡球、嘴裡含的石球（有求必應），書院或園林廊道上高大的瓶型門框（品第高中或品高），甚至連安徽省包公祠旁的香花墩，池裡的紅花蓮藕藕內無絲，因為包拯包大人向來是鐵面「無私」啊！

　　上述的例子雖然淺顯通俗，但「雙關」的構成卻仍有一套不俗且學院派十足的道理。俄國形式主義學者什克洛夫斯基在《俄國形式主義文論選》指出，雙關語必須兼備有構成這個雙關語的兩個面向的詞語，而且這兩個面向的詞語意義是相斥的，如此，才能構成雙關語的對比性與雙重性。再者，兩個面向的詞語各有其所屬的特定基本特徵與次要特徵，而且其基本特徵均要穩定，才能在為了因應語境而使次要特徵意義浮現時，使兩個面向的基本特徵之某部分意義消隱下去，於是，這就形成了上下起伏的波動，意義就在波動中閃現。什克洛夫斯基的說法如下：[1]

　　　　雙關語恰恰是兩個方面相對比而構成的……這兩個方面各有
　　　　其特殊的基本特徵並相互排斥。兩個語譯方面的波動可能導
　　　　致基本特徵的局部模糊──於是突出了波動的意義特徵。

<hr>

[1]　俄‧什克洛夫斯基等著、方珊等譯：《俄國形式主義文論選》（北京：三聯書店，1989），頁50-51。

至於，基本特徵和次要特徵的消長沈浮原則為何？也就是什麼時候
該用基本特徵的意義，什麼時候又要讓次要特徵浮出枱面？什克洛
夫斯基告訴我們，要衡量語言活動的使用條件與功能，也就是根據
「語境」來取捨，他說：[2]

> 每個詞都從其最常用的語境中獲得色彩。一種語境與另一種
> 語境的區別取決於語言活動中各種條件及功能的區別。每種
> 活動和狀態都有自己的特殊條件和目的，這一點決定了：一
> 定的詞是為這種活動而獲得一定的意義，並且吸附於這種活
> 動。

舉例來說，「有球必應」與「有求必應」這對雙關，若是出現的語
境是在獅子雕像的胸前掛顆彩球，那麼就是「有球」；若是浮現在
信眾拜神的心願，就是「有求」。

　　在中國古典文學中，充滿為數極多的雙關技巧，多數是一種不
願或不便明說的表達方法，例如《史記・項羽本紀》記范增在鴻門
宴中「舉所配玉玦以示者三」（玦原是套在右手拇指上在射箭時鉤
弦的扳指，此為裝飾性的玉珮飾物，有決斷的寓意。），玦諧決，
范增向項羽暗示刺殺劉邦的行動要立即決斷執行；因為雖然安排了
項莊舞劍，意在沛公的橋段，但是項羽仍然未下達格殺指令。鴻門
宴戲劇性的消長變化，使得歷史學家質疑項羽的政治決策和行動
力；事實上，鴻門宴的場面盛大隆重，劉邦輸誠項羽，項羽必須信

2　俄・什克洛夫斯基等著、方珊等譯：《俄國形式主義文論選》（北京：三
　　聯書店，1989），頁 50-51。

守然諾，若在各路英雄眾目睽睽之下置劉邦於死地，又如何能樹立項王之威望？在《三國演義》中，姜維歸蜀，曹操令姜維母親以藥材「當歸」勸歸，姜維也用雙關來回應，他回贈了一包藥材「遠志」，寫道：「良田百頃，不計一畝，但見遠志，無有當歸。」「一畝」，當然是說「一母」；也就是若有「良田百頃」，即政治遠景，那又何必計較區區「一個母親」。「遠志」是常用的中藥材名稱，可以治失眠，驚悸，或咳嗽；而這也是雙關，用意是禮尚往來，也回報一包藥材來孝親，但藥名「遠志」，就是說，在姜維心中，尚有比孝順母親更為遠大的志向，所以是歸蜀歸定了，不再回曹操鎮營。雙關也可以放在小說細節中製造懸疑點，例如唐傳奇‧〈霍小玉傳〉載霍小玉臨終前作一夢，夢中黃衫客要她為滎陽公子脫鞋，霍小玉因而聯想到這將是她與黃衫客的最後一面了，霍小玉認為：「鞋者，諧也。夫婦再合。脫者，解也。既合而解，亦當永訣。由此徵之，必遂相見，相見之後，當死矣。」在民間歌謠中，雙關更是委婉傾訴衷情的妙方，吳歌西曲的情歌經常出現以「絲」諧「思」；以「晴」諧「情」；以「藕」諧「偶」；以「蓮子」諧「憐子」的修辭例子。如：「理絲入殘機，何悟不成匹。」（絲與匹諧情絲和匹配）、「霧露隱芙蓉，見蓮不分明。」（諧夫君之容與憐愛我，見：用在動詞之前，相當於前置的人稱代詞賓語。）、「朝看暮牛蹟，知是宿蹄痕。」（諧蹄為啼，指啼哭之淚痕）「石闕生口中，銜碑不得語。」（諧碑為悲）、「風吹黃蘗藩，惡聞苦籬聲。」（諧籬為離）、「明燈照空局，悠然未有棋。」（諧棋為期）[3]。人

---

[3] 清‧翟灝：《通俗編》卷一（臺北：世界書局，1982）（讀書箚記叢刊第二集），頁 8-9（摘錄）。

是利用說話來表情達意的智慧型動物，他的智慧是心思，也是心機，是促使人採取行動的暗示，也是迂迴婉轉傾訴情愛的心聲。

臺灣風物習俗和寺廟建築也常利用雙關來表現特殊意義，例如彩繪上有百合、柿子、如意（抓背的器具，前端造型美化為雲朵或靈芝狀）諧「百事如意」。再以鹿港天后宮為例，牆上的一幅浮雕構圖包含了錦旗、彩球、武器——戟、樂器——磬；四樣物體由聲音雙關合成了「祈求吉慶」；其他如花瓶放在桌案上，意謂「平安」；喜鵲立在梅花枝頭上，意謂「喜上眉梢」；窗戶四角雕上四隻蝙蝠，意謂「賜福」；以壽桃、蝙蝠和兩枚銅錢構圖者意謂「福壽雙全（錢）」；有的則是由筆、一錠元寶和一隻螃蟹組合而成的靜物圖，諧「必定登科（登甲）」（筆／錠／殼（甲））。科舉與封建制度雖已走入歷史，但中國人的集體價值意識仍然是「萬般皆下品，唯有讀書高」，「升官發財」等的生涯期望，所以，家長常在各種升學考試前，為子女準備芹菜、青蒜、青蔥、蘿蔔、粽子、包種茶等物品，祈求子女在學業上能「勤」學、會「算」術、「聰」明；在考運上能有「好彩頭」、包「中」功名。在官場上則有送一小具棺蓋上掀的棺材，意謂「升官發財」；送駿馬上坐著一隻猴子的雕像，意謂「馬上封侯」；這都是祝賀對方官運亨通，平步青雲之意。在民間送禮上，不好送傘、送鐘，以免有「散了」和「送終」之不祥聯想。意味深長的禮物包括有送筷子和置放筷子的架子一套給待嫁的女子，意謂「快嫁」，祝福她早日出嫁。精緻的雙面刺繡工藝作品上，常有貓咪伸手欲捉蝴蝶的可愛圖樣，這也是同音雙關的表達方式，由「貓蝶」諧「耄耋」，祝福對方長壽之美意；雅緻的卡片上繪著兩顆柿子，不論有無文字表出，會心者看了都能明白是「事事如意」的祝賀之意。

　　在禮俗上還包括葬禮時要在墳墓上撒釘子，意味「出丁」，即人丁興旺；在結婚時要將錢幣放進一件長褲裡，由新人一齊坐在上面，意味「財庫」俱全，北方人在結婚時，在地上鋪上氈布，供新娘行走至轎子前，意味出嫁後「不履貧地」，家道富有，「平地」諧「貧地」。現今步上紅地毯之本意在此。浙江地區的風俗會把麻布袋一個一個接鋪地上，讓新娘進門時行走在麻布袋上，意味「傳宗接代」，「接袋」諧「接代」。故宮博物院收藏的鎮館三寶之一：翠玉白菜，據故宮文物檔案登錄資料載：乃是清光緒皇帝（1871-1901）的瑾妃（1873-1924）在大婚時的嫁妝，象徵貞潔與子孫昌盛之意。翠玉白菜的顏色是「青」與「白」，隱喻瑾妃清清白白的貞節；而在白菜上的兩隻螽斯，則意味子孫滿堂。

　　同音異字的文字游戲基本上是一種普及的機智猜謎，提供有智力游戲抱負及需求的大眾小試一下身手，除了重大的人生典禮上討個吉祥平安之外，也可以不正經地用在某些產品或商號命名上，尤其是競爭激烈的「小東西」，店家在構思名稱時，為了吸引來往的行人，提高遐想的趣味性，也會採用諧音雙關來取個響亮的名稱。以檳榔攤來說，有「謝常停」（謝謝常常停車來購買，諧政治人物謝長廷）、「梛梛上口」（咀嚼檳榔的口感樂趣，諧成語「朗朗上口」）、「現製級」（指檳榔現場製作，諧影片分級制度的「限制級」）、「大菁帝國」（檳榔的菓實又稱「菁仔」，此指本攤所用的「菁仔」大粒，或是檳榔文化勢力也可媲美「大清帝國」）、「一葉情」（檳榔的吃法有一種是包上葉子，諧「一夜情」，有想入非非之趣）。這些俏皮的雙關店名迎合喜好飲料的年輕族群，使他們在購買時，可能因為店名的諧趣而選擇了它們。可見，修辭的目的，不論是文學，商業，政治上的需要，都因為突出了文字本身

的傳達性而發揮更有效的「吸睛」注意力。

　　法·漢學者朱利安（或譯為于連）（François Jullien, 1951-）在《迂迴與進入》一書中表示[4]，中國文人喜歡曲折的意義表達方式，在寫文章時對主題的意義釋出是保持「其文緩」的原則，不要急急忙忙地就把意義釋出：

> 中國文人始終關注意義，等待意義在他心中逐漸「成熟」。
> 不急也不強迫：這就是中國（包括所有的流派）不動而變，
> 或毋寧說不動而介入，即「無為」的價值中心所在（le
> sponte sua）。意義的到來一樣也是屬於等級秩序的，而不
> 屬於行動（作為解放行動的「解釋」：闡釋學的事業），卻
> 屬於過程。總而言之，迂迴的價值在於：「通過迂迴引起的
> 距離，迂迴挫敗了意義的所有指令（直接的和命令的），為
> 變化留下了『餘地』，並且尊重內在的可能性。」

漢學成就甚高的朱利安從《易經》，《詩經》，《老子》，《論語》以及《孫子兵法》等書的文化思維歸納得出，中國人的思維以及文學具有一種「曲則直」，「枉則中」，「事緩則圓」的內在本質，從上述小段引文來看，朱利安發現中國文學的創造趣味在於「迂迴」，迂迴的手段，迂迴的策略，迂迴的兵法，都可以因為迂迴造成的「空間」，也就是留有餘地的「思維空間」，而出奇制勝。從雙關來說，乍看不知，所以略作停頓，這個「靜觀」的片段

4　法·于連：《迂迴與進入──中國的意義策略》（*Le Détour et l'accès: Stratégies du sens en Chine*），中文譯本（北京：三聯書店，1998），頁365。

就是玩味的過程。總而言之，兩個聲音相同或相近，並被發話者蓄意雷同的雙關，可以誘使聽話人懷疑、思考、抉擇、判定、領悟，於是，話語交際就變成有趣的遊戲，是猜字、也是猜心，而訊息所傳送的意義也會被信息接受者捕捉住它狡猾的身段，明白它的虛實，辨清葫蘆裡究竟藏著什麼藥，如此一來，就為許多平凡的訊息添加遊戲的趣味。

輕重力量的拿捏
——多少力度才夠意思

　　說話者對信息的表出可以加重力量來強調其嚴重性，也可以放輕力量，不慍不火地淡淡表出，兩者各有其策略所欲達成的效果，前者可令聽話者不敢忽視其信息價值，後者能令聽話者自行了解信息的重要性。以路上常見的交通安全標語為例，有的是用輕柔的語氣提醒「妻兒倚門望閭歸」，有的是苦口婆心地交代「令姐仔叫你騎卡慢ㄟ」，有的是中肯地說「平安是回家唯一的路」、至於「闖越路口，死神在招手！」這個標語把話說得比較重，強調闖越馬路的高度危險。把話說得比較重，固然能激化信息的影響力，但話語的溝通是「說話者」透過「文本」在特定的「語境」將信息傳給「受話者」的一系列過程，所以，如雷貫耳的重話，能否受用，還得看這個重話是怎麼說的？聽的人當時是在什麼樣的情況聽的？有時量大則質變，反而不以為然，所謂言者諄諄，聽者藐藐，當然，還有一個情況是，故意把不很要緊的信息過度渲染，使人覺得荒誕滑稽，因而引人發笑；漫畫、笑話或喜劇，都會使用誇飾法來製造「笑」果。當我們在人間經歷已多，慢慢發現話語的傳達力量有限，有很多事情其實也無可如何，這時，也許就會用較為澹泊的口吻來說話，話雖然說得雲淡風輕，但若是情真意切，也足以四兩撥

千斤。老熟練達的作家，常常能不動聲色地舉重。

　　修辭格的誇飾就是蓄意增加傳達的強度，不論是加強喜怒哀樂愛惡欲的情意表出，或是因為誇飾而造成唐突的笑點，它都是非常重要的修辭手段。它能使詩歌，或其所欲表達的對象，如狡兔騰跳般敏捷有風，令人印象深刻。從創作主體來說，誇張者在進行有違邏輯與事理的言語表達時，是蓄意以此釋放強烈的情感，消解一部分積累的情緒能量。豪放派詩人通常有此特徵，如李白才氣縱橫放逸，他任真信筆寫來的夸飾詩句總是伴隨著他豐沛的熱情，洋溢著耀艷光輝，如「桃花潭水深千尺，不及汪倫送我情。」、「白髮三千丈，愁心似個長，不知明鏡裏，何處著秋霜。」、「海水直下萬里深，誰人不言此離苦？」，在〈贈裴十四〉[1]他以誇飾傾力描繪友人的豪邁氣魄，使裴十四光輝燦爛的形象，直欲破紙飛去萬里青天遨遊，他說：「朝見裴叔則，朗如行玉山。黃河落天走東海，萬里寫入胸懷間。身騎白黿不敢度，金高南山買君顧。徘徊六合無相知，飄若浮雲且西去！」捨棄個人情誼，國族大愛也是無數詩人熱血吟詠的對象，如岳飛的〈滿江紅〉，他「壯懷激烈」，所以有「踏破賀蘭山」、「飢餐胡虜肉」、「渴飲匈奴血」的辭句。

　　從閱讀方面來說，讀者也可以從誇飾的作品形式之中銷解某種心理壓力，獲得痛快的刺激美感。譬如閱讀《三國演義》，誇張是羅貫中使故事勃勃動聽的重要技巧，不但說的人眉飛色舞，被說的腳色虎虎生風，聽書的人也爽快叫好；如第十八回：〈賈文和料敵決勝　夏侯惇拔矢啖睛〉[2]說夏侯惇引軍前進，正與高順軍相遇，

1　高步瀛編注：《唐宋詩舉要》（臺北：世界書局，1974），頁83。

2　明・羅貫中原著，清・毛宗崗評改：《三國演義》（上海：上海古籍出版社，1989），頁225-226。

於是挺槍出馬搦戰。高順迎敵。兩馬相交，戰有四五十合，高順抵敵不住，敗下陣來。惇縱馬追趕，順遶陣而走。惇不捨，亦遶陣追之。陣上曹性看見，暗地拈弓搭箭，覰得親切，一箭射去，正中夏侯惇左目。這時「惇大叫一聲，急用手拔箭，不想連眼珠拔出。乃大呼曰：『父精母血，不可棄也！』遂納於口內啖之。」仍復挺槍縱馬，直取曹性。性不及提防，早被一槍搠透面門，死于馬下。兩邊軍士見者，無不駭然。又第 75 回敘關羽水淹七軍後，率軍攻打樊城，右臂中一毒箭，頓時青腫，不能運動。眾將憂急，四處求醫。忽見名醫華佗到來，提出需在柱上釘一大環，將臂縛於環中，用尖刀割開皮肉，刮去骨上箭毒，用藥敷之，方可治癒。關羽笑道：「如此，容易！何用柱環？」即命設酒席相待。關羽一面與馬良弈棋，一面伸出手臂請華佗動手。華佗命一小校捧一大盆在臂下接血，用尖刀割開皮肉，小心刮骨，刮骨時悉悉有聲。左右見者皆掩面失色，然而關羽卻照樣飲酒食肉，談笑弈棋，毫無痛苦之色。手術結束後，關羽大笑而起，稱讚華佗醫術高超，實為神醫。

　　明·張岱在〈柳敬亭說書〉刻畫說書奇才柳敬亭卓越過人的表演技巧，他用誇飾的手法渲染柳麻子模倣武松在客店裡買酒的吆喝聲如巨鐘轟轟作響；又說天下說書者若是聽到柳麻子精采絕倫的口才，恐怕都會愧赧自己的笨拙而咬舌自盡，這是以加強力道的描繪方法振作讀者的注意力，至於整個文本的氣氛也同時被鋪張得虎虎生風。節錄其文如下：

　　　余聽其說「景陽崗武松打虎」白文，與本傳大異。其描寫刻
　　　畫，微入毫髮，然又找截乾淨，並不嘮叨。哱夬聲如巨鐘。
　　　說至筋節處，叱咤叫喊，汹汹崩屋。武松到店沽酒，店內無

人，驀地一吼，店中空缸空甓皆甕甕有聲。閑中著色，細微
至此。……其疾徐輕重，吞吐抑揚，入情入理，入筋入骨，
摘世上說書之耳而使之諦聽，不怕其不齰舌死也。

另外，清·陳鼎在《留溪外傳》也利用誇張的方法說明八大山
人栩栩動人的水墨畫，文曰：「八大山人……善書法，工篆刻，尤
精繪事。常寫菡萏一枝，半開池中，敗葉離披，橫斜水面，生意勃
然；張堂中，如清風徐來，香氣常滿室。又畫龍，丈幅間蜿蜒升
降，欲飛欲動；若使葉公見之，亦必大叫驚走也。」說他的墨荷宛
然如生，張掛於廳堂之際，瞬間滿室清風拂面，口鼻芬芳；而所畫
的飛龍更是生生猛猛，要是被葉公看見，包準魂飛魄散，拔足驚
走，這樣的加大力道描寫，確實能繪聲繪影地說明八大山人精采絕
倫的藝術造詣。

低聲啜泣與嚎啕大哭，靦腆菀爾與哈哈大笑，都是情感的表出
型態；動人之處在於是否真摯與得體，有時放懷激烈，令人五內銘
感；有時蘊藉含蓄，令人魂牽夢縈；《莊子·漁父》有言：「真
悲，無聲而哀；真怒，未發而威。」。因此強化處理或是弱化表達
皆可傳情，端看作者的意匠經營本事。有時力量的節縮壓抑，反而
能在示弱之中釋出更動人的力量。淡化表意是將主觀情感作一抑
制，使其刻意維持一種事不關己，作壁上觀的冷淡，或是動心忍性
的一種自我克制。在《史記·項羽本紀》，不論是項羽的俠骨深
情，或是凡人的貪婪無情，司馬遷都是在不動氣的史官眼光下，冷
淡地提供其實令人沉痛悲慨的畫面。淡化之下，更強化了感染力。
「垓下之困」一節寫項羽在江邊遇到要載他乘船逃命的亭長，項羽
婉謝了這一番好意：

項王笑曰：「天之亡我，我何渡為！且籍與江東子弟八千人渡江而西，今無一人還，縱江東父兄憐而王我，我何面目見之！縱彼不言，籍獨不愧於心乎！」乃謂亭長曰：「吾知公長者。吾騎此馬五歲，所當無敵，嘗一日行千里，不忍殺之，以賜公！」乃令騎皆下馬步行，持短兵接戰。獨籍所殺漢軍數百人。項王身亦被十餘創。顧見漢騎司馬呂馬童，曰：「若非吾故人乎？」馬童面之，指王翳曰：「此項王也！」項王乃曰：「吾聞漢購我頭千金，邑萬戶。吾為若德。」乃自刎而死。王翳取其頭。餘騎相蹂踐，爭項王，相殺者數十人。最其後，郎中騎楊喜、騎司馬呂馬童、郎中呂勝、楊武，各得其一體；五人共會其體，皆是。分其地為五：封呂馬童為中水侯，封王翳為杜衍侯，封楊喜為赤泉侯，封楊武為吳防侯，封呂勝為涅陽侯。

李煜在亡國之後的作品也有「弱化」的表意作品，如〈菩薩蠻〉：

人生仇恨何能免，銷魂獨我情何限。故國夢重歸，覺來雙淚垂。高樓誰與上？長記秋晴望。往事已成空，還如一夢中。

詞的內容是關於國家傾覆，王朝滅亡，昔日貴為養尊處優的帝王，今朝淪為囚虜的沉痛，懊悔，他原可噴薄滿腔的哀嚎悲情，然而，李煜忍住痛苦，嚥下恥辱，輕描淡寫地說：「往事已成空，還如一夢中。」這種力量的抑制，更令人低迴不已。

現代詩一般都喜歡誇大其辭，但是，也有詩人喜歡走輕鬆打的

路徑。陳黎的現代詩〈英文課〉可作為代表[3]。英文教育是臺灣社會「美化」後盛氣凌人的「小三」，即在英美文化霸權傾軋下所產生的「第三者」語言教育，這個凌駕於國語、母語的英文課教育現象，看在仁人志士的眼裡，除了感慨外國語文教育在實施上的窄化、僵化情況，身為英文教師的陳黎，對此必有更為深切的體察，但他以不動聲色的方式冷淡地反映了國中英文課堂上的無味與無謂，同時又不落痕跡地質疑美國式的樣板家庭。這種冷而遠的淡化表意方式，可以產生冷暖自知的閱讀反應，諷刺力量暗潮洶湧，不可輕忽其似乎不著邊際。

3　　陳黎：《島嶼邊緣》（臺北：九歌出版社，2003），頁 95-97。

多說有益
──增量擴充的藝術技巧

　　增量和減量，可以使事物的數量因加多或減少而呈現豐約多寡的樣貌。在藝術上，增量一般會採用重複的手法來進行擴充，例如音樂作曲家利用反覆出現的主題樂句，使旋律徘徊往復，連綿不斷，這些「層出不窮」的主題樂句，除了是一種審美結構外，就接受者而言，還能在內心留存一種此起彼落的審美印象，使樂音縈繞腦海，久久不能自已。在圖畫製作上，也常見藝術家利用重複某個圖案元素來作美術上的增量表現，不論是在畫面上重複畫上許多許多不同顏色的圓點，或是重複畫上大大小小的方格子，都可以形成繽紛豐富的圖案美。在建築美學上，一字排開的石柱群，層層疊疊的塔樓，上下左右分佈整整齊齊的窗戶方框，也都是重複的審美結構法則。所謂重複就是將某一範圍內的相同元素或是類似元素予以多次出現，各次的反複可以一成不變，也可以略作變化；一成不變，有一成不變的均衡整齊效果，但略作變化，以「大同小異」的方式來運用反複的技巧，也可以激活期待心理。重複是藝術製作的基本手法，各種藝術都可以使用；音樂、美術、建築的利用方式已略略介紹於上，至於文學範疇內的重複，當然也不可小看，即使不能直接訴諸視覺或聽覺經驗，文學範疇中的重複技巧也一樣精彩，

而其操作手法也是利用相同或相類元素的累次出現來製造審美效果。文學上的「重複」可以營造加大；加強；加深；加廣；加密的表意效果；可以使用在空間上的八方鋪張；也可以是某個事物的多次反覆出現；或是某個動作、某個事件的一再出現，蓄意一再刺激讀者對該事物或事件的關注及期待……等等。簡言之，不論抒情、議論、說理、寫景、敘事等，在一個高明的作家手中，重複都能有很得體的表現效果。

　　在抒情上，以《詩經・小雅・蓼莪》[1]為例，這是一首感念父母辛苦撫養子女長大成人的詩，情感深厚真摯，歷兩千年而不衰，詩中追思親恩的主旨迴腸盪氣，它的動人效果有很大部分來自於擴充表意的方法運用，其中第四章連續使用九次意義近似的撫育動詞以及九次的「我」，雖然可以將它們概括為其中任何一個動賓詞組，如「生我」或「養我」或「育我」，仍然可維持本詩的題旨而不變，但是，情感的渲染力將因減省而轉趨單薄。原詩是：「父兮生我，母兮鞠我，拊我畜我，長我育我，顧我復我，出入腹我。欲報之德，昊天罔極。」這裡的「生我」、「鞠我」、「拊我」、「畜我」、「長我」、「育我」、「顧我」、「復我」、「腹我」，是詩人繁複的描寫與抒情；在數量上達九次之多，算是擴充表意的典型手法，而其擴充累積的辭句，不但不會覺得累贅，反而因為放大了父母從生養、褓抱、提攜、關愛照護的親情而動人肺腑，父母無微不至的撫育過程，一幕一幕地映顯出來，而重複了九次的「我」，也加強了孺慕之情的效果，陳澧的疏文說：「詩連用

1　清・陳奐：《詩毛氏傳疏》（臺北：臺灣學生書局，1981），頁 544-547。

九我字，〈傳〉鞠訓養，則拊、畜、長、育，皆養也。腹訓厚，則顧、復，皆厚也。重言之者，以明生我劬勞之意。」[2]。

「酒」、「月」是詩仙兼任酒仙的李白所樂意一再重複的對象，甚至已構成意象，他在〈古詩〉[3]癡情地讚譽「酒」的可「愛」，詩曰：

> 天若不愛酒，酒星不在天；地若不愛酒，地應無酒泉。
> 天地既愛酒，愛酒不愧天；已聞清比聖，復道濁如賢。
> 賢聖既已飲，何必求神仙；三盃通大道，一斗合自然。
> 但得酒中趣，勿為醒者傳！

這首古詩的前六句，每句皆有「酒」字，「酒」「酒」「酒」「酒」「酒」「酒」，「酒酒」不散，在詩人的寫作下，天地上下，瀰漫著酒氣，文字中，傾注著詩人對酒的濃郁迷戀與高尚推崇，使「意」，或稱「酒意」，獲得了「酒字」的群眾擁戴。他在〈把酒問月〉中也佈滿了「月」字，眼中的月，雲間的月，海上的月，今時月，古時月，酒杯裡的月，心頭上的月，神話裡的月，月無處不在，人卻轉眼成空，「月」遂成了遍透一切的終極寂寞象徵，處處在，處處空，李白以繁寫出了無處可躲的寂寞。

> 青天有月來幾時？我今停杯一問之。人攀明月不可得，月行卻與人相隨。皎如飛鏡臨丹闕，綠煙滅盡清暉發。但見宵從

2　清·陳奐：《詩毛氏傳疏》（臺北：臺灣學生書局，1981），頁 547。

3　蘇仲翔選註：《李杜詩選》（臺北：明文書局，1981），頁 35。

海上來，寧知曉向雲間沒？白兔搗藥秋復春，姮娥孤棲與誰
鄰？今人不見古時月，今月曾經照古人。古人今人若流水，
共看明月皆如此！唯願當歌對酒時，月光長照金罇裡。

重複的技巧還必須注意其變化性的安插，在每一次的反覆之
中，為了避免單調刻板，應該要適當改變其中的一些細微處，也就
是「大同小異」，如此才會別致精采。例如：「江南可採蓮，蓮葉
何田田！魚戲蓮葉間：魚戲蓮葉東，魚戲蓮葉西，魚戲蓮葉南，魚
戲蓮葉北。」魚的穿梭來回，在東西南北的空間上變化，使其活潑
生動的游水畫面分佈在四方與中間。又如〈木蘭辭〉的：「東市買
駿馬，西市買鞍韉，南市買轡頭，北市買長鞭。」如果東市、西
市、南市、北市沒有方向上的變化，或是所買之物沒有變化，全在
買「駿馬」，或全在買「長鞭」，其效果是不一樣的，並不能呈現
那種緊急忙亂又堅定有序的從軍行動。

在議論上，以《論語》為例，老夫子除了智慧洞明外，他自然
犀利的遣詞用句也雋永有味，有助於弟子當下凝神反思，如〈陽
貨〉記載夫子說：「鄙夫可與事君也與哉？其未得之也，患得之；
既得之，患失之。苟患失之，無所不至矣。」在這句話之中，反覆
出現「得」與「失」的關鍵字，而且相鄰甚近，使「鄙夫」徘徊不
定於「得」、「失」的焦慮心態有貼合的表現效果，這段談話後來
化約為「患得患失」。其他如回答子路的：「知之為知之；不知為
不知，是知也。」這重複出現五次的「知」字，乍看都是「知」
「知」「知」，實在不知所以；既而「雲破月來花弄影」，原來是
「知之為知之；不知為不知」，懂就懂，不懂就不懂，這樣才是
懂；不要懂裝不懂，不懂裝懂，這樣就不算是真懂了。這些繞口令

式的句子，是孔夫子素所仰仗的說話機智。

　　明‧屠隆：《鴻苞》卷 35[4]〈真我〉談到人的修養障礙在於「我執」之深，他在下文論述中一共用了二十九個「我」字，目的在反複渲染自我本位之根深蒂固：

> 人之所以不得道者，皆我之一字失也。人之所以為惡者，皆
> 起于有我也。百年之中偶寓形為人，大海聚沫耳，人苦不
> 達，便執此假合之形，認以為是我。我耳我目我手我足我口
> 我腹我田我屋我衣我粟我金我玉我官我祿我奴我僕我得我失
> 我利我害我榮我辱我是我非我毀我譽，於是乎計較生焉，疾
> 妒興焉，爭奪起焉，貪吝行焉，形骸隔礙，私妄深錮，去大
> 道之公日遠矣。

　　屠隆一口氣說了這二十幾個「我」之後，又語重心長地勸勉世人，「殊不知百年之前，何者為我？百年之後，何者為我？一旦形離神散，身不能留，此身而外，又孰為我有？然則此身非我，此身而外，又豈我乎？」他希望世人明白「假我有壞」，而「真我不壞」，如此，應能去偽存真，汰除塵慮，放懷得失。

　　在敘事上，《左傳‧燭之武退秦師》載鄭國的燭之武臨危受命，半夜以繩索吊掛的方式潛離遭秦國、晉國大軍包夾的圍城，隻身進入秦穆公的軍營裡進行退軍遊說，他在 152 字的游說全文中一共用了八次的「君」字，傳達出事事為對方設想周到的氣氛，因而

4　明‧屠隆：《鴻苞》（濟南：齊魯書社，1995）（四庫全書存目叢書子部
　　89‧718）。

成功達成以外交辭令制伏大軍入侵滅國的危機。司馬遷在《史記》
〈魏公子列傳〉[5]一共用了 147 次的「公子」，呈現瞻之在前，忽
焉在後，由衷地流露出對斯人的崇敬與追慕之情。在《說岳全傳》
第三十七回說到宋高宗傳旨，封岳飛為武昌開國公少保，統屆文武
兵部尚書都督大元帥，此事在道觀靈官殿上將就舉行。岳飛就任
後，次日早上，眾將到靈官殿前晉見岳飛，只見殿前掛著一張榜
文，上頭寫著：

> 武昌開國公少保統屬文武都督大元帥岳，為曉諭事。照得本
> 帥，恭承王命，統屬六軍，共爾眾將，必期掃金扶宋，盡力
> 王事。所有條約，各宜知悉：[6]
> 聽點不到者斬。擅闖軍門者斬。
> 聞鼓不進者斬。聞金不退者斬。
> 私自開兵者斬。搶奪民財者斬。
> 奸人妻女者斬。泄漏軍機者斬。
> 臨陣反顧者斬。兵弁賭博者斬。
> 妄言禍福者斬。不守法度者斬。
> 笑語喧嘩者斬。酗酒入營者斬。

5　見秦伯曰：「秦、晉圍鄭，鄭既知亡矣。若亡鄭而有益於君，敢以煩執
　　事。越國以鄙遠，君知其難也。焉用亡鄭以陪鄰？鄰之厚，君之薄也。若
　　舍鄭以為東道主，行李之往來，共其乏困，君亦無所害。且君嘗為晉君賜
　　矣，許君焦、瑕，朝濟而夕設版焉，君之所知也。夫晉，何厭之有？既東
　　封鄭，又欲肆其西封。若不闕秦，將焉取之？闕秦以利晉，唯君圖之！」

6　《說岳全傳》（上海：上海古籍出版社，1993），第三十七回，頁 835-
　　836。

　　大宋建炎　年　月　日榜　張掛營門。

　　這十四條「犯無救，違必斬」的軍令，發揚踔厲地彰顯岳飛的治軍紀律，以整齊的重複呈現軍令如山，軍紀嚴明，執法明確有據的昂揚精神。在小說中，三復情節，是小說家或說書人的敘事高招，《三國演義》中耳熟能詳的三顧茅廬、三氣周瑜、六出祁山、七擒孟獲、九伐中原，就是重複的事件反覆地敘述之技巧，當然它是歷史事實，但也是小說技巧的有效串接，才能斷續相連。在《西遊記》也有三復情節，如三打白骨精、三調芭蕉扇等，均有節節升高，步步進逼的趣味。以下舉的是笑笑生《金瓶梅》第五回〈裁壽衣金蓮入圈套　賣雪梨鄆哥遭禍殃〉，敘事者不厭其煩地描寫潘金蓮前後八次的笑，這八次的笑有不同的心情與風情，八次她都笑了，但笑的原因和態度都有變動：

　　1.西門慶坐在對面，一徑把那雙涎瞪瞪的眼睛看著，便又問道：「卻纔倒忘了，請問娘子尊姓？」婦人便低著頭帶笑的回道：「姓武。」
　　2.西門慶故做不聽得，說道：「姓堵？」那婦人卻把頭又別轉著，笑著低聲說道：「你耳朵又不聾。」
　　3.西門慶笑道：「呸，忘了，正是姓武，只是俺清河縣姓武的卻少，只有縣前一個賣炊餅的三寸丁姓武，叫做武大郎，敢是娘子一族麼？」婦人聽得此言，便把臉通紅了，一面低著頭微笑道：「便是奴的丈夫。」
　　4.西門慶聽了，半日不做聲，呆了臉，假意失聲道屈，婦人一面笑著，一面卻又瞅了他一眼，低聲說道：「你又沒冤枉

事,怎的叫屈?」

5.西門慶自己伸手收衣服時,故意拂落桌上的一隻筷子,這隻筷子恰好落在潘金蓮的裙子下。西門慶一面斟酒勸那婦人,婦人笑著不理他,他卻又待拿起箸子起來,讓他吃菜兒,尋來尋去,不見了一隻。

6.這金蓮一面低著頭,把腳尖兒點著,笑道:「這不是你的箸兒。」

7.西門慶聽說,走過金蓮這邊來道:「原來在此。」蹲下身去,且不拾箸,便去他繡花鞋頭上一捏,那婦人笑將起來,說道:「怎這的囉唆,我要叫起來哩。」

8.西門慶也笑著起身道:「娘子莫喊,小人實是愛著娘子,祇望娘子可憐小人則個。」婦人又一笑道:「你待怎樣?」西門慶乘勢把他勾住,婦人慢慢伸起手來,想把他撥開,西門慶又央告道:「娘子總要憐念小人,可憐小人自見了娘子,酒飯都難下嚥了。」

潘金蓮第一次是客氣禮貌地笑,第二次是嬌嗔責備地笑,第三次是覥腆招認地笑,第四次是沒好氣地笑,第五次是相應不理地笑,第六次是乍然欣喜地笑,第七次是半要嗲半威脅地笑,第八次是半裝傻半挑逗地笑著⋯⋯兩人乾柴烈火,就此噼啪引燃。如果只有一次勾引,一次曖昧,一次裝嗲,一次嬌嗔⋯⋯笑笑生的敘事火侯果然不凡。

你就少說幾句
──減量表意的修辭方法

　　縮減表意就是刻意用更少的能指來表達所指，在數量上呈現相對較少的關係。基本上，沒有任何一位作家能夠說盡心中事，道盡世間情，因此，文學的表達層必然少於世間上的自然萬物與人間現象。所以，縮減表意本是藝術不得不然，且普遍皆然的客觀事實。不過，此處所說的縮減表意是從表達技巧上的盤算而言，指的是作家故意減少他的語言文字使用量，以便營造他所預期的表達效果。當然，話多話少，不一定都是修辭策略，從客觀情勢來說，「有話則長，無話則多」，沒有要緊的事要說，自然就少開金口了。此外，也與作家的創作個性有關，《周易》說：「吉人之辭寡，躁人之辭多。」可見，話多話少，也與個性有關。在文體規範上，有些文體以寡言為正格，例如箴、銘、碑、匾、門聯、詩詞曲；或是商標、標語、請柬、啟事、變遷、簡訊、訃文……等，都不需長篇大論，滔滔不絕。

　　傳說有人買到宋朝大文豪歐陽修〈醉翁亭記〉的手稿，第一段的滁州環境介紹，歐陽修原來用了數十個字來描寫周遭的山嶺，但

歐陽修刪來改去，最後改到只剩五個字，就是「環滁皆山也」。[1]
《朱子語類輯略》卷八又有一段，說曾南豐（鞏）很欣賞陳後山
（師道）的文章簡潔，有一次，曾鞏商請陳後山幫他寫篇文章，陳
後山苦思數日之後，完成了一篇僅數百言的作品呈上，曾鞏讀完之
後，說，大致上都還算好，就是冗字多了些，他詢問陳後山能否同
意他略為刪改？陳後山請他動筆。沒想到，曾鞏下筆一刪就是一兩
行，總共刪掉了近兩百字。改完之後，陳後山發現：文字雖大量減
去，但文意卻更加完整[2]。這個文壇軼事透露古文家追求簡潔精約
的文章。

　　美國記者兼小說家海明威（Ernest Miller Hemingway, 1899-
1961）曾以「冰山」為喻，認為作者只應描寫「冰山」露出水面的
部分，水下的部分應該通過文本的提示讓讀者去想像補充。「冰山
理論」強調簡約的藝術。即刪掉小說中一切可有可無的東西，以少
勝多，像中國水墨畫技巧，計白當黑，不要鋪陳，不要八分之八，
而只要八分之一。在寫作小說時，應善用省略來調動讀者的經驗參

1　《朱子語類輯略》卷八：歐公文，亦多是修改到妙處。頃有人買得他《醉
　　翁亭》稿，初說滁州四面有山，凡數十字，末后改定，只曰：「環滁皆山
　　也。」五字而已。施蟄存編：《晚明二十家小品》（上海：上海書店，
　　1984）。

2　其文曰：「南豐過荊、襄，後山攜所作以謁之。南豐一見愛之，因留款
　　語。適欲作一文字，事多，因托後山為之，且授以意。後山文思亦澀，窮
　　日之力方成，僅數百言。明日，以呈南豐。南豐云：『大略也好，只是冗
　　字多，不知可為略刪動否？』後山因請改竄。但見南豐就坐，取筆抹數
　　處。每抹處，連一兩行，便以授後山，凡削去一二百字。後山讀之，則其
　　意尤完，因歎服，遂以為法。所以後山文字，簡潔如此。」施蟄存編：
　　《晚明二十家小品》（上海：上海書店，1984），頁41。

與，冰山的八分之七由讀者填充。於是，而有各種出奇制勝的簡約策略：例如作者故意標示有某些文字已被刪去。書面上高調而假裝說他刪去了，但卻故布疑陣地用空格空格來誘發讀者的自我想像。如賈平凹在《廢都》寫縱欲情節時，常在節骨眼上以□□□□□□（作者刪去 117、220 字），打上方格馬賽克後的畫面，幽默地邀請讀者的自行解碼觀覽，算是「此地無銀三百兩」的一番妙計；此舉可能從出版檢查制度的「刪削不宜入目」字樣得到將計就計的啟發。

　　由馬識途小說改編而成的電影：《讓子彈飛》，師爺臨終時對張麻子說他有兩檔子事瞞著他，張麻子安慰他說：「好，兄弟，第一檔子事……」不料；師爺說：「第二檔子事……」張麻子又寬慰地等著師爺開口，師爺掙出最後一口氣：「你記得那個誰……」話還沒說完，就斷了氣。但是，不論是就故事之中的人物，或是故事之外的觀眾，對這些不完整的句子都能產生真切又滑稽的效果，所以，何須多言。

　　下述引文是兩篇描述明朝大藏書家毛晉令人稱道的「藏書事跡」，一篇較為豐富，一篇較為簡略，各有所長。第一篇是清朝悔道人的〈汲古閣主人小傳〉[3]，篇幅約是 580 字；第二篇是明朝陳繼儒《隱湖題跋》的「敘」，篇幅約 175 字。這兩篇作品都是以偉大而熱血的藏書家毛晉其人其事作為書寫材料，然而一繁一簡，各有「春秋」。悔道人的文體是「小傳」，他是清朝人，顧名思義，這篇〈汲古閣主人小傳〉是為汲古閣藏書主人所作的傳記，傳記中

3　《汲古閣校刻書目》，《宋元明清書目題跋叢刊》（北京：中華書局，2006），明代卷第六冊，頁 219-220。

記載了毛晉的姓氏名號和籍貫，提到他的父親急公好義，地方上的救荒事務每委託他掌理。傳主毛晉愛書好書刻書藏書如恐不及，前後積藏善書達八萬冊，為海內勝流所賞譽。毛晉本人古道熱腸，賑饑救貧，宅心仁厚，五個孩子們都有成就，原文如下：

毛晉，原名鳳苞，字子晉，常熟縣人。世居迎春門外之七星橋。父清，以孝弟力田起家。當楊忠愍公漣為常熟令時，察知邑中有幹識者十人，遇有災荒工務，倚以集事。清其首也。晉少為諸生，蕭太常伯玉特賞之，晚乃謝去，以字行。性嗜卷軸，榜於門曰：「有以宋槧本至者，門內主人計葉酬錢，每葉出二佰。有以舊抄本至者，每葉出四十。有以時下善本至者，別家出一千，主人出一千二百。」於是湖州書舶雲集於七星橋毛氏之門矣。邑中為之諺曰：「三百六十行生意，不如鬻書于毛氏。」前後積至八萬四千冊，構汲古閣、目耕樓以庋之。子晉患經史子集率漫漶無善本，乃刻《十三經》、《十七史》、古今百家及二氏書。至今學者寶之。方汲古閣之炳崿於七星橋也，南去十里為唐市，楊彝鳳基樓在焉。東去二十里為白茆市，某公紅豆莊在焉。是時，海內勝流至常熟者，無不以三處為歸，江干車馬，時時不絕。而應接賓客如恐不及，汲古主人為最。尤好行善，水道橋樑，多獨力成之。歲饑，則連舟載米，分給附近貧家。雷司理贈詩云：「行野田夫皆謝賑，入門僮僕盡抄書。」蓋紀實也。子晉生前明萬曆二十七年己亥歲之正月五日，至　本朝順治十六年己亥歲七月二十七日卒，享年六十有一。葬於戈莊之祖塋。生五子：襄、褒、袞、表、扆。扆字斧季，精於小學，

最知名。

余嘗於友人處得陳君秉鑰所錄汲古閣校刻書目一卷,為校正
若干字,附補遺一卷,刻板存亡考於後,錄畢,因著汲古閣
主人小傳一通,冠諸簡端。滎陽悔道人記。

另一篇較為簡要的是明朝陳繼儒:《隱湖題跋》的「敘」[4],
他也是針對藏書家毛晉的藏書事跡作文,但這一篇不是傳記,而是
「敘」,是陳繼儒應朋友毛晉之邀,為其書《隱湖題跋》所作的
「敘」。文體上以清簡有味為主,不需依照「小傳」的方式從生記
到死。而且,序一般都是與所「敘」的人物相識,彼此交情好,因
此既可以帶著熱誠的情誼書寫,也僅需挑選一二件精彩的相關事件
附會即可,因此以自然簡要為寫作要領。

〈敘〉

吾友毛子晉負泥古之癖!凡人有未見書,百方購訪,緪海鑿
山,以求寶藏。得即手自鈔寫,糾訛謬,補遺亡,即蛛絲鼠
壞、風雨潤濕之所靡敗者,一一整頓之;雕板流通,附以小
跋,種種當行,非杜撰判斷硬加差排於古人者!蓋胸中有全
書,故本末具有脈絡;眼中有真鑒,故真贋不爽秋毫!無論
寒膚嗛腹之儒駭未曾有,雖士大夫藏書家李邯鄲、宋宣獻復
生,無不侈其博而服其鑒也。故敘而行之。眉道人陳繼儒題
於頑仙盧崇禎仲春二十日燈下。

4　同前注,明・陳繼儒:《隱湖題跋》,頁453。

　　故知，就文體而言，有的文體適合寫得簡略，有的文體適合寫得豐滿。一般而言，詩歌、信札、匾額、座右銘、劄記、簡訊、宣傳短語，都可以算是言簡旨豐的文體結構，所以是縮減表意的勝場所在。譬如唐‧溫庭筠〈商山早行〉以兩句：「雞聲茅店月　人跡板橋霜」，就速寫了這般的情境：一位旅人在清晨時分的雞鳴聲中醒來，天色還沒亮，氣候也很寒冷，但他仍然得收拾行囊，離開野店，向前趕路。此時天際還掛著一輪曉月，行色匆匆的他走過木橋，不久消失了蹤跡，只剩下橋上那被霜雪覆蓋的一行足跡……這樣的情景在溫庭筠的縮減筆法下，只需十個字就能勾勒出來，他不用一個閑字，使旅人在異鄉旅店內外的空間移動，如同一連串快動作兼停格的有聲畫面，跳躍式地播映出一幕一幕的風塵僕僕，而又雪泥鴻爪的人生印象。

　　最後說一下國父孫中山先生的墓碑內容只有二十四個字一事。依常情判斷，國父身為近代中國偉人的典範，堅苦卓絕地推翻滿清腐敗政權，領導前仆後繼的無數革命熱血志士，才能建立一個民主國家，這樣的人生在謝世之後，應有可大書特書之處，然而，幾經國民黨大老們的討論，國父的墓碑卻只有寥寥二十四個字而已，根據劉小寧〈林森與中山陵〉[5]所述：

　　　　在一九二六年三月中山陵程動工之時，葬事籌備員會就討論過中山陵主碑碑文的內容。當時曾決定，在中山陵為孫中山樹墓碑，刻墓誌銘、傳、記，並進行了分工，由汪精衛撰碑文，胡漢民作墓誌銘，吳稚暉寫傳文，張靜江起草記文。但

5　　《傳記文學》第九十八卷第四期，2011 年 4 月出版，頁 6。

兩年過去了，諸位大文豪一個字也沒有寫出來。倒不是他們不肯寫，而是內容無法確定無從下筆。直至一九二八年一月七日，葬事籌備委員會在上海加開會議，林森提出，像孫中山這樣的偉人，其思想和業績，不是一篇墓誌銘或傳記所能概括得了的，故不宜以文字來表述。會議贊成了林森的意見，決定只在主碑的正面鐫刻由後來任國府主席譚延書寫的二十四個大字：

「中國國民黨葬總理孫先生於此　中華民國十八年六月一日」。

或許，這二十四個字也就夠了，畢竟人人都已知道國父做了哪些偉大的事；不過，若就墓碑上的文字體例來說，也應該從簡發落，正像訃文的寫作格式，雖然是一個人的謝幕式，但也要言簡意賅為尚，因為訃告是超簡化的微型傳記，「簡約」就好，沒必要多費唇舌；所以，你就少說幾句唄！

直接說，還是旁敲側擊？
——能指到達所指的路徑規劃

　　從語言學原理來說，任何語言皆有「內容」與「形式」；「內容」是「所指」，是語言所表達的意義；「形式」是「能指」，是用以指稱意義概念的符號。兩點之間最近的距離是直線，所以，能指到達所指的路徑規劃，最便捷有效的表達方法就是有話直接說，把要傳達的信息直接呈顯出來。生活中有許多說明性的資訊，都必須使用直接表意的方法來告知；如地理標識、樓層簡介、展覽公告、乘車資訊、賬單、契約、商品內容、藥品成分、食譜……直接說清楚的傳達方式才是正格；而各種專業知識的傳播也是以此為原則。不過，這世界上的事物與知識，包括我們腦海裡浮浮沈沈的念頭，有為數眾多的事物或道理是我們尚未能領會的，或尚未有合適的詞彙可以直接描述的，這時，就必須藉由已知的事物來曉喻未知的事物，才能以此類推而得知。這一條表意的路徑規劃，雖然不最近距離的直線，有些曲折，但繞路是必要的[1]，因為這種表意方法

---

[1]　法國漢學家于連（Francois Jullien）受到中國道家學派，尤其是老子樸素相對論的影響，闡述言與意之間的反向操作策略，他在：《迂迴與進入》談到偏離的表意手段具有順勢發展的餘地，因此反而能欲擒故縱地接近意義的中心：「偏離：因為僅僅是與被追尋的效果保持距離，人們能感到它

即是人類邏輯思維——「類推」的實踐。就佛教認識論而言,直接
認識事物是「現量」;間接認識事物是「比量」,是如何透過已知
推得未知之知識的重要途徑[2]。

　　間接表意的施行範疇甚為廣闊,幾乎無所不在,其功能包括:
「詮釋說明」與「修飾審美」等兩大項目,當然,也可以兼具。用
在「詮釋說明」上的,常見的符號如用「沙漏」的標誌表示有效期
限,用「123」的數列表示產品的使用順序,用「骷髏頭」的圖案
表示此物有毒,用「迴紋針」的標誌表示此份信函夾帶著附件……
近百年來的解剖生理學在標示人體組織時,由於先前未能親見,無
專有名詞可以指謂,所以也是利用間接譬喻來指稱該部位之特徵,
如:半月板、十字韌帶、盲腸、比目魚肌、縫匠肌、梨狀肌、蚓狀
肌、扁桃腺、杏仁核、海馬體、耳蝸……等;借用「半月」、「十
字」、「盲」、「比目魚」的形狀特徵來認識其構造。美・語言學
者早川(S.I. Hayakawa, 1906-1992)在《語言與人生》說[3]:

的欠缺並任憑它自然變化。因為只有對效果的到達順其自然,而不是緊緊
依附於它,人們才可能使之發展。」引自法・于連(Francois Jullien)
著,杜小真譯:《迂迴與進入》(北京:三聯書店,2003),頁 310。

[2]　虞愚:《因明學》「量在印度為摩量之語根,作一般尺度或標準之意。」
(現量,比量為真正知識)「何謂現量?大疏曰:行離動搖,明證眾境,
親冥自體。(自體謂所緣境之自體。)」,頁 15。
「何謂比量?大疏曰:用已極成,證非先許,共相智決,故名比量。換言
之,對於現量智之現見而為之推論之智也。」(臺北:新文豐出版公司,
1980),頁 16。

[3]　美・山謬・早川著:《語言與人生》(臺北:遠流出版事業公司),頁
115。

隱喻、直喻和擬格，在所有表達的方式中，是最有用的。因為它們直接而有力的影響作用，使得人們不必再為新的事物或新的感覺創造新的字眼。這種表達的方式深深的介入我們的生活，所以我們常常在使用它們的時候，而不自知。譬如我們說：火「舌」，筆「心」，岩「面」，火山「口」，大海的「心臟」時，我們就用到了隱喻。引擎「怒吼」，一套理論剛被「建立」，又被「打倒」，政府「壓乾」了人民，公司「養肥」了老闆，即使像在最呆板的報紙經濟版裡我們也能找到許多隱喻：股票「下跌」，市場上被舊貨「充溢」，政府正「吸進」大筆資金，港口的「吞吐量」……這種例子真是不勝枚舉。因為隱喻的用處是如此的大，所以它們常常融合在語言中，而成為正規的字彙。隱喻可能是所有促使語言發展、改變、成長和隨時隨地改變以適應我們不時之需的因素中，最重要的一種。

早川談到我們掛在嘴邊的「比喻」，不但是司空見慣的語言現象，同時也是一種因應語言不敷使用時的上手妙招。以上是「詮釋說明」用途的譬喻。至於兼有修飾審美作用的，譬如描述人生境況時會用到：「啞巴吃黃連」、「倒吃甘蔗」、「四處碰壁」、「夕陽無限好，只是近黃昏。」、「山窮水盡疑無路，柳暗花明又一村。」，「留得青山在，不怕沒柴燒。」；向所愛告白時，浪漫地說：「你像一陣春風輕輕柔柔吹入我心中」，對方已是名花有主時，也可以對她輕聲唱著：「就算你留戀開放在水中嬌豔的水仙，別忘了山谷裡寂寞的角落裡野百合也有春天。」（羅大佑：〈野百合也有春天〉）安慰愛情不濟的人也常間接地用「天涯何處無芳

草，何必單戀一枝花？」來紓解他的執著之苦，或是以「記得綠羅
裙，處處憐芳草。」（唐・牛希濟：〈生查子〉）期勉他長相憶就
好。

　　直接把想要表達的情感、事物、道理說出來，當然是最簡潔便
利的表達方式，它坦誠真心，雖不曲折委婉，卻有直書胸臆的剔
透，絕對有不可取代的地位，在抒情上，民間歌謠如《詩經》、
〈古詩十九首〉多採此路，如下列這首詩就是直接實在地說那一刻
的思念，那一刻的惆悵，那想念卻遙遠的故鄉，那長駐我心的所
愛，那令我採了滿懷馨香卻又送不出去的眷戀，因為直接，所以純
摯，也因為純摯，所以可以直接。詩人說：「涉江采芙蓉，蘭澤多
芳草。采之欲遺誰？所思在遠道。還顧望舊鄉，長路漫浩浩。同心
而離居，憂傷以終老。」在自傳的寫作上也應採用此法，譬如曹操
的〈述志令〉[4]，就寫得直接豪邁，坦蕩磊落，非梟雄之膽識勇
氣。說明性的法令也要直白地說，以下是《尚書・周書・酒誥》的
禁酒政令及處置措施：

　　　　誥曰：群飲，汝勿佚！（聚眾飲酒的，要逮捕他們，別放過他
　　　　們！）盡執，拘以歸。于周，予其殺！（全部帶回來京師，我選
　　　　擇罪重的來處死。）又惟殷之迪諸臣惟工，乃酒於酒，無庸殺

4　原文節選：「孤始舉孝廉，年少，自以本非巖穴知名之士，恐為海內人之
　　所見凡愚，欲為一郡守，好作政教，以建立名譽，使世士明知之；故在濟
　　南，始除殘去穢，平心選舉，違迕諸常侍。以為強豪所忿，恐致家禍，故
　　以病還。……今孤言此，若為自大，欲人言盡，故無諱耳。設使國家無有
　　孤，不知當幾人稱帝，幾人稱王……」。《三國志・魏書・武帝紀》裴松
　　之注引《魏武故事》（臺北：臺灣商務印書館，1981），頁 18-19。

之，姑惟教之。（殷紂的官員染酗酒惡習已重，不用殺他們，只要教育他們。）有斯明享。（這個酒誥明訓有助於治國。）乃不用我教辭，惟我一人弗恤，弗蠲乃事時，同於殺。（你們要是不遵守我的命令，不做好你們的任務，等同死罪。）王曰：封。汝典，聽朕毖，勿辯乃司民酒於酒。（完畢，你們聽我的教訓，不要讓人民沉溺於酒。）

法律條文須直接聲明清楚，執法者或法網底下的人民才有所適從，所以周朝建國之後所頒佈的〈酒誥〉直接將各種情況與處理方式及其背景原因都做了說明，使這則禁酒令條例清楚，且擲地有聲。紀事文以「紀事」為主，也應直接記述為宜，如清桐城派大家方苞（1668-1749）的〈獄中雜記〉，方苞曾因文字案入獄，在坐牢期間[5]，目睹清朝典獄與執法者的惡行，他在〈獄中雜記〉直接了當地記述這些勒索與行兇手段，使清朝獄政的黑暗面無所遁形：

> 凡死刑獄上，行刑者先俟於門外，使其黨入索財物，名曰斯羅[6]。富者就其戚屬，貧則面語之。其極刑，曰：「順我，即先刺心。否則四肢解盡，心猶不死。」其絞縊，曰：「順我，始縊即氣絕。否則三縊加別械，然後得死。」惟大辟無可要，然猶質其首。用此，富者賄賂數十百金，貧亦罄衣

5　清聖祖康熙五十年（1711），戴名世因在其著作《南山集》提到應該為明朝末年的皇帝在史書中立本紀，遭御史揭發而被判死罪，方苞因為是此書的作序者而受牽連，入獄服刑年餘，出獄後，他把監獄種種怵目驚心的貪瀆惡行記錄下來。

6　斯羅意謂「張羅」、「打點」。

　　裝；絕無有者，則治之如所言。主縛者亦然，不如所欲，縛
　　時即先折筋骨。每歲大決，勾者十三四，留者十六七，皆縛
　　至西市待命。其傷於縛者，即幸留，病數月乃瘳，或竟成痼
　　疾。

方苞用筆平鋪直敘，但力透紙背，感人甚深，可見直接表意有其真
摯誠實的傳達動機與取信於人的傳達效果。明笑笑生的《金瓶
梅》，究竟是否為一部淫書？若不是淫書，又為什麼要有這麼多的
床第細節？笑笑生的寫作動機何在？其實，開卷就已經直接宣明
了，他要世人對酒色財氣戒慎恐懼，尤其是財色二者，更不可為之
沈淪，否則身敗名裂，遺恨綿綿：

　　只這酒色財氣四件中，惟有財色二者更為利害。怎見得他的
　　利害？假如一箇人，到了那窮苦的田地，受盡無限淒涼，耐盡
　　無端懊惱，晚來摸一摸米甕，苦無隔宿之炊，早起看一看廚
　　前，愧無半星烟火，妻子饑寒，一身凍冷，就是那粥飯尚且艱
　　難，那討餘錢沽酒！更有一種可恨處，親朋白眼，面目寒酸，
　　便是凌雲志氣，分外消磨，怎能夠與人爭氣！正是：
　　　　一朝馬死黃金盡，親者如同陌路人。
　　到得那有錢時節，揮金買笑，一擲巨萬。思飲酒真箇瓊漿玉
　　液，不數那琥珀盃流；要鬥氣錢可通神，果然是頤指氣使。
　　趨炎的壓脊挨肩，附勢的吮癰舐痔，真所謂得勢疊肩來，失
　　勢掉臂去。古今炎涼惡態，莫有甚於此者。這財色二字，從
　　來只沒有看得破的。若有那看得破的，便見得堆金積玉，是
　　棺材內帶不去的瓦礫泥沙；貫朽粟紅，是皮囊內裝不盡的臭

汙糞土。高堂廣廈，玉宇瓊樓，是墳山上起不得的享堂；錦
衣繡裙，狐服貂裘，是骷髏上裹不了的敗絮。即如那妖姬艷
女，獻媚工妍，看得破的，卻如交鋒陣上將軍叱吒獻威風；
朱唇皓齒，掩袖回眸，懂得來時，便是閻羅殿前鬼判夜叉增
惡態。羅襪一彎，金蓮三寸，是砌墳時破土的鍬鋤；枕上綢
繆，被中恩愛，是五殿下油鍋中生活。只有那《金剛經》上
兩句說得好，他說道：「如夢幻泡影，如電復如露。」

笑笑生在這些陷溺於酒色財氣等一干人物上場之前說了一大段老成
又沈重的話語，財色令人迷，令人醉，令人生，令人死，然而，若
不知謹守防線，不論是揭開了「帘子」的潘金蓮[7]，或是掉了「帘

---

[7]　「帘子」在《金瓶梅》是一個象徵物，象徵內外之隔，私慾與倫理之防，
有所為與有所不為之防，吉凶禍福之辨。以〈第二回　永福寺高僧詳異夢
大和樓義弟贈良言〉武松對武大的忠告為例：武松道：「假如你每日賣十
扇籠炊餅，你從明日起，只做五扇籠炊餅，每日遲出早歸，不要和人家吃
酒，歸家便下了簾子，早關著門兒，省了多少是非口舌，若是有人欺負
你，不要和他爭鬧，等我回來，自和他理論，哥哥你依我時，滿飲此
杯。」武大接過酒來道：「兄弟見得甚是，我都依你說。」吳士余在《中
國古典小說的文學敘事》認為「帘子」是一個象徵，「潘金蓮家的簾子，
已不單是門帘了，它有著某種象徵的意義，即是婦女恪守封建道德的『符
號』，『帘子』是作為潘金蓮與社會外界在物質上和精神的阻隔，進而暗
示了人物追求個性解放的思想傾向與封建倫理道德的尖銳衝突。」他以第
二十三回〈王婆貪賄說風情　鄆哥不忿鬧茶肆〉為例，說「在這回書中，
『帘子』竟出現十一次之多。由它而涉及到了武大、武松、潘金蓮、王
婆、西門慶眾多人物。並且，逐一地將此道具與人物形貌、神態、內心作
一比附，由此寓深意於細物，作出一篇又一篇精彩的文字來。」（上海：
上海古籍出版社，2007），頁219-220。

子」沒了魂的應伯爵、西門慶、王媒婆、甚至武大郎……在在為了財，為了色而沒了廉恥之防，那麼，即使到手在握，捧在心坎上的「金瓶」，也通通「沒」了；一切如夢幻泡影。笑笑生這番話是直接說，直白地說，雖然它仍然使用了相當多的譬喻來強化，但基本上，說的就是「五色令人目盲，難得之貨令人行妨，馳騁田獵令人心發狂。」如此一看，《金瓶梅》非但不是淫書，還是戒淫戒色之書。

　　在文學作品中，「賦比興」是三種基本表達手法，「興」是感觸，觸景生情，屬於感情啟動之後觸發創作的心理過程，起「興」的「物」，可能編結在「賦」與「比」之中，繼續連結引申，展開文思。至於「賦」的方法就是直接表達，而「比」就是間接表達，比喻、明喻、隱喻、借喻……項目雖多，但說穿了，就是「聲東擊西」，借彼喻此。日常語言和文學語言都離不開賦比興，以大家熟悉的民歌來說：「月兒像檸檬，淡淡地掛天空。我倆搖搖盪盪，散步在月色中。」（慎芝：〈月兒像檸檬〉）、「這綠島像一條船，在月夜裡搖啊搖，姑娘喲，你也在我的心海裡飄呀飄。」（潘英傑：〈綠島小夜曲〉）、「縱然是往事如雲煙，偶然你也會想起，那一段卿卿我我日子裡，是否有些值得你回憶？」（曉燕：〈寄語白雲〉）這些浪漫綺麗的抒情線索都從賦比興而來。比喻是普遍的修辭手段，也是語言的基本結構，更是認知的一種基本方式，它的基本程式就是通過另一種事物而認識了此一種事物，這種借彼喻此的表達手法，是因為有些事物或道理，或感情，不能或不便直接說明清楚，所以「能指」就繞個彎，以曲折的路徑通向「所指」，清·劉大櫆《論文偶記》說：「理不可以直指也，故即物以明理，情不可以顯出也，故即事以寓情。」強調的就是不可「直指」時，

要借物，借事，來明理，來表情，來寓意。在文學上，比喻的力量，要靠遠距離間的差異性和協調性來製造巧思，巧妙的比喻可以形象生動地呈現所欲解說的事物狀態，譬如駱以軍在〈鐘面〉以「一座龐大的工廠廢墟」形容一個逐漸失智的老爸爸，[8]或是馬識途以「高壓鍋」比喻社會應有不平則鳴的新聞管道，都令人印象深刻。下文是馬識途筆帶幽默，卻又語重心長的呼籲，暗指一個控管嚴格的政府機構像是一個奇重無比的「高壓鍋」，但高壓鍋必須要有個「氣孔」來「出氣」，才不會爆炸，婉約地說明「言論自由」、「新聞解禁」有其舒壓民怨的必要性。〈高壓鍋的哲學〉[9]：

家裡有一個高壓鍋，拿在手裡奇重，用手一摸奇厚，在看鍋蓋與鍋體的密合度奇緊，可以說這個鍋經得起高壓，防爆夠格，可保安全無虞。但是仔細一看，在蓋上中央有一個出氣孔，孔上還可壓一個有孔的鐵錐，鍋裡氣壓高時，便可以把鐵錐頂起來，讓氣孔洩氣，真可算萬無一失。我再仔細看，在鍋蓋上還有一個安全氣孔，安有一片易熔性的金屬片，如果頂上出氣孔有障礙，無處洩氣時，鍋裡的高溫高壓便可沖開這個安全閥，把氣洩掉，高壓鍋又得一層安全保障，在無

8　駱以軍：《月球姓氏》：「我父親最後那幾年的記憶世界裡，像是一座龐大的工廠廢墟。某些鍋爐仍悲鳴地孤單燃燒，某些瓦斯槽裡仍儲蓄所剩不多的沼氣，但大部分的機組早已停止運作，甚至廠房外緣的消防或保全防竊系統早就被人拔走變賣了。空蕩蕩的屋舍裡，有一些無關緊要的野狗在晃來晃去。」（臺北：聯合文學出版社，2001），頁 182。

9　馬識途：《盛事微言》（成都：成都出版社，1994），頁 57。

因鍋內有高壓而發生爆炸的可能。細細研究起來，高壓鍋的安全之策，不在鍋體有多厚實，蓋子有多牢固，而在於有出氣孔，且不只一個。有在不同情況下的不同的洩氣的孔道，而且有緊急洩氣的辦法，這就萬無一失了。如果不設置出氣孔，在厚實的鍋體，也可能在鍋內增壓下而發生爆炸。「安全之策在於有出氣孔，這個哲理，值得深思」這是北京一位資深的新聞界朋友告訴我的。社會上的事，何嘗不是如此，不平之事，有氣之事，總是有的，平時有讓他們出氣的孔道，就不會積累成高壓，發生突發性的爆炸事件。

　　除了詩詞、散文使用間接以形容物色或情感的手法外，在小說中，間接的示意手法，可能玩得比較大，也許是在透露某些命運的走勢，也許是一種象徵。大陸小說家格非在《敵人》[10]安排了兩個瞎子以雙手摩挲著一棵銀杏樹：

> 兩個瞎子步履蹣跚地在冬雪的午後朝村子走了過來，一個瞎子敲著竹棍撞到了趙家大院門前的白果樹，瞎子在樹下怔了一會兒，雙手摩娑著樹幹，嘴裡發出一陣陣咕咕嚕嚕的聲音，趙少忠沒聽清他們所說的話，他站起身來走到瞎子的近旁。
> 「這棵樹已經有好幾百年了吧？」
> 「二三百年。」趙少忠搭訕了一句。
> 「它現在已經死了。」

10　格非：《敵人》（臺北：遠流出版事業公司，1993），頁223。

趙少忠笑了起來：「它從來沒像今年這樣枝繁葉茂。」

「它的壽限已經到了。」瞎子說。

「可是今年秋天它還結出滿滿一筐白果。」

「來春它便不再泛青。」瞎子說，「它的根已經爛掉了。」

瞎子沙啞的聲音像是從很遠的地方傳來，他臉上刻著的詭秘而又坦然的神情使趙少忠不由地打了一個冷顫。

之後，瞎子為他算了命，這段話則是直接說了[11]：

> 瞎子慢慢地捻動著手的蓍草，臉上佈滿了灰暗的陰雲。時間已經過去了很久，為數不多的幾個圍觀者在薄暮的北風中凍得直跺腳。
>
> 瞎子輕微地嘆息了一聲，終於抬起頭來，他的深陷的眼眶靜靜地滯望著遠處，像是在四周的空氣中搜尋著什麼。
>
> 「有些話不知當不當說？」
>
> 趙少忠愣了一下，沒有吱聲，他像是已經意識到了什麼似的，在眾人的目光的注視下，他感到茫然若失。不久，他就聽到了瞎子的喉管中發出一連串含混不清的聲音。
>
> 「遇小過，變卦為未濟，凶不可測……遇小過，內艮外震，艮為門，又為鼠，震為雷，雷霆擊門，家敗，鼠逸為患。變而為未濟，未濟為離宮三世卦，是為火卦，是爻為午火，應爻為巳火，三火為焱，其火最熾，必敗於大火……」
>
> 瞎子的語調顯得格外平靜，頭上稀疏的幾縷白髮在風中飄動

11　格非：《敵人》（臺北：遠流出版事業公司，1993），頁224。

著，棟樹的陰影罩住了他淺灰色的臉頰。

「可有解救之道？」趙少忠感到自己的聲音有些顫抖。

「未濟，恐終不可濟。」瞎子說。

小說中的主人翁面臨家道衰落，並被預測將遭到大火燒毀的厄運，這個命運與處境，小說家利用瞎子觸摸果樹的情節來間接暗示，繼而再以算命卜卦的方式來直接披露。這樣就有明有暗，有曲有直，互相烘托，使故事的情節寓含著變卦在即的恐怖張力。

　　從文學的角度來看，譬喻無疑屬於修辭學的範疇，但德國詮釋學者伽達默爾（Hans-George Gadamer, 1900-2002）則強調譬喻屬於說理論述，具有通過彼一物再現此一物的共同結構。他說[12]：

> 譬喻本來屬於述說，即 Logos（講話）領域，因此譬喻起一種修飾性的或詮釋性的作用。它以某個其他的東西替代原來所意味的東西，或更確切地說，這個其他的東西使原來那個所意味的東西得到理解。

可見譬喻的重要性在於它搭建了一座由已經被理解的事物通向於未知事物的橋樑，透過兩者之間的相同元素作為引渡，使原本不清楚

12　德·伽達默爾著，洪漢鼎譯：《真理與方法》（臺北：時報文化出版企業公司，1995），頁 110 又說：「象徵則與此相反，它並不被限制於 Logos（講話）領域。因為象徵並不是通過其意義而與某個其他意義有關聯，而是它自身的顯而易見的存在具有『意義』。象徵作為展示的東西，就是人們於其中認識了某個他物的東西。所以他是古代使者的證據和其他類似東西。」

的事物被類推得知。至於做為修辭手法的譬喻，其基本原則亦在此，但多添了審美因素，這由已知來源域邁向未知目標域的領悟過程，具有撥雲見日，原來如此的驚喜體驗，理性與感性兼有。南朝文論家《文心雕龍‧比興》：「夫比之為義，取類不常：或喻於聲，或方於貌，或擬於心，或譬於事。」劉勰指出，譬喻的方法並沒有特定的限制，但通常不外是從事物的「聲音」、「形貌」、「感受」、「情況」等方面來設想。「間接表意」未必只限於文學修辭範疇，它像是一座由既有知識經驗搭建的橋樑，便利於我們走向居住在對岸上的意義房舍。總之，直接把話說清楚的方法，就好比「兩點之間最近的距離是直線」，或是從甲地到乙地，當然是搭不必轉乘的直達車最省時，但有時或因兩點之間的道路尚未開通，或為了出奇制勝，或為了閒逛而迂迴繞路，都會促使我們採用比喻的方式來表情達意。

表裡如一嗎？

——文藝作品中的意義層次

　　文藝作品由「能指層」與「所指層」構成；所謂「能指層」指的是由口頭語言；書面文字；影像；音響等形式所構成的文藝層次，由於它形諸於外，是我們耳聞目擊各種文藝作品的根據地，所以不但直接顯現於受眾，而且就整個文學活動而言，也有其不可或缺的必要性，所謂必要性，就是「無之必不然」，假若沒有這一層能指，那麼各種文藝作品或文藝活動就「付諸闕如」了，也許你會想到「無字天書」這種境界很高的「作品」，但那只是一種隱喻，畢竟沒「人」寫得出或看得懂所謂的「無字天書」，「此書」只應天上有，人間哪得幾回聞？至於「沈默之聲」，若非是「大音希聲」的哲學境界，或是「無言的抗議」，這種不具語言形式的話語，不僅是「空談」，甚至連「談」也不談了，這當然就無法構成話語。

　　在文藝作品的任何一系統中（生成系統—存在系統—傳達系統），「能指層」雖然是直接進入閱讀者感覺系統的前線，但它卻也是最表面的外層符號物，人類作為符號動物，不僅要會創造符號形式，還要約定符號形式所代表的意義，就像你在電梯門扇看到一張手指包紮著紗布的小圖，或是一隻尾巴捲翹起來的蠍子圖案，它

們所代表的意義相信你應該都明白，意謂「注意，電梯門扇關閉時，請小心別讓手指給夾傷！」所以，在各種由語言文字影音圖像等形式所構成的符號表層下，都蘊涵著這些符號載具所攜帶的意義，我們可以將它稱之為「所指層」，由於相較於「能指層」，它是以內涵包藏的方式存在，所以也可以以「裏層結構」來指稱，至於「能指層」，那當然就是「表層結構」了。要如何創作或解讀文學作品中的寓意？概略來說就只有兩種方法，第一種是單純指意，作品以「表裡如一」的方式呈現，它的表層結構──「能指」與裏層結構──「所指」相一致，並無節外生枝的情況。第二種是複合表意，作品以「表裡不一」的方式呈現，是複合指意的本領，作者作意讓作品遊走於能指直射和偏射的兩個面向，意在此，意也在彼，彼此彼此，言已盡而意有餘，還蠻值得玩味的。一般來說，文藝作品以有雙重含義為妙，但一片冰心在玉壺，明心見性的詩人或詩作，也喜歡單純明淨地傳情達意。

　　以下用美人與落花的主題來看看「表裡不一」的詩詞作品，究竟文章表面與文章裡面說的是不是同一回事？先來聽一聽已經在臺灣傳唱一甲子的閩南語歌曲〈雨夜花〉，這首歌的旋律慢悠悠的，歌詞簡單卻並不單純，乍聽似是一位女人為夜雨中的落花而感傷，但細聽之後，歌詞裡的落花也暗指著淪落風塵中的煙花女。〈雨夜花〉[1]的曲子是由鄧雨賢作詞，前兩段的歌詞是：「雨夜花，雨夜花，受風雨吹落地，無人看見，每日怨嗟，花謝落土不再回？花落土，花落土，有誰人倘看顧？無情風雨，誤我前途，花蕊落土欲如

---

[1]　〈雨夜花〉的作曲者：周添旺（1910-1988），作詞者：鄧雨賢（1906-1944）。

何？」就這首歌詞的文字表層來看，描寫的是在雨夜中的花朵，遭受無情風雨吹淋的摧殘，離枝離葉，不幸殞落泥中，無人憐憫，無人眷顧，從此淪落泥污，清白不再。「無情風雨」之後接了一句「誤我前途，花蕊落土欲如何？」這裡的第一人稱「我」，若是落花，則是擬人的手法；若是是觀看落花的主體（女人），則是主體（女人）感物起興而移情的傷懷之語。這首歌曲於 1934 年推出後，即大為風行，當時有不少酒市的煙花女喜歡低吟淺唱，不論是閩南語版，還是日語版，都廣受歡迎。風塵女郎在獻唱娛賓之際，不免自傷被迫賣身的坎坷命運，她們以「雨夜花」自喻，一遭失身的悲懷。〈雨夜花〉之所以產生如此的迴響（或回想），是因為歌詞寓含「淪落風塵的煙花女」的複指含義：雨夜，是暗淡淒楚的命運；花蕊借喻著青春枝頭的女兒身，無情風雨暗指命運的殘酷催逼；花落土隱喻女兒身已不幸墮入風塵。

　　在中國詩歌史上，最早為雨夜花傷心的應該是唐代詩人韓偓（842?-923?），他有一首題為〈惜花〉的七言律詩[2]，內容描述雨夜裡的花朵被雨水淋得搖搖欲墜，詩人憐惜花朵的處境，設想著它們要是能落在苔蘚處，那麼花瓣尚不會被土沾汙，要是不幸落到泥汙中，那麼可真令惜花人傷心抱憾。原詩為：「皺白離情高處切，膩紅愁態靜中深。眼隨片片沿流去；恨滿枝枝被雨淋。總得苔遮猶慰意；若教泥汙更傷心。臨軒一醆悲春酒，明日池塘是綠陰。」前面兩句是說，枝頭高處的白色花蕊已經漸漸枯萎皺縮了，面對即將凋零的命運，花蕊也顯得離情悲切；較低處的紅色花蕊雖然猶有潤澤的麗容，但自知無計留春住，也是靜靜地獨自發愁；花落水流，

2　高步瀛編注：《唐宋詩舉要》（臺北：世界書局，1974），頁 636。

詩人又能奈何？除了臨軒喝酒遣悲懷之外，也只能在心中默禱雨夜花不要掉進污泥裡。這首詩的主題是「惜花」，「花」是真實的花，也是隱喻的花，暗示春天，盛年，美麗的流光；所以由眼前的「惜花」而延伸到言外的「惜春」，唯春光不容惜，雨夜過後，「明日池塘是綠陰」。這樣，韓偓的〈惜花〉就有「惜花」與「惜時」兩重以上的意義，若再加上也可以說得通的「惜人」，那麼就又多一重含義了。宋·蘇軾（1037-1101）在〈寒食帖〉也曾為雨夜中的海棠花落而感傷低迴，他說：「自我來黃州已過三寒食；年年欲惜春，春去不容惜，今年又苦雨，兩月秋蕭瑟，臥聞海棠花，泥汙燕支雪。闇中偷負去，夜半真有力；何殊病少年，病起須已白。」在春月苦雨的季節，韶光與海棠都令人欲惜卻又由不得人惜，雨聲淅淅瀝瀝，無眠的蘇軾臥聞海棠花脆弱地應聲墜落地面，他知道這一墜落，海棠花那胭脂般的花蕊，白雪般的花瓣，都將遭到塵泥的汙染……詩人思來想去，那一片美好的韶光與春花，果真在夜半時分被大力者偷盜負去，他自己一朝醒來，不也是鬢髮盡斑白！「臥聞海棠花，泥汙燕支雪」，蘇軾在寒食節的雨夜裡觸景傷情，和韓偓一樣，惜落花，惜時光，也惜人生。對於雨中海棠花的憐惜，同樣也出現在李清照的〈如夢令〉，她憂心一夜的驟風大雨已把海棠盡掃落地，醒來即慌張地催促左右查看，誰知捲簾人「卻道海棠依舊」，也許她是在安慰多愁善感的詩人，也許她是個粗心大意的人，對於花開花落視而不見；海棠哪會依舊？「知否？知否？應是綠肥紅瘦。」詞人的「綠肥紅瘦」也是一刀兩面的說法，綠是什麼？紅是什麼？只恐雙溪蚱蜢舟，載不動許多愁。

　　相隔一千二百年，鄧雨賢的〈雨夜花〉和韓偓的〈惜花〉同樣是借雨夜中的落花起興，只不過，時代不同，雅俗不同，際遇也不

同，二十世紀的三零年代，資本主義已在臺灣興起，金錢是換取物質的首善利器，而鄉村普遍赤貧，女子的地位又卑微，在缺乏受教育以及適當就職機會的劣勢下，遂有賣女為娼的悲歌；這與封建士人的落花寄託是有相當的差異。〈雨夜花〉問世五十年後，也就是臺灣經濟起飛的 1980 年代，股市狂飆，帳面開出大紅盤，酒家歌樓舞榭林立，股市錢淹腳目，不少花朵主動潦入歡場淘金，搶搭致富的夜快車，雖然也一樣有甘苦的風塵心事，但花朵們已不再有氣無力地吟唱〈雨夜花〉自憐，而是精神抖擻地改唱明快有勁的歌曲，如由俞隆華作詞的〈舞女〉，甫一推出就紅遍秀場江湖，傳唱響亮。〈舞女〉的歌詞雖不簡單卻很明瞭，直接說出，痛快乾脆，就是「只在此山中」的單純表意。歌詞的第一段是「打扮著妖嬌模樣，陪人客搖來搖去，紅紅的霓虹燈，閃閃爍爍，引我心傷悲。啊——誰人會倘瞭解，做舞女的悲哀，暗暗流著目屎，也著激個笑咳咳。啊——來來來來跳舞，腳步若是震動，不管伊是誰人，合伊——當做眠夢。」本段歌詞的能指與所指對應一致，伴舞小姐自述她打扮成妖嬌迷人的模樣，在霓虹燈明滅閃爍的舞廳中陪舞客搖來曳去，她雖內心傷悲卻得強顏歡笑，既然選擇下海謀生，就得自我調適，看開一點，於是她把自己放空，逢迎悅笑，將這些身體與金錢交際當作一場幻夢。〈舞女〉的歌詞雖然只有單層含義，但一樣真實動人，它坦然呈現紙醉金迷的賣笑生涯，直白地說出揪心無奈卻必須想得開的心聲。

　　文學作品的表現當然也可以單純唯一，陶潛、王維、杜甫、辛棄疾、陸游、元好問、馬致遠……等無數詩人的無數詩作，都是純真質樸，胸次磊落，隨遇而感地披露自己的生活經驗和各種心情，雖無弦外之音，但卻真摯真實，真性情真滋味。以陶淵明的作品來

論，他的〈感士不遇賦〉，〈飲酒詩〉，〈挽歌〉[3]……篇篇肺腑湧出，令人千載下猶能體會他在現實與理想中悲喜交集，苦樂參半的生活心得。不過，文學語言的特性就是一個能指而有兩個或兩個以上的對應所指。在文學範疇中，語言的雙重指涉才是其勝場所在，因此，暗示，朦朧，曖昧，似是而非，若即若離，別有所指，弦外有他音等等的表意模式，才是文學語言的王道所在。所以，它必然有隱顯兩層含意，言在此，而意也可以在此，也可以在彼，這樣，它就有迂迴、隱瞞，間接等的方法實踐，以營求光與影相互追隨又相互分離的效果。東晉‧陶淵明（365-427）的〈閑情賦〉[4]，正是這類雙重指涉的高妙傑作。

〈閑情賦〉的表層是對思慕的人種種深情繾綣的傾訴，陶淵明連說了十一次的「我願意」：我願意與妳促膝長談，但又怕冒昧失禮，可又擔心別人捷足先登；我的意念為妳心神不寧，為妳靈魂幾番出竅；我多麼希望可以成為妳衣服上的領衿，這樣就能輕輕嗅著妳的芬芳；只是，夜晚來臨，妳就要解衣，而我就得和妳分離；這使我深深地埋怨這無止盡的秋夜為何如此漫長；我願意成為妳裙裳的腰帶，圈住妳那窈窕的腰身，只是，寒來暑往，妳總有更換冬夏衣服的時候，這時我就又會被妳棄置一旁；我願意是妳髮上的香膏，這樣就能輕輕拂過妳的雲鬢，妳的雙肩，只是妳總是喜歡洗髮，讓我傷心地隨著白水流逝，附著在你秀髮上的膏澤也枯乾了；我願意是妳眉上的黛墨，這樣我就可以隨著妳的眉目瞻視而輕輕飄揚，只是妝尚新鮮，妳就卸下粉黛，而我也隨之化為烏有；我願意

3　南朝梁‧昭明太子蕭統：《文選》（臺北：藝文印書館，1983），頁415。

4　逯欽立校注：《陶淵明集》（臺北：里仁書局，1980），頁153-158。

成為妳的影子，這樣就可以與妳形影不離，無奈當妳信步走到樹陰下，我就不得與妳常相左右了……這些纏綿悱惻的情話只是陶淵明的「門面話」，真正的「心裡話」其實是為明君效命的一番赤膽忠誠，然而，朝廷國君卻不屑一顧，使他暗自心傷，選擇離開。原文較長，略引其中的十一個願望為例：

> 願接膝以交言，欲自往以結誓，懼冒禮之為愆；待鳳鳥以致辭，恐他人之我先。意惶惑而靡寧，魂須臾而九遷：願在衣而為領，承華首之餘芳；悲羅襟之宵離，怨秋夜之未央！願在裳而為帶，束窈窕之纖身；嗟溫涼之異氣，或脫故而服新！願在髮而為澤，刷玄鬢於頹肩；悲佳人之屢沐，從白水而枯煎！願在眉而為黛，隨瞻視以閒揚；悲脂粉之尚鮮，或取毀於華妝！願在莞而為席，安弱體於三秋；悲文茵之代御，方經年而見求！願在絲而為履，附素足以周旋；悲行止之有節，空委棄於床前！願在晝而為影，常依形而西東；悲高樹之多蔭，慨有時而不同！願在夜而為燭，照玉容於兩楹；悲扶桑之舒光，奄滅景而藏明！願在竹而為扇，含淒飆於柔握；悲白露之晨零，顧襟袖以緬邈！願在木而為桐，作膝上之鳴琴；悲樂極而哀來，終推我而輟音！

陶淵明的〈閑情賦〉是在暗戀誰？誰是他心中的「佳人」？他的妻子嗎？有誰會這樣寫自己的「拙荊」？他的鄰居嗎？他的鄰居都是與他「隔鄰呼取盡餘杯」的老父村民，鄉野農村中，哪裡有這樣一名清揚美人？令人匪夷所思的還有，怎麼在陶淵明的其他詩文中，從不曾出現過這麼一位令他朝思暮想的女人？一片冰心在玉壺

的陶淵明，怎麼突然「癡情」起來？難道，這個「佳人」其實只是個聲東擊西的「幌子」？陶淵明是否匠心獨運地用了「障眼法」來實踐「賦」的「體物寫志」作法？南朝文學理論家劉勰（465-520）在《文心雕龍・詮賦》[5]「釋名以彰義」地論述了「賦」的文體規範，他說：「賦者，鋪也，鋪采摛文，體物寫志也。」又說「結隱語，事數自環。」是賦的寫作典型之一。經由劉勰的定義，我們可以瞭解「賦」要「鋪采摛文」，也就是文辭要寫得華美，此外，意旨的傳達要用隱約的暗示，盡量多從外圍的事物來鋪陳，以曲折地達到「賦」的政治諷諫目的。從這個理論立場出發，關於陶淵明的〈閑情賦〉，就可以判斷為不折不扣的「香草美人」之思了，也就是利用「美人」作為「君主」的暗喻。序文中說：「始則蕩以思慮，而終歸閑正。將以抑流宕之邪心，諒有助於諷諫。」他也擔心這個障眼法會不會使後人誤解了他的作品，所以特別在文中交待：「余園閭多暇，復染翰為之，雖文妙不足，庶不謬作者之意乎！」這是說，作為一名主動從官場離開的隱士，他在農餘之暇，閒來無事，遂提筆為文，將自己曾有過的一腔熱血，浪漫的政治抱負作個「妙喻」，以對「美人」之思的〈閑情賦〉來托諷，希望讀者不要誤會了他的意思。

自六朝以來，「有道者」視〈閑情賦〉為豔歌淫詩，贊同《文選》不錄此詩的立場正確；但「有情者」，見獵心喜，肯定這是陶淵明的戀愛詩。這兩種「基本教義派」都有東向而望，不見西牆的遺憾，如果明白〈閑情賦〉是雙層含義的賦作，就知道「愛情願

5　南朝・劉勰著，范文瀾注：《文心雕龍註》（臺北：明倫出版社，1971），頁134。

望」與「淑世懷抱」實在是合則雙美，離則兩傷的雙面結構，就像一個硬幣有兩面，兩面各有其造型圖案，正反面的兩相結合，才構成為一個完整有效的錢幣。能這樣解讀陶淵明的〈閑情賦〉，就可以表裡兼顧，既得其耿耿高志，又可以莞爾會心地賞閱其美人興寄。事實上，「思美人」一直是傳統詩歌的主題，如屈原（BC 352-281）的〈離騷〉、〈山鬼〉、宋玉（BC 298-221）的〈神女賦〉、曹植（192-232）的〈洛神賦〉[6]……看來騷人墨客心中似乎都有個「神女情結」，只是，神女通常都是挽斷羅衣留不住，使陶淵明雖然深情地獻上了十一個「我願意」，她依然無動於衷，痴情的下場是「竟寂寞而無見，獨悁想以空尋。」面對這種君臣間的「真心換絕情」，陶淵明的體悟與抉擇是「尤蔓草之為會，誦邵南之餘歌。坦萬慮以存誠，憩遙情於八遐。」[7]意思是縱然她是我的所願，我也殷殷戀慕，但他仍有所堅持，不敢苟同〈蔓草〉那種男女倉促邂逅，就非分相好的情愛方式；自己還是潔身自愛比較好，寧願為不愛而苦，為不愛而落寞，獨自誦唱著〈邵南〉的思慕詩篇。總之，是「得之，我幸；不得，我命。」如此，縱然得不到那名女子的感情回饋，但至少不會使自己失節敗身，仍然可以清白坦蕩地保存著這一片真誠，即使短褐穿結，單瓢屢空，也可忘懷得

6　詳參：梁・昭明太子蕭統：《文選》（臺北：藝文印書館，1983），頁467、476、273、276。

7　〈蔓草〉與〈邵南〉是《詩經》裡的篇章，〈蔓草〉的內容描述男子邂逅一清揚美麗的佳人，心生戀慕之情，遂歡喜地與之私下幽會。〈邵南〉則有多篇傷詠愛情的分合離異。陶淵明以〈蔓草〉的苟且偷情暗喻不坦蕩磊落的仕進之道，即指自己不會失節失格以求仕進；此正可以與他的〈歸去來辭〉，不為五斗米折腰相呼應。

失，傲然自足地情寄於八荒天地了。這正是他最後選擇了不如歸去，也在歸返田園之後寫出了〈感士不遇賦〉、〈歸去來辭〉、〈詠貧士〉、〈歸園田居〉、〈歸鳥〉、〈勸農〉等一系列不朽詩篇。

　　能得體地分辨文藝作品的意義層次，不但有助於創作策略的安排，也能夠賦予文藝作品適當的解釋，獲得有深度的審美意趣，好比我們在國畫題材畫面上常見有長臂猿毛茸茸模樣和輕盈飛翔似嗡嗡嗡作響的蜜蜂，識者望畫，能會心一笑於「封侯」的創作匠心；或是繪有佛手瓜藤蔓綿延生長的圖畫，在親切鄉土的蔬果題材上也藏著「瓜瓞綿綿」，子子孫孫，代代不絕的祝福之意。因此，能指層可以與所指層維持一對一的一致關係；這就是表裡如一；而它也可以畫中有話，或話中有話，使能指層與所指層呈現一對二的多重關係。外行的僅看看熱鬧的表層結構，也可以在文藝形式上盡興，內行的若知道門道，往深層結構上猜想玩味，也可以成為作者的知音，使他藏在字裡行間的秘密被我發現，甚至，於我心有戚戚焉，而產生跨越時空的友誼與理解。

橘樹／蘭花／白鶴／蚊子
──文學意象的雙重性

　　所有的藝術作品都不能缺乏情意，也不能沒有形象，缺乏其中任何一項，都不配稱作藝術作品。好的藝術作品必須將情意和形象做成最優的組合，才能既有看頭，又有念頭，分開來看，各有所指；組合來看，又虛實輝映，互為表裡；這樣就是「立象以盡意」，化約言之，就是「意象」。不論文學或任何藝術形式，作者的創造功力就在於如何將抽象情感思維轉化成具體物質形象的能耐。舉例來說，作曲家如何用樂音表現對命運、田園或英雄、月光等的詮釋；或是建築師如何透過建造物來傳達崇高、莊嚴、祥和、躍動、傾危的空間意象訴求，都是作者藝術能力的考驗。文學作品也一樣，只是文學更抽象，因為文學作品中的「形象」，並非真的看得到、聽得見或觸摸得著的具體物質，是一個用文字所虛擬的想像物，創作就是將腦海中的思維成功轉化為文字形式，締造出有情意，也有形象的「意象」。

　　人們對一個「物體」的體會有兩個範疇，一個是該物體的「形象特性」，一個是該物體的「概念特性」，這就是意象的基本成分。「意」指作家的思想情感，「象」指具體的客觀存在物，意和象之間必須具有某種程度的關聯性，詩人將情感思想透過「象」委

婉含蓄的呈現給讀者，達到一種審美效果的傳遞。例如「草」，在形象特性上是視覺上的綠色、微小、觸覺上的柔軟不折，而在「概念特性上」，則有一歲一枯榮的生命週期性，於是可以從草春盛秋衰的往復循環，聯想到生命一次性的可悲，或進而深刻地認識生命意衰的況味。如建安七子之一的徐幹，在《室思》說「人生一世間，忽若暮春草。時不可再得，何為自愁惱？」或是南朝詩人鮑照《擬行路難》的詩句：「君不見河邊草，冬時枯死春滿道；君不見城上日，今暝沒盡去，明朝復更出。今我何時當得然，一去永滅歸黃泉。」

　　意象在構思時必須抓住它所具有的某種「特徵」，「特徵」具有兩種屬性：一是外在形象要具體、生動、獨特；二是，通過外在形象所表現的內在本質要深刻且豐富。以屈原的〈橘頌〉來說，橘樹是屈原象徵自己內外兼修，品行堅貞，德業茂盛芬芳的植物。這樣的人品象徵要有深切充實的意味，就必須注意到作為「象」的橘樹必須和作為「意」的人格質地相互映襯，才可以產生意味豐富的效果。屈原說橘樹是皇天后土讓它／他降生於南方水土的美好樹種，南方就是它／他的故鄉，它／他的根在此，矢志不渝。橘樹的枝葉層層豐蔚，棘刺鋒芒畢露，花朵潔白可喜，它的果實外表鮮豔明亮，飽滿圓潤，和樹枝呈現著燦爛耀眼的景致，果實既美又氣息清芳，滋味又甘甜美好，正像是一個內外兼修的君子。屈原在〈橘頌〉以橘樹比況自己，使橘樹不再是一種果樹而已，它薰染了詩人清白美善，堅真高貴的人格，因而疊合而成為一個意味雋永的意象。下列是其原文節錄：

　　　　后皇嘉樹，橘徠服兮。受命不遷，生南國兮。深固難徙，更

壹志兮。綠葉素榮，紛其可喜兮。曾枝剡棘，圓果摶兮。青黃雜糅，文章爛兮。精色內白，類任道兮。紛縕宜修，姱而不醜兮。

　　唐代詩人張九齡〈感遇〉也繼承了屈原以橘喻君子的意象，詩的內容如下：「江南有丹橘，經冬猶綠林。豈伊地氣暖，自有歲寒心。可以薦嘉客，奈何阻重深。運命唯所遇，循環（指命運）不可尋。徒言樹桃李，此木豈無陰！」當然，橘子既被賦予正面意象，相對也就有負面的意象，明朝劉基在〈賣柑者言〉就用「金玉其外，敗絮其內」諷刺虛有其表的仕宦者。

　　果樹之外，花卉也是常被借用的意象，陶淵明詠菊、周敦頤愛蓮，世人喜愛的玫瑰、牡丹，都各有其「花語」。但在中國人心目中，蘭花應該是群芳中最有清靈傲氣的花了，除了生長於遠離塵囂的空山幽谷之外，蘭花的香氣淡雅，葉形高貴挺拔，植株清朗飄逸，不枝不蔓，所以說，蘭是王者之香，蘭是隱於山谷的野叟。以明朝遺民八大山人的畫作「蘭」為例，八大山人的蘭花形象具有三個特點，一是沒有根，象徵亡國者飄零失據的處境；二是蘭葉以濃墨五筆畫成，蘭花也簡淡數筆寫成，疏略清幽，象徵無意榮華，一身自然淡泊；三是只有花一朵。失根的蘭花，清簡淡泊，氣質脫俗，令人嚮往之而不敢有所褻慢焉。此後陳之藩也曾以「失根的蘭花」比喻自己離開中國遠赴美國的飄零身世。

　　另一個作為品格意象的有趣例子是清代官員的補服吉祥禽物，各級官員依品秩等級而有不同的鳥類作為象徵。以一品官而言，其補服上的吉祥鳥是白鶴，依象徵物應有該物之特性來做聯想，則白鶴鳴聲高亢，故有一鳴驚人之意，其餘與各級官品吉祥禽物共有之

特徵是：單腳站立，雙翅展開，仰天舉目，藍天在上，碧海在下，朝陽懸掛空中等圖像來玩索其意，顯然象徵著政府官員要頂天立地、胸懷開闊、獨立堅定、迎向光明。既然談到了鶴，順帶一提的是紀念岳飛的岳王廟，其天花板上繪有「百鶴圖」，三百七十多隻象徵堅貞高潔的鶴形象鮮明地表彰岳飛的高風亮節，正殿重檐正中懸掛「心昭天日」橫匾，取意於岳飛蒙冤在風波亭被殺時的遺言「天日昭昭」。天日與白鶴都是光明磊落，高風亮節的意象，它們表彰岳飛的清白忠烈。

　　意象不純然都是「正大光明」「梅蘭竹菊」這般的君子經典款式，也可以是負面的小人嘴臉，屈原除了以芬芳豐蔚之橘樹、香草、美人喻君子，也以惡禽，臭草來象徵猥瑣奸險的小人，三國時期曹植、管輅曾以「蒼蠅」象徵小人，蒼蠅嗡嗡嚶嚶，群集環繞臭穢之物而飛舞，自然不是什麼乾淨清白的品行，「蚊子」也不是好東西，在暗黑的角落吸人的血，嗡嗡嗡地騷擾個沒完，開燈要尋，牠迅速藏匿起來，關燈要睡，牠又作怪，最好就是一巴掌打死牠，以絕後患，但認真說起來，蚊子也不是什麼窮凶惡極的大患，只是叮得人不得安寧，惹人討厭，所以，近人也有以蚊子作為小人的意象，把小人的行徑與蚊子的行為相提並論，兩相影射，頗為生動。意象的運用雖有典型在夙昔，但仍然可自由發揮，當蚊子與玫瑰花聯合出手，這樣的意象會是什麼光景呢？這也許可以在近代海派小說家張愛玲的作品中找到有趣的組合例子，她這樣說到：

　　　　也許每個男子都有過這樣兩個女人，至少兩個，娶了紅玫瑰，久而久之，紅的就變成了牆上的一抹蚊子血，白的還是「牀前明月光」。娶了白玫瑰，白的便是衣服上的一粒飯粘

　　子，紅的卻是心口的一顆硃砂痣。

簡單的紅、白玫瑰，配上尋常的蚊子血和一顆不慎黏在衣服上的飯
粒，這兩種不同的意象挑白了男人對要得到的與要不到的女人的微
妙心態，擅長冷眼觀照情場恩怨的張愛玲，也擅長把這種貴遠賤近
的心態說得很「刺眼」。

男人的寶馬情結
——中國文藝作品中的駿馬意象

　　很久很久以前，應當要溯自遠古時代吧，（當時君王及皇權機構尚未出現）漂泊的男人獨自在曠野中四處遊蕩覓食，某個偶然的機會，他望見了不遠處的草原上，有一兩隻或三五成群的野馬，牠們或安閒地低著頭兒，靜靜吃著青草；或仰起高大的馬頭，齜牙咧嘴，桀驁不馴地對空嘶鳴；那修長而粗壯的頸項，寬闊飽滿的肩胸肚腹，在陽光下正閃耀著亮麗的毛色，棗紅的，土黃的，玄黑的，雪白的，花斑的……當男人正欣羨地凝望時，馬兒已靈敏地警覺到周遭環境有了異動；登時觀風辨向，矯捷迴旋，紛紛縱身踢踏，放蹄奔騰而去……男人望著馬兒迎風颯爽的頸鬃，揚長飄蕩的馬尾，他的耳際領受著馬蹄鼓動大地的陣陣聲響，多麼英挺，多麼雄健，多麼果敢，多麼敏捷，多麼驃悍，多麼聰明的動物啊！可以想見，那一個漂泊的先民，當下的心情該是豪情澎湃，悸動不已……他或許憧憬著，若是自己能像野馬，或是有朝一日能馴服一匹野馬，他就可以自由奔放地馳騁八方，追逐牛隻羊群……也許，在遠古時代，寶馬情結就這樣深深地埋藏在男人的心裡面了。[1]

---

[1] 　「情結」，是「complex」的意譯。這個詞最初是德國生理心理學家

楚漢爭霸時，項王項羽有寶馬名「騅」，他辭世之前最難割捨
的除了愛人虞姬之外，應該就是這匹所向無敵的寶馬—騅，在〈垓
下歌〉中他低迴地呼喚著牠的名字，悲慨英雄末路的命運：「力拔
山兮氣蓋世，時不利兮騅不逝，騅不逝兮可奈何，虞兮虞兮奈若
何！」及自刎之前，他將寶馬贈送給好心要載他東渡的烏江亭長，
他說：「吾知公長者。吾騎此馬五歲，所當無敵，嘗一日行千里，
不忍殺之，以賜公。」莫使寶馬窮途受辱，也是英雄牽掛的心事。
三國時代，曹操有瓜黃飛電馬，劉備有的盧馬，呂布生前曾擁有董
卓賞賜的名貴寶馬——赤兔，這匹龍駒可日行千里，渡水登山，如
履平地，赤兔馬「渾身上下火炭般赤，無半根雜毛，從頭至尾長一
丈，從蹄至項高八尺，嘶喊咆哮，有騰空入海之狀。」[2]，這匹被
譽為「火龍飛下九天來」的寶馬，在呂布失事之後被侯成盜走獻給
曹操，曹操見關羽人高卻「馬瘦」，遂將寶馬贈予關羽[3]，自此之
後，關雲長手握青龍偃月刀騎乘著赤兔馬的大義凜然形象，便世世

Theodor Ziehen（1862-1950）在 1898 年所造的術語，他以「complex」概
括深藏在內心中的強烈衝動，它算是一種個人的信念情感或意識深處的慾
念關係密切卻又不盡然可以解釋得很清楚。「complex」一詞後來被瑞士
心理學家榮格（Carl Gustav Jung, 1875-1961）解釋為一種「無意識之中的
結」，所以翻譯成「情結」，或「情意結」。「complex」傳入日本後，
成為外來詞，音譯為「コンプレックス」，簡稱為「コン」，臺灣再以
「控」音譯，指對某些事物懷有強烈的情感衝動。

2　明・羅貫中原著，清・毛宗崗評改：《三國演義》第三回〈議溫明董卓斥
　　丁原　餽金珠李肅說呂布〉（上海：上海古籍出版社，1989），頁 35-
　　36。
3　明・羅貫中原著，清・毛宗崗評改：《三國演義》第二十五回〈屯土山關
　　公約三事　救白馬曹操解重圍〉（上海：上海古籍出版社，1989），頁
　　317。

代代地植根於民間。魏晉名士王濟愛馬成癡，且善解馬性，《世說新語・術解》載有他疼惜愛馬，親自為馬解下簇新的連錢障泥，勉勵牠可心無旁騖地渡河；故杜預戲稱王濟有「馬癖」。盛世英主唐太宗李世民對與他在疆場上出生入死的六匹戰馬：拳毛騧、什伐赤、白蹄烏、特勤驃、青騅、颯露紫，更是心心念念，至死不渝，下詔將牠們的英姿鐫刻為巨石浮雕，安置在他陵寢的兩側，英雄與寶馬，百年之後仍然得以長相左右。京劇〈紅鬃烈馬〉裡的薛平貴不但收服了紅沙澗的紅鬃烈馬，這匹紅鬃烈馬也為他立下了平定西涼的汗馬功勞。

　　兩千多年來，中國以馬為主題的詩文畫作雕塑綿綿不絕：詩歌方面，從漢武帝劉徹的〈西極天馬歌〉、〈天馬歌〉、南朝・顏延年的〈赭白馬賦〉、到唐・李白的〈天馬歌〉、李賀的二十三首馬詩、宋・蘇軾的〈書韓幹牧馬圖〉……雕塑方面，從甘肅出土的漢代銅雕馬——「馬踏飛鷹」，木雕駿馬、彩繪木馬、胡俑牽馬、霍去病墓前的馬踏匈奴石雕、唐代閻立德與閻立本奉召製作的〈昭陵六駿〉巨型浮雕、唐三彩駿馬……繪畫方面，從漢代墓室壁畫中的「汲水飲馬圖」、牧馬圖、唐代曹霸、韓幹、清代金農、郎世寧等畫家的畫馬……再到近代徐悲鴻的〈六駿圖〉等；無可計數的詩人、畫家、雕塑家，懷著隆情高誼的歆慕之情來摹寫駿馬，頌揚騏驥，讚嘆牠們的俊拔英姿與任重道遠的才能，歌詠牠們安閒大氣與自由開闊的生命格調；足見男人們對駿馬的情有獨鍾。在這些詠馬的作品中，以「天馬」最負盛名，「天馬」是漢武帝遣使以二十萬兩黃金和金馬一匹欲求而不得最後發動大規模戰爭，以六萬人以上的兵力攻打大宛國所得的戰利品，所以是「傾國傾城」級的身價。「天馬」是古代西域的良種野馬與當地母馬配種而得的駿馬，唐・

三藏法師玄奘在《大唐西域記》卷一屈支國敘述西域的寶馬其先是龍，所以這裡出產的善馬是龍種，他說：「東境城北天祠前，有大龍池，諸龍易形，交合牝馬，遂生龍駒，龍悷難馭，龍駒之子，方乃馴駕。所以此國多出善馬。」玄奘經過的屈支國，漢代是龜茲，烏孫，大月支一帶，當地是天馬的產地，「天馬」乃是「龍駒」之子，此說賦予天馬高貴珍稀的神話色彩，使其意象愈發遒勁勇健，成為傑出人才的象徵。

在中國文學中，最早的伯樂和千里馬故事出現在魏晉人所撰寫的《列子‧說符》，這一則故事的情節看來荒誕誇張，但卻振聾發聵，思想家以正言若反的方式叩問人才的發掘與啓用命題。故事說秦穆公眼看著馬界的「考選部長」——伯樂快要屆齡退休了，他建議伯樂從自己的子姪輩中物色一個適當的繼任人選。伯樂說，他的子姪們差強人意，鑑識力不是很優秀，若僅是要挑選一般的良馬，那當然是沒問題，但要他們鑑識出傑出的駿馬，這恐怕勝任不來，因為，屬於「天」字輩的駿馬，往往是「真人不露相」，他們內充足而不外張揚，所以若不具慧眼，就算是千里馬級的人才就站在他眼前，得來全不費工夫，他也可能有眼無珠，近在咫尺，卻「對面不相識」。伯樂說，他的工作夥伴中有一個擔柴捆柴的，名叫九方皋，他認為這個人的相馬眼力不在他之下，建請國君召見他。九方皋來了，也領旨去找駿馬了，三個月之後，九方皋從沙丘一帶發現了一匹神駒，秦穆公向九方皋探聽，那是什麼樣的一匹馬啊？九方皋回報說是一匹黃色的母馬。沒想到，秦穆公派人前往沙丘牽取馬匹的時候，人員說其實是一匹黑色的公馬！秦穆公知道後頗為不悅，他把伯樂召來，說，那個九方皋，他連馬是公的母的，都分不清；而且顏色也搞錯，黑馬說成是黃馬！沒想到，伯樂一聽，肅然

起敬，他說，我知道九方皋很行，但沒想到他竟然這麼厲害，他他他，他的鑑識力已經超越毛色皮相形骸了，連性別上的公的母的也不會影響到他的判斷力，眼力真真是洞燭天機啊！黑神駒來了，果然是世界級的寶馬。

　　九方皋的相馬術確實是太誇張了，他連最外顯的特徵：馬的毛色、馬的性別，都不分青紅皂白了，又怎麼能辨識內在的氣性才份？不是嗎？是嗎？如果我們都知道氣性才份是內在的質地，那麼，又怎麼能單憑外表的毛色，性別，出生地來評估或決定牠是不是一匹駿馬呢？九方皋千古流芳的，正是他識才的慧眼和開闊的氣度，不斤斤計較於某些外在的條件，而唯才是舉，用人唯才。在這一則寓言故事之中，其實有三組伯樂與千里馬，第一組是九方皋與千里馬，第二組是伯樂與九方皋，第三組是秦穆公與伯樂。倘若他們彼此之間缺乏「有才能者」與「有能識才者」這樣的遇合關係，也許就不會有這個發人深省的故事出現了！

　　既以馬象徵人才，人才就有用進廢退的現象，所以，以馬為主題的作品雖在揄揚龍馬精神，展望飛黃騰達，但也有不少文士深感世道艱難，而走憂憤路線的，先秦詩人屈原遭楚王流放三年之後，心煩慮亂，彷徨不知所從，〈卜居〉記載了他對人生方向的疑問：「寧昂昂若千里之駒乎？將氾氾若水中之鳧乎？與波上下，偷以全吾軀乎？寧與騏驥亢軛乎？將隨駑馬之迹乎？」[4]屈原以千里之駒自我期勉，卻哀傷的發現，世道不容騏驥昂首闊步，難道，他要從眾地隨波逐流，委身於駑馬之列，才能保全性命？唐代詩人李白、

4　清・洪興祖撰：《楚辭補註》卷第六〈卜居〉（臺北：藝文印書館，1977），頁 291-292。

杜甫都愛馬，也有詠天馬，憐病馬，以馬比況，暗喻騏驥失足偃蹇
的乖舛命運。如李白著名的〈天馬歌〉，這匹雄俊的天馬從「騰崑
崙，歷西極，四足無一蹶。」的意氣風發，到「伯樂翦拂中道遺，
少盡其力老棄之。」的凋零見棄；詩仙以天馬的盛衰起落暗喻自己
才高犯上的寵辱遭遇。杜甫也喜歡寫駿馬，他的〈房兵曹胡馬〉[5]
盛讚大宛馬的骨相鋒稜，雙耳峻利，馳騁矯捷，所向無礙，詩曰：
「胡馬大宛名，鋒稜瘦骨成。竹批雙耳峻[6]；風入四蹄輕。所向無
空闊，真堪托死生。驍騰有如此，萬里可橫行。」但是，歷經「安
史內亂」後，不論是社會環境的衰頹，或是詩人自身遭遇的困頓，
駿馬已瘦，詩人已衰，杜甫悲憫地寫下了〈瘦馬行〉[7]：

> 東郊瘦馬使我傷，骨骼碑兀如堵牆。
>
> 絆之欲動轉欹側，此豈有意仍騰驤？
>
> 細看六印帶官字，眾道三軍遺路旁。
>
> 皮乾剝落雜泥滓，毛暗蕭條連雪霜。
>
> 去歲奔波逐餘寇，驊騮不慣（慣戰）不得將（參與）。
>
> 士卒多騎內廄馬（官馬），惆悵恐是病乘黃。
>
> 當時歷塊（馬行快速）誤一蹶（失足跌倒），委棄非汝能周防。
>
> 見人慘澹若哀訴，失主錯莫（落寞）無晶光。
>
> 天寒遠放雁為伴，日暮不收烏啄瘡。
>
> 誰家且養顧終惠，更試明年春草長。

5　高步瀛編注：《唐宋詩舉要》（臺北：世界書局，1974），頁 465-466。

6　同前注，引《齊民要術》卷六：「馬耳欲得小而促，狀如斬竹筒。」

7　高步瀛編注：《唐宋詩舉要》（臺北：世界書局，1974），頁 217。

這位忠肝熱腸的偉大詩人，仁民愛物，憂國憂時，在安史之亂平息後的某個黃昏，他於郊外散步時無意間看到了這隻瘦骨嶙峋的戰馬，遍體鱗傷，氣息微弱，連驅趕上身啄咬牠的烏鴉都力不從心的可憐馬兒，當杜甫牽一牽牠的韁繩時，這一匹已經奄奄一息的馬兒猶勉力地想要站起來，難道牠還一心念著要效命疆場？如果不是效命疆場，牠應該也不會落得這樣悲慘的下場。杜甫說牠的身上烙印著官方的印記，想當年，牠一定是高大健壯，而如今卻轉側無力，目精黯淡失落。杜甫心裡應該知道牠將難以存活，但宅心仁厚的他卻不忍心駿馬的凋零，他希望，也許有好人家可以收養牠，為牠養傷，好好照料牠，這樣，當來年春草欣欣向榮之際，這匹馬兒也許就可以嚐嚐那青草的滋味了。在悲傷中猶自振作的詩人，也是懷著「寶馬情結」寫下這篇詩作，既傷馬，也自憐；老驥伏櫪，壯心不已的浩嘆。

　　古文大家韓愈的〈馬說〉，柳宗元的〈黔之驢〉以及清代・劉大魁的〈騾說〉都膾炙人口，歪打正著地評論人才的任用問題。〈黔之驢〉諷刺「形之龐也類有德，聲之宏也類有能。」「技止此耳」的驢才、騾才、駑馬之輩洋洋當道，而韓愈則抑鬱地感慨「雖有名馬，只辱於奴隸人之手，駢死於槽櫪之間，不以千里稱也。」憂憤「千里馬常有，而伯樂不常有。」的政治環境，直指人才的培養與啟用問題不在於「天下無馬」而在於政府機構的「真不知馬」，導致「策之不以其道，食之不能盡其才，鳴之而不能通其意。」唐宋八大家的韓、柳都對人才問題慷慨陳詞，反映文士在用廢之間的內心矛盾，但這樣的憤慨到了宋朝已經冷卻不少，蘇軾在〈韓幹馬十四匹〉悠悠地說：「最後一匹馬中龍，不嘶不動尾搖風。韓生畫馬真是馬，蘇子作詩如見畫。世無伯樂亦無韓，此詩此

畫誰當看？」蘇子似乎已經放棄相信世間真有伯樂了。

中國畫作也非常喜歡畫馬，唐代韓幹是畫馬大家，清代揚州八怪中最愛畫馬的是金農（1687-1763）。金農筆下的馬，可分五十歲，六十歲，七十歲等三個階段，是他不同時期的閱歷與心境的體現。第一階段是在他五十多歲時，筆法雄俊，以《大宛良駒》為代表，傳達「布衣雄世」的豪情壯志；第二階段是金農六十歲之後，深感人間得失榮辱之無常，所畫的馬是蒼蒼涼涼，顧影酸嘶，充滿跋涉的勞苦與不遇伯樂的悲哀。第三階段是七十歲之後，這時期所畫的馬皆是雄偉獨大，赤喙墨身，耳如批竹，尾若擁彗的神馬，呈現他已不再顧影自憐，不再為懷才不遇而感傷，對於世間的臧否成敗，已能平寧沈著而超然的對待，著名的《牽馬圖軸》[8]就是金農此期的代表作，他以生拙蒼凝的書法用筆，將牽馬人躕躇的神態，駿馬強健的肌體，描繪得生動準確。圖左側是其題畫詩：「龍池三浴歲駸駸（音侵侵，指時間悠悠而逝）　空報馳驅報主心　牽向朱門問高價　何人一顧值千金。」從題畫詩來看，駿馬就是駿馬，不論是否得遇伯樂，駿馬依舊是駿馬，意指他「富貴不淫，貧賤不移」的價值與意義。

這些詠馬、畫馬、惜馬、傷馬的詩人、畫家，清一色都是男性，對於馬，他們不約而同地懷著惺惺相惜之情，既頌揚騏驥出眾的長才，然而又憂心世無伯樂，無人賞識；或不幸馬失前蹄而一蹶不振……這些複雜婉轉的心理，或可說是封建時代男人的另種「寶馬情結」，畢竟，君王與皇權機構已然出現，自己必須接受任命委派官職，才可望有所作為。即使在大有可為的戰國時代，學富五車

8　金農此畫收藏於南京博物館。

的策士仍得風塵僕僕，悽悽惶惶地在國際間奔走，《戰國策》載張儀說秦王曰：「臣聞之弗知而言為不智，知而不言為不忠；為人臣，不忠當死；言不審，亦當死；雖然，臣願悉所言，大王裁其罪。」言之以智，以忠，以審之後，所言能不能被君王採納，才是進用廢退的關鍵；蘇秦在佩戴六國相印的榮景之前是：「說秦王，書十上而說不行，黑貂之裘弊，黃金百斤盡，資用乏絕，去秦而歸。贏縢履蹻，負書擔橐，形容枯槁，面目黧黑，狀有愧色。」道盡了人在窘途的困辱。

　　自遠古以來，人們就喜愛駿馬，牠身型高壯威武，毛色耀艷潤澤，低頭吃草時，自然安詳，從容瀟灑；奔馳時，迅捷慓悍，不畏險阻，牠的膽識與智力不凡，因著這些特質，馬的象徵多是「人才」、「才俊之士」、「人盡其才」之意。在這個意義基礎上，又有積極與消極的兩個發展趨向；積極面來說，就是被賦予重任，馳騁效力，發揮事業，揚名立萬，這類象徵的馬，其形象通常被描繪得矯健慓壯，精神飽滿，信心昂然。至於就消極面的表現趨向來說，馬的主題多是「不遇伯樂」、「自高氣骨」、「自傷見棄」……這類馬的形象通常是瘦病羸弱，老驥伏櫪，神情蕭瑟。就時代而言，盛世詠駿馬，衰世嘆病馬；就作者而言，振衣千仞崗，濯足萬里泉時，筆下的駿馬自然是躊躇滿志，意氣風發；及縱浪大化中，體驗世間事原來不如意常十之八九，則難免投注感慨於其形象，瘦馬，病馬，老馬，蒼涼荒漠，投足無門，眼看盛年不再來，斜暉將掩，懷才不遇的落寞宛然可掬。

　　英雄配寶馬，是天下所有男人的夢想；然而有多少人能如李世民一般「草昧英雄起，謳歌曆數歸。風塵三尺劍，社稷一戎

衣。」[9]不是人人皆能成英雄，也不是匹匹皆可為寶馬……是英雄，也有失時之悲；是寶馬，也有不遇之慨，一蹶之傷；或許因為如此，男人的心中才會悠悠地有個「寶馬控」[10]吧。

---

[9] 杜甫：〈重經昭陵〉，高步瀛編注：《唐宋詩舉要》（臺北：世界書局，1974），頁 712。

[10] 日文將 complex 音譯作「コンプレックス」，簡稱為「コン」，中文音譯為「控」。作為意識深處的驅策力「情結」，或是「控」，控制著人的某種信念，主導他的價值觀取向，領航他一生的行為實踐；多方牽制他的理智與情感活動。

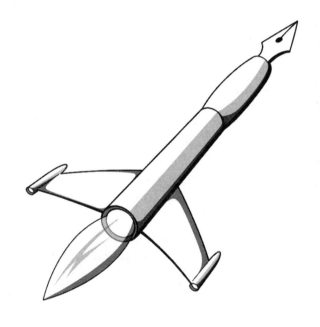

蔚映十代，辭采九變，樞中所動，環流無倦。

《文心雕龍・時序》

四 文學的傳播與應用問題

從文字到文學
——閱覽世界與編輯人間的利器

　　自從人類創造出文字，世界就可以被認識，被解釋，被書寫，被編輯，被閱讀，甚至被改寫。所以詩人說：「世界是由故事構成的，而非原子。」[1]數千年來，我們利用文字書寫來抒情，來敘事，來議論，來規範秩序，來杜撰故事，來編寫歷史，來佈達法令規章，來傳授知識與技術；即使是浮光掠影的心靈圖景，或是恍兮惚兮的不二真理，文字都可以肩負編輯與描繪的任務，使我們不再蟄伏於洞穴，受限於孤獨的角落，而能穿越時空與八方的知音對話，甚而據以動員讀者，重整秩序，創造制度，建構社會。《周易·繫辭下》說：「鼓天下之動者，存乎辭；化而裁之，存乎變；推而行之，存乎通；神而明之，存乎其人。」[2]

　　文字，可以啟智，使失明的海倫凱勒（Helen Adams Keller,

---

[1]　Muriel Rukeyser (1913-1980): "the universe is made of stories, not of atoms", *The Speed of Darkness* (1968) 轉引自美·庫茲維爾著，李慶誠、董振華、田源譯：《奇點臨近》（北京：機械工業出版社，2014），頁5。

[2]　《周易·繫辭下》（臺北：藝文印書館）「十三經注疏」，頁158。此處之「辭」是指爻辭，本文則將「辭」擴大解釋為一切由文字集結而成的文辭。

1880-1968）可以利用手語閱讀書籍；使啞口無言的她可以用文字編輯事理。她的家庭老師蘇利文（Anne Sullivan Macy, 1866-1936）記錄了海倫凱勒領悟文字與世界呈指稱關係的關鍵時刻：[3]

> 今天早晨，當她正在梳洗時，她想要知道「水」的名稱。當她想要知道什麼東西的名稱時，她就指著它並且拍拍我的手。我拼了 "w-a-t-e-r"（水），直到早飯以後我才把它當回事兒。……我們走出去到了井房，我讓海倫拿杯子接在水管噴口下，然後由我來壓水。當涼水噴出來注滿杯子時，我在海倫空著的那只手上拼寫了 "w-a-t-e-r"。這個詞與涼水湧到她手上的感覺是如此緊密相聯，看來使她大吃一驚。她失手跌落了杯子，站在那裡呆若木雞，臉上開始顯出一種新的生氣。她拼了好幾次 "water"。然後她跌坐在地上問地板的名稱，又指著問水泵和井房棚架，突然她轉過臉來問我的名字，我拼了 "teacher"（教師）一詞。在回家時她一路上都處在高度的興奮狀態中，並且學著她碰到的每樣東西的名稱，這樣在短短的時間內她的詞彙量增加到三十個。第二天早晨起床後她像個快樂的小仙女，輕快地一會兒走到這件東西旁，一會兒走到那件東西旁，問著每件東西的名稱，並且高興得連連吻我。……現在，每件東西都必須有一個名稱了。不管我們走到哪裡，她都熱切地問著她在家裡還沒學到的東西的名稱。她焦急地教她的朋友們拼寫，並且熱心把字

3　轉引自德・恩斯特・卡西勒著，甘陽譯：《人論》（臺北：桂冠圖書股份有限公司，1994），頁52。

母教給她……所碰到的每一個人。當她有了語詞來取代她原先使用的信號和啞語手勢，她馬上就丟棄了後者，而新語詞的獲得則給她以新生般的喜悅。

冰涼的水淋在手上，那個物質是什麼？是水！用「水」這個字來指稱「水」這個物質……那一刻，是文字啟蒙了智慧的奇異時刻，文字，使人與世界建立了四通八達的網絡，文字撥開了橫擋在這個又盲又聾又啞兒童面前的大黑幕，使她可以透過文字認識這個世界的人事物，不必困居在無聲無光無言的軀殼裡。理解了文字是指稱世界的工具，她就可以利用文字（手語）來和他人交談，她的心靈因為知識的注入而活絡起來，所以蘇利文老師在教學日誌上寫道：「新語詞的獲得則給她以新生般的喜悅」。文字為海倫凱勒點亮了原本暗無天日的生命處境，開拓了原本一燈如豆的視野，經由文字的聯通，她不但攝取了先賢所傳留的學識，同時，也將一己獨特的生命經驗與智慧，以語文的方式流傳下來。我們不盲不聾不啞，與海倫凱勒的處境大相逕庭，但一個人若不知如何使用語文與世界交際，其實也無異於失語失明失聰。

文字除了能提供與世界交際的憑藉，還可以將曾經存世的人事物予以編輯記載，使「形同草木之脆」（《文心雕龍・序志》）的眾生或萬物，得以儲存於文字而不會湮滅不聞。以臺灣「義賊」廖添丁為例，他生於公元 1883 年，死於 1909 年，享年 27 歲，實際已從這個世間退場百年以上，但廖添丁其人其事因為有文字予以記錄，例如：政府官方的檔案記錄，或是改編其生平而敷演的民間戲劇、廣播故事，因而是「一息尚存」於人間的「傳奇人物」。以下

是李季樺：〈從日文原始檔案看廖添丁其人其事〉[4]，作者以嚴謹的研究態度編輯材料，將廖添丁的一生娓娓詳述，保留了日據時代神偷大盜妙賊的生平事跡：

> 廖添丁生於清光緒九年（1883 年），住臺中廳大肚上堡秀水庄，百九拾臺番地，也就是今天的清水鎮秀水里海濱路 216號。八歲時父親過世，母親改嫁，廖從小與祖母相依為命，後由他的姑姑帶大。童年替人放牧為生，十幾歲時和鄉人北上並在蔡姓鄉人所開的燒炭店中幫忙，不久離職在臺北當苦力頭。廖十八歲開始犯案，明治三十五年（1903 年），因竊盜三犯付臺中地方法院，遭重禁錮十個月又十五天，並有逃獄兩次的記錄。
>
> 明治三十七年（1905 年）與板橋人張富共謀奪取板橋茶商江眄旺三千元，在遭警方逮捕之際，廖拒捕，射出菜刀誤中張富，廖獨自脫逃。次年，於大龍峒王阿和家中被逮。明治三十九年至四十二年，廖又有多次竊盜記錄，並被逮捕。自明治四十二年三月八日出獄至同年十一月遇害為止，前後九個月時間，其犯下的重大刑案包括：1.士林街茶商王文長金庫搶案，2.大稻埕屠獸場警察廳宿舍、日新派出所，村田式警槍、彈藥、佩劍被竊案，3.林本源家搶案，4.基隆搶殺密偵陳良九案，5.八里坌堡五股坑庄保正李紅家搶案。但真正使警方極度重視乃在明治四十二年八月中旬以後，其犯下偷竊

4　李季樺：〈從日文原始檔案看廖添丁其人其事〉，《臺灣風物》第三十八卷第三期（1988 年 3 月）。

警槍、彈藥及佩劍開始，從此時起至廖添丁 27 歲（1909 年，明治四十二年十一月十八日）八里坌坑遇害，只有短短三個月，而這三個月為廖活動力最強、犯罪率及知名度最高的時期。其活動範圍以臺中、臺北、基隆、桃園為主要地帶。

廖添丁屢次犯案，在警方的圍捕中，廖最後逃到淡水河邊的觀音山中，被同居人謝氏的弟弟楊林所告發，廖剛睡醒，楊林用鐵鍬往廖額上連打二、三下，廖頭蓋骨節挫傷，立刻倒下，巡查、巡查捕到時，廖已絕息，瞬時遂死。

透過書面文獻，我們可以認識到這個百年前的傳奇人物，他是清水鎮秀水里人，少年失怙，母親改嫁，由祖母撫養長大，生活過得勞累辛苦。十八歲之後，廖添丁放棄苦力工作，開始行竊，他專偷米商、茶葉商等富有人家。曾因偷竊犯案而遭當時的日本警察逮捕，三度被監禁於臺中監獄，但也曾越獄過兩次。廖添丁被警方逮捕時未必都束手就縛，他曾擲出菜刀以拒捕，與警方對峙不下。廖添丁在犯案期間曾數度偷竊日本警局的槍械、彈藥、佩劍，是日本警察頭痛及頭號通輯要犯，同時也因為如此而成了全臺知名度最高的盜賊，一些偷竊與藐視警察的軼聞，遂成為民間繪聲繪影，津津樂道的「義賊廖添丁」故事。這個「義」，是朝向民族大義的「義」，但多半是一種來自於日治時期臺灣民間的穿鑿附會，李季樺說：「在日本警察眼中，廖添丁為一竊盜及殺人犯，並非所謂的抗日匪徒或思想犯；犯案的性質為單純的社會刑事案件，而非帶有政治性或思想的抗日事件。廖案有個特殊之處，即其犯罪的動機及行為本身，帶有嚴重藐視警方、羞辱日警的色彩。」由於移情與補償作用的心理，廖添丁成為日治時期的「義賊」、「民間英雄」，

他的傳奇遭遇、偷搶行徑、商場情報、冒險膽量、義氣⋯⋯都使他的事跡成為臺灣早期最動聽的「警匪故事」。文字與文學的超能力不但使「典型在夙昔」的廖添丁「音容宛在」，而且也讓閱聽廖添丁故事的後人獲得聽講的趣味，廣播藝人吳樂天的精彩說書節目就是「義賊廖添丁」，吳樂天每編輯一次廖添丁的故事，藝高人膽大的廖添丁就又重現江湖一次，走路有風，談笑有聲，令人聞之拍案叫好。5

文字啓迪了聲啞盲童海倫凱勒，使她能「閱讀」世界，不再蟄居一隅；文學留下了前人的生命足跡，使今人得以聞見義賊廖添丁的傳奇事蹟；文學裝填了知識、情懷、夢想、悲喜⋯⋯文學締造之後，就在人間散佈，釋出影響力，直至能量耗損趨疲為止。由文字所寫就的文學，正如所有的書籍文獻一般，一旦面世，就屬於世間所有閱讀者，它自身是無法拒絕任何時代，推辭任何人物，排除任何閱讀或詮釋立場，換句話說，文學對這世界不曾設限，任何人都有閱讀文學的權利與解讀文學的自由。朱建亮在《文獻信息學引

5　朱建亮：《文獻信息學引論》對文獻的定義如下：「文獻乃是用文字、圖形、符號、聲頻、視頻等技術手段記錄人類知識的一種載體，或稱其為固化在一定物質載體上的知識。」，據此而論，廣播劇也是一種文獻。（北京：書目文獻出版社，1992），頁 32。美·阿瑟·阿薩·伯格（Arthur Asa Berger）著，姚媛譯：《通俗文化、媒介和日常生活中的敘事》（南京：南京大學出版社，2006）：「我們還必須承認，人類的聲音是非常有力的工具。演播者通過對口音的運用、通過說話的聲調、通過聲音的柔和程度和音量、通過使用影響聲音的音響和引起特殊效果的手法，例如回聲，可以創造出各種各樣的效果。」，頁 116。

論》說[6]：

> 知識的使用價值有不滅性、多層次性、再生性、餽贈性等特
> 性。從某種意義上說，這也大多適應於文獻消息。一部圖書
> 的內容不會因反複利用而失去其使用價值，直至該書不能閱
> 讀為止；一部圖書往往因為內容豐富而可以從各種角度來加
> 以研究，各取所需。正是：「夕陽芳草尋常物，能用都化絕
> 妙詞。」當然，如何利用，又各有千秋，但文獻信息本身總
> 是多層次角度的使用價值的。文獻信息一旦生產出來，就屬
> 於全人類，它不拒絕任何時代、任何民族對它的利用。即使
> 某一文獻信息的生產者（作者）並無此意，然而，文獻信息
> 一旦流通於世，如何利用和為誰所用都身不由己了。

當我們習得了識字與書寫能力，就可以經由閱讀來認識世界，開展
智慧，豐富人生；行有餘力，也可以經由書寫來編輯人間世，作品
一旦流通於世，它就向所有接近他的人釋放信息與意義。

6　朱建亮：《文獻信息學引論》（北京：書目文獻出版社，1992），頁
62。

歡迎光臨人類的信息世界
——交談請遵守「合作原則」

　　人，天生就是愛說話的動物，不但愛說話給別人聽，並且也喜歡聽別人說話；這似乎表明了人類一個獨特又有趣的天性——對信息的編譯高度有興趣。就信息理論（Information Theory）[1]而言，不論利用什麼方式的溝通管道[2]，凡說話者，就是在釋放信息；而聽話者，就是在接收信息；任何方式的「交談」，就是「說者」與「聽者」在設定的溝通渠道內傳遞雙方的信息，交談的雙方若要達成有效的話語交流，就必須從接收到的信號作出正確的意義判讀。信息（Information）與信號（Signo）關係密切，但兩者仍有所分別，信號是以任何一種形式傳遞的訊號，而信息是具有意義的訊號。舉例來說，當你看到編號「33」路線的臺中市公車靠站，若你

---

[1]　信息理論的創始者有兩位，一位是美國通信科學家申農（C.E. Shannon, 1916-2001），另一位是美・維納（Nobert Wienner, 1894-1964）。申農的「信息論」屬於通信技術範圍，所以是狹義信息論；維納的「信息論」，橫跨到其他學科，而成為廣義的信息論。

[2]　面對面談話、視訊、電話交談、電話語音答錄、簡訊、語音信箱、廣播、電子郵件、標語、看板、跑馬燈宣傳……凡是利用語言、文字以傳遞信息者，皆屬廣義的「交談」。學術著述、文學著作，當然也屬於一種作者與讀者之間的「交談」活動。

知道它的行駛路線，那麼「33」號公車對你而言就是個有意義的信號，有用的資訊，但若你不知道「33」號的行駛路線，那麼「33」，就只是一個由數字所構成的信號，而不是一個信息。再以「綠燈」為例，作為一個由人為所構成的綠色的燈光，若設置在路口的交通號誌上，「綠燈」的信號代表「通行」，所以「綠燈行」，就是一個信息，能識別這個信息的人，都可以據此信息通行。倘若「綠燈」只是綠色的燈光，而沒有被賦予任何指定的意義，諸如「通行」、「安全」、「通電」或是「充電完成」等的意義；或者是看到這綠色燈光的人不明白「綠燈」所代表的意義，那麼，這「綠燈」對他們而言，只不過是綠色的燈光，或是一個由綠燈所構成的信號，但因為不能破譯這個信號所代表的意義，所以，這個綠燈對他們而言，只是一個看得見的信號而已，並無法譯出該信號所代表的意義；這情況就好像文盲一般，雖看得到文字的形狀，卻不識得文字的音義。一切的信息都必須憑藉各種形態的信號傳遞──聲音、顏色、燈光、手勢、表情、眼神、記號、數字、震動、溫度、氣味、旗幟、文字、話語……但唯有具有意義的信號才算是信息，也就是資訊。文學的交流也是一樣的道理。

　　信息雖非物質，也非能量，卻信息卻與物質和能量共同構成了這個世界，物質描述的是世界的實質性，能量描述的是世界的運動性，而信息所描述的則是物質世界從反應性、感應性到反映性的特性，信息的傳遞需要能量，沒有能量或能量的一定損耗，信息就不能進行傳遞運動。我們生存在這個由質量、能量、信息量所構成的世界，為了生存與生活，我們天生賦有對這個世界所釋放出的信息作出接收與反應的行動，不論是眼耳口鼻舌的感官能力，或是大腦內部的記憶與運算能力。與其他的萬物有別，人類在信息的編譯上

具有高度智慧，最顯著的特徵就是利用說話來交流彼此所欲傳遞的信息。二十世紀中期創立「控制論」（Cybernetics）與「信息論」[3]的美國數學家維納（Nobert Wienner, 1894-1964）在《人有人的用處》一書中明白指出人類天生是信息的動物，所以發明了語言活動，說話不但是人類最大的興趣，而且也是最了不起的成就，他說，我們不能強迫黑猩猩說話，正如我們不能強迫小朋友不要說話的道理是一樣的，因為我們會注意聽取言語，以便從言語中譯解出箇中意義。[4]他又說[5]：

　　人對語言的興趣似乎是一種天生的對編碼和譯碼的興趣，它

---

[3] 美·維納著，郝季仁譯：《控制論——或關於動物和機器中控制和通信的科學》，胡作玄〈導讀〉：「雖然維納在 1948 年才出版他的名著《控制論》，可是消息、噪聲、反饋、通信、信息、控制、穩態以及目的論等概念早已在這位傑出思想家的頭腦中成熟並統一起來，直到最後終於完成了《控制論》（Cybernetics）（取自希臘文舵手之意）這個點睛之筆。由於漢語翻譯的原因，我們常把控制論與大約同時出現的一個科學技術領域——控制理論（Control Theory）」混淆起來。控制理論來源於比較具體而實際的問題，從蒸汽機的自動調節，溫度的自動控制到導彈的自動制導等，在這些問題的基礎上建立起物理和數學模型，進一步發展成為現代控制理論。……與控制理論相比，控制論更是一門跨學科的學科群。實際上，與其說控制論是一門學科，倒不如說是一種科學的哲學理論或從一種新的角度來觀察世界的系統觀點和方法。」（北京：北京大學出版社，2007），頁 15。

[4] 參：美·維納著，陳步譯：《人有人的用處》（北京：商務印書館，2009），頁 65-66。（加重點處為原書作者為強調其重要性而特意標示。）

[5] 參：美·維納著，陳步譯：《人有人的用處》（北京：商務印書館，2009），頁 65-66。

看來在人的任何興趣中最近乎人所獨有的。言語是人的最大
興趣，也是人的最突出的成就。……我們對信碼和講話的聲
音都會心神貫注，而我們對信碼的專注又能夠從言語方面擴展
到與視覺刺激有關的方面去，這些顯然都是人腦自身的特性。

作為人類的我們會留意周遭的信息，這一方面是天生的興趣所
使然，另一方面也在獲取情報，以利生活所需，不論是日常生活溝
通，或是知識、學術、感情上的交流，都離不開彼此之間的對話，
而一場有效的談話還需要立基於雙方皆能遵守「合作原則」
（cooperative principle）。對話是社會交際行為，一場對話至少需
要兩個人，也就是至少要有說的人和聽的人，所以，任何一場對
話：生活對話、知識對話、感情對話……為了確保交談的有效，說
者與聽者都應該遵守「語言合作社」所擲下的規章——可以說是
「合作原則」，也可以說是「交際契約」（communicational
contract），這樣，參加會談的人才不會「枉費唇舌」，「廢話連
篇」，「雞同鴨講」；最後不歡而散——有些場合的談話，例如辯
論，法庭辯論，由於存心破壞對方的言說意義，所以必須蓄意破壞
合作原則。6。語言活動中的「合作原則」要求參與會話的雙方應
在彼此共同協定好的談話主題或方向上貢獻有意義的話語，即說話
的人不可胡說八道，聽話的人也不可無的放矢，任意質疑，如此，

6　美・維納著，郝季仁譯：《控制論》（或關於在動物和機器中控制和通信
　　的科學）（北京：北京大學出版社，2007），頁75。
　　辯論式的談話，例如我們在法庭上看到的法律辯論以及如此等類的東西，
　　它所遭遇到的就是一個可怕得多的敵人，這個敵人的自覺目的就在於限制
　　乃至破壞談話的意義。

才能我說你聽，你說我聽，達成一場有效的語言交流。譬如在這個情境：速食店員問顧客：「再加一元，就可以加購一份炸薯條，有需要嗎？」顧客應該回答「好。」或「謝謝，不需要。」；這就是在合作的原則下正確交談，即使他回答說：「那再加兩元，就有兩份薯條嗎？」或是「炸薯條熱量好高喔！我不要。」都算是有所配合其問題。但如果顧客對店員的提問作如下回答，說：「你們的薯條是用馬鈴薯還是番薯炸的？」、「咖啡可以續杯嗎？」、「樓下客滿了，樓上現在開放用餐嗎？」、「我想要應徵工讀生。」這都違反了第一次談話主題發生時所設定的主旨；但在顧客開口的同時，另一個談話主題又啟動了，店員如果也遵守談話的合作原則，那麼他將可能回答說：「馬鈴薯。」「不用加一元，咖啡可以免費續杯。」、「樓上現在可以開放用餐。」或是「應徵工讀生請找左邊穿藍色條紋制服的值班經理。」像這樣的交流模式是日常生活經常實踐的談話守則，即使是學校裡的課程研習亦然，譬如開設的課程是「葡萄作物栽培」，授課者應該在「葡萄作物栽培」這個方向上貢獻信息，而不應該偏離課綱，大談「勞資關係」或是「都市計劃」；而學習者也應該將自己的通訊頻道調到「葡萄作物栽培」，才能收聽到老師輸入的專業知識，否則就是違反「合作原則」，任何不合作的一方都是破壞者，或至少沒有作出貢獻。

　　當然，聽或說的一方也可以蓄意不遵守合作原則，以風馬牛不相及的內容來回應對方；這可能是一種政治或論辯策略，即以「遁詞」、「蔽詞」來逃避話題；也可能是一種喜劇手法，對話的某一方以「牛頭不對馬嘴」的方式搭腔，製造違反合作原則下的話語交流，因為謬誤古怪而產生滑稽效果，因而博君一粲；如相聲的抖包袱，或是有意說出的笑話。如果不是在這兩個前提下所產生的「各

說各話」；那麼交談的某一方必是語言功能或心智功能障礙。順帶一提的是禪宗公案中的對話方式，多有背離交談合作原則的「佳話」，因為禪宗遵循達摩祖師的教誨「不立文字」，不希望弟子執著於語言表象，所以也會故意以「答非所問」的方式回答提問者以破其文字障；不過，畢竟是違反交談的合作原則，所以，有些明明就是「胡說八道」，卻被當作「醍醐灌頂」的妙悟箴言，這也導致了禪宗末流的衰微。

「合作原則」（cooperative principle）是英國・語言哲學家葛來斯（Herbert Grice Paul, 1913-1988）闡明的語言溝通原則，指在從事語言交流活動時，交談的雙方必須建立在互相合作的基礎上進行會話，才能從事有效的溝通；在最大極限下，說者與聽者都必須遵循彼此公認的談話主旨或方向，並貢獻出符合此目的的話語[7]。在文學的交流活動中，作者與讀者也需要遵守合作原則，即作者有權在他的才情內，將世界萬物或人生經歷、內心感受……利用各種審美修辭手段，把它們吹噓得荒誕誇張、失真變形，或是小心翼翼地透露部分內容，把心事描寫得隱晦曖昧、閃爍迷離、捉摸不定，但他都是善意的，並沒有打妄語，只要不是失敗之作，即言不及義，或詞不達意的敗筆之作，那麼，讀者若想參與到他的文學作品世界中，就必須盡量配合，試著領會他在作品中的詞與義，才能盡興地一起玩「文學遊戲」。美・卡勒（Jonathan Culller, 1944- ）曾創了一個文學術語：「超保護的合作原則」，這個術語是在語言哲學家葛來斯「合作原則」的基礎上所構想到的。在他的小書《文學

7　葛來斯（Herbert Grice Paul, 1913-1988）Make your contribution such as it is required, at the stage at which it occurs, by the accepted purpose or direction of the talk exchange in which you are engaged.

理論》（*Literary Theory: A Very Short Introduction*）提到：「一個從故事分析中形成的程式（包括從個人軼事到整本小說的分析中），或者叫傾向有一個讓人望而生畏的名稱，叫『超保護的合作原則』（hyper-protected cooperative principle）交流基於一條根本的程式，即參加者的相互配合。而且，基於這一點，一個人對另一個人所說的話才會是相關的。」[8]。譬如當我們念到李白〈宣州謝朓樓餞別校書叔雲〉這首情意奔放不羈，物色蒼茫寥落的七言古詩時，就應該知道這是一首「詩」，而以「詩」的立場來和這首詩作「話語交流」；詩的語言特性是情感主觀而強烈，造語修辭須能引發審美情感意象，詩人能將這兩項詩歌寫作原理落實於文字，才算是一首合格的詩。當讀者與作者皆遵守這項合作原則後，詩人有話語權創作他的詩歌，而讀者也能領會它在奇幻造語下的慷慨懷抱，而不會讀到「俱懷逸興壯思飛，欲上青天攬明月。」、「抽刀斷水水更流，舉杯銷愁愁更愁。」[9]都不以為然地說：「上青天？攬明月？李白莫非要當太空人？」「真是太誇張了，怎麼可能把水給切斷？」，而要明白李白與友人離別在即，但又不忍離別，若能揮刀阻斷時間長河的不停的流逝，也許就能把朋友留住，或把時光停格，然而，這又豈能做到？於是舉杯消愁，但愁又更愁了。這就是在「合作原則」下，排除想入非非的干擾，穩定地聆聽詩人的詠

8　美・卡勒：《文學理論》（香港：牛津大學出版社，1998），頁 27。

9　高步瀛編注：《唐宋詩舉要》：「棄我去者昨日之日不可留，亂我心者今日之事多煩憂。長風萬里送秋雁，對此可以酣高樓。蓬萊文章建安骨，中間小謝又清發。俱懷逸興壯思飛，欲上青天攬明月。抽刀斷水水更流，舉杯銷愁愁更愁。人生在世不稱意，明朝散髮弄輕舟。」（臺北：世界書局，1974），頁 191。

歌，並且聽出了他的心聲。

　　需要具備什麼樣的基礎素養，才能胸有成竹地光臨「語言合作社」，並且在各種談話場合中實現有效的信息交流？或許可以從維納（Nobert Wienner）的「控制論」[10]來理解：首先交談的雙方必須保持信息通過線路的暢通，這樣才能使初始傳入的消息得以輸入，其次彼此都需要裝置一個適當的「濾波器」[11]，好過濾掉各種妨礙正常交談的干擾雜訊，只讀取正常的信息，再來就是要有個效能好的終端設備——「效應器」，以解讀信息所負載的意義，達成

---

[10] 美・維納著，郝季仁譯：《控制論——或關於動物和機器中控制和通信的科學》，第四章〈反饋和振蕩〉：「我們在傳入的消息上，加上一個弱的高頻輸入；並從效應器輸出中取出同樣高頻的那一部分輸出，用一個適當的濾波器使它與輸出的其他部分分離開來，為了知道效應器的運轉特性，我們必須考察高頻輸出對輸入的振幅周相關係。根據這個關係，就可以適當地改善補償的特性。……這種形式的反饋的優點，是可以較準補償器，使得它對任何種類的不變負載都是穩定的；而且，如果負載特性的改變比起初始輸入的變化來足夠慢（這種改變的方式我們前面叫做久期式的），如果負載條件的讀數準確，那麼系統就不會產生振蕩。……在結束這一章以前，我們不要忘記反饋的原理在生理學上還有一個重要的應用。在很多場合，一定形式的反饋不僅是生理現象中常見的例子，而且它對生命的延續也是絕對必要的，我們在所謂穩態（homeostasis）的情形中可以看到這點。高級動物的生命，特別是健康的生命，能夠延續下去的條件是很嚴格的，體溫只要有攝氏半度的變化，一般就是疾病的癥候；如果有長時間的五度變化，就不能保持生命。」（北京：北京大學出版社，2007），頁95。

[11] 以電器設備為例，電源線是干擾傳入設備和傳出設備的主要途徑，通過電源線，電網的某些頻率信號將會傳入設備，干擾設備的正常工作。反之亦然，即設備所產生的干擾也可能通過電源線傳到電網上，干擾其他設備的正常工作。濾波器的作用是允許正常的頻率信號進入設備，並阻止干擾信號進入設備。

與交談對象進行良好互動的目的。維納的控制論雖然原是在探究機器的信息輸入與輸出系統，但他明確地指出「控制論」具有普遍性原則，任何自治系統內都存在著相類似的控制模式，所以也適用於人類的通信行為——包括語言、文學、音樂、繪畫等的文藝交流模式。維納是個數學天才，十八歲就取得哲學博士學位，但他從七歲開始就飽讀各種文學作品，他後來將深奧的「控制論」改寫為科普著作，名為《人有人的用處》，以科學大哲的智慧，平易近人地闡述文學與藝術上的信息論，他誠懇地告訴我們：要使我們所聽到的話語具有意義，除了維持通過線路的暢通無阻之外，還需要有個「過濾器」，具有濾去干擾與濾進意義的作用，他說：[12]

> 從控制論觀點看來，語義學上具有意義的信息乃是通過線路以及過濾器的信息，並非僅止通過線路的信息。換言之，當我聽到一段音樂時，大部分聲音都進入我的感官並達到我的腦子。但是，如果我缺乏感受力和我對音樂結構的審美理解所必需的訓練的話，那麼這種信息就碰到了障礙；反之，如果我是一個訓練有素的音樂家，那它就碰到了一個可以對它作出解釋的結構或組織，從而使這種模式在有意義的形式中展示出來，由是產生了審美價值和進一步的理解。語義學上具有意義的信息，在機器中一如在人體中那樣，乃是能夠通過接收系統中的激活機構的信息，儘管存在著人或自然乃至人和自然二者結合起來的搗亂企圖。

---

[12] 美・維納著，陳步譯：《人有人的用處》（北京：商務印書館，2009），頁 76-77。

　　在文學與藝術的傳輸過程中，過濾器就像是一個「文化素養」裝置，由「感受力」、「理解力」、「審美力」所組合而成，透過這個裝置，我們在接收文學話語的過程中，才有能力排除企圖擾亂信息正確譯出的各種雜訊，這些雜訊包括我們自己本身養成背景所產生的胡亂遐想，或是周遭文化社會環境所存在的各種干擾源——大眾流行文化口味、政治意識形態、性別觀念、資本主義金錢至上價值觀、各種倫理、道德、宗教等參差紛紜的說法……唯有濾去這些種種的干擾源，我們才可以對收聽到的話語作出正確解讀及反應，而不會因為「聽不清楚」或「會錯意」，而作出「答非所問」的反應，使雙方的談話不歡而散。除此之外，厚植自己的才學，使通訊能力強大，也是高效接收信息的長久之計，維納說：「線路的通訊能力得有一定大小，才能避免消息被自身的能量所淹沒。」[13]假設通訊能力貧弱，無力應對，不但吸收不到信息，也可能被消息給吞噬。

　　人，天生愛說話，也愛聽別人說話，在說話的過程中，唯有過濾雜訊，校準讀數，才能保證通話系統品質的穩定，通話系統穩定了，對方的話語能聽明白，我方的對答也在交流線上，這樣，就算是遵守交談的合作原則，我們就可以在語言合作社挑選話題，和他人做一場有意義，有趣味，對答如流的對話了。

---

[13]　美・維納著，陳步譯：《人有人的用處》（北京：商務印書館，2009），頁24。

我是一個文學人嗎？
——善用文字來表達及領會生活

　　如果一個人已認識了幾千個字，也能寫上百千個字，聽得懂別人講的話，看得懂別人寫的訊息，不論是話裡面的意思，或是話語之外另有的含義；平常他喜歡把一顆一顆的字串列起來，排成有序的文句，在裡面存放一些想法，一些感動，一些心情，或是一些回憶，一些道理，一些故事，一些趣味，一些情意……或者，雖不創作，但他能夠閱讀並理解它們。平時，他也喜歡聽聽笑話，玩玩填字或猜謎語遊戲，偶爾戲耍個雙關語來捉弄捉弄朋友，幽默一下，調劑調劑無聊的日常生活，那麼，基本上，他可以算是個準文學人了。因為，作為文學人的必要條件，就是要能好好地「識字」，好好地跟文字締好交情。一旦可以通過文字來結識這個世界，玩味這個人生，表述這個人生與世界的種種情感經驗，詮釋這些種種情感經驗現象的滋味；這樣就是一個不折不扣的文學人了，斯文在此，此謂斯文之人，所謂斯文，如斯而已。

　　何以如此？因為文學本是一個語言活動的過程，也是語言活動過程的完成，文學人的本事就是要能流利地實踐這一個語言活動過程。文學活動的實現除卻人類在生理與心智上的條件作為普同基礎外，當然也要考慮個人在先天語文稟賦及後天語文學養上的差異。

依據美籍教育學者 Gardner Howard 在 1983 年提出的多元智能論
（The Theory of Multiple Intelligences），歸納得出人類具有八種智
能，這八種智能是：語文智能 Linguistic Intelligence，邏輯數理智
能 Logical-Mathematical Intelligence，視覺空間智能 Visual-Spatial
Intelligence，身體運動智能 Bodily-Kinesthetic Intelligence，音樂智
能 Musical Intelligence，人際交際智能 Interpersonal Intelligence，內
省智能 Intrapersonal Intelligence，自然智能 Naturalist Intelligence
等。多元智能理論在人才培育的歷程上具有重要的啟示：首先，就
語文而言，它和邏輯數學上的推理智能構成教育的雙軸，這是因
為，我們都是通過語文來掌握知識信息的傳遞，也就是使用語言、
文字進行反思或詮釋活動，但由於在接收語文信息時還必須運用邏
輯思維來執行信息的分析，所以，語文與數理此兩種智能因而構成
教育內容的雙軸。除了語文與數理之外，其餘的智能還包括：人
際，自省，視覺空間，聽覺音樂，身體運動，自然觀察；這六種智
能也都是我們認識自己，認識他人，認識世界，運用身體，覺察聲
音，創造律動，探索生命，解決生存任務，以及自我實現的必要條
件。每個人在這些智能上的表現各有強弱上的差異，強項、弱項彼
此兼容並蓄，共同匯聚成我們自己獨特的智能界域，分屬不同區域
的智能會相互喚醒對方，彼此攜手合作，以應付我們一生所須面對
的各種任務，或更高層次上的自我成就。舉例來說，我思故我在，
當一個人從自我的角度思考自然世界的審美價值時，他不但需要調
遣自省的智能，也必須運用文字來理解或抒發；若是搭配音樂智
能，也許能創作或演奏出如：〈茉莉花〉、〈陽明春曉〉、〈颱
風〉、〈雨港素描〉、〈老鷹之歌〉這樣的優美曲目；若是搭配身
體的運動智能，也許能舞出〈稻禾〉、〈佛朗明哥〉這樣歡快的舞

碼；若是搭配視覺空間，也許能創作出如：〈水牛圖〉、〈嘉義公園〉、〈野柳〉、〈玉山積雪〉[1]這樣的在地風景……

　　就心智能力條件而言，大凡從事文學活動或是工作的人，普遍需要有較佳的「語感」（language awareness），語感較佳的人會有較為出色的聽、說、讀、寫能力，對語言現象所表現出的敏感度也超出一般水準，語感具有三種能力：一、能判斷語句是否恰當；二、能指出誤句的偏差所在；三、能修正誤句的偏差處。[2]舉

---

[1]　〈茉莉花〉是江蘇民謠，作者佚名，描寫茉莉花的芬芳潔白。〈陽明春曉〉是董榮森（1932-2012）於 1960 年創作的梆笛曲，描寫陽明山的三月風景，到處是宛轉清亮的鶯啼鳥鳴。〈戰颱風〉是王昌元（1946-）於 1965 所做的古箏曲，當年十九歲的她看見上海碼頭工人在狂風驟雨下搬運貨物的情景，觸景生曲。〈雨港素描〉是基隆籍的鋼琴家馬水龍（1939-2015）創作的鋼琴曲，描寫雨港回憶。〈老鷹之歌 If I Could（El Condor Pasa 雄鷹在飛）〉是秘魯作曲家（Daniel Alomia Robles）於 1913 年創作的歌劇尾聲，紀念自由戰士對抗西班牙殖民政府，死後化為雄鷹，在安第斯山脈上空翱翔。原詞由胡立歐所寫：「神鷹，安第斯山的王者，把我帶回我親愛的土地，我的家鄉安第斯山，我要和我思念的印加兄弟們生活在一起。在庫斯克（古印加帝國的首都）廣場上等我，讓我們一起在馬丘皮丘和懷納皮丘上空翱翔。」〈稻禾〉是林懷民（1947-）於雲門舞集創立四十週年所創作的舞蹈。〈佛朗明哥〉（Flamenco）是模仿紅鶴連續踩踏地面的一種西班牙舞蹈。〈水牛圖〉是黃土水（1895-1930）的淺浮雕，描繪農村的牧童和水牛們的生活剪影。〈嘉義公園〉是陳澄波（1895-1947）的油畫。〈玉山積雪〉是馬白水（1909-2003）的水墨畫；兩者都是風景畫。

[2]　王培光在《語感與語言能力》一書中指出：「我們的語感能判斷哪些句子合適而沒有偏差，哪些句子不合適而有了偏差。判斷偏差是語感的第一種能力。對不合適的句子，語感可以指出其中不合適的部份。指出偏差是語感的第二種能力。語感還能把不合適的句子改成合適的句子。改正偏差是語感的第三種能力。」（北京：北京大學出版社，2005）。

例來說，當一家麵包店以「我喜歡，以麵包閱讀世界！」作為宣傳標語時，語感敏銳的人能覺察出這個句子的不恰當，並指出其不恰當處在於「麵包」與「閱讀」一詞不搭，「閱讀」是用眼睛來察看，應該要搭配「書籍」或跟視覺有關的物象才對；而麵包是食物，食物是拿來吃的，所以應該使用「品嚐」、「品味」或「咀嚼」等詞彙為宜，但世界太廣大，用「咀嚼」一詞不當，所以這個標語應修正為「我喜歡，以麵包品味世界！」或「我喜歡，以麵包品嚐世界」，或放大為「我喜歡，以麵包探索世界！」亦可。至於「閱讀」與「世界」的關係，不妨用「書籍」、「歷史」，或「影片」作為聯繫，而可再造出另一種標語：「我喜歡，以書籍閱讀世界！」或「我喜歡，以歷史閱讀世界！」或「我喜歡，以影片閱讀世界！」就文學活動而言，擁有語文智能是從事文學創作與研究的必要條件。

　　語文智能稟賦優異者，可以通過對聆聽話語，說話，閱讀，寫作上心領神會表現程度來發掘，這類智能出色者能領悟話語或文字的排列秩序是否得當，對於成語，典故，詩句等用詞的細微差異，也會有清晰明確的把握，而不會混淆錯用。譬如他可以理解「猛虎不敵猴群」、「沐猴而冠」、「殺雞儆猴」、「雞同鴨講」、「雞飛狗跳」、「雞犬不寧」、「寧為雞首，不為牛後」這些成語中的用字雖然有「虎」，或是「雞」、「鴨」、「猴」、「牛」，但其實際用法卻又與這幾種動物無關，而只是借以形容某種狀態；甚且，「殺雞儆猴」、「雞同鴨講」、「雞犬不寧」裡的「雞」，也各有所指，意義不盡相同。或者「舟車勞頓」、「同舟共濟」、「刻舟求劍」、「破斧沈舟」、「木已成舟」、「一葉扁舟」這些都有「舟」字的成語，它們之間的意義也各有差別。此外，當人家

在說「下雨天留客天留我不留」的笑話,[3]或是「海水朝朝朝朝朝朝朝落,浮雲長長長長長長長消。」的對聯[4],他也會心生好奇,想知道該如何斷句,如何解謎。語文智能佳的人,還樂於認識新的字,有興趣追究詞彙的意義,對文字遊戲會心一笑,心情有感可寫首小詩,經目過耳的感動,或許催促他來說個故事,寫個劇本;在閱讀上一般也具有優異的理解或感受。語文智能出色的人才,通常直接利用「文字」來思考,詮釋,表達,所以擅長與人進行辯論,可以發表正式的演說,或從事文學創作及研究。

如果你喜歡運用文字來結識自己和世界,那麼真的就可以算是半個文學人了,至於那剩下的另一半要如何完成,這就端賴你要拿「它」怎麼辦了。因為,當我們投身於這個世界之後,必然會面臨許許多多新的事物,新的經驗,這些新的生命經驗,只憑基礎的語文智能結構是無法樣樣都可信手捻來,下筆如有神,這時內在既存的「字庫」或「智庫」就會不夠用,於是「詞不達意」,心生疑惑,以為自己「江郎才盡」,事實上,所有厲害的本事都不可能不費吹灰之力就可擁有,真正的才華需要厚積薄發,需要真積力久,需要切磋琢磨的功夫,才可望打造完成,十年磨一劍的道理在此。瑞士認知心理學家皮亞傑(Jean Piaget, 1896-1980)指出,抽象思

3　這是一個清代的笑話,主人書寫的紙條「下雨天留客天留我不留」並沒有斷句,使得客人理解為:「下雨天,留客天,留我不?留。」誤解主人會因為下雨天之故而留他住下來;但是主人的意思是:「下雨,天留客;天留,我不留!」,因此送客出門,產生了會錯意的尷尬笑點。

4　山海關孟姜女廟前的一幅對聯,「朝朝朝朝朝朝朝落」念作「朝朝潮潮朝潮朝落」。

考能力的養成需要花上十二年的時間，他在《結構主義》[5]書中有
言：

> 觀察和經驗以最明確的方式表明，邏輯結構是被構造出來
> 的，並且要花足足十二年左右的時間才能確立；不過也表
> 明，這樣的構造過程要服從某些特殊的規律，並不是通過隨
> 便什麼方式學習得來的，而是由於反映抽象過程和一種在自
> 身調節作用意義上的平衡作用這雙重的作用：反映抽象按照
> 需要逐漸提供構造用的材料；平衡作用則是提供結構內部的
> 可逆性組織。

皮亞傑從對兒童心智發展的長期觀察研究中得出：人才的培育需要
長期的學習與自我調節，而且，並不是隨便什麼方式就可以習得其
能力，以邏輯結構而言[6]，需要十多年時間才能確立。文學是高級
的思維活動，不論是寫作或是閱讀，都是經由抽象的文字，內建的
文法，理解文本所述的人事時地物關係，並與社會經驗、情感體悟
等產生相互作用，因此，所需時間也相當漫長，但會越陳越香，漸

5　瑞士・皮亞傑著，倪連生、王琳譯：《結構主義》（北京：商務印書館，
　　1985）。

6　瑞士・皮亞傑著，倪連生、王琳譯：《結構主義》「譯者前言」：「人類
　　的結構從開始的萌芽到最後邏輯結構 INRC 四元群的形成，通過若干階
　　段，要十多年時間才構造成功。結構不是天賦的，也不是從外在世界直接
　　接受得來的；而是通過反映抽象和一項在自身調整意義上的平衡作用這雙
　　重作用而構成：反映抽象提供逐步需要的資料；平衡作用提供結構內部的
　　可逆性組織，從而建立起最終的必然性和具備可逆性的不受時間性限制的
　　程式。」（北京：商務印書館，1984），頁 6-7。

入佳境。

　　對於任何人而言，建立抽象思維或心智認識結構，都必須持之以恆地進行，絕非一蹴可及，我們雖有個別的天賦強項，譬如在語言和文學方面上的敏銳能力，但這就像擁有音樂、運動、繪畫等藝能天賦的人們一樣，也需要長期的開發過程，在開發過程中，先天稟賦與後天努力都不能或缺。打個比方，它們類似高嶺土和精美瓷器之間的關係，高嶺土是制作瓷器的上等原料，但握有高嶺土並不等同擁有精美瓷器，優質的原料尚須經過精工捏塑和高溫煅燒等的制作過程，才能形成明淨剔透的優質瓷器。如今，你或許已發現自己擁有好的原料，接下來需要的就是作工和火候了……而文學的火候是什麼？由於文學的本質是外在生命與情感經驗的內化與語文表達能力的外化實踐，所以，不論是生活經歷的積累，或是情感的體會，以及篇章字句的琢磨，都需要維持一種持續不滅的煅燒溫度，色澤才會顯現出來。

珍珠貝裡的那一顆沙子
──故事的寓意藏在何處

　　說故事的本質在於向人傾訴一件發生過的，或是想像的，或是混雜著現實和想像的有意義的事件。所以，這個故事必然要有某種意思，它才值得一說，說故事的人，或說擅長說故事的人，通常是不會直接「露餡」，他會先做一番鋪陳，把故事內的人物，性格，彼此的關係，發生的地點，事件的來龍去脈，關鍵的物件，命運的考驗與後續的發展及結果交待妥當，然後，或者由作者來解說這件事的意義後收筆，也或者直接結束故事而不作解說或評論；讓讀者自行領略故事所蘊藏的意義。起伏轉折，變化有趣的故事，就像是一顆亮麗圓潤的珍珠；而故事內在的寓意，好比是珍珠裡面的那一粒小細沙，它包藏在珍珠內部，雖然微小，肉眼望不到，但卻是刺激珍珠形成的動因。這次，我們利用三篇靈異故事來探索故事的寓意所在。

　　先來看看這個在清朝流傳甚廣的靈異故事，故事的文化背景有二，一是民間傳說溺死的水鬼會抓「交替」，這樣他才能脫身去投胎，否則就只得困在幽暗溼冷的水底裡。二是城隍爺人選之由來。清朝小說家許秋坨講了一個溫馨的鬼故事──〈鬼陞城隍〉，說有個「與眾不同」的水鬼，他原本可以交棒給替身，自己另行投胎轉

世去,但三番兩次,眼看著準「替死鬼」來到溪邊了,他卻不忍心抓他們下水,因而繼續伏在水底當水鬼;後來,這個水鬼的善心與義舉獲得冥王的肯定,又恰好有城隍爺的缺,於是就任命這個水鬼去擔任。至此,你大概已揣摩出故事的寓意了。〈鬼陞城隍〉的原文如下[1]:

> 湖廣長沙鮑玉衡,向以捕魚為業。舟泊雙楓浦,時斜陽一抹,沽酒獨酌,先斟一杯于河,然後自飲。久之,水上倏浮起一人,謝曰:「余作波臣久矣,承君夜夜賜飲,無以為報,特驅大魚一輩至某潭,奉酬君惠。」俾免彈鋏[2],盤桓月餘,鮑老與溺鬼竟為莫逆交,鬼對鮑云:「明日有婦人作替身。」次日,果見婦來淘米,無恙而去。至夜,鬼復來,詢其故,答以婦方懷孕,迷之是傷二命也。明朝當有戴鐵帽人作替身。次日,適陰雨,人因以鑊子頂在頭上當傘,足染污泥,復洗足而去。夜又問故,答此人係獨子故耳,明晚有中年人作替身。比次夕,仍見有人挑水而去,夕又詢其實情,答曰:「渠上有老母,下有幼孩,余弗忍也。」一夕,溺鬼面帶笑容,對玉衡曰:「吾因三次讓人,冥王以吾有大陰功,某處城隍缺職,吾將攝之,行當與君別。」漁翁移舟

1　《筆記小說大觀》,清‧許秋垞:《聞見異辭》(臺北:新興書局,1977),頁 2664。

2　引用孟嘗君食客馮諼:「馮先生甚貧,猶有一劍耳,又蒯(沒有劍套,而以菅草為繩來纏住劍身。)長鋏(劍)歸來乎!食無魚。」的典故,意指沒有魚可以佐餐。見《史記》卷 75〈孟嘗君列傳〉,頁 947。(臺北:漢京文化事業有限公司,1981)

前往，見其地新塑城隍像，睨之彷彿河鬼儀容，鬚眉活現，
人謂靈蹟頗多云。自憐苦海久沉淪，幸脫迷津有替身。觸得
慈悲心一點，洛波神是玉霄神[3]。

　　城隍爺是中國民間普遍的地方神信仰，負責守護城隍轄區之內
的人民。[4]清朝時期，有關城隍爺乃是一個有惻隱之心的水鬼所升
任的傳聞頗多，如蒲松齡在《聊齋誌異》，說這個好心的水鬼是
「王六郎」[5]，他也會趕魚給一個經常請他喝酒的漁夫，兩人後來
還成為莫逆之交，即使在水鬼升官當了城隍爺之後，友情依然不
變。至於許秋坨這則水鬼救溺的故事也大同小異，他的寓意相當明
朗，是「善有善報」。這個水鬼三次救人於免死，第一次放過的是
來河邊洗米的孕婦，第二次放過的是來河邊洗鍋子的獨子，第三次
放過的是一個挑水養家的辛苦人，水鬼有慈悲心，發揮孟子不忍人
的惻隱之心。他的仁愛心腸，感動了冥王，肯定他己所不欲勿施於
人的善行義舉，特拔擢他從鬼界晉升為神界的城隍爺。城隍意謂城

3　洛波神：洛水之神。道教的神明位階排行，以九霄之神為至尊，玉霄神為
　　其中之一。

4　德・馬克思・韋伯著，王容芬譯：《儒教與道教》：「在中國古代，一方
　　面，每一個地方團體都知道有一位由沃土之靈（社）和收獲之靈（稷）融
　　合起來的懲戒神格發展而成的農民的雙重神（社稷），另一方面，又有作
　　為宗族祭把對象的祖靈的廟（宗廟）這些神靈合起來（社稷宗廟）成為農
　　村地方祭祀的主要對象，最初可能還是被自然主義地設想為一種半物質的
　　神秘力量或實體的鄉土守護神，其地位大致相當於西亞的地方神。」（北
　　京：商務印書館，1997），頁66。

5　蒲松齡《聊齋誌異》裡的「王六郎」，雖也是水鬼升上城隍爺的情節，但
　　多出了「布衣之交」的友誼寓意。

牆與護城河，城隍爺也就是地方管區的「地下首長」，這個水鬼能救人免於遭溺，就是「人飢己飢，人溺己溺」的襟懷，所以，足以勝任城隍爺之職守。可見，這則故事裡的寓意就是「好心有好報」，漁夫，水鬼都是有慈悲心腸，有好報應的典型範例。

飛越時空，來欣賞英國小說家雅克布斯（W.W. Jacobs, 1863-1943）於1902年發表的短篇小說《猴掌》（*The Monkey's Paw*）[6]。雅克布斯其實喜歡寫幽默小說，但他卻以情節跌宕驚悚，氛圍惴慄不安的《猴掌》而聞名於世。這則靈異故事大致是說，在某個寒冷的夜晚，懷特家的客廳拉下了百葉窗，懷特先生和兒子赫博特正在客廳下棋，懷特太太在壁爐邊打著毛線，一家三口享受著天倫之樂。這盤棋由於父親因為下錯一著而輸掉，他忿忿不平地埋怨這是什麼鬼天氣，附近簡直是地無三里平，人無三兩銀……母親和兒子互相交換了一個會心的眼神，懷特先生這才把嘴裡的話給咽了回去，轉換個話題說，「看這天氣，他應該是不會來了吧？」才說著，敲門聲就叩叩響起；懷特先生以主人的身分起身前去應門，懷特太太在屋內聽到丈夫在門廊前向訪客致哀，所以，當懷特先生領著訪客進入客廳時，她出聲示意兒子注意禮貌。懷特先生向家人介紹訪客是莫里斯少校，他們年輕時都在工廠幹活，不過已經多年未見，他說：「莫里斯當年離開故鄉的時候只是個二十一歲的瘦弱青年，看看他，如今可是個身材魁梧的軍官了。」莫里斯少校似乎經歷了什麼不幸，沒有多言。懷特先生給他斟了威士忌酒，酒過三巡之後，他打開了話匣子。懷特先生慫恿他說一說有關那個神秘的

6　筆者摘譯自 *The lady of the barge*, (1906.6th ed.) London and New York: Harper & Brother, Publishers.

「猴掌」事蹟給大家聽。莫里斯說，其實這不過是個魔法，因為它本是一般的猴掌，是從一具猴子木乃伊給截了下來，但這隻猴掌被下了詛咒。有個印度的年老僧侶（Fakir），他修行聖潔，為了要使人們相信命運自有定數，人不可妄為，因而給這猴掌下了詛咒：有三個人可以分別從這個猴掌獲得三個願望的實現，不過，那些膽敢干涉命運的人將會因而哀傷不已。莫里斯少校從他的口袋裡掏出了一個乾癟的猴掌給大家看，他是第二個擁有者，他不知道它的前一位擁有者對猴掌許的前兩個願望是什麼，不過他的第三個願望是求死，所以莫里斯才擁有了這猴掌。

　　他們問莫里斯是否曾對猴掌許過三個願望，他說是的，而且也都實現了，說著他的臉色變得蒼白，牙齒打顫，撞到了酒杯。懷特好奇地問他：「如果猴掌為你帶來不幸，你何苦留下它？」他不以為然地看了看猴掌，說：「因為它詭異吧，我想可能是這個原因。」接著他眉頭深鎖，憂慮地說：「也許應該把它燒掉才對，……」他起身到壁爐前，將猴掌拿在火堆上，準備扔下……這時，主人懷特先生趕緊出面阻止他，他把猴掌攔截了回來，告訴莫里斯少校，如果你不想要，就把猴掌給我吧！少校警告他，如果你要留下它，請別責怪我不曾警告過你。他說，這東西真的最好是燒掉它！懷特先生問少校，如果要許願，該如何做？他說：「用右手握住猴掌，舉高，大聲地說出所許的願望，不過，我警告你許願必然會有不測的後果。」莫里斯少校要離去前又以低沈沙啞的聲音再度提醒懷特先生：「如果要許願，那就許一個明智的願望吧。」

　　當晚，懷特先生送走客人後，他們一家好奇又興奮，也狐疑地看著這個皺縮的猴掌，真的會靈驗嗎？兒子赫博特尋開心地慫恿爸爸：「爸爸，快許願啊，許願當一個國王，從此我們家就又有錢，

又有名，過著幸福快樂的日子了，而且……你也不必再怕老婆了！」他們一家笑鬧著，兒子說：「就許想要兩百英鎊。有了兩百英鎊，就可以把房屋貸款都繳清，況且，怎麼樣想，兩百英鎊都不會傷害到你啊？」懷特先生握著猴掌，他說：「我好像已經擁有了我想要的了。」他舉起猴掌大聲地說：「我想要兩百英鎊！」突然，他驚呼一聲，那個皺縮的猴掌不知怎麼回事就掉落到地上，霎時，樓上的門也碰然一聲作響！他們一家面面相覷；懷特先生說，他發誓，當他正在許願時那隻猴掌蠕動了起來，像蛇一樣地從他的手中溜掉。三個人不約而同地瞄了一眼那噁心的猴掌後，心想，許願靈驗了嗎？兒子在地上四處尋找，他促狹地告訴爸爸：沒看到什麼兩百英鎊，不過，我希望你等會兒上床時會發現床中央有個裝滿現金的大袋子，不過，你可要小心，也許衣櫃裡頭有個可怕的東西正蹲著看你佔有了那筆不義之財喔！

第二天早上，什麼事都沒發生，寒冷的冬陽照在懷特家的餐桌上，那隻猴掌因為他們不相信它的效力而被擱置在餐具櫥子裡。兒子說，這種天氣怎麼可能會有什麼好康發生，他認為所有的軍人都喜歡說些無聊的有的沒的，他還跟他爸打趣，說，爸，你要注意你的頭別被天上掉下來的兩百英鎊給打到喔！他媽媽笑著送兒子去上班，兒子說，爸，我下班之前，你們可別動那筆錢喔，我懷疑你一旦有了兩百英鎊，可能變得小氣又貪財，屆時，我可不認你當爸爸！

那天晚飯時分，老夫婦兩正在擺放餐具等候兒子下班共進晚餐，但他們卻看見門外有個衣著正式，戴著絲質禮帽的人在徘徊，他們想起了是否與兩百英鎊有關？進來的人欲言又止，吞吞吐吐，懷特太太驚疑地問，赫博特出了什麼事嗎？來人委婉地說，他負責

來向家屬告知這個意外的訊息，赫博特不幸被機器捲入而喪生，公司派他送達慰問金以表示哀悼，懷特先生問：多少錢？對方說：兩百英鎊。

　　十天過後，懷特太太難忍喪子之痛，這個家庭暮靄重重，老夫婦倆沈默無言地度過每一個漫長的日子，一天，懷特太太突然想到，猴掌還有一個願望可以使用，她要求先生把猴掌取出來對它許願，她要她的兒子活著回來！懷特先生告訴她，也許一切只是偶然，況且兒子已經死了，屍骨毀損嚴重，只有他身上的衣服堪可辨認，要她不要許這個願望。懷特太太堅持要愛子回來，她說她不怕，他怎麼會怕自己親生的孩子？孩子是她親手帶大的。懷特先生於是再次對著猴掌許願，這時樓上的門又砰然作響，然後他們在夜裡靜靜地等候這個願望的實現，什麼都沒發生，只有陰風陣陣襲來，懷特先生聽到門外響起一陣輕輕的敲門聲，似有若無，接著又一陣，然後敲門聲轉趨大聲，接著是一陣又一陣的劇烈聲響，懷特太太從床上醒轉，問是什麼聲音？丈夫告訴她是老鼠竄跑過樓梯的聲音，老太太突然醒悟過來，高聲狂喜激動地說，開門，快開門，是兒子回來了，他是葬在兩英里之外的墓地，難怪許願後等了好一陣子都沒聲響，原來是這樣才沒能立即返回家門，門外再度高聲響起敲門聲，懷特太太奔下樓梯要開門，門口的搖椅沙沙作響，門閂嘎嘎晃動，但懷特太太卻搆不到門閂，她歇斯底里地大叫丈夫來幫忙開門，懷特先生情急之下，趕緊秉燭跑去客廳尋找猴掌，他記得猴掌是放在壁爐旁的櫃子上，但燭火一時熄滅，猴掌也被碰落在地，懷特先生跪在地上一陣亂搜，終於摸黑撈到了猴掌，他立即對它許下了第三個願望……霎時，敲門聲倏然止息，門栓也被懷特太太拔開了，懷特先生在聽到太太發出悲傷絕望的哭號聲之後，放下

了心上的一顆大石頭，他趕到了門口，站在太太身後，門外，只有閃爍明滅的街燈，冷冷地照映著一條寂寞空無的路⋯⋯

故事裡的「猴掌」類似許願主題中的各種法寶，魔戒，神燈，或是法國文豪巴爾札克（Honoré de Balzac, 1799-1850）《驢皮記》（*La Peau de chagrin*）中的驢皮。發表於 1831 年的《驢皮記》也可算是一部靈異取向的故事，或說是寓言。故事中的主角拉法埃爾・瓦侖丹在窘迫困境下原想投水自盡，但卻獲得了一張神奇的驢皮，這張驢皮可以許願，但願望實現之後，驢皮將會縮小，也就是陽壽將會折損。故事就以驢皮為關鍵物，展開許願之後的願望實現，以及伴隨願望實現之後的縱慾，未老先衰，直至死亡[7]。巴爾札克可能從東方的許願法寶傳說受到啟示，也可能是在夏爾・貝洛的童話〈驢皮公主〉[8]中得到靈感，以一張神奇的驢皮來象徵人的慾望和現實之間無法調和的矛盾[9]。一個萎縮乾瘪的猴掌或一張陳

---

7 德國文學家歌德讀了《驢皮記》之後感慨地說：「生命裡有二種悲劇，一是得不到任何的悲劇；一是得到一切後的悲劇。」

8 〈驢皮公主〉描述一隻會產下金子的驢子，牠是國王的珍寶，後來被國王殺了以取悅他的女兒，女兒後來披著驢皮逃離以躲避國王父親的追求，她將自己的面容塗上煙灰，隱匿於鄉村農戶之中為僕役，由於她總是披著驢皮，所以被村民呼之為驢皮。

9 法・巴爾札克著，梁均譯：《驢皮記》艾珉〈序〉：「《驢皮記》中的瓦侖丹，是人類這種精神矛盾的化身。這是一個痛苦的、掙扎著的靈魂。他不幸身無分文而又不安於貧困，他曾經在研究和思考中耗盡心血，一心想憑自己的才能取得財富和光榮，然而這種努力幾乎保證不了維持生命的最低需要；他繼而接受拉斯蒂涅的指引，到上流社會的沙龍中去闖江山，指望娶一個有財產的貴婦，結果受到無情的嘲弄。他日夜受著慾望的煎熬，而且慾望由於得不到滿足變得分外強烈。」（北京：人民文學出版社，1982）

年老舊的驢皮，形象詭異卻具體鮮明，在外部的靈異包裹之後，它的內部細沙是一小粒象徵不知命與不知足的人性貪念，這個隱微的細沙在經過猴掌與驢皮的直接碰觸和目擊後，遂構成一種聳動而震懾的故事力量。

　　每一個故事都有它的訴說動機，就像每一粒珍珠的形成都來自於一粒細沙的刺激，就作者而言，他的心中其實是先有這個不吐不快的「細沙」，但就作品端與讀者端而言，我們都是先看到表層的故事面，所以，閱讀完之後，才能細細回味，漸漸察覺出似乎有個什麼微妙的核心分子包裹在內，含蓄地釋放著故事的旨趣，它隱隱約約，卻呼之欲出。

新聞與報導
——怎麼看？怎麼寫？比較好

　　新聞報紙的問世是人類文化史上的一件大事[1]。從技術面來說，它與印刷術、攝影術的發明密切相關；從社會面來說，它的大量發行是伴隨著工業革命、民主制度與國民教育普及化之後的社會結構而來的。就技術面而言，如果沒有工業革命的機器設備與人力資源支持，絕對無法及時提供大眾所需要的大量新聞報紙；沒有印刷術、攝影技術，也無法提供大眾印有文字與照片的報紙；近百年來，攝影圖像更凌駕於文字之上，取得目擊事件的傳達優勢。英・彼得・伯克在《圖像證史》一書中說：「圖像可以提供有關大大小小事件的組織和背景的證據，諸如戰爭、圍城、投降、和約、罷工、革命、宗教大會、暗殺、加冕，統治者或外國使節的進城儀式、處死罪犯或其他的示眾懲罰等。在攝影的時代，對特殊事件的記憶越來越依賴於可視圖像。」[2]從圖像到文字，再從文字落實到照片，當前人們對各種事件的認識幾乎全憑影像寫真的「信息傳送」。就政治與社會面而言，民主制度實施之後，人民有合法的權

---

[1]　史上第一份報紙於十七世紀（164?）時在德國萊比錫（Leipzig）刊行。

[2]　英・彼得・伯克著，楊豫譯：《圖像證史》（北京：北京大學出版社，2009），頁195。

利「問政」，新聞業者為滿足民眾「知的權利」，於是組成報社，招募記者，分組進行採訪報導，打探各種海內外政事並提供評論；國民教育制度實施之後，識字的人口大增，所以新聞也擁有了遍佈各地的大量讀者。由於傳播快速且範圍廣遠，新聞成為最佳的信息散播管道，也因為大眾傳播暗潮洶湧的影響力，新聞也成為政治團體、商業團體強勢介入的「文化創意產業」。

　　正規的新聞寫作流程，在新聞編寫之前必須先行蒐集新聞資料，蒐集新聞資料有三個重要方法，一觀察（observation）；二：訪問（interview）；三：研究或運用檔案資料（research）。此外，新聞資料的來源應包含五個 W-H，即 when：何時發生。where：何地發生。why：為何發生。how：如何發生。what：事件的意義。有了這幾個線索之後，報導的人事物時地和意義就應運而生了。除此之外，報導文學的內容還應具備四個重要特性：真實性、即時性、資訊性和趣味性。真實性，是新聞的核心價值，新聞報導不能子虛烏有，憑空杜撰，否則就是造謠生事，故意放假消息，其行徑與詐騙集團無異；不論新聞大小，一個負責任的正派新聞記者，都必須從真實生活之中尋找真實的人物、事件來採集資料。即時性是新聞報導的主要特徵，所以新聞記者手腳要快，最好能在第一時機把剛發生的有趣味的事件即時地傳達給讀者：例如鋒面過境，冷氣團將使氣溫下探攝氏十度；或是東勢林場高接梨盛產季到來，梨肉果實甜美，果農慶豐收；或是玉山國家公園出現臺灣三隻小黑熊出沒的蹤跡，臺灣野生動物保護有成；或是李安執導的電影〈少年 PI 的奇幻漂流〉獲得奧斯卡最佳影片，李安特別感謝臺中市協助提供拍攝場景。資訊性，指的是新聞報導要把握信息的脈搏，將群眾關心的現實情況迅速地反映出來，發揮「通風報信」

的功能，使大眾能及時因應。例如油價的波動、稅制計算公式的更動、流行疾病的擴散與防治、房價政策的制定、重要考試的舉行……等等，都以即時為切要，事過境遷，明日黃花的消息，因失去新聞的新鮮度而顯得不新鮮，較不易引起閱讀的興趣；除非是深度報導，其報導價值「經得起時間的考驗」。天下人、天下事、天下物皆可報導，但要使報導的可讀性增高，就必須注意觀察其中之原委，揭露其中之趣味，探索其中之道理，這就是其「趣味性」之由來，因此，樂善好施的賣菜小人物值得報導，革命之父的黃昏之戀也值得報導，臺灣社頂公園的獼猴值得報導，流浪狗的城市悲歌也值得報導，基隆漁港的卸貨作業值得報導，檳榔產業的產銷模式也有值得報導，喜馬拉雅山的冰雪勝景固有引人入勝之處，傳統市場的庶民風景也有可觀之處。重要的是用眼觀察，用腳訪查，用心探討，寫成一篇有意思的報導。

　　在寫作格式上，除了內容以真實性、即時性、資訊性、趣味性為特徵之外，報導文學的寫作格式也有其基本規範，一般而言，報導的組織方式與真實事件的組織方式有別，為便於提供資訊給閱聽者，使閱聽者能立即掌握重大訊息，所以是先拋出「結果」，再將「原因」補敘；最重要的訊息先釋出，然後是次要的細節，如人物的身分關係、事件的原委、歷史背景等。概略而言，新聞或報導的形式結構包含下列要項：

一、標題，或直譯為「頭條」（headline）

　　描述並強調新聞或報導的主題，通常會以較大字體出現，包括主要標題、次要標題及小標。

二、導言（lead）

　　以簡要的文句表達新聞的主旨及重點，引導讀者如何看待這則

新聞或報導。

三、主要事件（main event）

指主要新聞事件的內容。包括背景（background）指主要事件發生的原因。（包括近因、遠因）語境（context）為主要事件的先前事件，與主要事件有直接的因果關係。歷史（history）發生在主要事件一段時間內的事件或因素，與主要事件有間接的因果關係。結果（consequences）指由主要事件引起的後果，通常出現在主要事件、背景、歷史之後。

四、評論（comment）

由新聞記者或專家學者針對主要事件提出看法；包括對事件所作的評斷，以及對主要事件後續發展的預測。

新聞的寫作格式是先果後因，重要在前，次要綴後；篇幅構成的構成原則是標題最短，導言精簡，主要事件稍長，背景資料可進一步加長內容，以利翔實報導。這種由少到多的結構格式是常見的新聞寫作方式。以下述的山難事件經過為例，事實的經過如下：

七位來自加拿大而在臺灣教英文的青年，他們相約在 2010 年 4 月 5-6 日清明節連續假期，一起到鳶嘴山登山健行，不料因路況不明，再加上雷雨的侵襲，導致失溫、脫水、受困山中長達兩天，手機亦失去訊號，無法撥話求援。兩名身體狀況較好的青年於四月八日相偕尋路而出，請求救援。他們在山外遇到好心的民眾載往派出所，並以照相機上的照片報告其他人的受困位置。員警立即前往搜救，他們到達時，五人已受困長達三十六小時，失去行走的能力，救難員警雖將他們背下山，到達派出所時，七人相見而泣，以為此生不會相見。由於受困的青年嚴重失溫，員警不但奉上熱薑湯，還開電熱器供他們保暖。

　　但上述事件在報導上的寫作格式應先拋出「結果」，再將「原因」補敘，說明人物關係和事件背景，評論則置於最後。所以，在寫作的格式應是：

　　標題：連日雷雨侵襲——外籍青年新竹山區遭困
　　導言：新竹縣尖石鄉驚傳七名外國登山客受困山中，民眾與警察聯合協助搶救
　　主要事件：
　　今日早上九點三十分，新竹縣尖石鄉派出所救出七名外國登山客。這七名外國登山客是來臺灣教英文的加拿大籍人士，三男四女，他們是在清明連續假期，乘放假之便，相約到鴦嘴山登山健行。由於連日豪雨而受困山中。（以上包含事件發生的背景以及原因）員警接獲通報之後，趕往山區，這些青年已嚴重脫水、失溫、十分虛弱。員警一一將他們背下山，先將他們安置於警局，幾位青年相見之後，喜極而泣，不意能再重聚。員警為這些失溫的青年準備熱的薑湯和電熱器。（以上為事件的後續結果）這些外籍英文老師用標準的國語說：「臺灣不只風景美，而且，人情更美。」（以上為評論）

　　撰寫新聞或報導時，在措辭上要顧慮到新聞報導文學的客觀理性取向，避免隨意任性的放話，也不應使用具有褒義或貶義的稱謂，以下是語言學家早川的說明[3]：

3　美・山謬・早川：《語言與人生》（臺北：遠流出版事業公司，1990），頁42。

　　為了充分達到報導的目的，我們應該避免這些用字：不說
「偷偷摸摸的進來」，而說「安靜的走進來」；不說「政
客」，而說「國會議員」，或「市議員」；不說「官僚」，
而代以「政府官員」；不說「流浪漢」，而代以「無家可歸
得失業者」；不說「獨裁作風」，而說「權力集中」；不說
「狂想家」，而說「他的想法與眾不同」。一個記者不能這
樣寫：「一群大傻瓜昨晚到一所搖搖欲墜，沒有防火設備，
從前是賊窩，現在是本城南端之恥的破房子裡，聽史密斯參
議員發表談話」，他必須用另一種方式發表：「大約有七十
五到一百人，昨晚聚集在本市南端的『常綠園』，聽史密斯
參議員發表談話。」

這段新聞措詞說明雖然是翻譯自外語，但也值得參考，提醒我們在
撰寫新聞稿時要拿捏好文字的客觀理性準度，盡量不使用帶有情緒
性、批評性的文字，以免失去報導的公信力[4]。不過，這個堅持似
乎已經不敵媒體經營的新走勢而逐漸失守。

　　眾所週知，新聞屬於大眾傳播文化，那麼，要如何定義「大
眾」、「群眾」？「大眾」是由哪些人物集合而成？我是「大眾」
裡的一員嗎？「大眾」具有什麼屬性？曾於新聞界負責政治評論，

---

[4]　早川對這兩種文字的說明如下：「一個字的說明性含義（imformative
　　　Connotations），就是指社會所認同的『客觀意義』，也就是說它的意義
　　　能夠完全用別的字表達出來。反之，一個字的影響性含義（Affective
　　　Connotations），是指所引起的個人情感氣氛。」，美・山謬・早川：
　　　《語言與人生》（臺北：遠流出版事業公司，1990），頁 81。

其後致力於社會學的英‧雷蒙德‧威廉斯（Raymond Williams, 1921-1987）在其名著《文化與社會》從群眾的構成人口來源探究起，他認為「群眾」是一個具有非常重要意義的詞，與政治、社會、集會運動等有著密切的關係：[5]

> 群眾是烏合之眾的新名詞，是一個具有非常重要意義的詞。大概有三個社會趨勢的匯合來確定其意義。第一，人口集中於工業城鎮，是人的實體的集合，由總人口的增加而加強，並且與不斷的城市化繼續齊頭並進。第二、工人集中於工廠，也是一種實體集合，是機器生產必然會造成的趨勢，同時又是一種社會性的集合，是大規模的集體生產的發展必然會產生的勞動關係。第三，是上述趨勢所造成的結果，即一個有組織的，而且能夠自我組織的工人階級的發展：一種社會性和政治性的集合。

大眾是「烏合之眾」，所謂「烏合」是指「無所合而合」，「大眾」不屬於任何黨政商等機關，而就是都市人口大量集中的市民，大規模機器生產趨勢下的工廠作業勞工，以及在都市化與機器化這兩種趨勢下所造成的自我組織群體。「大眾」既是烏合之眾，就具有烏合之眾的屬性，易冷易熱，好聚好散，群體偏見，見異思遷，受控擺佈而不覺，雷蒙德說：

5　英‧雷蒙德‧威廉斯著，吳松江、張文定譯：《文化與社會》（北京：北京大學出版社，1991），頁 376-377。

> 群眾成為烏合之眾的新名字，並且在詞義中保留了烏合之眾
> 的傳統特徵：容易受騙，反覆無常，群體偏見、興趣與習性
> 低級。根據這個證據，群眾形成了對文化的永久威脅。大眾
> 思想、大眾建議、大眾偏見隨時都有淹沒經過考慮的個人思
> 想和感覺的威脅。

在現今的都市生活與社會結構下，我們既是一個個人，但也隨時都
會因某個社會事件，或新聞事件而置身於任何一個新形成的烏合之
眾裡，直到事件落幕。群眾既是「群眾」，那麼多數壓過少數，
「個人」的思想或趣味就會被淹蓋過，一旦自願成為烏合之眾的一
員，就容易受制於群體輿論，或盲從起哄。新聞報導既是大眾文
化，那麼就會有這些大眾屬性的負面因素存在，有些報紙基於某些
利益，也會順水推舟，因勢利導，以大眾傳播媒體來操弄大眾的好
惡觀感；而這也是目前新聞業界的問題。

　　傳統新聞學上對報紙的分類有二，一為質報（quality
newspaper），一為量報（quantity newspaper），前者是指以報格
（style）即報紙素質為號召的報紙，讀者多為知識階層，嚴守新聞
編輯政策，社論與評論水準甚高。量報與質報大不相同，它是銷售
量大的大眾化報紙強調新聞的獨家但未必確實，題材包羅萬象，以
市場銷售量為導向，所以充滿商品廣告化的策略為考量。因此，寫
作手法有意操弄煽情的報導語彙，實行資訊娛樂化、新聞廣告化、
廣告新聞化的手段，並不重視深層意義的經營，誘導受眾接受一種
市井小民的傳播品味。雷蒙德‧威廉斯在《文化與社會》一書中立
有「大眾傳播」一節，針對流通於大眾的新聞品質所以低劣的現象

提出了幾種意見，他說：[6]

> 我們斷定是低劣的東西，其制作者中大多數人自己也知道是
> 低劣的東西。你問問任何一個新聞記者或撰稿人，他現在是
> 不是接受那個著名的定義：「低能的人為低能的人所寫的東
> 西」（written by morons for morons）。他一定會這樣回答，
> 實際上那些低劣的東西是技巧嫻熟而且才華橫溢的人為這樣
> 的一些公眾所寫的，這些公眾沒有時間，或者沒受足夠的教
> 育，或者說得明白一點，沒有智力來閱讀任何更完整、更認
> 真、更接近眾所周知的解釋或論證原則的東西。直接了當說
> 他們，讀不了任何好的東西，這不是更好嗎？

　　雷蒙德指出，當今大眾傳播文化的低劣現象比比皆是，環顧四
週，充斥著「低劣的藝術、低劣的娛樂、低劣的新聞、低劣的廣
告、低劣的論證。」[7]，為此，有識者批評目前的新聞從業人員素
質相當低落；但新聞界卻不甘示弱，他們為自己辯護說，新聞品質
的低落並非是記者能力不足才寫出一堆差勁的新聞稿，而是看新聞
的大眾素質不好，是一群「沒有智力來閱讀任何更完整、更認真、
更接近眾所皆知的解釋或論證原則的東西。」新聞傳播業者大言不
慚地說：反正群眾的眼力、智力都不夠，甚至也沒時間和心情讀高
檔的報導，所以不必認真為他們好好寫新聞稿了。支持這個說法

6　英·雷蒙德·威廉斯著，吳松江、張文定譯：《文化與社會》（北京：北
　　京大學出版社，1991），頁384。

7　英·雷蒙德·威廉斯著，吳松江、張文定譯：《文化與社會》（北京：北
　　京大學出版社，1991），頁384。

的，還從國民教育的普及化來檢視這個現象，認為自從國民教育推行之後，社會就「產生了一個新的公眾，他們識字但沒有閱讀的素養，趣味與習慣低下。大眾文化自然就應運而生。」[8]對於這兩種批判，出身鐵路工人家庭，但資質優異且躋身學院教授的雷蒙德，提供了第三種的意見：他認為，並不是所有的人都喜歡閱讀，或將閱讀活動擺在第一優先地位，他們也有喜歡從事的娛樂活動，只是這些活動並非與文字有關，所以，對於新聞或廣告，他們不過是看看罷了，所以，不會對新聞有太高的要求，既然如此，寫新聞的也就不必寫得太鄭重。以上三個說法的切入面向雖然不同，但縱橫交錯，互為因果，使新聞報導品質苟且而隨便，更不妙的情況是，在資本主義與民主政治的操縱下，新聞報導成為商業與政治的宣傳包裝，甚至連新聞記者也是「沒有時間，或者沒受到足夠的教育」來採訪或撰寫「任何更完整、更認真、更接近眾所皆知的解釋或論證原則的東西。」任何工作若不認真準備，努力實踐，又怎麼能有好的表現？唯利是圖，只想賺廣告費來撐業績的新聞媒體，又怎麼做出好的新聞報導？曾任新聞記者的德國小說家帖木兒‧魏慕斯（Timur Vermes）「借口」說道[9]：

> 然而，大家都知道，對報紙能有什麼期待呢？不過就是耳背者把盲人告訴他的內容寫下來，再交由鄉巴佬修改，其他報社的同業再互相抄襲，將事件重新注入同樣乏善可陳的謊言

8　英‧雷蒙德‧威廉斯著，吳松江、張文定譯：《文化與社會》（北京：北京大學出版社，1991），頁385。

9　德‧帖木兒‧魏慕斯著，管中琪譯：《希特勒回來了》（臺北：野人出版社，2016），頁45。

湯汁，之後再舉起「豐富高雅」的劣質自釀酒，向不明就裡的百姓致敬。儘管我置身在此種情境，早已徹底做好容忍之類的心理準備，但命運的齒輪明目張膽操控這類事，著實古怪罕見，連最聰明的頭腦都不容易理解了，遑論那些資質平庸卻被稱為「意見領袖」的報社發行人。

　　上述這段話雖然藉由虛擬的「希特勒」來抨擊，但執筆的小說家是資深的新聞記者，顯然，他對現在的報紙相當不滿，認為新聞內容是耳聾告訴目盲的，報社同業又再彼此抄襲一番，不但缺乏真實性，甚且摻入造假的謊言，散播給不明真相的大眾，確實令人質疑報社發行人的報導動機，以及新聞報導所欲獲得的目的何在？其實，「希特勒」自己也曾控制新聞媒體，他所氣憤的應該是現在的「新聞」不再著重於「嚴肅大事」的大事報導，而迎合大眾口味，報導一些大眾感興趣的飯後話柄，譬如醜聞、緋聞、趣聞、異聞……等[10]。不過，既然閱報的受眾已經是普通的小市民，新聞也就走大眾口味路線了，要注意的不在於口味問題，而在於是否有意操縱新聞來影響民心，或控制群眾觀點，藉以謀取某種政治或商業利益。雷蒙德剖析得很深刻，他認為，「大眾」確實是群容易受

---

[10]　祁述欲在《市場經濟下的中國文學藝術》引用沃爾特‧李普曼的談話，說通俗報刊「總是有兩種讀者：一種是對他們自己的生活饒有興趣，另一種是認為他們自己的生活單調乏味，想生活得更激動。相應的也有兩種報紙：一種報紙的編輯原則是：提供讀者主要感興趣的，即有關他們自己的消息；另一種向尋求逃避刻版生活的讀者，提供精神分析家稱之為『逃避現實』的報導。其中最常見的公式是：對女人寫愛情和浪漫文學；對男人寫運動和政治。」（北京：北京大學出版社，1998），頁14-15。

騙、變化無常的烏合之眾，趣味習慣也不怎麼高雅的「群氓」集合體，但把「大眾」視為「大眾傳播媒體」的受眾，而將此一現象作為新聞報導的參考公式，那麼，新聞報導確實有比較好的，也有比較不好的，「如果我們的目的是藝術、教育、傳遞信息或見解，我們的解釋也會是以有理性的人和感興趣的人為尺度而作出的解釋。另一方面，如果我們的目的在於操縱──說服大量的人以某種方式去行動、感覺、思考、了解──那麼大眾公式將是合適的公式了。」[11]而且，大眾傳播現在山頭林立，各個都有個幕後大老闆，「勢力強大的大眾傳播媒介是這些問題的核心，因為這些媒介經常以可疑的手段、經常為了可疑的目的而公然塑造和指導公眾輿論。」[12]社會學者告訴我們，這個勢力強大的傳媒，是我們在閱讀新聞時需要注意到的「背後靈」，以免受其擺佈猶不自知。

總而言之，新聞本源是用事實說話，但新聞報導是報導者對客觀事實進行主觀反映之後形成的觀念性之資訊，因此，「真實」並非是如實的「真實」，而是各種媒體建構出的真實，不論是觀點的設定、修辭的使用、信息量的縮放比，都已經「被處理過」，因而輸入之信息與輸出之信息必然有質量上的轉變。在傳播過程中消息來源之選取和編碼過程，受到報導者主觀認知所左右，同時受到來自編輯部的干擾影響，[13]此外，受眾在解碼時也會受到自身認知結

11　英・雷蒙德・威廉斯著，吳松江、張文定譯：《文化與社會》（北京：北京大學出版社，1991），頁382。

12　英・雷蒙德・威廉斯著，吳松江、張文定譯：《文化與社會》（北京：北京大學出版社，1991），頁377。

13　社會學家指出：一個人只要是處在「群眾」聚集的場所，他的行動便會受到此一事實本身的強力影響，分散的群眾仍可能由某種同步的或連續的影

構的制約，所以，新聞事件，不論是傳述者、受述者，必然有其主
觀傾向的特質。「誰」是報導者？說什麼？怎麼修辭？先說和後說
的次序安排都有其報導意圖。當我們知道是誰要通風報信，通報的
內容是什麼？通報的人有沒有調整過事實？他告訴我們這些情報的
內容是什麼目的？我們就可以清醒也輕鬆地面對如雷貫耳的消息
了。日籍的美國語言學家早川博士在《語言與人生》說：[14]

> 我們所生活的環境包容了太多語意的影響（semantic
> influences），且可說大部分是由它創造的：大量發行的報
> 紙和雜誌，在無法估計數目的事件上，造成了發行人和讀者
> 許多怪異的偏見和固執；地方和全國聯播的無線電節目，幾
> 乎全為商業界所操縱；搞公共關係的人，只是一群拿高薪、
> 走巧路，為了客戶利益，不惜操縱與改變我們語意環境的技
> 工。這也許是個興奮刺激、多采多姿的環境，但也充滿了危
> 險。

　　如果，有朝一日，我們掌握了新聞或新聞台，電台的播放權，
看報或收聽廣播的人每日皆希望從電台獲得情報或與世界聯繫，或

響來源，例如通過報紙，而讓個人的行動帶有群眾制約的性質，某些特定
的反應模式會因為個人感覺到自己屬於「群眾」的一部分而被激發出來，
另一些模式則被壓抑下去。因此，新聞傳播為了達成其目的，將會利用修
辭手段或編輯手法來進行信息的釋放方式，真實性恐怕已非新聞寫作的原
則。

[14]　美‧山謬‧早川：《語言與人生》（臺北：遠流出版事業有限公司，
1990），頁 30-31。

是，我們控有某些媒體的播放管道，對於這些等著收取信息的芸芸眾生，我們應該散播哪些情報才比較好？能不能欺騙他們？看來，掌握發言權的一方，確實有義不容辭的言論責任！

成住壞空
——生活形態變遷與文學的消息

　　數十萬年前，人類最早的生活形態應該是獨自在廣闊的莽原中晃蕩漫游，採採果子吃以止饑，喝喝溪水以止渴，席天幕地——不論是在樹上當一個有巢氏，或是在洞裡當一個山頂洞人，都可以在入夜之後睡個覺；當然，這場覺也未必能睡得安穩靜謐，蟲鳴唧唧，蛇蠍嘶嘶，豺狼嗚嗚，虎豹獅象在星空下的曠野陣陣呼號……曙光初露，曉月淡隱，平安度過夜生活的樹頂有巢氏，或山洞穴居人，當耳畔有啁啾鳥鳴在遠近迴旋，陽光從太空溫暖地輻射體膚後，他知道又是新的一天了。身為地球上唯一的兩足動物，他爬下樹，或是走出洞口，揉揉惺忪的雙眼，再度邁步行走，在莽原上東晃西晃，尋找有沒有看來可以吃的果實，嚼得動的枝葉，小草，蝸牛，蟲子……渴了喝喝葉片上的露水，或是俯身在湖岸邊掬飲清水，漱漱口，潤潤咽喉。之後，他東張西望，無目的或有目的地環顧四週，繼續在附近觀覽，探索，或閑晃；只要沒有遭遇什麼突發的情況，他應該是不會展開長征遠遊的大遷徙；不過，在這個蠻荒大地上，可以想見天天都有令人驚奇的自然狀況發生。

　　如果遠古年代已有歌謠，那麼歌謠的內容也應該與自然環境及質樸野性的生活有關。東漢時期由趙曄撰述的《吳越春秋》記載了

古老時代的一首詩歌——〈彈歌〉，它可能是中國第一首傳世的詩歌，早於《詩經》，但年代不詳，作者也不詳，這首詩歌只有八個字，每句兩字，共分四句，簡單俐落地勾勒上古時期先民們胼手胝足、緊張忙碌的日常生活畫面，其內容為：「斷竹，續竹，飛土，逐肉。」將〈彈歌〉適度還原，略可想見那個不知名的他先將竹子給截斷，又用藤蔓或皮條將竹子兩端縛緊，這樣他就有一個彈弓可用了，他在地上撿起一塊小土石作為彈丸，然後追逐在樹林或原野間跑跳而過的小動物，對著它們拉弓彈射，勤奮地張羅一頓鮮肉大餐！這是大自然的生存法則，不需折腰，不需奉召，不需上以養父母，下以蓄妻子，是東晉・陶淵明企慕的生活，他在〈五柳先生傳〉詠嘆的「無懷氏之民歟？葛天氏之民歟？」

　　一萬年前，歷經農業革命之後，人類就開始群居成聚落，守著土壤，守著莊稼，守著世代生根落葉的家鄉。生活不是漫游地四處採集食物，而是日出而作，日入而息的農耕勞動，舉目仍然是自然大地，但適宜種植作物的土地已被墾拓為田地，園圃，農舍，池塘，動物種類也集約為雞鴨鵝豬牛，相伴的是一家老小，為伍的是世居於此的老鄉親。如果執筆為文，作家眼中的生活也是寓目所及的這一切；不論是到訪農家的詩人，或是回歸自然的詩人，他們所觀所感的都是農村生活的點點滴滴，如唐・王維的「故人具雞黍，邀我至田家，綠樹村邊合，青山郭外斜，待到重陽日，還來就菊花。」、或是陶潛的「種豆南山下，草盛豆苗稀，晨興理荒穢，戴月荷鋤歸。道狹草木長，夕露沾我衣，衣沾不足惜，但使願無違。」這樣的生活維持了數千年，直到兩百年前科學與工業革命啟動後，人類的生活形態再度發生巨大改變，一波又一波的工業革命挾帶著資本主義與全球化與資訊傳播的勢頭雷厲風行，人們已蜂擁

進入城市討生活，不再是莽原裡的獨行者，也不再是農村裡的莊稼郎，快速的交通設備和運輸網絡，將人力資源和物力資源，日以繼夜地輸送到更為集中的群居聚落，機器手臂和自動生產線將人力配送到生產帶的定點上「作業」，這個作業系統使人類的生活更制式化的「安居立業」。我們不再漫遊於荒原四處採集食物果腹，我們到超市，市場，賣場，採購日用品；我們不再「孤獨」，因為時時刻刻都和陌生人共處一隅，除了在電梯，公車，捷運，機艙，電影院，運動場，酒館，咖啡廳，速食店，餐飲中心外，我們也要近距離「面對」各種喋喋宣傳不休的陌生人。日日夜夜，在熱鬧喧囂的城市聲音中，我們聽不到田原的野性呼喚；望不見無所遮蔽的寰宇，在爭高直指的林立大樓中的一間套房棲身，在狹窄的巷弄轉折穿梭，在一方小小天花板下的斗室內，打開採集來的便當盒，找出環保筷，打開電視電腦或手機，顧著熱鬧的螢光屏孤單地用餐。如果王維，孟浩然，陶潛來現代當作家，寫出來的作品可能不是「故人具雞黍」，而是「託人買便當」；不是「種豆南山下」的個體清貧，而是「草盛豆苗稀」的集體窮忙。在資本主義與都市生活中，作物是錢，人也是作物，沒有錢，就意味著沒有作物，人們忙著採集錢，再以錢購買著各式各樣的欲望作物，繁華生活就在眼前，讓你即刻看個夠，想得到，卻不易拿得到。香港作家梁秉鈞（1949-2013）可以說是近二十年來最具典型的城市文學作家，在他的詩文作品中，華麗的商品映照著藍縷的人生，擁擠的鬧區混雜著南腔北調的怨曲，他在〈無家的詩與攝影〉說[1]：

1　陳素怡主編：《僭越的夜行》（梁秉鈞新詩作品評論資料彙編）（香港：文化工房，2012），頁 420。

> 我們所共有的空間是一個混雜、擠迫而又危險的空間，生活
> 在危機重重中仍似在狂歡節日，天堂裡轉角就是災難。是眾
> 多勢力的角力場，那麼多人想利用它來謀取利益，那麼多人
> 等著撈完最後一筆離去。

城市使湧進城門的人覺得富貴如在眼前，然而，富貴一直都像城市一般是有著圍牆和護城河來圈住「牆裡」和「牆外」。沒有足夠的錢，何足引來豔羨的愛？沒有愛，文學要寫什麼？曲春景、耿占春在《敘事與價值》說，現在幾乎沒有人在寫愛情小說了，作家們採集欲望：[2]

> 近年以來，正派的人們已經不敢言「愛」，成熟的人們也不
> 再言「愛」，不僅每一個被愛的冰冷火焰所灼痛的人已三緘
> 其口，就連那些風月初諳的少男少女也會對「愛」發出老練
> 世故的一笑。愛的崩潰幾已成為不爭的事實，愛的問題在時
> 代的胸口處隱隱作痛，如果不找到一種無蔽的愛的語言，我
> 們憑什麼來擔保某種愛情敘事的真實性呢？
> 鑒於愛已經遠離我們，剩下的故事便屬於欲望。

小說家不再寫親情、愛情、友情；困居在城市與市場經濟圍牆裏的作家，開始鋪陳欲望，或欲望幻覺；至於讀者大眾，倘若沒有足夠消費的金錢，沒有足夠想要得到或想給予的愛，但似乎還有資

2　曲春景、耿占春：《敘事與價值》（上海：學林出版社，2005），頁
　　206-207。

本市場佈下的欲望淘寶網可以盤桓，何不點選看看？假的又何妨？
這也許就是城市生活的宿命。我們也可以在城市的生活中適應得很
好，只要我們能以適當的方式取得適當足夠的資源，或是也能提供
適當的資源給予這個生活圈，讓我們都能安身立命，這樣，就不會
被人予取予求，也不會對人予取予求；只是，那可能是另一種城市
生活，踽踽獨行，書空咄咄；遙遠的事物變得太近，太近的事物又
飄得好遠；喧鬧的城市使無聲的文字更加沈默……。

　　成、住、壞、空；佛教認為這世界上的萬事萬物都會歷經生
成、持續、變化、毀滅等生滅變化過程，一個世界的成立、持續、
破壞，又轉變為另一個世界的成立、持續、破壞；盈虧消長，生住
異滅，直到能量耗盡。文學何獨不然？自人類開口說話，提筆寫
字，文學與生活皆已歷經好幾個成住壞空的時期，窮則變，變則
通，通則久，因革損益，只要有情眾生仍然有情，文學仍會在沈默
的文字中繼續棲身，繼續抒情言志，繼續傳播信息，給它分散在不
同時空中的知音們。

經籍深富，辭理遐亘，皜如江海，鬱若崑鄧。

《文心雕龍‧事類》

附錄

引用書目

一、古籍類

《周易》，臺北：藝文印書館，「十三經注疏」。

戰國・荀卿著：《荀子》，臺北：臺灣中華書局，四部備要本，據嘉善謝氏本。

春秋・屈原著，清・洪興祖撰：《楚辭補註》卷第六〈卜居〉，臺北：藝文印書館，1977。

漢・司馬遷著：《史記》，臺北：漢京文化事業有限公司，1981。

東漢・許慎著，清・段玉裁注：《說文解字注》，臺北：藝文印書館，1979。

唐・房玄齡等著：《晉書》，臺北：臺灣商務印書館，1988。

魯迅編：《古小說鉤沉》，臺北：盤庚出版社，1978。

東晉・陶潛著，逯欽立校注：《陶淵明集》，臺北：里仁書局，1980。

南朝宋・劉義慶著，劉孝標注，民國余嘉錫箋疏：《世說新語箋疏》，臺北：華正書局，1984。

南朝宋・范曄著：《後漢書》「百衲本二十四史」，臺北：臺灣商務印書館，1988。

南朝・劉勰著，民國・范文瀾註：《文心雕龍註》，臺北：明倫出版社，1971。

南朝・梁・昭明太子蕭統：《文選》，臺北：藝文印書館，1983。

唐・段成式：《酉陽雜俎》，臺北：漢京文化事業公司，1982。

蘇仲翔選註：《李杜詩選》，臺北：明文書局，1981。

高步瀛編注：《唐宋詩舉要》，臺北：世界書局，1974。

宋・朱弁：《曲洧舊聞》，收錄於《宋元筆記小說大觀》，上海：上海古籍出版社，2007。

楊家駱主編：《元人雜劇注》，臺北：世界書局，1980。

明‧屠隆：《鴻苞》，濟南：齊魯書社，1995。

明‧謝肇淛：《五雜組》，臺北：新興書局，1971。

明‧馮夢龍纂輯，錢伯城評點：《新評警世通言》，上海：上海古籍出版社，1992。

明‧羅貫中原著，清‧毛宗崗評改：《三國演義》，上海：上海古籍出版社，1989。

施蟄存編：《晚明二十家小品》，上海：上海書店，1984。

清‧許秋垞：《聞見異辭》，收錄於《筆記小說大觀》，臺北：新興書局，1977。

清‧翟顥：《通俗編》，臺北：世界書局，1982。

清‧金聖嘆批：《第五才子水滸傳》，上海：上海古籍出版社，1993。

《宋元明清書目題跋叢刊》六（明代卷第三冊），《汲古閣校刻書目》，北京：中華書局，2006。

清‧李漁：《李漁全集》，〈閒情偶記〉，杭州：浙江古籍出版社，1991。

清‧陳奐：《詩毛氏傳疏》，臺北：臺灣學生書局，1981。

清‧郁永河：《裨海紀遊》，南投：臺灣省文獻委員會，1950。

清‧錢彩編次：《說岳全傳》，上海：上海古籍出版社，1993。

二、今人學術論著類

虞愚：《因明學》，臺北：新文豐出版公司，1980。

曾永義：《說俗文學》，臺北：聯經出版事業公司，1980。

張鐵民：《教學信息論》，南京：江蘇教育出版社，1990。

朱建亮：《文獻信息學引論》，北京：書目文獻出版社，1992。

葉蜚生、徐通鏘著：《語言學綱要》，臺北：書林出版有限公司，1993。

黃鈞：《關劇時空結構評析》收錄於行政院文化建設委員會編：《關漢卿國際學術研討會論文集》，臺北：行政院文化建設委員會，1994。

孫惠柱：《戲劇的結構》，臺北：書林出版有限公司，1995。

史提夫‧帕可撰文，吉里安諾‧佛爾納里繪圖：《人體探索圖集》（*The Body Atlas*），臺北：臺灣英文雜誌社，1995。

錢存訓：《書於竹帛——中國古代書史》，臺北：漢美圖書有限公司，
　　1996。

葉家明：《向生命系統學習——社會仿生論與生命科學》，臺北：淑馨出版
　　社，1997。

楊蔭深：《中國俗文學概論》，臺北：世界書局，1997。

宋秉文等：《神經生物學淺談》，臺北：臺灣書店，1998。

祁述欲：《市場經濟下的中國文學藝術》，北京：北京大學出版社，1998。

羅鋼：《敘事學導論》，昆明：雲南人民出版社，1999。

申小龍：《語言與文化的現代思考》，鄭州：河南人民出版社，2000。

曲春景、耿占春：《敘事與價值》，上海：學林出版社，2005。

王培光：《語感與語言能力》，北京：北京大學出版社，2005。

周到主編：《中國畫像石全集 8・石刻線畫》，鄭州：河南美術出版社，
　　2008。

黃濤編著：《中國民間文學概論》，北京：中國人民大學出版社，2009。

陳素怡主編：《僭越的夜行》，梁秉鈞新詩作品評論資料彙編，香港：文化
　　工房，2012。

三、文學作品類

鄭愁予：《鄭愁予詩選集》，臺北：志文出版社，1977。

美・傑克・倫敦（Jack London）著，鍾文譯：《野性的呼喚》，臺北：遠景
　　出版社，1976。

張夢機、張子良編著：《唐宋詞選注》，臺北：華正書局，1980，

琦君：《琦君自選集》，臺北：黎明文化事業公司，1980。

編輯部輯：《筆談散文》，天津：百花文藝出版社，1980。

章君穀：《杜月笙傳》，臺北：傳記文學出版社，1981。

吳魯芹：《瞎三話四集》，臺北：九歌出版社，1981。

錢歌川：《游絲集》，臺北：新文豐出版公司，1982。

法・巴爾札克（Honoré de Balzac）著，梁均譯：《驢皮記》，北京：人民文
　　學出版社，1982。

袁瓊瓊：《又涼又暖的季節》，臺北：林白出版社有限公司，1984。

編輯部：《殷海光紀念集》，臺北：桂冠圖書股份有限公司，1990。

聞一多：《聞一多選集》，文學史料研究會印行，未註明出版時地。

王朔：《我是你爸爸》，臺北：麥田出版公司，1993。

格非：《敵人》，臺北：遠流出版事業公司，1993。

馬識途：《盛事微言》，成都：成都出版社，1994。

豐子愷：《緣緣堂隨筆》，北京：中國青年出版社，1995。

東年：《東年集》，臺北：前衛出版社，1995。

施叔青：《香港三部曲》，臺北：洪範書店，1997。

陳列：《永遠的山》，臺北：玉山社，1998。

鍾叔河：《周作人豐子愷兒童雜事詩圖箋釋》，北京：中華書局，1999。

管管：《管管‧世紀詩選》，臺北：爾雅出版社，2000。

駱以軍：《月球姓氏》，臺北：聯合文學出版社，2001。

德‧格林兄弟（Brüder Grimm）著，舒雨、唐倫億譯：《格林童話全集》，臺北：小知堂文化事業有限公司，2001。

加‧楊‧馬泰爾（Yann Martel）著，趙丕慧譯：《少年 PI 的奇幻漂流》，臺北：皇冠文化出版有限公司，2001。

陳黎：《島嶼邊緣》，臺北：九歌出版社，2003。

蘇童：《哭泣的耳朵》，臺北：九歌出版社，2004。

日‧藤子‧F‧不二雄：《哆啦 A 夢》第 45 集，〈胖虎送的簽名海報〉，臺北：青文出版社，2008；第 35 集〈胖虎颱風接近中〉，臺北：青文出版社，2008。

日‧秋本治：《烏龍派出所》第 126 卷，臺北：東立出版社，2012。

日‧青山剛昌，漫畫：太田勝、窪甜一裕，翻譯：ALATA，臺北：青文出版社，2012。

鹿港奉天宮檔案資料庫撰：《鹿港奉天宮》，鹿港：奉天宮管理委員會。

德‧帖木兒‧魏慕斯（Timur Vermes）著，管中琪譯：《希特勒回來了》，臺北：野人出版社，2016。

四、外文學術譯著類

英‧赫胥黎（Thomas Henry Huxley）著：《人類在自然界的位置》，北京：

科學出版社，1973。

荷・叔本華（Arthur Schopenhauer）著，劉大悲譯：《意志與表象的世界》，臺北：志文出版社，1978。

William James: *The principles of Psychology*, Harvard University press, 1981.

印・恰特吉・達塔（Chatterjee Datta）原著，武先林，李登貴，黃彬等譯：《印度哲學概論》，臺北：黎明文化事業公司，1983。

Gregory A. Kimble, Norman Jarmezy, Edward Zigler, *The Principles of Psycology*, John Wiley & Sons, 1984.

瑞・皮亞傑（Jean Piaget）著，倪連生、王琳譯：《結構主義》，北京：商務印書館，1985。

美・安海姆（Rudolf Arnheim）著，李長俊譯：《藝術與視覺心理學》，作者自行出版，1985。

美・愛德華・薩丕爾（Edward Sapir）著，陸卓元譯，陸志韋修訂：《語言論──言語研究導論》，北京：商務印書館，1985。

美・羅達・凱洛格（Rhoda Kellogg）著，夏勳譯：《兒童畫的發展過程》，臺北：世界文物出版社，1988。

美・馬格廖拉（Robert R. Magliola）著，周寧譯：《現象學與文學》，遼寧：春風文藝出版社，1988。

奧・勞倫茲（Konrad Lorenz）：《所羅門王的指環》，臺北：東方出版社，1990。

美・山謬・早川（Samuel Hayakawa）著，鄧海珠譯：《語言與人生》，臺北：遠流出版事業公司，1990。

英・雷蒙德・威廉斯（Raymond Williams）著，吳松江、張文定譯：《文化與社會》，北京：北京大學出版社，1991。

波蘭・羅曼・英加登（Roman Ingarden）著，陳燕谷等譯：《對文學的藝術作品的認識》，臺北：商鼎文化出版社，1991。

日・木村泰賢著，歐陽瀚存譯：《原始佛教思想論》，臺北：臺灣商務印書館，1993。

德・恩斯特・卡西勒（Ernst Cassirer）著，甘陽譯：《人論》，臺北：桂冠圖書股份有限公司，1994。

德・伽達默爾（Hans-Georg Gadamer）著，洪漢鼎譯：《真理與方法》，臺北：時報文化出版企業公司，1995。

法・克洛德・貝爾納（Claude Bernard）著，夏康農、管光東譯：《實驗醫學研究導論》，北京：商務印書館，1996。

英・伯特蘭・羅素（Bertrand Russell）著，苑莉均譯：《邏輯與知識》，北京：商務印書館，1996。

德・馬克思・韋伯（Maximilian Emil Weber）著，王容芬譯：《儒教與道教》，北京：商務印書館，1997。

美・卡勒（Jonathan Culller）著，李平譯：《文學理論》，香港：牛津大學出版社，1997。

英・格林菲爾德（Susan A. Greenfield）著，陳慧雯譯：《大腦小宇宙》，臺北：天下遠見出版社，1998。

德・庫爾特・考夫卡（Kurt Kofka）著，黎煒譯：《格式塔心理學原理》，杭州：浙江教育出版社，1999。

奧・薛丁格（Erwin schrodinger）著，仇萬煜、左蘭芬譯：《生命是什麼》，臺北：貓頭鷹出版社，2000。

Martini、Bartholomew 著，自勇、鄧志娟、陳瑩玲等譯：《解剖生理學》，臺北：金威圖書有限公司，2003。

法・于連（Francois Jullien）著，杜小真譯：《迂迴與進入》，北京：三聯書店，2003。

德・埃德蒙特・胡塞爾（Edmund Gustav Albrecht Husserl）著，李光榮編譯：《純粹現象學和現象學哲學的觀念》，重慶：重慶出版集團圖書發行有限公司，2006。

美・阿瑟・阿薩・伯格（Arthur Asa Berger）著，姚媛譯：《通俗文化、媒介和日常生活中的敘事》，南京：南京大學出版社，2006。

美・愛德華・威爾遜（Edward O. Wilson）著，王一民等譯：《昆蟲的社會》，重慶：重慶出版社，2007。

德・洪堡特著，英 Peter Heath 譯：《論人類語言結構的差異及其對人類精神發展的影響》（*On the Diversity of Human Language Construction and its Influence on the Mental Development of the Human Species*），北京：世

界圖書出版公司，2008。

美・維納（Nobert Wienner）著，陳步譯：《人有人的用處——控制論和社會》，北京：商務印書館，2009。

英・彼得・伯克著，楊豫譯：《圖像證史》，北京：北京大學出版社，2009。

美・雷思利・卡米諾夫（Leslie Kaminoff）著，謝維玲譯：《瑜伽解剖書》（*Yoga Anatomy*），臺北：大家出版社，2010。

美・威廉・詹姆斯（William James）著，蔡怡佳、劉宏信譯：《宗教經驗之種種》，臺北：立緒文化事業有限公司，2011。

美・庫茲偉爾（Ray Kurzweil）著，李慶誠、董振華、田源譯：《奇點臨近》，北京：機械工業出版社，2014。

以色列・哈拉瑞（Yuval Noah Harari, 1976- ）著，林俊宏譯：《人類大歷史從野獸到扮演上帝》（*Sapiens A Brief History of Humankind*），臺北：遠見天下文化出版公司，2014。

五、期刊類

李季樺：〈從日文原始檔案看廖添丁其人其事〉，《臺灣風物》第三十八卷第三期，1988 年 3 月。

劉小寧：〈林森與中山陵〉，《傳記文學》第九十八卷第四期，臺北：傳記文學出版社，2011。

國文試卷上常見的錯別字
及失誤措辭檢視

一、前言

1.為什麼要避免寫錯別字？

　　語文是一種表達能力，也是一種文化素養，我們常從一個人的談吐和書寫去衡量他的內涵，所以，在正式且重要的場合上，應該避免誤用錯別字，或不恰當的文句，以免貽笑大方，除非是在為求「笑果」而刻意「造假」出錯的情況下。一般而言，在升學或就業考試中，都會進行作文筆試，藉以觀察應考人的思維脈絡以及對事物的判斷和表述能力，因此，卷面上若出現過多的錯字、別字，或是不得體的遣詞造句，輕浮搞笑的譬喻，都可能被低估了原有的實力而錯失機會。本文具體列出近年來重大考試中考生經常出現的錯別字和不當造句，指出錯誤現象的發生原因，以利攻治。文末附有實際錯字例證，提供老師或學生進行指瑕刊誤之據。

2.為什麼會出現這些錯字？

　　當今漢字的書寫媒介已經產生了革命性的改變，由傳統的以手握筆地在紙張上書寫文字，變遷到以手握著滑鼠點選映在螢幕上文

字,不論是使用注音輸入法,或是倉頡、無蝦米等其他的輸入法,
書寫文字的經驗因為是透過電腦仲介的間接性操作,所以相對於傳
統的手寫模式,雖然比較迅速直觀,但因為書寫程序是委託電腦軟
體來處理,因此對於文字的結構體認籠統而不精確,容易發生音同
或發音不正確而產生錯別字,此外,對文字構造的記憶也不如手寫
經驗時有筆序上的約束,可以詳實掌握該文字在空間結構上的分佈
位置,所以較常發生上下位置顛倒,左右方向不對,點是在裡面還
是在外面,是兩點還是三點的不確定等問題。

3.錯別字都不能使用嗎?

較諸從前的時代,我們在言說和書寫上的規範已經鬆綁許多,
說話者可以樹立自己獨特的談吐風格,詼諧、嘲謔、草根,悉聽尊
便,一般大眾也普遍擁有更多活用語言或混搭使用的自由,國語可
以交雜不同的方言如閩南語、客語、粵語、原住民語來使用,也可
以穿插美語、日語、韓語、義大利語來溝通。平時和親友使用簡
訊,電子郵件進行輕鬆交誼時,同音別字的誤用,成語的誤植,都
無傷大雅,甚至歪打正著,產生遐想趣味!其他的表情符號或注音
符號、數學符號、英文字母等都可以聚合在一起,形成新字或新詞
彙,只要溝通的雙方看得懂,聽得懂,傳情達意的交際功能就已經
實現,所以並沒有太嚴格的限制,因為語文的使用原則就是約定俗
成。

我們要關注的重點是:在許多重要的掄才場合上,包括升學與
就業的重大考試,見解與涵養的程度必須透過語言文字的能力偵測
而出,所以作文筆試是關鍵項目,既然是重要且正式的書面表達型
態,上述那些混搭交雜的新奇用法,或是鄙俗露骨的特定用詞,其

實不宜出現於作文卷面上，以免降低文化素養能力的正向表出成效。

　　以下是歷年來經手過目的考卷中出現的錯誤，這些錯誤有的是字音混淆問題造成的錯誤，如同音字的誤用，或是ㄢ、ㄤ，ㄥ、ㄣ混淆，例如在發音時「ㄢ」、「ㄤ」不清，以至於將「榜樣」寫成「板樣」。或是卷舌與非卷舌音的不分，如ㄗ／ㄓ；ㄌ／ㄖ；ㄘ／ㄔ之間的語音不別，造成書寫時將「挫折」寫成「挫則」。有的是字形上的形近而誤，譬如將「隱憂」寫成「穩憂」；將「人溺己溺」寫成「人弱己弱」，應當是「隱」與「穩」；「溺」與「弱」因形體相近而導致的錯誤；有時因為上下文的語境延伸，手寫時未能辨正所致，譬如將「有朝一日」誤寫成「有昭一日」，將「耳熟能詳」寫成「耳熟能響」，除了音同相近造成的失誤外，也可能是考生看到「日」聯想到光明，因而筆誤為「昭」；或是受到「耳」引起「聲響」的印象而將「詳」誤為「響」。更多的失誤現象則是措辭欠妥當，對於說話場合或說話對象，以及說話的風格設定上判定失準。譬如宜雅正措辭時卻出口鄙俗，宜冷靜論述時卻尖酸譏諷。

　　下列的斜體字是錯別字所在，試檢視錯誤的發生原因並予以改正。

一、因聲音相同或相近之混淆而產生的錯字（形聲字類的錯誤也會與字形有關）

*習習*相關　　工作忙*錄*　　*怖*置會場　　四兩撥千*金*

處理廢*氣*物　　*固*步自封　　避之*危*恐不*急*　　奇*貌*不揚

擋*劍*牌　　教*悔*　　十分敬*配*　　人際*觀*係　　景氣*膨脖*

膝負菜鳥　重倒覆轍　窮到吃不起一噸飯　半徒而廢

槌頭喪氣　無餽於心　不悲不亢　展露頭腳

同學的板樣　盡業態度　遷掛　焉之非福

有昭一日　有目共睹　拔山涉水　責無旁殆

做人不要偷雞取巧　排剌新奇的事物　螢目　自暴自泣

耳熟能響　皮氣不好　農田裡的鞅苗　成熟的稻穢

謙悲低著頭　勝力的一方　挫則　勸免朋友

保握時間　另人佩服　映入眼廉　以德抱怨

禮義憐恥　不屈不饒　飛皇騰達　全民福址

爭開雙眼　僅管　衝電器　尊尋法則　上天的卷顧

鞠恭盡粹　雀悅萬分　倒歉　必竟　一探就竟

毛盾　歸究責任　故明思義　仰不慣於人

心情低弱　股掌叫好　熱裂歡迎　稅眼惺鬆

經濟不緊氣　見人見智　沉倫　自我拆許

致勝秘絕　高潮跌起　尋邏　相輔相呈　怨天由人

整頓不法　關感不同　棄而不捨　甚宗追遠　乎略

廣解善緣　不可獲缺　稱訟一時　蛻變　逃汰

警俤　不折手斷　孤漏寡聞　沒沒地付出

忌拜祖先　推波助燃　貪贓惘法　殘媿　鎖事

顫顫驚驚　旁門走道　滿腹遭問　浪廢　骸人聽聞

惡意重傷　用公讀書　反攻自省　販夫走足　驚荒

當頭棒嚇　辱力　甘之如宜　發憤突牆

不段地求進步　我的自願　何畢當初　離群所居

善常的事　曲指可數　柳岸花明又一春

一層不變的生活　幣案　幕療　做事不管　試範

*掙*死掙扎　　高*操*的人格　　背道而*弛*　　*脫*累社會
三顧*毛*廬　　*粉墨*倒置

二、因字形結構混淆而產生的錯字（形聲字類的錯誤也會與字音有關）

人*弱*己*弱*　　*慚慚*地長大　　*辨*法　　*踹*摩　　懶*隋*
*拙*壯　　難以負*苛*　　襯*脫*　　同流合*屋*　　*泛*味
*礙*人不用，用人不*礙*　　*竸*爭　　商業間*碟*　　氣*綏*
*泣*臨指導　　*幸*苦　　禁*簡*　　身*驅*　　口頭*嬋*
梅花*噗*鼻香　　一*暇*可及　　眼中*灯*　　*抖*大的字體
美*鬆*師　　熱*枕*　　刻不容*鍰*　　見*胥*思齊　　*鹼鹼*的海風
*朔*造　　*快快*大國　　*捶*手可得　　*暖暖*地走過來　　雕*啄*
*跨*下海口　　*唾*涎三尺　　*壯*元及第　　*勞勞*守住
震*悍*教育　　*補*風捉影　　建立口*啤*　　*奧*悔不已
壓*炸*勞工　　*腕*惜　　點*啜*著燈光　　繁文*辱*節
過江之*鰭*　　不可收*捨*　　閒*瑕*時間　　不*繼*的努力
造*刑*師　　討*壓*　　煙*硝*雲散　　*硯*大就是美　　等*持*
*悅*變　　戰戰*競競*　　進步和*藹*　　*穩*憂　　對*侍*朋友
*摳*打老人　　蛇*螺*　　*逐*中山先生

三、因遣詞造句不得體統所產生的缺失

- 人若是太謙虛，就會被別人吃死死。
- 沒有那個屁股就不要坐那個位子。
- 一粒米養百樣人。
- 工作有百百種。

- 賺錢亂亂花。
- 他太超過了，竟然爬到老闆的頭上去小便！
- 一誇獎他，他的屁股就翹起來！
- 搶救瀕臨絕種的松鼠。
- 依照自己的性趣選擇工作。
- 將問題如洋蔥般一層一層的剝絲抽繭，找到其關鍵核心所在。
- 人若是沒有夢想，那和鹹魚有什麼兩樣？
- 流言對我來說，只是一個屁！
- 只要有心，人人都可以成為食神！
- 駑馬十駕，功不在捨。
- 古往今來多少文人志士抑鬱而終，屈原投汨羅江而死換來端午節吃肉粽。

四、措詞有誤，造句冗贅及用典失當

- 曾經有報導一段有一間外國公司在辦公室設置了好多設備可供在那一間公司所有的員工可以使用的設備。
- 如何穿越周遭喧擾回到本心寧靜而看清外在而有洞見實為現代易於盲從跟風的人們必須且應當具備的能力。
- 愛因斯坦了解到他對背誦記憶的不在行轉而從事數理方面去發展卻發揚光大發現了相對論等相關研究。
- 譬如在暴風中行駛的船隻，在面對風浪來襲時，要迎接挑戰，正面迎擊，稟持著破斧沉舟的心態，往暴風圈行駛而去。
- 反覆自己練習，反覆複習並且把不是很懂，很理解及很了解

或者是半懂，半了解的所有問題在去一一詢問專業的老師並把問題點抓出它的重要核心，加上融會貫通，把問題深深的了解，必定會覺得很有興致的去挑戰下一個問題。

- 明朝的明太祖朱元璋人尊稱為天可汗，因任用忠良魏徵為大臣而締造了盛世。

- 其實每個人只要知道他的強項在哪其實能放對地方讓他一展長才其實人人的能力其實都是不可忽視的。

- 各種行業所要的條件，用人的選擇也是每個老闆、主事者等三思又三思考慮又考慮而決定的，所以要選用一個適用優質又不會大材小用或小材大用的人也是一門大學問。

- 好的主管就像我們事務所的老闆娘一樣，她是一個非常精明能幹的人，也是度量非常廣的人，她在用人請員工上不會因為你是胖子或是長得很醜，她會看你的工作能力是否對事情有盡忠職守。

- 若是所有的人都可以清楚的知道並尋找出自己的根與本後就可以清楚又快速的先找到適合自己的事業體。

- 做事講求功效，就像用原子筆寫錯字，你是要用橡皮擦擦？還是要用立可白塗？

- 筆者因從小就將付出關念銘記在心，因此熱誠服務之態度非常活躍，常常喜愛參加幫助弱勢族群之活動。

- 他們那霸氣十足的投球與豪邁萬分的揮棒，或許是一些隊上在這方面與他們相比較顯不足的球員所無法展示的，但球隊仍必須有其他的球員相配合。

- 讀書用功求取學問是很重要的，所以，從自身的出發是讓人覺得很重要的。

- 我想，每一個來到這個世界的人，首先要奉獻與付出對社會一份愛與關懷。
- 科學家愛迪生終其一生，克紹箕裘，在其研究工作中努力的將其所學運用於實驗上，終於發明了世界上第一顆燈泡，至此，人類擺脫了蠟燭、火把的夜晚。

三、後話

　　曾經在夜市看到一公尺高的招牌上寫著「魚刺羹」，將「魚翅羹」誤寫成「魚刺羹」，主要是捲舌音「ㄔ」與不捲舌音「ㄘ」在發音上的不能區別所引發的錯誤，平時講話溝通彼此聽懂就好，但是形成文字就會有很大的問題。一碗「魚刺羹」，雖說可能是笑點所在，但還是要明白語言使用時的立場和目的所在，並不是隨時隨地都可以如此隨便地操弄語言來搞笑。

　　總之，語言是交際工具，得體合宜的說話內容和語言風格是溝通成功的首要條件，在聊天室的用語未必適合應用在正式的讀書報告上，對同儕友朋的措詞方式也與對機關上司的言語不同，正式考試的書寫作品也與隨便的閒聊用語不同，此外，雅正與俚俗的分寸拿捏都要依據交際的對象和場合作適當的調度，才可以在書寫表現上游刃有餘，事半功倍。

本文刊登於《國文天地》312 期，2011 年 5 月

「抓猴」？「掠鱟」！
談「捉姦」的閩南語正確書寫用字

一、前言

　　近年來的都市廣告看板有時會見到「抓猴」兩個大字，旁邊還配有大圖一幅，一隻穿著西裝的毛猴人立而行，雙手提著皮鞋，猴眼倉皇地東張西望，一副躡手躡腳，準備拔腿開溜的樣子。這樣一幅廣告入眼之後，不禁要問：「抓猴」是什麼意思？這隻猴子是指哪一種人？而這個公司又是在行銷什麼業務？如果不是曾聽過閩南語把「捉姦」唸成「ㄅㄧㄚˇ　ㄍㄠˊ」，我想，要猜出這個辭彙的所指也不是太容易吧。

　　「抓猴」是個閩南語擬音字，正確的書寫用字是「掠鱟」，「掠」就是捉取；「鱟」則是一種長得像是軍用鋼盔外加一條小尾巴的節肢動物。由於雌鱟和雄鱟總是兩相好地疊在一起，所以漁民一捉就是公母一雙，類似於捉姦的性質，因而戲謔性地以「掠鱟」影射捉姦。

二、鱟公／鱟母和鱟乁

　　鱟公和鱟母相負而行的習性紀錄，最早出現在一千年前唐朝段

成式的《酉陽雜俎》，在該書前集卷之十七廣動植之二「鱗介篇」，段成式記載了雌鱟常常背著雄鱟一起游，所以「漁者必得其雙」。此外他還提到閩省地區的人民愛吃用鱟卵製成的醃醬，至於堅硬的鱟殼則可以作為硬頂式的帽子，而鱟的一截尾巴還可以拿來當撓背的「如意」，原文徵引如下：

> 鱟，雌常負雄而行，漁者必得其雙，南人列肆賣之，雄者少肉。舊說過海則相負於背，高尺餘，如帆，乘風遊行。今鱟殼上有一物高七、八寸，如石珊瑚，俗呼為鱟帆。成式荊州嘗得一枚。至今閩嶺重鱟子醬。鱟十二足，殼可為冠，次於白角。南人取其尾，為小如意也。

再從自然科學的角度來認識鱟，鱟屬於節肢動物門（Arthropoda）、肢口綱（Merostomata）、劍尾目（Xiphosura），是三至四億年前的泥盆紀即存活於地球上的古老生物，與三葉蟲有近緣關係，數億年來，鱟的外型變化不大，也因為如此，牠的外型顯得原始又奇特，被稱為活化石。鱟的形狀像一顆軍綠色的鋼盔再綴上一節剛性十足的尾刺。成熟的公鱟約重 2 公斤，母鱟重逾 4 公斤。鱟的身體由三部分構成；最前面的部分稱為甲殼，形狀圓滑，負責保護身體的大部分；中間是腹部，容納鰓和生殖器；尾部則是一節堅硬的尾刺；當鱟的身體翻覆時，這一節尾刺可以幫助牠反跳，好把身體再翻回正面。鱟居住於沙質淺水海域，晝伏夜出，常爬行或潛行於泥沙中，臺灣西部沿海可以發現牠們的行蹤，每年春夏之交，約四、五月時，是雄鱟與雌鱟進行交配的時期，雌雄完成交配後，便形影不離，一隻重達五公斤的鱟「老婆」總是駄著不到

兩公斤重的鱟「老公」在海邊匍匐前進，雖遇危難也不肯捨離對方。所以廣東地區稱牠們是「兩公婆」，也有以「夫妻魚」或「海底鴛鴦」或「鱟媚」來稱呼牠們的。

　　鱟在臺灣沿海海域原是常見的生物，基隆港外曾有「鱟公嶼」、「鱟母嶼」，另又有地名叫做「鱟穴仔埔」，可見鱟的數量眾多。近來由於填海造陸，以及海洋污染之故，使得鱟的棲息地遭受破壞而數量銳減；此外，由於鱟的「藍血蛋白」被發現可以提煉試劑，有助於癌症治療技術的突破，使得不少生化研究者趨之若鶩，為了獲取「藍金」研究之利，他們不惜以「殺雞取卵」的方式屠殺這些瀕臨絕種的生物，導致鱟的處境堪憐，連帶地也使得閩南語的「掠鱟」一辭幾乎走入歷史。

　　早期臺灣漁民在捕魚的經驗中發現，鱟總是公母交抱在一起，即使命在旦夕，也難分難解，所以漁網裡的鱟都是成雙被捉到的：這正像是山產中藥的「蛤蚧」也是在交合之時被捕捉。明・謝肇淛：《五雜組》記載：「蛤蚧，偶蟲也。雄曰蛤，雌曰蚧，自呼其名，相隨不捨。遇其交合，捕之，雖死牢抱不開，人多采之以為媚藥。」由於是雌雄交抱不放，因而被利用為媚藥。至於鱟的捕捉，雖也是在此情況但並未被穿鑿附會地用作春藥，最普遍的用途是當作鍋勺，抓背的撓耙子，或是做成鹹魚醬。

　　由於捉姦必須男女俱獲，情形有似於捉鱟，臺灣民間因而將捉姦謔稱為「掠鱟」。「鱟」的閩南語發音唸作「ㄏㄠ丶」「掠鱟」的閩南語音唸起來是「ㄌㄧㄚ丶　ㄏㄠ丶」，與「抓猴」的臺語發音相近，所以才會因不明究裡而將「掠鱟」寫成「抓猴」。不過，語言既然是約定俗成，那麼即使「抓猴」的用字是牛頭不對馬嘴，但也可以視之為諧音字而將錯就錯了。又，「鱟」和孝順的「孝」

在閩南語的讀音上都是「ㄏㄠˋ」；因此，臺灣有些寺廟的浮雕會刻上「鱟」的圖案來裝飾牆面，除了「鱟」是臺灣沿海居民普遍熟悉的水族生物，採用「鱟」的圖像刻畫能帶來親切有活力的感受外，裝飾的匠師又取其和「孝」同音雙關，因此還含蓄地勉勵信徒要孝順父母。

臺灣早期時，漁民或農民會將鱟的圓形殼甲拿來做湯勺之用，所以閩南語的湯勺叫做「鱟勺」「ㄏㄠˇ ㄒㄧㄡ˙」。宋人陳叔方在其《穎川語小》卷下有言：「（鱟）殼甚銛（音ㄒㄧㄢ，銳利之意）利，南人捲之為杓，戛（音ㄐㄧㄚˊ，輕擊之意）釜無餘瀝。」意思是說，南方人把鱟殼捲起來當湯杓，這種湯勺很好用，只要輕輕一鏟，鍋底乾乾淨淨，不留點滴湯汁。近來網路流傳中部有小吃攤以鱟殼炒麵作為店招，招來不少好奇的年輕人慕名光顧，不知是來一睹如假包換的「鱟勺」，還是「鱟勺」真的比鐵勺炒出來的麵更好吃？實際情形如何就只能靠現場「田調」才知道了。

三、結語

中國由於幅員廣大，各地有各地通行之方言，種類眾多，方言受到在地通行的地域性因素限制，通行於甲地的未必能通行於乙地，所以，方言較難突破空間性的約束。為了使不同地域的人可以超越方言上的差異，暢通無礙地交流各種訊息，所以秦朝在統一中國之後大力推行「書同文」的政策。

「書同文」是就書面用字進行全國性的統一，書面用字一旦統一之後，各種政經文化以及公私溝通管道都可通行無阻。由於方言區遍布遼闊，不容易達成全面性的語音統一，所以「書同文」只統一書面漢字，而未統一讀音。如此一來，書面語以閱覽的方式進入

不同的方言區，漢字的讀音就可以有各不相同的方言發音方式，例如「謝謝」這個詞彙在書寫上全國統一，但在北平、上海、臺灣、廣州……可以各自依其方言來發不同的音。這是漢語極為獨特的地方，即書面語是閱覽通用的文字，而口語則可以用該地的方言來發音；這種言／文分離的情況原有它產生的背景，但當操不同方言的人聚在一起時，語言上的差異仍然使溝通發生隔閡，甚至產生誤會或嫌隙。因此，中華民國建立之後，遂大力推行國語或說是普通話，使得全國性的言／文得趨近於統一，但這同時也使地方性的方言遭到壓縮，導致方言式微，在發音和用字上都因為生疏之故而造成冒用、誤用的現象。

在各種語文的表現規範上，有的重視口頭語，有的重視書面語，各取所需，便利就好，並沒有絕對的限制。商業廣告以通俗的口語風格為本色，原本就是「得其所哉」，但若是言／文錯亂，將捉姦寫成抓猴，繼而再畫成抓「猴子」，那麼就真的是莫名奇妙了。不過，話再說回來，「抓猴」的圖文廣告若是修正為一隻雄鴛和一隻雌鴛在「疊疊樂」，卻又有可能弄巧成拙，觀看者也許誤認為是自然生態頻道的節目廣告。

本文刊登於《國文天地》第 331 期，2012 年 12 月

波霸‧超駭‧KUSO
──細說臺灣漢語中的外來詞

　　二十多年前，首次看見「波霸」一詞出現在臺北街頭，嗄？「波霸」是啥米碗糕？當時行經書報攤，一字排開的總是碩大無比的「波霸」，什麼是「波霸」？初看還真搞不清楚，要不是封面上那個循循「色」誘的女人，聳著一雙木蘭飛彈進行視覺傳達教育，「波霸」這兩字，還真教不懂香港粵語的人霧煞煞！「波」是港人直音翻譯英文「boobs」（奶子）的音譯字，「霸」當然指其稱雄（其實是雌的居多）稱霸，所以「波霸」，就是指該女人的「波波」稱「霸」一方。平心而論，這個英／粵連體的嶄新詞彙確實造得俗擱有力，與這些以女體作為封面的養眼刊物非常對味，它們（她們）本就是迎合男性注視下而販售的商品，提供眾生工作之餘，喝飲料、吃便當和看電視的空檔時翻閱的消遣雜誌，我這個女人其實也可以不必多嘴，看看就好，或者再補上一句「靠！真的？假的？」不過，它「在商言商」，我「在師為師」，「以文會友」，看了之後……還是忍不住想從「波霸」來談一談當今臺灣漢語中的外來詞之來源，也許不能養眼，但多少可以養些小學。

　　外來語的產生是因為各個文化在與不同文化交流之際，必然會面臨彼有而己無的事物，此時的權宜之計，一般是借用對方的詞彙

來指稱，這樣就形成了外來語現象，英文稱外來詞為 loan word，直譯為「借字」。不同於英語、日語中的外來詞多是擬音照搬的襲用現象，漢語中的外來詞具有吞吐消融，「化民成俗」的特質，這主要是因為漢字是單音獨體的結構，而且具有形聲、會意等靈活便利的造字方法，所以它能像樂高（Lego）積木一般，從單體嵌組成合體，也就是可以用一顆顆的漢字組合成單音節或多音節的詞彙，執簡馭繁地化成許多外來詞，造就漢語外來詞在型態和數量上擁有同文化和精約化的語言表現；此外，漢語在文字數量上佔有絕對多數優勢，所以，當外來詞引進之後，就會展開「引種—雜交—改良—回交—消失」的過程，終至不易辨認出何者原來是「借字」。我們略微對照英語和日語中的外來詞現象，即可感受到這之間的差異：譬如英語中的外來詞不但佔了八成之多，而且幾乎都以擬音的方式產生，如取自於法語的 idée 理想（idea）、esprit 精神（spirit）、拉丁文的 Ego 自我（ego）、荷蘭語的 baas 老闆（boss）；阿拉伯語的 Ramadan 齋戒月、酒 alcohol 等。此外，還有取自漢語的，如：Kowtow 叩頭；Ketchup 番茄醬（粵語之茄汁）；Kaolin 高嶺土（一種產自景德鎮高嶺村外的優質土壤）；Qigong 氣功；Xia 俠；Kung fu 功夫；Pinyin 拼音；Litchi 荔枝；Longan 龍眼；Silk 絲；Tea（Char）茶；Guanxi 關係；Tofu 豆腐……等。也有取自於日語的，如 Zen 禪（禅）；Karaoke 卡拉OK（カラオケ，按：カラ是「空」，オケ是「orchestra」英語樂隊的外來語簡稱，Karaoke 就是 only orchestra 之意。）；Tycoon 大亨（大物）；Manga 連環漫畫（漫画）；Sushi 醋飯（寿司）；Waribashi 免洗筷（割箸）……等；其他像 Karma 是梵文的輪迴；Lama 喇嘛是西藏文的和尚；Polo 是印度語的馬球……也都是英語

中的外來詞。日語中的外來詞更是泛濫充斥到本末倒置，已經到了捨日語不用而以日語音譯英語的地步，其「維新」等於「維西」的意識形態令人稱奇（維新之前又是「維唐」）。漢語當然也會面臨外來詞移植初期的窘況，但由於造字方法靈活，所以在操作外來語時，漢語可以因勢利導地使用意譯字，音譯字也可調度搭配，這種雙管齊下的翻譯方法，古今通用，左右逢源，使得外來詞在漢語中的化身唯妙唯肖，令人一見會心，一聽易懂。

在中國文字數千年來的發展史上，陸續面臨過眾多異文化的傳入，從早期的遊牧文化、西域文化到印度的佛教文化，然後又有蒙古族和女真族為期數百年的統治，外來詞就陸陸續續隨著文化的接觸而移入漢語。清朝末年鴉片戰爭爆發之後，歐美文化挾其霸權強勢地輸入中國，因而又再湧進新一波的外來文化；凡此種種，多方重疊地沈積在漢語的外來詞「字庫」之中，歷久不衰，與時俱在。臺灣由於曾被西班牙、荷蘭、日本等國家佔領過，再加上與先住於本島的各族原住民有著密切的文化碰觸，使得臺灣的漢語又多出了源出於這些語言中的外來詞。以下略述這些階段外來詞出現在漢語中的蛛絲馬跡。

二千多年前西漢王朝與西域的積極交流，使得「胡言胡語」與大批胡馬隨之入境。史載漢武帝劉徹（BC156-87）於建元二年（BC139）派遣張騫率團出使西域，當時的西域對漢朝人而言，是一個全然陌生的新奇世界，許多前所未聞未見的珍禽異獸、瓜果蔬品、歌舞樂器等通過絲路，一一傳來中土。由於沒有合適的語彙可以稱呼，所以必須憑藉現成的伊蘭語來稱謂，譬如目宿（苜蓿）、蒲陶（葡萄）、師子（獅子）、流離（琉璃）、頗璨（玻璃）、馬腦（瑪瑙）、菠薐菜（菠菜）、虎魄（琥珀）等；或是選用類似於

中原所有事物的名稱，再冠以「胡」字、「番」字：如胡床、胡琴、胡桃、胡椒、胡瓜、胡蘿蔔、胡蔥、胡麻、番茄、番石榴、番薑等，這是最早的一批漢語外來詞。漢武帝酷愛天馬，天馬是匈奴騎兵的坐騎，匈奴騎兵的驍勇善戰自然與天馬的矯捷雄健密不可分，時速可達五十五公里的天馬高頭屈頸，四肢修長，步伐輕盈，明眸大眼，耳小靈敏，寬胸壯腹，毛色亮麗……威震天下的漢武帝為了得到天馬，前後率兵十餘萬人輪番攻伐大宛四年，大宛不得已而獻出駿馬三千匹。苜蓿是大宛馬的糧草，漢武帝得來天馬後，必須種植苜蓿餵養這些駿馬，因此派遣使節從大宛帶回苜蓿的種子栽植。苜蓿，漢語擬音作〔muksuk〕，伊朗語是〔buksuk〕。《史記・大宛傳》載：「宛左右以蒲陶為酒，富人藏酒至萬餘石，久者數十歲不敗。俗嗜酒，馬嗜苜蓿。漢使取其實來，於是天子始種苜蓿、蒲陶肥饒地，及天馬多，外國使來眾，則離宮別觀旁盡種蒲陶、苜蓿極望。」苜蓿就這樣從漢朝、唐朝……沿用了二千餘年，至今改從艸字部首，苜蓿已經是道地的形聲字了，一看就知道是草本植物，聲符也與伊朗語的發音相符，是典型的加工音譯外來詞。只是苜宿如今不只餵馬，也在餵人，營養豐富，是臺灣養生食品的素材。大宛也產葡萄，「葡萄」源於大宛語的〔badaga〕，伊朗語的〔bataka〕，原被音譯為「蒲陶」、「蒲桃」；王維・〈送劉司直赴安西〉詩云：「絕域陽關道，胡沙與塞塵。三春時有鴈；萬里少行人。苜蓿隨天馬；蒲桃逐漢臣。當令外國懼，不敢覓和親。」王翰〈涼州詞〉也歌頌了葡萄美酒：「蒲桃美酒夜光杯，欲飲琵琶馬上催，醉臥沙場君莫笑，古來征戰幾人回？」南宋有寫作「葡陶」，元朝以後才改寫成「葡萄」。從字面上來看「葡萄」，並不易辨識出它是外來詞，如李時珍的《本草綱目》就望文生義，以為

葡萄命名的來由是「人餔之則陶」，一喝便令人產生陶陶然的醉酒反應，可見「葡萄」之名已經漢化了。除了苜蓿、葡萄之外，菠菜其實也是外來詞，得名於菠菜的原始產地尼泊爾。菠菜，古名「菠薐菜」，今閩南方言仍然稱為「菠薐仔菜」，據《唐會要》記載：「太宗時，尼婆羅國獻菠薐菜，類紅藍，實如蒺藜，火熟之，能益食味。」可知菠薐菜是尼婆羅國進貢給中國的，尼婆羅為古國名，即今尼泊爾。唐‧劉禹錫《嘉話錄》：「菠薐生西國中，有自彼將其子來，如苜蓿、葡萄因張騫而至也。本是頗陵國，語訛稱，時多不知也。」劉禹錫的意思是說，「菠薐」的菜名，原本是「頗陵」〔palinga〕國的國名，由於這種蔬菜的種籽最初是從頗陵國給帶進來的，所以就稱呼它為「菠薐」，或「菠薐菜」。

　　佛教文化帶來另一波的外來語。佛教最初傳入中土，約在東漢明帝劉莊在位時（公元 59-75 年）。《後漢書‧西域傳》載：「世傳明帝夢金人長大，項有光明，以問群臣。或曰：『西方有神，名曰：「佛」，其形長丈六尺而黃金色。』帝於是遣使天竺問佛道法。」奉派的使者不負重命地遠赴天竺迎取佛經和兩位高僧回來，由於這批佛經是由白馬馱運回中國，明帝遂在洛陽建造白馬寺以資供奉。劉莊的同父異母弟楚王劉英，則是中國第一位在於青史的佛教徒，《後漢書‧楚王英傳》記載：「英少時好游俠，交迎賓客，晚節更喜黃老，學為浮屠齋戒祭祀。」由於佛教文化是純粹的外來印度文化，一切的宗教術語，無法在漢語中找到現成的語詞，只能依照音譯的方式轉寫成漢語。現今舉目可見的小標語「南無阿彌陀佛」就是標準的音譯梵語外來字。「南無」梵語作〔Namo〕，「無」屬微母，上古讀為重脣音〔m〕，今以閩南方言讀「南無」，仍近〔Namo〕之音，在梵文，是「皈依」、「歸命」的意

思。「佛」梵文作〔Buddha〕，全譯為「佛陀」，簡譯為「佛」，尚有譯作「浮屠」、「浮圖」，原意是「覺者」的意思。在大乘教義中，凡能自覺、覺他、覺行圓滿三項俱全的人稱為「佛陀」；「南無阿彌陀佛」就是皈依佛陀的意思。舍利子，梵文做〔Sarira〕，又譯舍利羅，是指修行者遺體火化後所出現的結晶品。外此之餘，「一切」是梵文（Sabbû）的意譯，指六根、六境、六觸所合成的所有經驗現象。成語「箇中三昧」的「三昧」是佛教中的〔Samadhi〕的音譯，又譯為「三藐」、「三摩提」、「三摩帝」、「薩婆提」。其意為「定」、「正定」，即排除一切雜念，使心神平靜；故稱解脫束縛為三昧。「達摩」也是梵文〔Dharma〕音譯，指「法」，法分經、律、論。至於罵人的「夜叉」也是梵文〔Yaksa〕的音譯，又譯為「閱叉」、「藥叉」。本義為勇健，但又指佛經中一種凶暴醜惡的鬼。《水滸傳》中的潑婦孫二娘，人稱「母夜叉」，其義在此。與佛教有關的外來詞數量逾千，音譯、意譯皆有，如：魔、因果、皈命、阿修羅、和尚、仁波切、比丘尼、涅槃、瑜珈、沙門、塔、剎那、伽藍、六根、男根、女根、眾生、畜生、托缽、行腳、真言、念珠、金剛、差別、神通、引導、因緣、福田、轉變……等皆是。

　　宋以後，鮮卑，蒙古和女真族統治中國，鮮卑語，蒙古語和女真語也滲透進來，成為一部分外來詞的來源。根據唐朝李吉甫《元和郡縣志・卷四・靈州・保靜縣》之文獻資料：「賀蘭山，在縣西九十三里。山有樹木青白，望如駁馬，北方呼駁為賀蘭。」李吉甫說，賀蘭山上的樹木青白兩色相參雜，遠遠望去像是毛色相雜的駿馬，故以之為名，擬音為「賀蘭」。賀蘭山，也就是馬山，是女真民族的聖山，岳飛（公元 1103-1142）〈滿江紅〉一詞內容有言：

「駕長車，踏破賀蘭山缺。」意指攻破其聖山。宋代樂史《太平寰宇記・關西道・靈州・廢保靜縣》承襲李吉甫之說，再加入：「鮮卑之類多依山谷為氏族，今賀蘭姓者皆以此山名。」陳旭：〈賀蘭山　銀川平原的守護神〉[1]有言：「賀蘭山中的岩畫，從舊石器晚期開始刻鑿，至西夏時期才告終止，它再現了遠古時期賀蘭山岩畫中，最具代表性的圖案就是「馬」，有關馬的圖案有 123 處，馬群、獨馬、牽馬、牧馬等圖案比比皆是。」根據《至元譯語》，《韃靼譯語》蒙古語稱毛色相雜的「駁」為「阿剌木里」對音為〔Alanmoli〕，賀蘭山在《蒙古祕史》中的蒙音漢字為「阿剌篩」，旁譯為山名，蒙古對音為〔Alashai〕。由以上歷史文獻資料可證，賀蘭為外來語，是北方鮮卑族「駁」的音譯，賀蘭山谷旁的鮮卑人依山為氏族名，故有賀蘭姓，其先居於賀蘭部。蒙古人統治中國後，改以蒙古語「阿剌篩」稱之。蒙古最偉大的君王是成吉思汗（公元 1162-1227），成吉思是蒙古語「海洋」的音譯，汗就是可汗，蒙古語「首領」、「王」的音譯，所以，成吉思汗就是蒙古語「海洋般浩瀚偉大的王」之音譯。其他的蒙古語如：狗是〔xaba〕，音譯為「哈巴」，或再加狗字為哈巴狗；驛是 jam，音譯為站，或合而為驛站，今天依然沿用「站」字為車站、站牌等。女真語也常在以大清王朝故事為題材的連續劇中出現，如阿哥、福晉、格格、額爾沁等詞，他們分別是女真語王子〔age〕、貴婦〔fujin〕、皇族之女〔gege〕、使節〔elcin〕的音譯，現在常見的糕點沙其馬也是女真語〔sacima〕的音譯。蒙古語，女真語之外，

1　《中國國家地理》（寧夏專輯下——山水演譯的夢幻寧夏）第八十一期，（臺北：中地文化有限公司，2010），頁 18。

漢語中也有來自於阿拉伯語的外來詞，如會學人說話的鸚鵡，原是西域所貢的方物，阿拉伯人將鸚鵡叫做〔bakgha〕，或〔babagha〕，漢語音譯為「八哥」或「八八兒」。

近代西方文化的強勢輸入，要溯自公元一八四〇年爆發的鴉片戰爭，戰爭之後，隨著西方新科技、新文化的傳入，湧入了新一波至今尚源源不斷輸入中的英語外來詞彙。這些詞彙有的是經由西化在前的日本所輾轉傳入，此乃由於日本在明治維新時期先接觸到這些西方文化，當時採用漢字加以意譯，其後中國再借用這些意譯的漢字指稱新事物，由於本是同根生的漢字關係，這些折返回來的外來詞看起來與中國本生的漢語詞彙無異，不加指明，其實分不出原是外來詞。例如以「想像」ソウゾウ翻譯 Imagination；以課程カテイ翻譯 Course；以分析ヤキ翻譯 Analysis；以理論リロン翻譯 Theory；以「生產」セイサン翻譯 Production；以勞動ロウト翻譯 Labour；以主義ミユギ翻譯 Principle；以計畫キカク翻譯 Plan；以文化フンカ翻譯 Culture；以文明フンソイ翻譯 Civilization 以圖書館トミヨカン翻譯 Library；以標本ヒヨウホン翻譯 Specimen；以藝術ゲイジュツ翻譯 Art；以社會ミヒカイ翻譯 Society；以意義イミキ翻譯 Consciousness 等等。不經日本展轉譯得的外來辭，則有音譯、義譯或兩者兼採的方式；如以火車譯 train；以火箭譯 rocket；以白脫油譯 butter；以冰淇淋譯 ice cream；以安琪兒或天使譯 angel 等等。

清朝輸掉甲午戰爭之後簽訂了馬關條約，臺灣遂成為日本的殖民地。隨著皇民化（皇國臣民化）運動（公元 1937-1945 年）之施行，日語的全面推動也使得閩南語吸納了更多作為「上國」的統治者之日語，並且與閩南語組合連用。譬如閩南語稱麵包為

〔pang〕，麵包店為〔pang〕店，這個〔pang〕襲自日語的（パン），原是葡萄牙語的麵包（pan）。又舊時說浴室為「呼露間」，「呼露」就是日語「浴室」、「澡盆」的「風呂」（ふろ）之音譯；又臺語說次數為「gai」，一次叫做〔jigai〕，這個「gai」也是日語稱次數「回」的直譯；老一輩的問電話號碼是幾號時，常說「電話是幾番？」「番」就是日語的號碼「番号」。現今國字將臺語說的「事情」譯寫為「代誌」，「代誌」原是日語「大事」（たいじ）的音譯，指嚴重的或危險的事情，所以臺語說「事情嚴重了」為「代誌大條囉」，其實可以不必再加形容詞「大條」來強調，因為「大事」（たいじ）本來就有嚴重的意思。臺語用日語的「鬱つ」（うつ）、（うつうつ）描述「憂鬱」或「鬱悶」，今也通寫為國字的「鬱卒」，「卒」是（つ）的擬音。對人的稱謂也仍有沿用日語的，如稱司機為「運匠」，日文「運」（うん）是運輸、運送，國字「匠」則是日語接尾詞（ぢゃん）的擬音，是（さん）的轉音，表示親切之意，所以「運匠」就是司機大哥的意思。其他常用的「歐吉桑」、「歐巴桑」也來自日語的おじ（伯父，叔父）、おば（伯母，叔母）的音譯，用於稱呼年長的男人或女人，今通行用法再加上音譯為「桑」的（さん），則已升格為（御爺さん）、（お婆さん），指老先生和老太太了；崇尚西洋的日本今已用 old man　オールドマン；old lady　オールドレディ來稱呼所謂的「歐吉桑」、「歐巴桑」了。臺灣看向東洋，東洋看向西洋，從外來語的取用現象來看，也可以觀測出文化的強弱勢傾向。

　　這些本島在地的日語外來詞不勝枚舉，有的按照其漢字而以臺語或國語發音，或書寫為擬音或兼擬義的國字，有的就直接用日語發音，漢、臺、日三款語言自行混搭；略舉如下：「中古」、「福

祉」、「發表」、「觀光」、「同仁」、「財團」、「薪水」、「講義」、「一番」、「休憩」、「感心」、「嚴選」、「賞味」、「達人」、「便當」、「親子」、「料理」、「看板」、「玄關」、「動物園」、「幼稚園」、「答案」、「自修」、「煎餅」（せぼべい，仙貝）、「出張」（出差）、「口座」（銀行戶頭）、「休點」（終點站）、「郵便局」（郵局）……目前直接以日語發音的也所在多有，如餐廳使用的擦手毛巾稱為「御絞」（おしぼり）、商家免費招待客人的服務項目、物品也仍說這是「サービス」（service）。在明治維新時期，日本進口了許多的外來物質文化，例如器械工具、生活用品、穿戴衣物、飲食物品等，這些用品的名稱有時就直接以日語音譯英語，然後再傳入臺灣，由於當時的世界趨勢已是西方凌駕於東方，因此這一階段的日語外來詞就直接以西語音譯，不再透過漢字轉寫，這些民生用品的日語稱呼仍有許多混用於臺灣話，如「軸承」（bearing，ベアリング）、「馬達」（motor，モーター）、「離合器」（clutch，クラッチ）、「卡車」（truck，トラック）「螺絲起子」（driver，ドライバ）、「照相機」（camera，カメラ）、「打火機」（lighter，ライター）、「瓦斯」（gas，ガス）、「水管」（hose，ホース）、「磁磚」（tile，タイル）、「收音機」（radio，ラジオ）、「襯衫」（shirt，シャツ）、「大衣」（coat，コート）、「拉鍊」（chuck，チャック）、「領帶」（necktie，ネクタイ）、「皮包」（bag，バッグ）、「拖鞋」（slipper，スリッパ）、「窗簾」（curtain，カーテン）、「專家」（professional，プロ）、「胸罩」（Brassiere，ブラジャー）、「麵包」（pain，パン）、「奶油」（butter，バター）、「啤酒」（beer，ビー

ル）、「火腿」（ham，ハム）。附帶一提的是每天都要用到的清潔用品「肥皂」，臺語除了說「茶箍」外，通常是用「sabun」予以指稱，「sabun」一詞除了是日語音譯法文（savon，サボン）外，也可能是華僑從南洋帶回來的二手外來詞，因為馬來語（sabun）的發音與現在臺語說的「肥皂」同音。東洋文化的輸入至今未減，隨著日劇、漫畫的傳輸，新一波的日語外來語也在年輕人之間流行，例如稱惡搞為「kuso」，「kuso」為日語くそ的音譯，漢字書寫為「糞‧尿」，原意為人的大小便排泄物，用作接尾詞則作為罵人用，有笨蛋之意，近似英文（shit）的用法，或是中文的「大便啦」、「屁啦」，反映人類社會在文明建立以後，以生物機能的排泄器官或活動，或廢物，作為嘲弄和反動某種人事物之用詞。

　　流通於臺灣的外來語還有荷蘭語、西班牙語、原住民語。如臺灣丈量土地的面積單位「甲」，是荷蘭語（akker）田園的音譯，也是面積的單位，約合 0.99 公頃。在地名上也有一些荷蘭語遺跡，如東北角海岸勝地「富貴角」，「富貴」是荷蘭語的「海角」（Hoek）音譯；臺南「熱蘭遮城」是荷蘭同名省份（Zeelandia）的音譯，由於洋名唸起來拗口，所以臺灣人乾脆以「紅毛」謂之，甚至水泥（Cement）也叫紅毛土。東北角另一地名「三貂角」的閩南語發音則是西班牙語（San Diego）的音譯；「福爾摩沙島」是葡萄牙語「美麗島」（Ilha formosa）之音譯，「芒果」是（Mango）的音譯，語源出自葡萄牙語的「芒果」（manga），這個香豔多汁的水果在四百年前（公元 1561 年）由荷蘭人引進，種在氣候條件最適宜的臺南六甲。閩南語稱芒果為「檨仔」，「檨仔」是平埔族語的音譯。原住民語輸入漢語中的外來詞主要包括食

物、風物、地名等三類，在食物方面如「馬告」為原住民語的山胡椒；另外，據連橫的說法，虱目魚也是番語。臺南產的虱目魚，不但是市場上晶瑩鮮麗的魚貨，其各種美味料理更是膾炙人口的風味小吃，虱目魚粥，虱目魚肚湯，虱目魚丸……此魚從前被稱為「國姓魚」，傳說鄭成功非常喜歡吃這魚，但不知這魚叫什麼名稱？他向漁民詢問這是「什麼魚？」漁民聽不懂他的福州話，不解地對著國姓爺複誦「什麼魚？」鄭成功以為這就是魚的名稱，遂賜名「什麼魚」，寫成「虱目魚」，暱稱為國姓魚。唯，連橫在《臺灣通史》說「虱目魚」ma saba 是番語，文中記載：「臺南沿海世以蓄魚為業，其魚為麻薩末，番語也。」不過，也有漁業學者指出，虱目魚是西班牙語，西班牙人稱虱目魚為 sabador，十七世紀時，荷蘭人為了向臺灣人民開徵更多稅金，於是從西班牙引進虱目魚，並教導臺南的西拉雅人在沿海進行養殖，所以，虱目魚也可能是西班牙語 sabador 的音譯。或許可以如此推測：荷蘭人教西拉雅人養 sabador，西拉雅人稱 sabador 為 ma saba，也就是閩南語的「麻薩目」，「ma」若是西拉雅語的「魚」或是冠詞，那麼「虱目」不但是從西班牙引進的外來魚，連名字也是外來語了。原住民的風習如謂獵人頭為「出草」，謂領導者為「頭目」，以獨木刳成的舟為「艋舺」……也都因為漢語無此詞彙而音譯其詞以用之。再來是地名的部分，如日月潭一帶的地名原為「水沙連」，隨著漢人逐步佔據並使用原住民的棲息地，也開始出現了一些以原住民地名音譯為漢字的地名。如今改名為「萬華」的「艋舺」，原是「獨木舟」的音譯，因從前原住民沿新店溪至淡水河划其獨木舟前來出售蕃薯而得名。閩南語發音的「北投」是原住民語「女巫」的音譯，指北投當地的大屯火山區之煙霧與硫磺味猶如女巫作法之鍋爐；今「苗

栗」原為「貓裏」的閩南語擬音，本是原住民語「平原」之意，因
當地之地形特徵而得名。其他如士林原地名擬音八芝蘭，為溫泉之
意；羅東原地名擬音為老懂，為原住民語猿猴之意；今總統府前的
「凱達格蘭大道」，取自平埔族語的「凱達格蘭」Ke Tagana，原
指大臺北地區，意思是看得見海的地方，或是沼澤地帶，一百多年
前，臺北盆地的臺北湖猶存。「凱」是冠詞，「達格蘭」是平埔族
語的音譯，舊時寫作「大加臘」或「大加蚋」，今萬華地區的老一
輩住民仍然沿用「加蚋仔」這個地名指稱萬華一帶。

　　從物品的種類上區分，輸入的漢語外來詞中，以飲食民生用品
為數最多；這是因為在文化的交流中，物質文化是最直接又最容易
輸入的項目，尤其是飲食用品，只要味美可口，在中國人「民以食
為天」的前提下，總是多多益善，何必禁口？這個現象古今一致，
二千年前的葡萄、石榴、胡桃、菠菱菜如此；二千年後的三明治
（Sandwich）、派（Pie）、披薩（Pizza）、巧克力
（Chocolate）、貝果（bagel）、沙拉（salad）、菲力（filet）、提
拉米蘇（tiramisu）、棍棒（長條法國麵包）（baguette）、馬卡洪
（marcaron）、布丁（Pudding）、太妃糖（Toffee）、鳥結糖（或
譯為牛軋糖）（Nugget）、奇異果（Kiwi Fruit）、咖啡
（Coffee）、可樂（Cola）、起士（Cheese）、漢堡
（Hamburger）、拿鐵（Latte）、卡布奇諾（Cappuccino）、歐蕾
（au Lait）、土司（Toast）、蘇打（Soda）、咖哩（Curry）天婦
羅（天ぷら）、烏龍（うどん）、壽司（寿司）、阿給（揚げ豆
腐）、摩摩喳喳（Bubur cha cha 馬來文的冰品名稱）亦復如此。

　　就地區上來看，外來詞既然是外來品，首當其衝的必然是海港
地區。近代在中國各主要城市中，上海與廣州是較早對外開放的二

大門戶，不少來自西方的外來語就從這兩處登陸，至於後來遭大英帝國租界長達九十九年的香港，因為是自由貿易港，所以國際貿易頻仍，伴隨著洋人與洋貨的流通，大量的外來詞也紛至沓來，如稱草莓為「士多卑梨」，音譯英語的「Strawberry」，奶油為「忌廉」，音譯英語的「Cream」，鳳梨為「波蘿」，音譯英語的「Pineapple」（或音譯自泰語的鳳梨——薩波羅），臺灣麵包店的基本款，不論是「波蘿麵包」，或是「奶酥波蘿」，都因為麵包上頭的菱形圖紋類似鳳梨的格紋而得名；至於稱計程車為「的士」，是音譯英語的「taxi」；其他商品廣告的「梅花嘜錶」、「鷹嘜煉奶」中的「嘜」，直譯英文的標誌（mark），所以梅花嘜就是梅花牌，鷹嘜就是鷹牌；底片稱作「菲林」（film），郵票要說「史丹」（stamp），買車票、船票要說買「費」（fee）；打球要叫打「波」（ball），商店叫「士多」（store），法國土司叫「法蘭西多士」（French Toast），餅乾叫「曲奇」（cookie）或「威化」（waffle），鬆餅叫「班戟」（pancake）……像這東西雜交的音譯方式，英語不像英語，說是粵語又不像粵語，屬於洋涇濱式的英語；民國初年在碼頭邊跑辦、接洽外籍人士所便於操作的混血式語言，如今尚可在香港通行的粵語中看見其真蹟。而隨著臺灣開放香港的通俗畫報刊物進入，一些香港當地的流行用語，尤其是英語粵語雜交的外來詞也相繼傳入臺灣，迎合庶民的文化心態，喚醒疲軟的閱讀興趣，擊中俗又辣的大眾口味，「波霸」就是其中的大咖。

　　當今已是網際網路，全球連線的光速時代，文化的交流速度更快，層面更廣，新世代所接觸的「舶來品」更多，該如何處理這些外來詞較為恰當？最便利的方法應該還是形聲字和意譯字。從文字學的六書來說，漢字的形聲造字是結合聲符與形符二要素而成，形

符可以說明該物體的屬性，音符可以保留原來的字音，所以，以六書中的形聲法來重造外來詞最好用。如 typhoon「颱風」這個外來詞就是形聲造字，「颱風」源出希臘神話中眾怪獸之父（Typhone）之名，祂魁梧猛烈，雙手可將暴風舞動得天翻地覆；而劇烈的 typhoon，音譯為颱風，且俱冠之以「風」部，望之即知與「風」有關。草木蔬果方面，如：苜蓿、葡萄、芒果。動物方面如：獅子、麒麟（非洲語長頸鹿 kirin 的音譯，臺語長頸鹿唸作麒麟鹿）。玉石方面如：琥珀、瑪瑙。另外也可以意譯字取代音譯字，如 e-mail 與其音譯為伊媚兒，不如意譯為電子郵件，copy 與其音譯為拷貝，不如說是影印，複印來得精確；motor 可音譯為馬達；也可意譯為發動機；nylon 原音譯為尼龍，稱人造纖維也能直接明白其成分；motorcycles 可音譯為摩托車，現意譯為機車也很簡潔；dark room 直譯為暗房，言簡意賅；black box 直譯為黑盒子很神秘，或譯為飛行紀錄器也可；pony tail 是馬尾型的髮型；food chain 是食物鏈，green card 是綠卡，front line 是第一線，bottom line 是底線，antibody 是抗體，big mouth 是大嘴巴，cut throat 指一翻兩瞪眼式的競賽，翻譯成「割喉戰」或「驟死戰」頗為傳神，grass roots 直譯為「草根」或「草民」、white-collar, blue-collar 直譯為「白領」、「藍領」，與其工作著裝的特徵相關；phoenix 是阿拉伯傳說中的神鳥，每五百年將自浴於火，再從灰燼中重生，翻譯成火鳳凰，音義兼具。現在流行將自負，傲慢說成大頭症，也是英語 big-headed 的直譯。其他如 forward-looking 是遠見，win-win 是雙贏，voicemail 是語音信箱，mercy killing 意譯為安樂死，brainstorm 是腦力激盪，moonwalking 是麥可傑克森（Michael Jackson, 1958-2007）獨創的舞步，意譯為月球漫步，名實相副。

motherboard 是主機板，paperless 譯成無紙，desktop 是桌面，off line 是離線，on line 是上線，down load 是下載。也可以雙管齊下，音義兼取，如：tire 翻譯成輪「胎」，laser 是「雷」射，media 是「媒」體。

雖然可以把外來詞翻譯得船過水無痕，但是，有些時候，語言的使用者就偏愛這種洋派的調性，所以，喜歡標榜，或凸顯其洋味的，也許毫不在意外來詞的不順口，不道地，反而更喜歡它的陌生與繞口。例如中國人稱父母為「爹娘」，「爸媽」；夫妻之間的互稱也是「夫」或「妻」；但新潮的人則稱 mommy 媽咪，daddy 爹地；honey 蜜糖，sugar 甜心，baby 寶貝或北比；聽起來就有洋人的濃情蜜意。其餘能顯示其「外國風情」的音譯字，如基督教祈禱完畢的「阿門」是 amen 的音譯，原是希伯來文「如願」（so be it）之意，SOHO（small office home office）音譯為蘇活族，頗有現代感，雖然意譯為小型家庭辦公室更為明白；其他如 Gestapo 原為德文秘密國家警察（Geheime Staatspolizei）之縮寫，音譯為蓋世太保，更足以彰顯其冷酷專制的形象；俄文 Montage 音譯為「蒙太奇」，指由片段片段構成的音樂、文章或影片，現也意譯為剪輯，但仍有人喜歡使用「蒙太奇」作為電影術語，聽起來較有學院派的氣息；Chiffon 原是輕軟柔細之意，用於紡織物時音譯為雪紡，或雪紡紗，頗能營造布料的柔軟想像，至於 Chiffon cake 音譯為戚風蛋糕，雖然洋味十足，但其實未明所以，因此後來轉譯海綿蛋糕，以形容其膨鬆柔軟的口感。hacker 音譯為駭客，直接與電腦世代相結合，yuppie 是雅痞，Engine 是引擎，Microphone 是麥克風，show 是秀（作秀），指現出之意，mug 是直筒式的杯子，音譯為馬克杯，馬克的西洋味彰顯了它的特定形狀，Muslim 是穆斯

林，指伊斯蘭教徒，音譯就有中東的民族氛圍出現，hyper 原是希臘文的字根，有過常，超常之意，音譯為「駭」，意譯為「超」，這個字根還可以與其它字結合，如 Hyperlinks 是超連結，hyper excitation 是過度興奮，從前譯為亢奮，現在音意合譯為「超駭」，或「很駭」，若與第一人稱結合，則為「自駭」。

　　在漢語辭彙的發展史上，外來文化的注入不但使漢語辭彙更加豐實，同時也為中華民族文化注入新血，只不過，仍要善用漢字的造字優勢，儘可能以兼容並蓄的特質來吸收、消融，使他們順勢成為漢語的一部分；因此，democracy 就不須說成德謨克拉西；science 不必是賽因斯；inspiration 不須說成煙斯披里純，tobacco 不須說成淡巴菇，telephone 不須說成德律風，cream 不須說成克林姆，Brassiere 不須說成馬甲……今日已將他們通稱為民主、科學、靈感、菸草、電話、奶油和胸罩了。語言本來就是約定俗成的一種社會契約，只要說和聽雙方能夠溝通理解，其實並沒有什麼限制，而且隨著時移世異，詞彙必然也會有更新代謝的現象出現，再者，基於訊息傳遞時的效果盤算，傳播媒體或是標新立異的年輕世代，有時會刻意選用音譯或直譯的外來詞，藉以營造說話的效果或是標榜自我的族群屬性。如此說來，當年出現於香港消閒畫報的大奶妹，本諸大眾文化的消費利基，其實以「波霸」作為封號也「得其所哉」，只是初來乍見，難免會少見多怪，現在也就習以為常，見怪不怪了。商業消費心態下的大眾文化本來也就是以「俗」為本色，所以「波霸」也可以在會心一笑之下，繼續在臺灣本土轉化為「超級大顆」……的……我是說「粉圓」啦！

本文刊登於《國文天地》第 310 期，2011 年 3 月

參考文獻

※周振鶴、游汝杰著：《方言與中國文化》，上海：上海人民出版社，1986 年

※李南衡著：《外來語》，臺北：聯經出版事業公司，1989 年

※陳正祥著：《中國文化地理》，臺北：木鐸出版社，1985 年

※申小龍著：《語言與文化的現代思考》，鄭州：河南人民出版社，2000 年

※宮元啟一著：《佛教用語小辭典》，臺北：新潮社，1995 年

※千田勝己主編：《大新明解日華辭典》，臺北：大新書局，1988 年

※李北達編譯：《牛津英漢雙解辭典》，香港：牛津大學出版社，2004 年

國家圖書館出版品預行編目資料

文 學 探 索

尤雅姿著. – 初版. – 臺北市：臺灣學生，2016.10
面；公分

ISBN 978-957-15-1714-8 (平裝)

1. 中國文學 2. 文學理論 3. 文學評論

820.1   105018100

文 學 探 索

著 作 者：尤　　　　雅　　　　姿
出 版 者：臺 灣 學 生 書 局 有 限 公 司
發 行 人：楊　　　　雲　　　　龍
發 行 所：臺 灣 學 生 書 局 有 限 公 司
　　　　　臺北市和平東路一段七十五巷十一號
　　　　　郵 政 劃 撥 帳 號 ： 0 0 0 2 4 6 6 8
　　　　　電 話 ： (0 2) 2 3 9 2 8 1 8 5
　　　　　傳 眞 ： (0 2) 2 3 9 2 8 1 0 5
　　　　　E-mail : student.book@msa.hinet.net
　　　　　http : //www.studentbook.com.tw
本 書 局 登
記 證 字 號：行政院新聞局局版北市業字第玖捌壹號
印 刷 所：長 欣 印 刷 企 業 社
　　　　　新北市中和區中正路九八八巷十七號
　　　　　電 話 ： (0 2) 2 2 2 6 8 8 5 3

定價：新臺幣五○○元

二 ○ 一 六 年 十 月 初 版